劉和平

北平無戰事

第四卷 月印萬川

【好評推薦】

林博文（專欄作家）

南方朔（文化評論者）

夏　珍（風傳媒總主筆）

趙少康（資深媒體人）

管仁健（文史工作者）

廖彥博（歷史學者／作家）

劉燦榮（知本家文化社社長）

當一個巨大的存在，一瞬間消失，不是土崩瓦解，而是一堵高牆，
歷史在那邊，我們在這邊。

——獻給西元一九四八

【目錄】

導讀

民國北平的最後一瞥

廖彥博

《北平無戰事》是一部精彩萬分的懸疑諜戰小說，之所以精彩，除了情節之外，還在於小說的時空背景：那令我們既熟悉又陌生的一九四八年北平城。

二十一世紀初的台灣，關於「民國」的符號在我們身邊仍然隨處可見：買早點時從口袋掏出有蔣中正頭像的硬幣、報紙或公文書上的民國年號、以及不一定出得了台灣島的青天白日滿地紅國旗。

現在兩岸交流日漸頻繁，我們身邊不乏有在大陸工作、就學的家人、同學、朋友，從台北直飛北京，航程是三個小時。北京，眾所周知，是人民共和國的首都，人民大會堂、翻飛的紅旗、毛澤東紀念堂、天安門城樓上的毛像……好像是北京的「臉」。從台北看，北京與民國之間，距離似乎非常遙遠。

可是，就是這座北京城，曾經有二十多年，叫做北平（民國十七年，國民革命軍北伐進入北京，改北京為北平）；在這座北平城裡，上一段提到的建築，全都還沒有出現，而今日已經看不到的景觀，那時仍然存在。曾經有一段時間，青天白日滿地紅國旗在城裡飄揚；曾經略顯破舊失修的天安門城樓上，張貼的是「天下為公」四個大字，懸掛的是蔣主席（後來成了蔣總統）的肖像。《北平無戰事》把故事背景設定在這座北平城裡，那是北平的最後一瞥，也是民國在大陸的謝幕演出。

一九四八年，也就是民國三十七年，七月初夏，戰爭，離北平似乎很遠。此時，「戡亂」的烽火在山東，在東北，在陝北，而國軍的戰況，在經過當局審查過的報紙上，消息一片大好。如果你是個在北平念書的大學生，也許在上下課的間隙，你所見到的還是林語堂筆下「過著一千年來未變的生活」的老北京：

離協和醫院一箭之地，有些舊式的古玩鋪，古玩商人抽著水煙袋，仍然沿用舊法去營業，誰去理那回事？穿衣盡可隨便，吃飯任擇餐館，隨意樂其所好，暢情欣賞美山——誰來理你？

或者，你會期待著老舍筆下盛夏之後，乾爽宜人的秋天：

中秋前後是北平最美麗的時候。天氣正好不冷不熱，晝夜的長短也劃分得平勻。沒有冬季從蒙古吹來的黃風，也沒有伏天裡挾著冰雹的暴雨。天是那麼高，那麼藍，那麼亮，好像是含著笑告訴北平的人們：在這些天裡，大自然是不會給你們什麼威脅與損害的。西山北山的藍色都加深了一些，每天傍晚還披上各色的霞帔。

可是，戰爭其實離北平愈來愈近。北平軍政高層人物的變動更迭，更讓人感到戰雲密布。今年三月，原來統管華北五省三市（山西、河北、熱河、察哈爾、綏遠五省，北平、天津、青島三市）的北平行轅主任李宗仁，突然宣布要競選副總統。李上將是桂系首腦，又有人稱「小諸葛」的國防部長白崇禧力挺，居然打敗蔣總統支持的國父之子孫科，當選行憲後第一任副總統。他留下的華北重任，就落在新成立的華北剿匪總司令部總司令傅作義的肩上。

傅作義是人稱「山西王」的太原綏靖公署主任閻錫山的老部下，如今統管華北，坐鎮北平，手上有五十萬大軍，看起來威風八面，實際上，他正一步步陷入進退不得的困局裡。首先是戰事吃緊，蔣總統有意將華北大軍南撤，而這是傅總司令不願意看到的。其次，北平城裡龍蛇雜處，既有傅作義的老部屬，也有中央的嫡系將領，據說更有共產黨的潛伏分子，以各式各樣的面目，出現在我們身旁。上海有名的政論刊物《觀察》周刊一針見血地說：「傅作義想要運用平津兩市的人力物力，那就不得不捲入一些公私的是非之中。」

《觀察》的記者說得太客氣，傅作義捲入的不只是公私是非，他和整座北平城正面臨一場即將吞噬一切的巨大風暴。糧食配給、學生請願、軍警鎮壓、物價飛漲、幣制改革……事情發生的速度，猶如一道愈來愈快的氣旋，在北平軍民來不及仔細思索其中含意的時候，中共的華北、東北兩大野戰軍，已經在今年年底連成一氣，北平和天津變成了廣大「解放區」裡飄搖的孤島。一九四九年一月，戰已不能、退又無路的傅作義，不得不和中共談判，和平交出北平。一月二十二日，也就是南京蔣中正宣布「下野」、離開總統職務的隔天，華北剿總宣布和中共簽署停戰協議。三十一日上午十時，昂首闊步的解放軍士兵，就在市民的夾道歡迎下，由西直門列隊進入北平城。

讓我們回到前面那個北平大學生的視角，看看這段風雲變幻的時期。七月五日，東北流亡學生不滿華北剿總強制他們參軍，和北平各大專院校學生四千多人到市參議會前示威，青年軍第二〇八師竟然開槍鎮壓，打死十八人，受傷百餘人，史稱「七五事件」（這也是小說的開場）。他可能就在抗議的隊伍當中。

八月十九日，他在報紙上看見行政院頒布財政經濟緊急處分令，停用節節貶值的法幣，改發行金圓券，住在上海的家人來信，說他們踴躍響應政府號召，將原來持有的外幣、黃金全都兌換成金圓券。對此他心有疑慮，但是來不及阻止。沒過兩個月，物價再次飆漲，金圓券形同廢紙，政府採取限價政策，於是糧食也不運進城，北平城裡米麵一日數漲，一石米要價幾十億元。就在這個百姓對政府信心全失的時候，不肖官吏在糧食分配上，還要上下其手、中飽私囊……

就在這個人心苦悶、驟變將至的北平危城裡，我們都可能會與《北平無戰事》中的角色擦肩而過：穿著飛行夾克的帥氣飛官方孟敖，他看似滿不在乎的神情底下，隱藏著重大的祕密。他的弟弟、北平市警察局偵緝處方孟韋副處長，夾處在剿總與貪腐的官吏之間。方副處長的直屬上司，是陰陽莫測的「中統」情治人員、局長徐鐵英，他心中打的是什麼算盤？方孟敖、孟韋兄弟的父親，中央銀行北平分行經理方步亭，被交付了什麼樣的祕密計畫？還有國防部預備幹部局的曾可達少將，奉「經國局長」（也就是當時正在上海督導經濟的蔣經國）之命，來到北平查案，國民黨僅存的清廉良心、「戡亂建國」的革命大業，在國共雙方的夾攻底下，能夠逃出生天嗎？

民國北平的最後一幕，現在正式登場。

（本文作者為歷史學者、《止痛療傷：白崇禧將軍與二二八》合著者）

【黨國組織關係圖】

◆華北勦總司令部

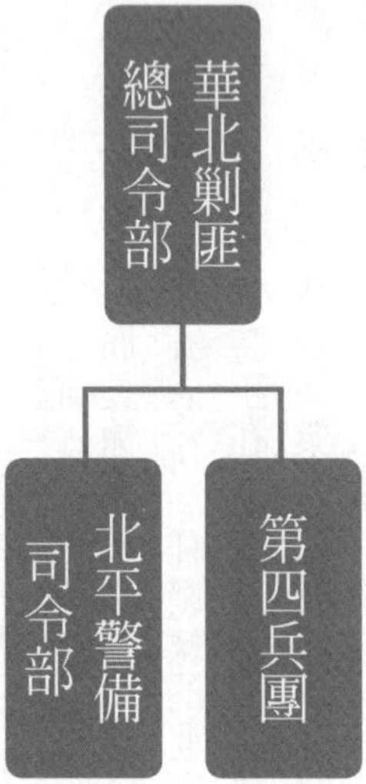

◆國民黨組織

◆國民政府組織架構

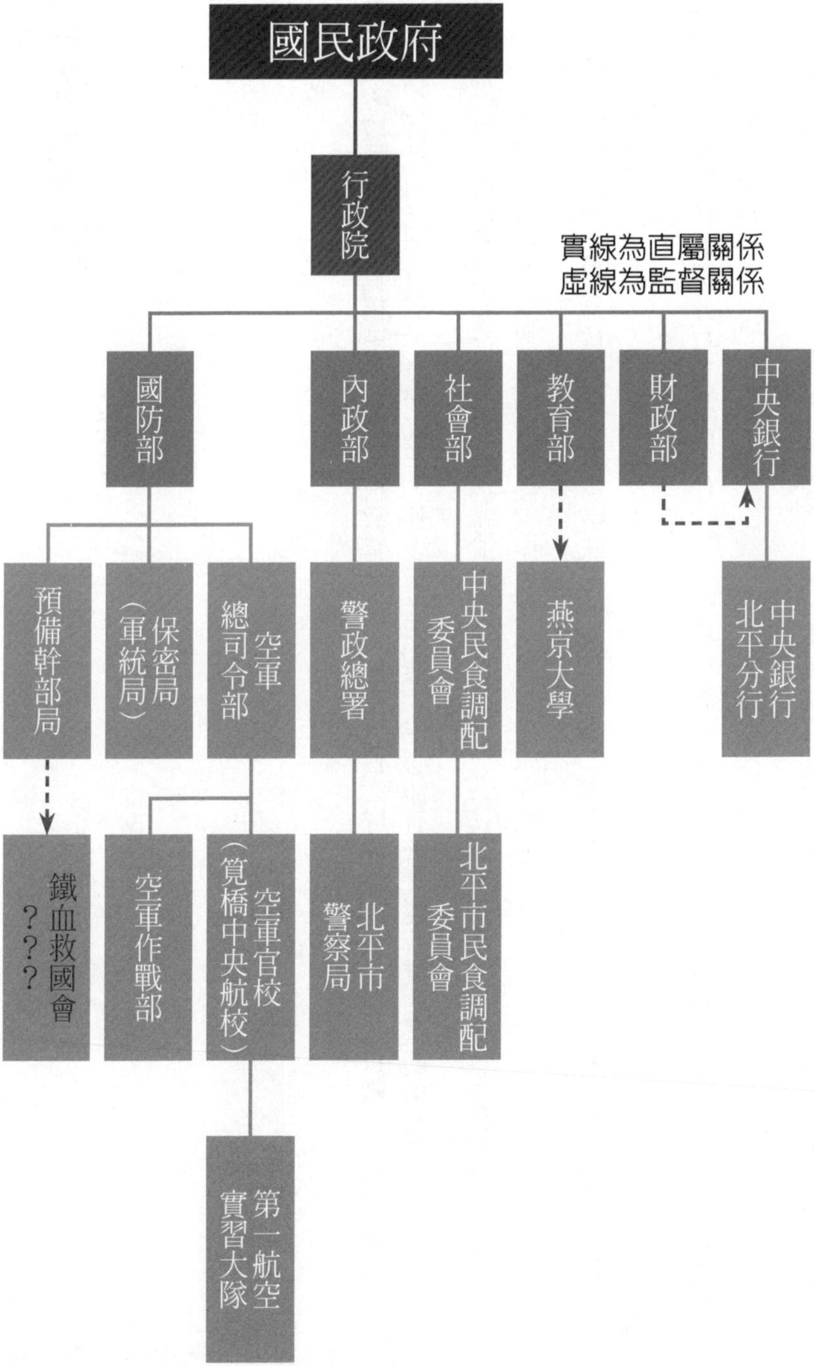
國民政府
行政院
實線為直屬關係
虛線為監督關係
國防部
內政部
社會部
教育部
財政部
中央銀行
預備幹部局
保密局（軍統局）
空軍總司令部
警政總署
中央民食調配委員會
燕京大學
中央銀行北平分行
鐵血救國會？？？
空軍作戰部
空軍官校（筧橋中央航校）
北平市警察局
北平市民食調配委員會
第一航空實習大隊

【登場人物介紹】

方孟敖：國民黨空軍筧橋中央航校上校教官、第一航空實習大隊隊長，也是對日抗戰有功的王牌飛行員。能力超群、冷靜沉著，外表玩世不恭，內心卻有著歷經苦難的堅韌與豁達。

方步亭：中央銀行北平分行經理。方孟敖十年不認的父親，有著經濟學家的頭腦和資深政客的手腕，其所作所為只是出於保護家中兒女，亂世中求自保而已。

謝培東：中央銀行北平分行襄理、方步亭妹夫。做事牢靠、盡忠職守，於公於私都是方步亭最信賴的得力助手。

崔中石：中央銀行北平分行金庫副主任。為人簡樸低調，疑為共產黨地下黨員。在軍統局西山祕密監獄被處決。

何其滄：燕京大學副校長、國民政府經濟顧問。有著俠客的豪放、也有學者的耿介，更保有赤子的真誠，運用自己的影響力對當局施壓，保護進步學生。

方孟韋：北平警察局副局長兼北平警備總司令部偵緝處副處長，方孟敖之胞弟。年輕有為的優秀青年，冷靜自持、熱血愛國，一心敬愛父兄，也愛慕謝木蘭。

何孝鈺：何其滄的女兒，燕京大學學生。美麗聰慧、溫柔堅毅，總是考慮別人遠甚於自己，感情在梁經綸和方孟敖之間搖擺。

謝木蘭：謝培東的女兒，燕京大學學生。熱情直爽、美麗大方、有些孩子氣，和何孝鈺是形影不離的姊妹淘。

梁經綸：燕京大學最年輕的教授、何其滄的助理，學貫中西的菁英學者。看似風流倜儻，實則深沉孤獨。

曾可達：國防部預備幹部局少將督察，也是鐵血救國會核心成員。幹練冷峻、嫉惡如仇，恪守上級「一次革命，兩面作戰」的指示，既要對抗國民黨的腐化，又要對抗共產黨的惡化。

徐鐵英：國民黨中央黨員通訊局聯絡處主任，也是新任的北平警察局局長。在中統局幹過十多年，為人貪婪，私念重於職業。

王蒲忱：國防部保密局北平站長。深藏不露、陰沉內斂，遊走於國民黨內派系之間。

侯俊堂：國民黨空軍作戰部中將副部長，涉嫌參與民生物資走私案。

杜萬乘：國民政府財政部總稽核，「七五事件」五人調查小組召集人。憎惡貪腐、有正義感，具有洋派書生氣息。

王賁泉：國民政府中央銀行主任祕書，「七五事件」五人調查小組成員。

馬臨深：國民政府中央民食調配委員會副主任，「七五事件」五人調查小組成員。

馬漢山：北平民食調配委員會副主任，也是北平市民政局長。軍統出身，充滿江湖氣息，熱愛斂財。

程小雲：方步亭的續弦妻子。溫柔、賢慧、識大體。

葉碧玉：崔中石妻子，性喜嘮叨。

陳長武：方孟敖部屬，實習飛行大隊隊員，正直敏銳、多愁善感。

邵元剛：方孟敖部屬，實習飛行大隊隊員，憨直耿介、功夫了得。

郭晉陽：方孟敖部屬，實習飛行大隊隊員，反應敏捷、率性而為。

第三十七章

陳長武跳上了發糧處的高臺，低聲向方孟敖報告。

「敢開槍？」方孟敖身前就是嚴春明，眼一犀，乜向身後的工棚。

工棚內，一袋一袋麵粉形成了一個十字通道。

孫祕書果然提著槍站在十字通道正中，與方孟敖的眼神一碰！

方孟敖毅然轉過頭，對嚴春明：「請講吧，我保護你。」

接著便站到他身後，高大的身軀將嚴春明擋得嚴嚴實實。

「謝謝……」嚴春明面朝大坪，「同學們……」

這一聲本想喊得洪亮，卻透著沙啞。

大坪上的人卻出奇的安靜，配合地望著他，等著他。

嚴春明意識到自己的汗水從額間到鏡框一直流到了嘴裡，伸手從長衫間去掏手絹，卻摸到了那把槍！

嚴春明反而鎮靜了，小心地抽出手絹，擦了擦流到嘴邊的汗，接著喊道：「同學們！」

這一聲洪亮了。

嚴春明：「剛才，我和大家一起背誦了朱先生的《荷塘月色》……有一種感覺，像是第一次讀這篇文章……其實，我和朱先生在西南聯大時就是朋友，自以為很了解他。今天才發現，我們有時候對一個人，對一篇文章，白頭相交，倒背如流，也未必真正了解……」

說到這裡他又噎住了，滿臉的汗水或許還夾著淚水又流到了嘴邊。他只得又掏出手絹，還取下了眼鏡，揩了起來。

大坪上所有的人更加安靜了。

人群中的梁經綸，也滿臉流汗了。

望著高臺上一前一後的嚴春明和方孟敖，他不知道接下來會發生什麼！

孫祕書依然提著槍站在十字通道中間，也滿臉冒汗了。建豐同志給自己的指示是配合王蒲忱祕密逮捕共產黨。可徐鐵英擺著那麼多憲兵不用，命令自己當場向嚴春明開槍，意欲何為？這一槍開與不開，黨國都已經亂了！

「徐鐵英叫你打嚴春明？」突然，曾可達的聲音在身後響起。

孫祕書一驚，沒有回頭，低聲道：「徐鐵英在工棚外。」

曾可達：「王站長把他叫開了。」

孫祕書這才慢慢回頭，跟曾可達碰了個眼神。

曾可達：「沒有建豐同志的指示，不許開槍。」

「徐鐵英已經請示了葉秀峰，黨通局要殺共產黨沒有理由不執行……」

「黨通局那邊有建豐同志。」說完曾可達立刻感覺到自己的語氣過於嚴肅了，緩和了面容，「把槍給我，徐鐵英追問我來對付。」

孫祕書點了下頭，曾可達拿了他的槍。

嚴春明的聲音又從講臺上傳來，二人又望向了講臺。

嚴春明：「……就在前不久，朱先生的兒子拿著一張借條來找我。借條是朱先生寫的，同時送來的還有幾本宋版和明版的善本書，說是作為借款的抵押，向我借一個月的工資，四十美元……」

說到這裡，嚴春明又將濕透了的手絹放回口袋。

這一次，梁經綸的目光定在了嚴春明右手所插的長衫處。

微微隆起，顯出一角槍柄——是那把槍！

梁經綸臉上的汗珠也定住了！

梁經綸沒有想到被自己鎖在保險櫃裡的槍竟然在嚴春明的口袋裡！百密一疏，他想起了善本室有兩套鑰匙！嚴春明接下來要幹什麼？無論面對共產黨北平總學委，還是面對鐵血救國會，自己都將無法交代了……

被定住的汗珠流動了，從梁經綸的臉上淌了下來。

還有另一雙眼睛成了一條線，也是一驚，是卡車旁人群中的老劉，他也察覺到了嚴春明口袋裡有槍！

「該死！」老劉低哼了一句。

「還救不救……」他身旁一個弟兄低聲接問。

好幾雙眼都望向老劉。

老劉誰也不看，只望著糧袋上的嚴春明。

嚴春明接著說道：「……一個月四百大洋的教授為什麼會向我這個一個月四十美元的教授借錢呢？大家知道，因為我們燕大發的還是美元，而國民政府早將大洋改成了法幣。朱先生每月一千五百萬法幣，全買了糧食也不夠他一家人吃十天，剩下的日子就只能靠領美國的救濟糧了。可朱先生還是拒領了這些救命的糧食。那天，我把錢送過去，特地問了他，是不是有共產黨做他的工作。朱先生告訴我，他是個自由的人，可還是個中國人，那麼多中國人在挨餓，自己和家人如果每天吃著美國的救濟糧，就連中國人也不配做了。這跟共產黨沒有關係，跟任何黨派都沒有關係！」

群情終於激動了，大坪上不同的呼喊聲震四野：

「反饑餓！」

「反迫害！」

「朱先生不死！」

「不領救濟糧……」

大坪左邊的第四兵團特務營，大坪背後的警備司令部憲兵全都下意識地舉起了槍！

嚴春明高舉起左手，示意大坪上的師生安靜。

梁經綸立刻配合，轉過身去，高舉雙手示意大家安靜。

方孟敖望向端槍的軍隊，大聲喝道：「放下槍！等他說完！」

那些槍又默默地放下了。

大坪上的爆發復歸寂靜。

嚴春明側過身，突然對站在身後的方孟敖：「感謝方大隊長的保護，現在請你讓開一下。」

方孟敖往一旁讓開了一步。

嚴春明突然指向身後的工棚，大聲說道：「國民黨的長官們就在我的身後，我現在問你們，派這麼多軍隊包圍手無寸鐵的學生和老師，你們到底是來發糧，還是來抓人？你們總是有理由，只要民眾對你們的倒行逆施發出抗議，你們就安上一條共產黨的罪名。我剛才轉告了朱先生的原話，他跟共產黨沒有任何關係。希望你們好好反思朱先生的死，不要把學生和民眾的義憤都視為共產黨。如果這些學生老師都是共產黨，你們今天還能拿著槍站在這裡嗎！」

「戡亂救國的手令就是總統簽署的！」

——陳繼承的吼聲在高粱地邊的報話機裡震得徐鐵英耳鼓直響。

徐鐵英將報話機拿到了胸前，報話機裡的聲音依然在轟響：「共產黨都上臺了還不開槍？當場擊斃那個嚴春明，有跳出來的，見一個抓一個！敢暴力反抗，開槍！」

徐鐵英：「我建議陳總司令親自前來壓陣。」

「開槍，抓人！我立刻過來！」

徐鐵英將報話機筒遞給了報務員，向工棚方向走去。

憲兵立刻開路，高粱稈被兩路湯姆遜衝鋒槍急速撥開，徐鐵英像踏在船頭衝開的浪溝裡。

嚴春明的聲音越來越近，徐鐵英的面前只有一排排倒下的高粱稈。

太陽光下，站在高臺上的嚴春明臉上那副厚厚的眼鏡片又朝向了滿坪師生。

嚴春明這時儼然一位慈愛的師長，聲調中滿帶深情：「我們都欽佩朱自清先生的骨氣，可真正理解朱先生，應該讀懂他對生活的讚美和眷戀。剛才大家背誦他的《荷塘月色》，那是如梵婀玲上奏著的名曲。同時，我們不應該忘記他的《背影》，那是偉大的父愛。同學們，朱先生不但是你們的導師，也像你們的父親。無論作為導師，還是父親，他都希望你們走好人生的路。八年抗戰我民族滿目瘡痍，內戰又打了近三年了……我們這個苦難深重的中國，總有一天要搞建設。未來中國能不能夠富強，希望在你們身上……」

這時，方孟敖又突然一閃，擋住了他的背影：「先生，你的話說得很好，可以下去了。」

方孟敖眼睛的餘光早已捕捉到了身後走進工棚的徐鐵英！

嚴春明顯然也感覺到了背後的危險，對方孟敖：「國民黨內也不都是反動派，方大隊長，謝謝你的保護，請你們保護好這些學生和老師。」

他的手插進了長衫的口袋。

方孟敖已經攙住了他，準備將他送下高臺。

「有槍！抓住他！」一聲大喊從掩體右邊傳來！

接著，一個身影閃過青年航空服務隊！

——王蒲忱向高臺飛奔而來！

幾乎同時，掩體左邊通道另一個身影閃過青年航空服務隊，向高臺飛奔而來。是老劉，一邊飛奔，一邊高喊：「民調會的，有情況報告方隊長。」

右邊通道，王蒲忱飛奔的身影。

左邊通道，老劉飛奔的身影。

兩個人幾乎同時跑到了中間的糧袋講臺。

只快一步，老劉躍上了講臺，直奔嚴春明，肩一靠，將嚴春明撞下了講臺！

轉過身時，他手裡已經拿著嚴春明的槍！

老劉這一連串動作真叫迅雷不及掩耳，王蒲忱只慢了一步，便沒上臺，趴在右側糧袋上，雙手握槍對準老劉：「是共產黨，把槍放下！」

老劉看也不看王蒲忱，只對方孟敖大聲說道：「方大隊長，我是馬局長的人。我們馬局長被他們抓了，有人破壞發糧，請方大隊長去過問一下。」

說著，竟用手裡的槍頂住了方孟敖，跡似要脅！

所有的人都被這個人突然的舉動愣在那裡！

方孟敖不認識老劉，當然不知道他此刻一連串的舉動一是救嚴春明，二是掩護自己的身分，身一閃，一把抓住了老劉的槍。

兩隻手都如此有勁，老劉握著槍柄，方孟敖抓住槍身，那把槍被定住在臺上。

好些槍都舉起來了，瞄準了臺上的老劉。

「不許開槍，抓活的！」王蒲忱喊著已經躍上了糧袋。

槍還是響了！

王蒲忱愣在臺上，望向槍響處，是臺後的工棚。

接著又是兩響！

方孟敖睜大了眼，手慢慢鬆開了。

眼前這個人胸前的血湧了出來，手裡還緊緊捏著那把槍，可身子已在慢慢倒下。

方孟敖猛地回頭，盯向身後的工棚。

曾可達手裡有槍。幾個憲兵手裡有槍。可這幾個人都在望著徐鐵英。

徐鐵英槍口一收，遞給了孫祕書：「把臺上那個共產黨抬下來！抓那個嚴春明！還有別的共黨，一個也不許放過！」

撂下這幾句命令，徐鐵英轉身向工棚外高粱地大步走去，同時將方孟敖、王蒲忱、曾可達三個人的目光也撂在那兒，一眼也不看。

大坪上人群已經大亂。

梁經綸指揮著身邊的學生：「保護嚴教授，往後面走！」

嚴春明被學生架著，兀自不走，喊道：「眼鏡，我的眼鏡！」

——剛才被老劉撞下臺來，嚴春明的眼鏡便掉了，聽見了槍響，卻沒看見老劉倒下。

梁經綸湊過頭來急速說道：「剛才救你的人遇難了，趕緊走！」

嚴春明腦子裡轟的一聲，一片空白，僵在那裡。

梁經綸對架著嚴春明的學生：「走，送到何校長那邊去！」

滿坪的師生有些在互相衝撞，有些挽起手臂組成短短的人牆，也不知道該保護誰，有人大聲叫著：「不要亂，往校園走！」

第四兵團特務營朝天鳴槍了！

警備司令部的憲兵朝天鳴槍了！

大坪後排，何其滄激動得發顫，大聲喊道：「不許開槍！」

可憐他的聲音只有身旁的女兒，還有謝木蘭和保護他的校工能聽見。

何孝鈺緊緊地扶住父親，眼睛仍然看著前方糧袋的高臺，滿臉淚水！

她看見好些憲兵已經抬著老劉同志的屍體往後面工棚跳了下去。

謝木蘭滿臉汗水踮起腳尖，她看見了梁經綸，看見了幾個學生架著嚴春明正往這邊擠來，大聲對何孝鈺說道：「你趕快送何伯伯回去，我去救人！」說完便闖進了混亂的人群，向梁經綸他們擠了過去。

糧袋講臺上，方孟敖已經抽出了槍，二十名青年航空服務隊隊員也都已經握著槍排在他的身後。

方孟敖：「陳長武、邵元剛！」

「在！」

方孟敖：「分別瞄準特務營和偵緝處，誰敢開槍就射擊誰！」

「不要開槍！」曾可達飛快地跳上了糧袋，靠近方孟敖，「徐鐵英剛才打死的是共產黨城工部的頭。現在發生衝突會被送上軍事法庭！」

方孟敖只盯了他一眼，依舊下令：「分別瞄準！」

陳長武十個人十支卡賓槍對準了第四兵團特務營。

邵元剛十個人十支卡賓槍對準了警備司令部偵緝處。

二十人同時喝道：「放下槍！」

特務營和偵緝處竟然也都舉起槍對準了他們！

方孟敖的槍直指那個特務營長，槍口隔著距離也能看出正對他的眉心！

「方孟韋！」人聲鼎沸，方孟敖的聲音依然如此響亮。

站在警察局方陣前的方孟韋舉起了槍，以示答應。

方孟敖：「帶你的隊伍去繳他們的械！」

「不許衝動！」曾可達舉槍朝天連續開了三槍，「所有的人都放下槍！凡開槍的全部送軍事法庭！」

曾可達在聲嘶力竭穩住了局面，所有槍雖然沒有放下，但所有人都默在那裡。

曾可達大聲喊道：「王站長！」

「在！」

曾可達循聲找去，卻看不見王蒲忱，只得大聲說道：「找徐鐵英，叫他過來，下令軍隊不許衝突！」

老劉已被擺在高粱地裡，胸口大片血漬，身邊蹲著王蒲忱，站著徐鐵英，四周圍著好些憲兵還有北平軍統站的人。

王蒲忱站起來，從口袋裡掏出菸和火柴：「這個人就是經國局長點名要抓的共產黨紅旗老五。徐主任，這幾槍你向經國局長和毛局長去解釋。」

徐鐵英：「我會向葉局長還有陳部長報告，陳副總司令也會向總統報告。」

王蒲忱把剛掏出的一包菸和一盒火柴都扔了：「好。曾督察在等我們呢，走吧。」一把抓住徐鐵英的手臂便向工棚講臺方向走去。

徐鐵英還沒來得及掙脫，只覺自己被他挽著的整條手臂全都麻了，沒有了知覺。

王蒲忱五根又細又長的手指此時竟像五根釦釘，釘在徐鐵英的手臂上！

王蒲忱扣著徐鐵英大步走進工棚：「行動組執行第二套計畫，務必抓住那個嚴春明！」

* * *

落地玻璃窗前陽臺上，方步亭坐在辦公室的椅子上，眼望著窗外一片空白，背後的謝培東也竟然只聽電話，沒有聲音。

大辦公桌前，聽著電話的謝培東已經臉色大變，愣在那裡。

鏡春園北屋內，張月印對著話筒，竭力鎮定自己的情緒：「已經確認，中了三槍，好像是為了救燕大那個嚴教授。不能再死人了。請方行長立刻給李宗仁副總統北平行營打電話，讓他們派人保護去現場。目前只有方行長和何副校長可能阻止流血……」

放下話筒，張月印的眼中閃著淚星。

「誰的電話？是不是死人了？」方步亭聽見謝培東擱了話筒。

謝培東：「北平警察局的人從發糧現場打來的。徐鐵英開槍了，孟敖、孟韋都有危險……」

方步亭倏地站起來：「木蘭和孝鈺呢？她們在不在現場？」

謝培東：「在，還有何副校長。」

「撥李宇清副官長！」方步亭失聲叫道，大步向辦公桌走來。

——方步亭的思路竟然和張月印一樣！

「是李副總統行營嗎？」謝培東問道。

「是。趕快打！」

謝培東立刻撥號。

程小雲被方步亭失態的聲音引來了，站在辦公室門外，緊張地望著方步亭。
這間辦公室程小雲是不能來的，今天卻犯禁來了，依然沒敢走進大門。
方步亭望著她，蒼涼地搖了搖頭，沒有叫她離開，也沒有叫她進來。
電話撥通了。
謝培東：「請問是李宇清副官長嗎？這裡是中央銀行北平分行，我們方行長有緊要情況，請稍等……」
方步亭已經一把抓過了電話。

＊　＊　＊

清華燕大結合部臨時發糧處大坪。
糧食已經是一粒也發不下去了。
關鍵是前來領糧的各院校學生代表，還有老師也都走不出去了。
祕密逮捕演變成了現場抓人，四面都被軍隊圍住了。
警備司令部的憲兵、第四兵團的特務營奉命必須抓住嚴春明，包括所有掩護他的人，已經堵住了大坪後的出口和左側。
方孟韋指揮的北平警察局不能抓人，也不敢真跟警備司令部和第四兵團動武放人，只能原地站在那裡，這便將大坪右側堵住了。
青年軍那個營的任務是保護曾可達和方孟敖大隊，李營長帶著三個班圍在糧袋講臺的三面，其他的人都嚴陣在工棚兩側和後面的高粱地裡。

最不可能站在一起的四個人現在全都站在了講臺上，曾可達、徐鐵英、王蒲忱，還有方孟敖。

他們的後面便是那二十名青年航空服務隊隊員。

嚴春明突然上臺演講，老劉突然被打死，完全打亂了曾可達和王蒲忱原來的行動計畫。現在，四雙眼睛都在望向一處，那個嚴春明被一群學生護在大坪中央，更可怕的是梁經綸和謝木蘭就在嚴春明身邊！

時間在這一刻凝固了，彷彿默片，彩色在褪去，變成了一幕幕黑白：

——曾可達兩眼虛望前方的照片。

——徐鐵英兩眼露著凶光的照片。

——王蒲忱斜眼望著左下方的照片。

——方孟敖兩眼望向天空的照片。

——大坪上所有師生沉默不屈的全景照片！

——大坪後排何其滄憤怒、何孝鈺緊挽父親的照片！

何其滄黑白的面容和身影有了色彩，倏地發出了大聲的責問：「你們誰是最高長官！」

講臺上那四個人的照片都還原了現場的情景，四個人都望向了何其滄，沒有一個人能夠回答他的責問。

「讓我過去！」何其滄便要向大坪講臺走去。

「不要過去！」何孝鈺緊緊地挽著父親，「沒有用的。」

燕大教務處的人也都緊緊地靠住了他。

一向身體孱弱的何其滄猛地甩開了女兒的手，向人群走去。

大坪上的學生開始讓路。

幾個憲兵衝過來，列成一排，槍口擋住了何其滄。

講臺上的方孟敖槍一閃，頂在了身邊徐鐵英的太陽穴上：「叫他們讓開！」

徐鐵英如此鎮定，大聲說道：「擋住他，不許傷害！」

那排憲兵人牆，無數個黑洞洞的槍口，使何其滄半步也不能前行了！

方孟敖頂在徐鐵英太陽穴上的手槍扳機在慢慢向後扣動！

曾可達的手輕輕伸過來，輕輕托住方孟敖手中的槍：「槍一響何校長他們都有生命危險……放下吧。」

方孟敖的槍硬生生地離開了徐鐵英的腦袋。

大坪上不知哪幾個學生帶頭唱響了激憤的歌聲：

團結就是力量

接著，更多的人加入了合唱：

團結就是力量

接著，所有的學生都唱了起來：

那力量是鐵

那力量是鋼

比鐵還硬，比鋼還強

有些老師顯然不會唱這首歌，開始還不知所措，這時也跟著唱了起來：

朝著法西斯蒂開火
讓一切不民主的制度死亡
向著太陽
向著自由
向著新中國發出萬丈光芒
團結就是力量……

歌聲開始重複，大坪上的學生在歌聲中向嚴春明、梁經綸和謝木蘭他們聚攏，將他們層層圍在中央。

還有一些學生向何其滄、何孝鈺聚攏，唱著歌擋住那排憲兵的槍。

何孝鈺陪著父親一直在默對身前的槍口，突然發現父親的嘴動了，老人家跟著旋律也唱了起來。

何孝鈺的眼淚止不住又湧了出來，緊緊地挽著父親，看著他唱。

驟然，通往大坪的公路上槍聲大作，蓋住了大坪上的歌聲！

車隊出現了，不知有多少輛，全是警備司令部的憲兵，一齊朝天放槍！

陳繼承來了！

高粱稈紛紛倒伏，高粱叢中的曾可達渾身是汗，豕突般衝向那臺收發報機。

他身後大坪那邊槍聲、抓人聲已響成一片。

王副官望著他，立刻握住了發報機鍵。

曾可達竭力鎮定，對王副官大聲說道：「建豐同志！」

王副官飛快地敲擊機鍵。

曾可達：「陳繼承發難，梁經綸被抓，方大隊被圍，衝突在即，局面失控。曾可達。」

話音落了，機鍵也停了，王副官望著曾可達。

曾可達卻死死地盯著那臺收發報機。

槍聲、抓人聲他已經完全聽不見了，腦子一片空白，眼前一片空白，只有那臺收發報機越來越大。

匪夷所思，南京的回電到了！

王副官手中的鉛筆已在飛快地記錄密碼，曾可達眼中那支鉛筆卻如此緩慢！

王副官緩慢的身影在曾可達眼中倏地快了，但見他拿著密碼站了起來，念道：「不許衝突，控制方大隊撤圍，立刻參加華北剿總會議。建豐」

王副官話音剛落，曾可達已經猛地轉身，狼奔般衝進了高粱叢中！

* * *

北平華北剿總會議室召開的緊急會議，註定要在劍拔弩張中一決高下了！

會場內，還是那個主席臺，還是那張鋪著白布的長條桌，桌前還是那三把高靠背椅子。

會場外，卻一片軍隊的跑步聲、口令聲、列隊聲。

整個會場都被北平警備總司令部的憲兵圍了。

陳繼承率先走進會場大門。守門的憲兵連長和四個憲兵同時敬禮。

跟著進來的徐鐵英立刻被憲兵連長攔住了：「長官，請把槍交出來。」

徐鐵英立刻把槍交給他，走了進去。

接著進來的是王蒲忱，看也沒看那個憲兵連長，像遞一支菸，把槍遞了，步速依然。

再進來的就是曾可達和方孟敖了。

看著這兩個人，憲兵連長攔他們時有些緊張：「長官……」

曾可達最擔心的卻是方孟敖，回頭看著他，拿出槍先遞了，依然站在那裡等方孟敖交出槍。

方孟敖也拿出了槍，憲兵連長剛要接，令曾可達擔心的事還是發生了。

方孟敖舉起槍，對著天花板，一聲槍響，整個會場槍聲轟鳴！

華北剿總會議室外大院。李宗仁那輛別克車旁，剛攙著父親下車的何孝鈺臉色立刻白了。

何其滄的臉色也立刻變了。

從後面車裡下來的方步亭、謝培東正朝何其滄這輛車走來，都倏地停住了腳步，望著槍聲傳來的會場大樓，驚了！

會場內。

陳繼承回頭驚愕的目光！

徐鐵英回頭驚愕的目光！

王蒲忱回頭驚愕的目光！

曾可達腦子已經一片空白，閉著眼愣在那裡，憲兵連長和四個憲兵的槍口都指著方孟敖，槍聲再響，建豐同志的一切部署、自己的一切努力也許就此結束了。

「第一槍了。」是方孟敖的聲音。

接著，曾可達被緊接著的槍聲驚開了眼。

方孟敖對著天花板竟又連續開了五槍！

天花板上出現六個好大的彈孔！

何孝鈺、謝培東不能進會場，站在大樹下車輛旁，驚急的目光全都在前面兩個老人驚急的腳步上。方步亭此刻攙著何其滄居然能走得如此之快！

還有兩個大步走在前面的人，一個是李宗仁的副官長李宇清，一個是傅作義的祕書長王克俊。

憲兵連長和四個憲兵的槍口依然對著方孟敖，憲兵連長在等陳繼承的命令。

陳繼承站在主席臺下，死死地盯著方孟敖。

方孟敖把槍慢慢插進了槍套：「六發子彈都打完了，還要交嗎？」大步向會場最後一排座椅正中走去。

陳繼承的目光倏地轉望向了曾可達。

曾可達還站在原地，也望著他。

陳繼承：「請曾督察立刻報告你們經國局長，這個人該怎麼處理！」

曾可達：「是開了會報告，還是我們退會，現在去報告？」

陳繼承氣得牙一咬：「不用你們報告了，開會！開完會我直接報告總統。」轉身登上了主席臺，走到最中間那把椅子前筆直地坐下。

臺下，方孟敖也已走到最後一排正中間的座位前，倏地坐下，正對著主席臺上的陳繼承，偏又不看他的臉，只看他頭上的帽子。

其他三個人終於緩過神來了，槍聲還在會場縈繞，一個個都陰沉著臉，胡亂在最後兩排靠邊的位置坐了下來。

「敬禮！」門口憲兵連長一聲口令打破了沉寂。

陳繼承本還鐵青著臉，跟著目光不對了。

說好的是李宇清、王克俊配合自己開會，怎麼把何其滄、方步亭也帶來了！

李宇清第一個進來，掃了一遍會場，發現所有的人頭都在，提起的那口氣鬆下來，轉臉對何其滄、方步亭：「二位先生請到前面就座……」

何其滄、方步亭沒有接言，也沒有動步，兩雙目光同時望向坐在最後一排的方孟敖。

方孟敖慢慢站起來，慢慢轉過去，全身朝向他們。這是告訴他們，自己安然無恙。

何其滄先是向方孟敖輕點了一下頭，接著乜向還緊緊抓著自己手臂的方步亭。

方步亭看到學長的眼神，才察覺自己很是失態，慢慢鬆了挽著何其滄的手，攥住兩手心的汗，恢復了以往的端嚴。

「走！」何其滄點著拐杖咄咄有聲地往前走去，方步亭踏步跟去時，看到了兒子十年來最親近的目光！

李宇清、王克俊兩個中將倒跟在後面了。

曾可達、王蒲忱還有徐鐵英都唰地站起來。

會場大門被四個憲兵關上了。

華北剿總會議室外，一級一級的漢白玉階梯直到大門，兩邊都站著憲兵。

何孝鈺站在大樹下汽車旁望著漸漸走近會場的謝培東。

「站住。」謝培東還沒走到階梯旁就被另一個憲兵連長攔住了。

謝培東先遞過一張名片。

那個連長識字，看了後遞還給謝培東：「北平分行的襄理？」

謝培東點了下頭。

那個連長：「大樹下陰涼，在那裡等你們行長吧。」

謝培東沒走，將手裡的公事包雙手遞了過去：「我們行長的公事包，煩請送進去。」

那個連長看了看，覺得應該送，便去接。

謝培東卻沒鬆手，那連長的臉剛拉下來，便看到了公事包底下露出一截的十元美鈔。

那連長望向謝培東。

謝培東低聲問道：「剛才聽到槍響，沒有傷到人吧？」

那個連長連公事包帶美鈔都接住了：「打的空槍，沒人受傷。放心，等著去吧。」

「多謝。」

謝培東轉身走向望著自己的何孝鈺。

那個連長快步登上了石階，接著輕輕叩門。

謝培東猛一回頭，望向慢慢打開的會場大門。

＊　＊　＊

西山軍統祕密監獄的兩扇大鐵門，飛快地向兩邊推開。

保密局北平站行動組那輛中吉普率先衝了進來。

十輪大卡上一片憲兵的鋼盔湧了進來。

警燈，警笛，囚車開了進來！

第一輛是標準的美國囚車。座分兩排，押送者和被押送者同排夾坐，既便於看押，還講了人權，據說是美國配合民國立憲的援助。

左邊一排第一個便是夾在兩個憲兵中間的嚴春明，戴著手銬。

接下來是梁經綸，沒有戴手銬。

隔著一個憲兵，竟是中正學社的那個歐陽同學，沒有戴手銬。

再隔著一個憲兵，是中正學社另一個特務學生，沒有戴手銬。

右邊一排是幾大名校的學聯代表，都被憲兵夾坐著。

北大學聯的學生代表，沒有戴手銬。
清華學聯的學生代表，沒有戴手銬。
北師大學聯的學生代表，沒有戴手銬。
最後一個竟是謝木蘭！
她被當作燕大學聯的代表抓了，看著同車這些人，激動興奮異常。
只是看向梁經綸時她有些失落。
他一直閉著眼，而且臉色不好，一路上也沒用眼神鼓舞一下大家。
車一晃，停住了。
「下車！」
謝木蘭搶先站起，望向梁經綸。
可惜囚車後門一片刺目的日光射了進來。

華北剿總會議室臺下第一排正中，何其滄、方步亭一直挺立，不肯落座。
李宇清和王克俊便只能陪著何其滄、方步亭站在主席臺下。
方孟敖、曾可達、王蒲忱，包括徐鐵英也全都站在自己座前。
陳繼承一個人高高站在主席臺上，尷尬可知。他卻依然一動不動，冷眼看著臺下。
李宇清見陳繼承這般冷場，便也不看他了，望向何其滄：「何先生，您是國府的顧問，對政府有何建言，請說。」
「我不是什麼國府顧問。」何其滄一開言便激動起來，「我是燕京大學的副校長。你們抓了我的學生，抓了我的教授，還來叫我建言？」

李宇清還是不看陳繼承，卻望向王克俊：「抓人的事傅總司令知道嗎？」

王克俊回答得十分繞口：「我也不知道傅總司令知道不知道，陳副總司令是否報告過傅總司令，陳副總司令應該知道。」

李宇清不再周旋了，唰地從公事包裡抽出一紙國府公文：「李副總統訓令！」

所有目光都投向了李宇清和他手上那紙訓令！

隔著訓令，傳來了李宗仁的廣西口音：「傅總司令作義，陳副總司令繼承臺鑑：本人為中華民國當選之副總統兼北平行營主任，身在北平，直轄冀平津軍政要務，何以本人所下達之命令華北剿總置若罔聞？事後亦不予解釋，不予報告？是爾等認為中華民國憲法形同廢紙，抑或認為本人所當選之副總統形同虛設？果真如此，本人即向議會辭職。望明白告示！李宗仁，民國三十七年八月十二日。」

西山軍統祕密監獄大門院內，警備司令部的憲兵和保密局的特務站成兩排，中間形成一條通往西邊監獄的通道。

謝木蘭最先下來卻走在最後，梁經綸還有那個嚴教授偏偏被押著走在最前面，身後的囚車裡又押下來好些學生，她只好跟在北師大學聯那個代表後面。

「啪啪」兩下清脆的響聲，通道兩旁的憲兵和特務都露出驚愕的目光望向大門。

隊伍停住了，所有人都轉頭望去。

又是「啪啪」兩聲，方孟韋抽第二個攔他的憲兵了。

「我就是偵緝處的副處長，攔我？」方孟韋再大步走進來時，守護大門的憲兵都讓開了。

第四兵團特務營長、北平警備總司令部憲兵營長也都不敢攔他，孫祕書迎了過去：「方副局長……」

方孟韋站住了，望向他：「不甄別了，就這樣全關進去？」

孫祕書：「甄別也需要問話登記，真不是共產黨才能夠取保候審。這個程序方副局長懂的。」

方孟韋：「我問話，我取保候審行不行？」

「方副局長要取保誰？」

輕輕的一句明知故問，方孟韋差一點兒就想拔腿離去，一扭頭望向了天空，刺目的日光射來。在發糧現場他就看到謝木蘭因緊挽著梁經綸，和嚴春明一起被陳繼承的憲兵團抓了。現在又看到她站在那裡一直望著那個梁經綸。心如死灰間突然想起了自己和父親一起多次讀過的清代顧貞觀為救友人的那首詞，想起了詞中那句揪心的話，「盼烏頭馬角終相救」。

太陽光直射方孟韋眼中的淚光！

孫祕書在靜靜地等方孟韋說出謝木蘭的名字，見他這般狀態，所有人又都等在那裡，不能再沉默了，望向最前面的北平站行動組長：「你過來！」

行動組長從押人的最前面快步跑過來。

孫祕書：「方副局長要親自問一個人，你叫出來。」

「是。」行動組長望向方孟韋，等他說出名字。

孫祕書：「不要問了，中間那個女同學，燕大的，叫謝木蘭。」

「好。」行動組長便不再問，沿著被押的人快步走了過去。

華北剿總會議室外的這株大樹據說朱棣遷都時就栽了，好幾百年，經歷了幾場大火，旁邊的殿宇燒了又蓋，蓋了又燒，直到袁世凱當民國總統改建了這座會堂，它依然濃蔭覆地。

憲兵全站在遠處，只謝培東和何孝鈺坐在圍樹的石砌上，沉默得樹上的蟬都以為樹下無人，大聲聒噪。

「老劉同志，那麼大的領導，就這樣死了，組織上事先知道不知道？」何孝鈺輕聲一問，樹上的蟬聲立刻停了，一片沉寂。

謝培東慢慢轉過頭去。

何孝鈺眼中有淚。

謝培東只望著她，沒有回答。

「不好回答我就不問了。」

「組織上都知道。」謝培東望向會場門口的憲兵，低聲答道。

那個憲兵連長也在望著他們。

何孝鈺依然望著謝培東的背影：「木蘭，還有嚴春明、梁經綸那麼多同志和學生被抓了，組織上準備怎麼營救？」

謝培東沒有回頭，只輕輕捏住了何孝鈺的手：「現在，我和你就是組織。」

西山軍統祕密監獄大門院內，方孟韋叫住了刻意迴避的孫祕書：

「不用走開，我和我表妹說的話你都能聽。」

孫祕書停住了腳步，依然站在離方孟韋和謝木蘭幾步遠的地方，又望了望滿大院那麼多等著的人：「請你們快點兒說。」

方孟韋這才望向了謝木蘭：「你認識那個嚴春明嗎？」

謝木蘭避開了他的目光：「他是我們燕大的圖書館主任，我當然認識。」

方孟韋：「梁經綸教授是你的授課老師，也是何伯伯的助手，因此你才和他一起護著那個嚴春明離開，是嗎？」

謝木蘭又沉默了片刻，答道：「是的。」

「孫祕書。」方孟韋的目光轉向了孫祕書，「請你過來。」

孫祕書只好走過來。

方孟韋：「我的話問完了，你也聽見了。我現在取保我的表妹，你應該沒有意見吧。」

「當然沒有。」孫祕書轉對執行組長，「把那些人都押進去，拿一張取保單來。」

「是。」

「不用了。」謝木蘭立刻叫住了那個執行組長，不看孫祕書，竟也不看方孟韋，說道，「我的老師、我的同學在哪裡我就在哪裡。」說著徑直向被押的隊伍走去。

孫祕書望向方孟韋：「方副局長……」

方孟韋猛地一轉身，一個人大步向院門走去。

孫祕書對執行組長：「都押進去吧。」

執行組長大聲喊道：「都押進去，分男女收監！」

華北剿總會議室內，何其滄、方步亭都坐下了。
後排的曾可達、王蒲忱、徐鐵英，還有方孟敖也都散在各自的位子坐下了。
李宇清和王克俊，還有陳繼承，卻都在主席臺的桌前站著。
李宇清和王克俊同時在看另一張手令。
那張手令上三個墨亮的黑字赫然——蔣中正！
他們彷彿聽到一個十分熟悉的聲音從那張手令上響了起來：「凡我黃埔同學忘記了黃埔精神，就不是我的學生……望陳繼承將我的手令轉李宇清、王克俊同閱……」
李宇清、王克俊目光一碰，望向了陳繼承。
陳繼承還是那副面孔，目詢著二人。
李宇清將手令遞還給陳繼承。
陳繼承：「請坐吧。」
李宇清在左邊的座位上坐下了。
王克俊從中間陳繼承的椅子背後繞了過去，在右邊的座位上默默地坐下了。
「你先說幾句？」陳繼承貌似徵求意見，已將麥克風擺到了李宇清面前。
臺下的目光都已感覺到了李宇清的尷尬，都望向他。
李宇清毫不掩飾尷尬，嘴跟麥克風保持一定距離：「剛才我傳達了李宗仁副總統的訓令，陳副總司令又給我們看了蔣總統的手令。根據中華民國憲法，總統是國家元首，任何政令軍令與元首的意見相左，均以元首的意見為最後之意見。請陳副總司令傳達元首的手令吧。」
輕輕拿起麥克風，輕輕擺回陳繼承面前。
臺下的目光各透著各的專注，等著陳繼承站立，然後跟著站立。

只有方孟敖，剛才還望著李宇清，現在卻靠向了椅背，而且閉上了眼睛。
陳繼承眼中的精光射了過來：「方孟敖！」
眾人的目光都望向了方孟敖。
就連坐在第一排的何其滄、方步亭也不禁回頭望向他。
「在！」方孟敖這一聲比陳繼承麥克風中的音量還大，同時倏地站起，標準的美式軍人站姿，挺拔得勝過了國軍的儀仗隊！
一雙雙不同神情的目光。
只有何其滄，轉過頭向方步亭一瞥，嘴角笑了。
方步亭跟著苦笑了一下，轉過了頭。
「國家已進入憲政時期。」陳繼承聲音大了。
李宇清、王克俊率先站起來。
徐鐵英、曾可達和王蒲忱立刻站起來。
只有何其滄、方步亭依然坐著。
還有臺上的陳繼承並沒有站起來，他有意沉默了兩秒鐘：「在美國、在英國，在所有憲政國家，都是總統站著講話，大家坐著聽。今後希望大家改掉訓政時期的壞習慣，不要傳達一下副總統的訓令都站著聽……」
李宇清帶頭坐下了，王克俊坐下了。
臺下的人跟著坐下時，陳繼承對著麥克風的聲音更大了：「方孟敖！你站得很標準，像個軍人。站著，我有話問你！」
「是！」方孟敖依然標準地站著，直視陳繼承的眼。

「上臺演講的那個嚴春明是共產黨北平學委的負責人，你知不知道？」陳繼承第一問便直指要害，而且掃了一眼何其滄，又掃向了坐在後排的曾可達。

所有的人都屏住了呼吸。

這次是何其滄閉上眼了，而且眉頭也鎖了起來。

曾可達卻只能筆直地坐著，他不知道方孟敖會怎樣回答。

「請問陳副總司令。」方孟敖回答了，卻是反問，「你是希望我說知道，還是希望我說不知道？」

何其滄的眼又睜開了，而且乜向了方步亭，毫不掩飾眼神中的那份賞識和快意。

方步亭沒有看學長，連嘴角上那一絲苦笑也沒有了。

陳繼承的目光籠罩著全場，當然看見了各種反應，倏地拿起麥克風湊到嘴邊，直問曾可達：「曾督察，我現在是奉總統的手令問話。方孟敖是你們國防部預備幹部局調查組的，你說，是希望我在這裡問他，還是希望我把他帶出去問話？」

曾可達慢慢站起來，答道：「請問陳副總司令，總統手令是問我們國防部預備幹部局調查組，還是問方大隊長？請陳副總司令出示手令，我們服從。」

蔣介石的手令上當然沒有這麼具體的指示，陳繼承挾天子以令諸侯這一招在李宇清、王克俊兩個黃埔學生面前管用，在曾可達和方孟敖面前卻直接碰了回來。

「想看手令？」陳繼承依然拿著麥克風，克制著惱羞，各望了一眼李宇清和王克俊，「總統手令二位都看過了，你們覺得曾督察有這個資格嗎？」

王克俊是華北剿總的祕書長，陳繼承怎麼說也還是他的副長官，不宜說是，也不能說不是，只好搖了下頭。

李宇清代表李宗仁來宣讀訓令已經間接地得罪了「校長」，這回不得不表態了，望向了曾可達：「總統的手令是給我們這一級看的。曾督察，請你們配合陳副總司令的問話。如果不好回答，可以先請示你們的經國局長。」

前兩句話還讓陳繼承長氣，最後一句又立刻將陳繼承的臉拉下來了。

曾可達立刻接言：「是！我請求電話請示經國局長！」

「我也有個電話要打，請王站長跟我一起去打。」徐鐵英站起來，「抓捕的那些共產黨必須立刻審問。以免我們在這邊扯皮，他們在那邊串供。」

「那就都去打電話！」陳繼承將麥克風往主席臺桌上重重地一放。

麥克風被他擱得發出一聲尖厲的嘯叫，陳繼承鐵青著臉等嘯聲過去，吼道：「會開不下去就先不開了。立刻嚴審那個嚴春明，還有那個梁經綸，供出同黨再開！」

徐鐵英立刻離開座位向外走去，王蒲忱只好跟著他向外走去。

曾可達也沉著臉離座，向會場門走去。

會場裡，剩下了臺上三個人，陳繼承、李宇清、王克俊；臺下三個人，何其滄、方步亭，還有挺立在後排的方孟敖。

緊接著，何其滄倏地站起來，拐杖杵地有聲，也向會場門走去。

方步亭也站了起來，卻不知道是跟著走出去好，還是要留下來。就這一瞬間他的目光又與後排大兒子的目光一碰。

「何副校長！」李宇清的聲音從臺上傳來。

何其滄站住了，慢慢回頭望向了他。

李宇清立刻從公事包裡掏出一份檔擺在陳繼承面前，低聲說道：「南京國府會議剛發來的急件，你看一下。」

接著，李宇清望向何其滄：「何副校長還有方行長是南京特邀的會議代表，下面還有重要議題要聽你們的意見……」

「你們都下令審我們燕大的教授了，我這個副校長還能參加你們的會議嗎？」何其滄瞟向正在看檔的陳繼承。

陳繼承只望著面前那份急件：

青天白日徽章

中華民國總統府第一百四十八號令

緊急成立美國援助合理配給委員會決議

李宇清也望向了陳繼承，見他的目光已經看見了檔的名單：

主　任　翁文灝

副主任　王雲五　顧維鈞　俞鴻鈞　何其滄……

陳繼承的目光定在了「何其滄」三個字上！

看到下面另外一個名字時，陳繼承的臉色更難看了。

委　員　……方步亭……

李宇清看到了陳繼承糾結的神情，這才轉對何其滄，接著說道：「何副校長要保的人如果不是共產黨，開完會我們當然會考慮釋放……」

何其滄目光轉向了方步亭：「你是國民政府的公職人員，你留下來開會。」說到這裡又轉望向李宇清，「請李副官長轉告李宗仁副總統，我現在宣布辭去你們什麼國民政府的經濟顧問，回去我還會向司徒雷登辭職。燕京大學是他辦的，燕大的師生由他來保！」說完又走。

「何副校長！」李宇清急了，快步下臺，追上了何其滄，「請您稍候。」說到這裡轉向大門方向，「來人！」

大門本就沒關，憲兵連長立刻進來了，敬禮立定。

李宇清大聲下令：「立刻去通知徐局長和王站長，抓的人暫不審問，一切等會議決定！」

「是！」那個連長敬禮後轉身飛奔出去。

李宇清這才又輕聲對何其滄說道：「請何副校長回座吧。」

何其滄慢慢轉過身來，瞥了一眼臺上的陳繼承，見他默站在那裡，又問李宇清：「你下的命令管用？」

李宇清攙著他：「會議是南京指示召開的，我們這裡沒有誰能下命令……」

何其滄讓他攙著往回走，誰也不看，卻突然舉起拐杖指向方孟敖：「開個會站著幹什麼？坐下嘛。」

「是！」方孟敖向他敬了個漂亮的軍禮，筆直地坐下了。

何其滄被李宇清送回座前，方步亭也伸手來攙他。

何其滄抖掉他的手：「我不比你老。我告訴你，這個會開完，如果我的師生、你的外甥女還沒有放出來，勸你也辭掉那個行長，我們回老家教中學去。」
方步亭：「好，回老家種田都行。」

六十米的囚牢通道，兩邊的囚房關滿了人，竟比空著的時候更幽靜，也顯得縱深更長。
大鐵門外今天除了北平站的人，還站著警備司令部的憲兵。
鐵門右邊的值班室裡，只有孫祕書接聽電話時偶爾回答「嗯」、「是」的輕聲傳來。
孫祕書走出來：「囚房鑰匙給我，開門。」
執行組長立刻將一大串鑰匙先遞給了孫祕書，接著極輕地開了鐵門上的大鎖，又極輕地推出一個人可以進去的位置。
孫祕書拿著那一大串鑰匙，緩緩地進了鐵門，緩緩地向縱深的通道走去。

囚牢盡頭的囚室裡，梁經綸坐在不到一尺高的囚床上靜靜地望著走進來的孫祕書。
——孫祕書徑直過來了，而且竟然挨著自己坐下了。
梁經綸不能再看他了，只靜靜地等著。
孫祕書說話了，聲音極低：「抓來的人除了嚴春明還有誰知道你是共產黨？」
梁經綸沉默了片刻：「我不明白你的意思。」
孫祕書：「我的意思是審訊的時候有誰會供出你是共產黨。」
梁經綸不再回答了。

孫祕書：「建豐同志指示，『孔雀東南飛』計畫不能被破壞，焦仲卿、劉蘭芝必須要保護。」

梁經綸倏地望向孫祕書！

孫祕書反而不看他了：「一旦有共產黨明確指認你是共產黨，陳繼承、徐鐵英他們就會把事情攪砸，即將推行的幣制改革也會因你受阻。你必須告訴我，關在這裡的人哪些知道你的共產黨身分。」

梁經綸這才真明白了，眼前這個孫祕書也是鐵血救國會的人，沒有溫暖，沉默中心底反而湧出一股極冷的寒氣。

孫祕書側轉身望向他：「你很難，我也很難。我現在只有一個任務，執行建豐同志指示，保護你。」

「保護我最好的辦法就是不要審訊那些人。」梁經綸深嘆了一口氣，接著說道，「如果要審訊，就審訊一個人，嚴春明。這一天來他的行動很反常，我不知道是不是北平城工部察覺了我的真實身分。如果是，接下來我只能退出『孔雀東南飛』計畫。」

「我立刻去問嚴春明。」孫祕書站起來，「共產黨北平城工部是否懷疑你，我能從嚴春明的態度中做出判斷。問你最後一個問題，謝木蘭是不是共產黨？」

梁經綸：「不是。」

孫祕書：「那就不要緊了。把共產黨北平總學委昨晚那封信的內容原文背誦給我聽。」

「好。」梁經綸也站了起來，開始一字一句低聲背誦，「『梁經綸同志，嚴春明同志公然違反組織決定，擅自返校，並攜有手槍……』」

孫祕書虛虛地望著牆，梁經綸背誦的話彷彿一個字一個字清晰地出現在牆上！

華北剿總會議室。

「好！」陳繼承又把麥克風拿起來，對在嘴邊，噪音很大，「那就開了會把事情弄清楚報南京，再決定放誰、不放誰！」

目光籠罩處，曾可達、王蒲忱、徐鐵英已經在原來的座位上了。

陳繼承：「先說，為什麼要讓共產黨上臺演講？還有，那個共產黨北平城工部的頭劉初五是怎麼混進我們發糧隊伍的？不要把事都推給馬漢山，馬漢山背後有誰在暗中策劃？這個必須說清楚！」

臺上臺下一片沉寂。

陳繼承盯向曾可達：「電話打了？」

曾可達：「打了。」

陳繼承：「經國局長怎麼說？」

曾可達：「經國局長說半小時後他再打電話來。」

陳繼承：「那就先回答我剛才提的問題。從共產黨燕大那個嚴春明說起。」

此時的嚴春明坐在一尺高的囚床上抬頭望去。

——面前這個人雖然站得很近，可摔碎了眼鏡，一千多度的近視，能見到的還是一團模糊。

「上級命令你去解放區，為什麼違抗命令，擅自回校？」眼前這個人聲調不高，十分陌生，問話卻單刀直入。

嚴春明：「我不明白你說的話。」

孫祕書：「劉初五同志昨晚還在盡最後努力叫你離開。這話你不會說不明白吧？」

嚴春明慢慢站了起來，想貼上去，竭力看清眼前這個人的形象。

「請坐下吧。」孫祕書的聲調雖依然很低，卻露出了嚴厲，「看清了你也不認識我。」

嚴春明又坐了回去。

孫祕書：「老劉同志已經為你犧牲了。你說，還要多少人為你的錯誤犧牲？」

嚴春明極力冷靜，答道：「我不明白你的意思……」

「那我就說幾句你明白的意思吧。」孫祕書接著一個字一個字地開始背誦北平總學委那封信，「梁經綸同志，嚴春明同志公然違反組織決定，擅自返校，並攜有手槍。我們認為這是極端個人英雄主義作祟，嚴重違背了中央『七六指示』精神。特指示你代理燕大學委負責工作，穩定學聯，避免任何無謂犧牲。見文即向嚴春明同志出示，命他交出槍支，控制他的行動，保證他的安全。城工部總學委。」

囚室裡本就寂靜，這時更是安靜得連心跳都能聽見了。

嚴春明沉默了不知多久，終於吐言了：「我接受任何處分。」

孫祕書倏地蹲了下來，緊盯著嚴春明：「現在還談處分，不是太晚了嗎？」

嚴春明：「那叫我談什麼？」

孫祕書：「談談你對總學委這個決定的看法。」

嚴春明：「我沒有看法，我只能服從。」

「服從誰？是服從總學委，還是服從梁經綸？」孫祕書這次問話極快，提到梁經綸有意不稱「同志」！

嚴春明又沉默了，望向了別處，眼前和心裡都是一片模糊。

嚴春明正是因為組織上告訴了他梁經綸鐵血救國會的身分，才毅然返校，想竭力彌補自己發展梁經綸入黨的錯誤。眼前這個人對一切如此了解，到底是黨內的同志，還是梁經綸在鐵血救國會的同黨？無論哪種可能，自己都不能暴露組織已經知道梁經綸真實身分的祕密。

真正的考驗已經開始了，就是怎麼回話。嚴春明慢慢答道：「我是燕大學委的負責人，我不能在危險的時候離開我的崗位，而不管梁經綸同志還有別的同志的安危。組織怎麼看我，已經微不足道了。」

「你就從來沒有懷疑過總學委這封信？」孫祕書不讓他喘息。

嚴春明：「下級服從上級，黨員相信組織。不容許任何懷疑。」

孫祕書最後一問了：「你就沒有懷疑過梁經綸？」

「組織上懷疑梁經綸同志了？」嚴春明吃驚地反問道。

孫祕書慢慢站起來：「希望你能禁受住考驗。」

嚴春明望著眼前模糊的身影走向了鐵門，緊跟著閉上了眼。

馬漢山不知什麼時候被押進了會場，戴著手銬站在主席臺前，誰也不看。

陳繼承的目光掃了下來，盯在方孟敖臉上。

別的人這個時候都不看馬漢山，方孟敖反而看著馬漢山。

「馬漢山！」陳繼承轉盯向馬漢山。

馬漢山睜眼了，望向陳繼承。

陳繼承：「該說什麼你知道，說吧。」

「該說的？」馬漢山兩眼翻了上去，故意想了想，「該說的太多了吧……陳總司令指示一下。」

「劉初五！」陳繼承厲聲道，「這個人是你叫來的，還是別人派給你的？還要我提醒嗎？」

「什麼劉初五？」馬漢山還真不知道這個名字，但心裡很快明白了這個人肯定跟自己有干係，一個個人影飛快地在眼前閃過，立刻篩選出了那個「五爺」的形象！

馬漢山大抵知道了劉初五其人，更不能說了：「想不起來了，還真要請陳總提個醒。」

陳繼承冷笑了，轉向徐鐵英：「徐局長，你問他。」

徐鐵英站起來：「你帶來的人，你給了他一把槍，叫他殺我，你現在說不認識？」

「這個人我認識。」馬漢山立刻承認了，「我託人找的青幫的兄弟，還給了他一萬美元，叫他替黨國除害。人家後來不幹了，老子才親自動手。徐鐵英，扯這些人有意思嗎？」

徐鐵英故意露出輕鬆一笑，望向王蒲忱，說道：「他還說這個人是青幫的，王站長，你是否該提個醒了。」

陳繼承的眼立刻盯向了王蒲忱。

王蒲忱慢慢站起來：「這個劉初五是共產黨北平城工部管武裝暴動的，外號紅旗老五。老站長，黨國《戡亂救國手令》你很清楚，跟共產黨這樣的人直接發生關係，只能你自己說清楚。」

馬漢山倒是沉默了，卻並沒有露出別人想像的那種慌張害怕的神色，出了一陣子神，說道：「媽的，真神了，不佩服也不行。」

徐鐵英：「說下去。」

馬漢山：「四月份我接這個民調會的時候他就給我說了，今年犯『紅』字，有血光之災，這一坎只怕過不去……」

徐鐵英：「劉初五？」

馬漢山：「劉鐵嘴。前門大街的，算個命一塊大洋。勸你開完會也去請他算算。」

徐鐵英：「陳總司令，我請求立刻將馬漢山押交警備司令部偵緝處，馬上審出他的共產黨背景。」

「我贊成！」馬漢山舉著手銬吼了一嗓子，接著蔑望徐鐵英，「姓徐的，反正我也想殺你，你也想殺我，怎麼都是死。審問好，那個什麼劉初五跟我有沒有關係，當面對質立刻就明白了。」

王蒲忱立刻接言道：「那個劉初五衝上臺拿槍要殺方大隊長，已經被徐局長當場擊斃了。」

馬漢山這下有些愣住了，少頃說道：「這我倒真該死了！本想請個人替黨國除害，倒差點兒傷了方大隊長。反正死無對證了，老子不分辯了，你們說我認識那個共產黨，老子就認識那個共產黨吧。」

「那個嚴春明呢，還有梁經綸！」徐鐵英立刻追問，「他們跟劉初五什麼關係？」

「走！」何其滄倏地站起，望向方步亭。

方步亭立刻跟著站起來。

「二位！」李宇清早在觀察何其滄的反應了，趕忙站起來，轉對陳繼承，「南京指示立刻商議美援合理運用的方案。馬漢山和共產黨的事是否開了這個會再說。」

陳繼承跟著慢慢站起來：「何副校長和方行長都是來要求放人的，不放人他們也不會配合我們商議美援運用方案。何副校長、方行長，你們就不想我們問清楚？」

「我們真的該去辭職了。」方步亭接言道，望著何其滄，「一大把年紀了，家裡人被抓，把我們拉在這裡陪審，還說是商量什麼美援合理運用？老哥，我早就勸你不要寫什麼幣制改革論證，你不聽。現在都明白了吧？」

「嘿！」何其滄盯著方步亭，「你替他們中央銀行賣了半輩子命，反過來教訓我？」

兩個老的吵起來了。所有的人都懵在那裡望著他們。

「我們不吵了。」方步亭伸了一下手，「一輩子我就沒有吵過你，走吧。」

「把門關了！」這回是李宇清在大聲下令。

門本就是關著的，李宇清一聲令下，前面那道門反而推開了，憲兵連長走了進來，大聲答道：

「是！」接著對門外喊道，「把門都從外面鎖了！」

「幹什麼！」何其滄大聲問道，「關我們的禁閉？」

「方大隊長！」李宇清望向方孟敖，「請你到前邊來陪兩位長輩。」

曾可達期盼的目光同時投了過來。

方孟敖大步走出自己的座位，向何其滄和自己的父親走去。

李宇清立刻向那個憲兵連長：「把門外的值班電話拉進來！」

憲兵連長愣了一下：「報告長官，電話線不夠。」

「接！」李宇清大聲喝道。

「是！」憲兵連長走了出去。

方孟敖已經走到何其滄和方步亭面前。

兩個老的望著他，還真不好走了。

李宇清接著問曾可達：「曾督察，你不是說經國局長半小時後來電話嗎？」

曾可達站起來，看了一下錶：「是。應該快了。」

李宇清也不再看陳繼承和王克俊：「暫時休會，等經國局長的電話來了再開！」

第三十八章

孫祕書帶著執行組長走到監獄密室門外站住了。

執行組長立刻緊張了：「長官，這裡除了王站長，任何人不能進去。」

孫祕書從褲袋裡掏出了鑰匙：「這就是王站長給我的鑰匙，到走廊盡頭看著，任何人不許靠近。」說著已經將鑰匙插進了鎖孔，門開了。

執行組長兀自半驚半疑，站在門口。

孫祕書半個身子已經進到門內，目光射向他：「我在裡面的事對任何人都不許說。只有王站長和你知道。」

「是。」執行組長這才信了，立刻向走廊那頭走去。

密室的厚鐵門從裡面沉沉地關上了。

孫祕書在密室裡電話彙報：「從嚴春明那裡看不出共產黨對梁經綸同志有懷疑。知道梁經綸同志共產黨身分的還有五個共產黨，其中兩個是我們中正學社的學生，三個是共產黨學生。梁經綸同志的意見是對這五個人都不要刑訊。」

電話那邊，建豐同志的聲音：「那就不要刑訊。除了嚴春明，梁經綸同志和今天抓的學生讓何副校長一同保釋。」

孫祕書：「是，建豐同志。我擔心王蒲忱同志釋放他們，在徐鐵英尤其是陳繼承那裡會有阻力。」

「你管多了。記住你是黨通局的人，是徐鐵英的祕書。」

「是。」

* * *

好長的電話線，門外那部值班電話被擺到了華北剿總會議室主席臺桌上。

電話鈴終於響了，十分響亮！

所有的目光，不同的眼神都望向了那部電話。

王克俊當然不會去這個接電話，陳繼承和李宇清也對望著。

李宇清：「還是你接吧。」

陳繼承也實在不想接這個電話，可他是會議主持，只好拿起了話筒。

旁人聽不見，可電話那邊的聲音在陳繼承耳邊十分清晰：「繼承嗎？」

陳繼承臉色立刻變了，兩腿一碰：「是我，校長。」

「校長」兩個字使所有的目光都變了，原來經意和不經意關注電話的人都盯向了陳繼承。

陳繼承聽到的聲音：「現在跟你打電話的是中華民國的總統，不是什麼校長。」

所有人都看見，陳繼承兩眼一片茫然！

陳繼承又聽到那邊的聲音：「說話。」

陳繼承：「我在，總統。」

陳繼承聽到的聲音：「知道我的桌子上現在擺著什麼嗎？」

陳繼承沉默了一兩秒鐘：「請總統明示。」

陳繼承聽到的聲音：「我現在沒有什麼明示。華北剿總的副總司令兼北平警備司令部總司令的職務你都不要幹了，還想我保你，今天就離開北平回南京。免職的電令我明天再發。」

電話在那邊擱了。

話筒拿離了耳邊，卻依然握在手裡。從黃埔開始這隻手便使過無數把槍，這時竟把話筒也當作槍了，下意識地向右邊遞去。

李宇清立刻站起來，從陳繼承手裡接過話筒：「我是李宇清，總統……」

話筒裡只有長長的忙音，李宇清疑望向陳繼承。

「總統命我立刻飛南京。」陳繼承這才緩過了神，嗓音卻明顯嘶啞了，「你們接著開會。」再不跟他們多言，徑直向臺側走去。

曾可達的眼神有了反應。

王蒲忱的眼神裝作沒有反應。

反應最強烈的是徐鐵英的眼神，他同時站起來，望著陳繼承即將消失在臺側的背影。

那個背影停住了，陳繼承轉過來的眼神正好跟徐鐵英望他的眼神碰上了。

陳繼承：「你出來一下。」

背影這才消失在臺側。

徐鐵英也不再講級別，直接快步走上主席臺，從李宇清、王克俊座後向陳繼承離開的方向跟去。

會場大門外的憲兵一齊敬禮。
何孝鈺的眼睛亮了，隨即站了起來。
謝培東也從圍著那棵大樹的砌石上站了起來。
第一個出現在門口的是何其滄，徐步而行，使得後面人的速度也減慢了。
隨後一肩的是方步亭，然後是李宇清、王克俊。
這四人一組出了大門，接著出來的是曾可達、方孟敖，走在最後的兩人竟是王蒲忱和徐鐵英。
父親他們要下臺階了，何孝鈺一激動便想迎過去。
「等著。」謝培東輕聲提醒她。
果然，李宗仁那輛別克車飛快地開過來了，停在臺階下。
王克俊的美式小吉普開過來了，停在別克車後面。
坐在車裡的方步亭的司機也發動了車，準備開過去。
謝培東向他搖了下頭，車便依然停在離大樹不遠的地方。
何其滄、方步亭下了臺階。
李宇清、王克俊下了臺階。
兩輛車的門立刻拉開了。
李宇清向開門的副官：「何副校長和方行長坐李副總統的車，我坐王祕書長的車。」
「是。」開門的副官立刻將手護到了車門上方。
何其滄沒有上車，而是望著李宇清。
李宇清立刻明白了，向站在臺階一側的徐鐵英和王蒲忱說道：「你們先去放人。」

「是。」王蒲忱應了聲，同時將手一讓。
徐鐵英什麼表情也沒有，下了左側臺階，向大門走去。
王蒲忱跟著向大門方向走去。
何其滄有了溫顏，對李宇清：「請李副官長稍等，我們先跟家人打個招呼。」
李宇清：「好。」
何其滄乜了一眼方步亭，兩人向大樹走去。
大樹下，謝培東、何孝鈺滿眼望著他們。
面對面站住了，何其滄先望了一眼女兒，然後望向謝培東：「請謝襄理帶孝鈺回去，告訴你們行長夫人，開完會我去你們家吃飯。」
謝培東似乎明白了結果，又不便明問，只好答道：「好。走吧。」
「等一下。」何其滄叫住了謝培東、何孝鈺，回頭望向臺階，「你，過來一下。」
是在叫方孟敖。
方孟敖何時這樣遲鈍過，竟然沒有反應過來。
曾可達輕聲提醒：「叫你。」
方孟敖這才快步走了過去。
何其滄望著方孟敖：「想喝什麼紅酒？」
方孟敖：「今天不想喝酒。」
「胡說！」何其滄轉望向謝培東，「管家的，家裡有什麼好紅酒？」
謝培東：「還有幾瓶拉菲。」
何其滄：「開兩瓶，醒在那裡。」說完便拄著拐杖向別克車走了回去。

方步亭望了一眼兒子：「你告訴他們吧。」跟了上去。

方孟敖望著姑父和何孝鈺：「南京成立了美援合理配給委員會。司徒雷登提名，何伯伯答應出任副主任委員，我爸是委員。他們已經去放人了，何伯伯晚上去我們家，應該是為了陪木蘭吃飯。」

三個共產黨，三雙眼睛，此刻都不知道如何交流了。

何其滄、方步亭坐的別克車已向這邊開來。

緊跟著的是王克俊那輛美式小吉普。

三雙眼目送著兩輛車開出了大門。

方孟敖：「是去北平行營開會，我和曾可達也要參加。」說完大步向臺階前另一輛開過來的吉普走去。

謝培東望向何孝鈺，何孝鈺還在望著方孟敖的背影。

謝培東輕聲道：「上車吧。」

＊　＊　＊

西山監獄大門院內。

王蒲忱的車開進來了。

徐鐵英的車開進來了。

早就接了電話，孫祕書、執行組長、警備司令部的憲兵連長，還有第四兵團的那個特務營長都已在這裡等候。

王蒲忱下了車等著徐鐵英也下了車，二人一起向這群人走來。

「抓捕人的名單。」王蒲忱望向執行組長。

執行組長立刻從中山裝下衣口袋裡掏出好幾頁名單遞了過去。

王蒲忱快速地瀏覽了名單，接著望向那幾個人：「要放人，分批放。怎麼放，等我和徐局長的命令。」

四個人居然都沒有反應，有些是沒有反應過來，有些是裝作沒有反應過來。

王蒲忱對徐鐵英：「我們趕緊商量吧。」手一伸，領著徐鐵英向樓房正門走去。

王蒲忱臥室裡陳設簡明。

簡易的白木單人床。

簡易的白木書桌。

簡易的白木書架。

房子中間那張黃花梨的麻將桌和四把黃花梨麻將椅便顯得格外刺目。

徐鐵英飛快地掃視了一眼這間房子的陳設，徑直走到麻將桌左側坐下了。

王蒲忱在他對面坐下了。

徐鐵英輕輕敲了一下麻將桌桌面：「黃花梨的？」

王蒲忱淡笑了一下：「是吧。」

徐鐵英：「馬漢山這一向就住在你房裡？」

王蒲忱：「馬漢山當站長時就住這間房。您看名單吧。」把那幾頁名單輕輕擺到徐鐵英面前，接著從麻將桌上方的小抽屜裡拿出一副老花眼鏡遞了過去。

徐鐵英當然知道這是馬漢山打麻將戴的眼鏡，坦然接了過來，戴上。

名單密密麻麻，戴上眼鏡便一目了然，徐鐵英的眼從鏡框上方深望王蒲忱：「你很會做人。在我們黨國像你這樣會做人的不多了。」

王蒲忱：「徐局長多批評。」

徐鐵英這是今天第一次露了一下笑臉，不再接言，低頭看名單。

第一頁很快便翻過去了。

第二頁也很快就翻過去了。

最後一頁，也就是重犯名單那一頁，徐鐵英盯著一個名字不動了：「梁經綸」！

徐鐵英取下眼鏡就擺在梁經綸那行字上，又深望著王蒲忱：「我也有一份名單，想了好些天，今天給你看。」

徐鐵英解開了軍衣下面口袋的鈕釦，拿出一頁紙，遞向王蒲忱。

王蒲忱：「徐局長，如果是我不應該看的，最好不要給我看。」

徐鐵英見他不接，便將那頁名單擺到桌面，推了過去。

王蒲忱只能看了：

藍頭箋印——中國國民黨全國黨員通訊局！

右角印戳——絕密！

王蒲忱的目光有了變化。

行頭上有一行簽字：「速報總裁　陳立夫」！

檔標題——關於保護蔣經國同志的報告！

接下來的稱呼只有兩個字：「總裁」，底下是提綱挈領的幾行字，再下來便是兩組名單！

王蒲忱的眼中赫然出現一行驚心的黑字：「不利於經國同志的人員」！

徐鐵英開始看王蒲忱的反應。

王蒲忱眼慢慢向下掃視，右手已經多了一支菸，左手已經多了一盒火柴。

擦燃的火柴光中一個名字在燃燒：「梁經綸」！

王蒲忱點菸，深吸，晃滅了火柴，沒有吐出一絲煙霧，另一個姓名清晰地出現了：「方孟敖」！

這一組姓名完了，下面是空行。

王蒲忱的目光定在接下來的那行加黑的字體上：「有利於經國同志的人員」！

一個自己十分熟悉的姓名立刻撲入眼簾：「王蒲忱」！

王蒲忱必須有所表示了，抬頭向徐鐵英投過去答謝的一瞥。

徐鐵英回以含蓄的一笑，目光向那份報告一掃，示意他看下去。

王蒲忱低頭再看，目光一閃，這回是真的驚了。

有利於經國同志的人員名單中居然有這個人：「孫朝忠」！

「好了。」徐鐵英將那份報告拿了回去，「請給我擦根火柴。」

王蒲忱站起來，擦燃了一根火柴。

徐鐵英也站起來，將那份報告伸向火柴。

兩雙目光同時望著那張燃燒的報告，火光竟然是藍色的！

徐鐵英直到火光燃到指頭才將那頁灰燼輕輕扔到地上：「坐吧。」

再坐下來時，王蒲忱直望著徐鐵英。

徐鐵英：「我知道你想問什麼。第一，為什麼我還要用孫祕書。第二，為什麼我要將這份報告給你看。直接告訴你吧，這都是陳部長的指示。我必須用孫祕書，因為他是有利於經國同志的人，我要用他，還要裝作不知道他是經國同志的人。上午開會我們去打電話，我打的是陳部長，他直接指示將這份報告給你看。為了黨國，也為了更好地保護經國同志……蒲忱同志，你的菸燒著手了。」

「沒關係。」王蒲忱直接用指頭將燃著的菸捏熄了，「陳部長希望我幹什麼？」

「不希望你幹什麼，希望你什麼也不要幹。」徐鐵英這是攤牌了，「鐵血救國會好些年輕人都在陷經國先生於不利。曾可達不足道。可那個梁經綸一邊纏上了美國人，一邊纏上了共產黨，纏得太深。出了這個門，他的事必須我去處理。我會帶孫祕書去，一切過程都由孫朝忠向經國同志報告，與你無關。記住，你沒有看剛才那份報告，因為經國同志也不知道有這份報告。我們不希望你失去經國同志的信任。」

王蒲忱：「我能再問一句嗎？」

「請問。」

王蒲忱：「剛才那份報告總統看了嗎？」

徐鐵英：「總統不看，我敢給你看嗎？」

「我服從。」

西山監獄大門院內。

孫祕書、執行組長、憲兵連長和那個特務營長終於看見徐鐵英和王蒲忱出來了。

王蒲忱手裡拿著名單，向執行組長、憲兵連長和那個特務營長說道：「你們都過來。」

三個人的頭都湊了過去。

王蒲忱點著名單：「根據名單調車。北平籍的師生送到各自的學校。外地的學生都打了勾，直接送火車站，有錢的自己買票，沒錢的給他們代買，送回原籍。」

接下來，詳細分配任務。

孫祕書早已站在徐鐵英身邊，徐鐵英在看著王蒲忱安排任務，一直沒說話，他也不好說話。

這時孫祕書必須問話了：「主任，一個也不審就放人，怎麼回事？」

徐鐵英這才也望向了他：「美國人插手了，南京今天又成立了一個什麼美援合理調配委員會，司徒雷登點名，何其滄當了副主任，條件是抓捕的師生都要釋放。」說到這裡他停住了，想了想，問道，「嚴春明和梁經綸他們關在哪裡？」

孫祕書：「分別關在一號和三號。」

「去見見他們。」徐鐵英已經向監獄方向走去。

孫祕書緊步跟了上來：「要不要跟王站長打個招呼？」

徐鐵英：「陳總司令的命令，不用跟他打招呼。」

孫祕書只好越到前面引路。

孫祕書的步伐是如此年輕，徐鐵英眼中突然露出一絲「老了」的蒼涼。

徐鐵英一行來到西山監獄後院。

「牆是後砌的吧？」徐鐵英隔著三面高牆，但見西山無限風光被擋在了牆外，不禁問道。

監押組陪同那人：「報告局長，是馬漢山當站長時修的。」

徐鐵英的目光從高牆前面那塊草坪轉了回來，掃視院內，海棠梅枝，幾年未曾修剪，長得已經不成模樣，向中間那座草亭走去：「崔中石就是在這裡槍斃的？」

「是。」監押組那人跟在身後答道。

徐鐵英在亭子裡坐下了：「挑這麼一個地方殺人，你們馬站長真會煞風景哪。」

監押組那人不知怎麼回答了。

徐鐵英：「叫孫祕書帶嚴春明來吧。」

監押組那人：「是。」

囚房通往後院的鐵門那邊是長長的監牢通道，穿過鐵門左轉居然還有一條長長的通道，兩邊全是石牆，遠處彷彿有光，便是後院。

孫祕書領著嚴春明在石牆通道中慢慢走著，突然低聲問道：「我們見過面，談過話嗎？」

嚴春明當然聽出了，這個聲音就是對自己背誦總學委指示的那個聲音，沉默了少頃：「請問你是誰？」

孫祕書：「我在問你，此前我們見沒見過面？」

嚴春明：「我們不認識。」

孫祕書：「不認識就好。告訴你我的身分，我姓孫，是北平警察局徐局長的機要祕書。」

通道走到了盡頭，後院，高牆，還有高牆外的西山盡在目前。

可在嚴春明面前，這一大片灰，這一大片綠，也只是自己人生這本書的最後一頁罷了。

孫祕書押著嚴春明來到西山監獄後院。

「你問他吧，做好筆錄。」徐鐵英對孫祕書輕輕撂了這句話，便轉過頭看牆外的山。

草亭內，石桌旁，四個石凳。

「是。」

徐鐵英已坐了靠高牆西山的石凳，孫祕書便將嚴春明讓到草亭右邊的石凳前：「坐吧，坐下談。」

嚴春明靜靜坐下了。

孫祕書走到他對面的石凳前，掏出筆記本，抽出鋼筆坐下了。

「燕大出面保釋你們了。」孫祕書一邊說一邊將自己的話記了下來。

嚴春明在靜靜地聽著。

徐鐵英顯然也在聽著。

「可救你的那個人的身分已經證實，是共產黨北平城工部副部長劉初五。我們說的這個話你不會不明白吧？」孫祕書問話的同時，一邊低頭記錄。

嚴春明耳邊這時響起的卻是對面這個人在牢房的話：「劉初五同志昨晚還在盡最後努力叫你離開。這話你不會說不明白吧……」

孫祕書錄完抬頭望去。

徐鐵英依然在看山，嚴春明竟也在看山。

——周遭如此寂靜，偌大的西山沒有一聲鳥叫，沒有一絲風聲。

孫祕書屏住呼吸，又低下了頭，這次是先寫了一行字，再邊說邊寫：「因此我們不能放你。何副校長救不了你，司徒雷登大使也救不了你，嚴書記。」

嚴春明的頭慢慢轉回來，答道：「我從來沒有指望誰來救我。」

徐鐵英也回頭了，望了望嚴春明，又望向正在記錄的孫祕書。

孫祕書記錄完嚴春明的答話，抬頭看見了徐鐵英的目光，便等著他的指示。

徐鐵英的眼神裡沒有任何指示，又轉回頭繼續看山。

孫祕書只能繼續一邊說一邊記錄：「我們能救你。前提你知道，告訴我們，抓的人裡還有哪些是共產黨。」

嚴春明慢慢站起來：「必須說嗎？」

孫祕書又抬起了頭，藉看嚴春明，見徐鐵英的背影紋絲未動，只好記下嚴春明這句反問，接著邊說邊記：「我們會為您保密。」

嚴春明：「沒有什麼密可保了。今天你們抓的人只有我一個人是共產黨。」

孫祕書揮筆記錄不再抬頭，接著問道：「你這樣說我們會相信嗎？」

「你這句話不要記了。」徐鐵英這時倏地站起，中斷了審問，「讓他簽字吧。」

「是。」

難得孫祕書將心中的驚詫掩飾得如此自然，拿起記錄本遞給嚴春明，「簽名吧。」

嚴春明將記錄湊到眼前，也就幾句話，很快看完了：「筆給我。」

孫祕書遞過了鋼筆。

嚴春明的臉幾乎貼在了筆錄上，找到簽名處，工整地寫下一行字：「中國共產黨黨員　嚴春明」！

徐鐵英直接把記錄本拿過去，撕下了那一頁筆錄，把本子還給孫祕書：「可以把燕大學委另外幾個共產黨帶來了。」

「另外幾個共產黨？」孫祕書詢望向徐鐵英。

嚴春明也驚望向徐鐵英，可惜沒有眼鏡，看不清面前這巨大的一團模糊！

孫祕書必須問了：「局長，哪幾個共產黨？」

徐鐵英今天的口袋裡像是裝滿了名單，在把嚴春明的筆錄放進去時，掏出了另一份名單：「都在上面。」

孫祕書手裡那份名單，「梁經綸」赫然寫在第一個！

接下來是幾個或陌生或不陌生的姓名。

孫祕書的目光定在了最後一個姓名上——「謝木蘭」！

不能再掩飾猶豫，孫祕書走近徐鐵英，指著謝木蘭的名字低聲說道：「局長，這個人是不是最好不要叫？」

徐鐵英並不看名單，回道：「都叫。」

梁經綸囚房窗口的日光直射那份抓人的名單！

「這不是在抓共產黨，不是打壓我一個人，這是要破壞幣制改革！」梁經綸的手一抖，將名單擲還給孫祕書，「立刻報告建豐同志！」

孫祕書：「徐鐵英是突然襲擊，我沒有時間報告。」

梁經綸：「曾可達呢？鐵血救國會就我一個人在北平孤軍作戰嗎！」

「梁經綸同志。」孫祕書低聲喝住了他，「曾可達同志正在北平行營開會，何其滄、方步亭都在那裡。出了門你要求見王站長，請他立刻打電話到會場去，請何其滄、方步亭出面保謝木蘭。牽涉共產黨，報告建豐同志，他也為難。」

王蒲忱的眼中，兩輛載著軍警和學生的車開出了監獄大門。

最後一批學生在上最後一輛車了。

王蒲忱的耳邊，監押組那個人在報告。

他掏出了菸和火柴，點菸的手突然停住了：「誰？」

監押組那人：「謝木蘭。」

王蒲忱扔掉火柴，掏出那份釋放名單飛快掃視，竟然沒有謝木蘭！

王蒲忱倏地抬起頭。

最後那輛車已發動了，後擋板剛推上。

王蒲忱喊道：「還有人，這輛車先不要開！」

一個車下的憲兵：「是！」立刻跑向駕駛室旁，「王站長命令，先不要開。」

王蒲忱領著監押組那人，快步向牢房方向走去。

西山監獄這處後院，從接手保密局北平站一年多來，也是王蒲忱特喜歡獨處的地方，今日進來，如此怪異。

徐鐵英一個人鎮坐草亭，高牆外的西山居然沒有一聲鳥叫，沒有一絲風聲。

王蒲忱平時徜徉的步子慢得更徜徉了，進了草亭。

徐鐵英望著他。

他也望著徐鐵英。

「孫祕書叫你來的？」徐鐵英望向他的眼。

王蒲忱：「是梁經綸，在牢房通道抗議。」

「抗議什麼？」

「徐主任。」王蒲忱叫著徐鐵英黨通局的職務，在旁邊石凳坐下了，「今天突然成立美援合理配給委員會，顯然是美國向南京施加了壓力。司徒雷登大使又親自點名何其滄、方步亭出任副主任和委員。這個時候當著謝木蘭暴露梁經綸的身分，如果謝木蘭不就範，無論是殺她還是關她，方家和何家這一關都過不去。事關大局，請徐主任考慮這一層利害關係。」

「這一層關係我好像還真忘了。」徐鐵英乜向王蒲忱，「陳部長說過，牽涉到複雜的人事可以聽聽你的意見。王站長認為該怎麼辦？」

王蒲忱：「我的意見剛才已經說了。」

徐鐵英：「釋放謝木蘭？」

王蒲忱：「請中央黨部考慮我的意見。」

徐鐵英：「可以。但是必須履行釋放程序。」

王蒲忱：「我們都知道，謝木蘭並不是共產黨，無須履行釋放程序。」

「可梁經綸是共產黨，正在發展謝木蘭。」徐鐵英斷然回道，「因此，梁經綸必須向謝木蘭說清楚自己鐵血救國會的身分。說清楚了，謝木蘭還願意跟他，就可以釋放。」

王蒲忱失去了平時的淡定，有些激動：「徐主任，我理解中央黨部對我黨黨員的甄別紀律，只想提請中央黨部考慮，今天釋放學生是總統的決定。尤其牽涉到謝木蘭，必定驚動美國盟友的態度。我請求中央黨部先報告總統……」

「中華民國不是美國盟友的情婦！總統也犯不著事事看美國人的臉色！」徐鐵英倏地站起來，「我再提醒你，總統首先是我黨的總裁，是代表我黨競選的總統。現在總裁就在中央黨部聽取陳部長的全面彙報。你還請求向總統報告嗎？」

王蒲忱終於驚了：「就為了一個梁經綸？」

「到現在你還認為只是一個梁經綸？」徐鐵英徹底攤牌了，「這一年多來美國跟我們的外交關係日益惡化，原因之一就是黨國內部有人離心離德醜化黨國形象。譬如這個梁經綸，利用何其滄跟司徒雷登的關係，多次向美國人傳達負面影響，他到底是在執行你們經國局長推動幣制改革的計畫，還是在執行共產黨學委的指示！王站長，剛才那份報告已經給你看了，你們都是鐵血救國會的成員。對你，黨部是放心的。可這個梁經綸到底是曹營還是漢營？你們不知道，我們也不知道，居然還讓他跟那個有重大中共嫌疑的方孟敖聯手行動。經國局長走險棋，你們誰都可以逢迎，我們中央黨部必須為黨國負責。」

王蒲忱望向高牆外的西山，似乎明白為什麼滿山的鳥都不敢叫了。

「不談了。」徐鐵英看錶了，「顧全經國局長的工作，也是給梁經綸最後的機會，我們給他半個小時爭取謝木蘭，然後向那幾個共產黨公開他的真實身分。至於謝木蘭能不能爭取，對方家、何家應該如何善後，王蒲忱同志，無論作為保密局，還是鐵血救國會，你們都知道應該怎麼辦。」

王蒲忱沒有再說話，慢慢站起來，慢慢轉身，往後院通道走去。

與進來時不同，他的腳步重了，而且踏地有聲。

徐鐵英向他那雙腳乜去，辨析著那雙踏地有聲的腳步傳出何種滋味在心頭。

王蒲忱其實已經沒有更多想法，只想驚動背後西山的鳥都飛起來，像平時一樣聒噪，趕走揮之不去的耳鳴。

西山卻依然沉寂！

＊　＊　＊

方宅一樓客廳。

浮雲散，明月照人來……

方孟韋在客廳門前站住了，望向廚房那邊。

團圓美滿今朝醉……

上海國語，吳儂風韻，程小雲今天唱來卻隱隱露出「鏡花水月」的感覺。

何孝鈺在一旁幫著拌蔬菜沙拉，停住了鋼叉，沒有跟著學唱這一句。

程小雲在麵包烘箱前回過頭：「怎麼不唱了？」

何孝鈺：「程姨，我怎麼覺得你是在唱《紅樓夢》……」

程小雲愣在那裡：「是嗎？」

「是。」

「是我走神了。」程小雲歉笑了一下，「今晚是團圓飯，可不能唱成《紅樓夢》。我們再來。」

浮雲散　明月照人來……

團圓美滿今朝醉……

方孟韋的背影聽著身後的歌聲，已經在通往二樓辦公室的樓梯上。

辦公室的門開著，能看見姑父在辦公桌前整理東西，也能看出姑父在聽著廚房教唱的歌聲。

方孟韋的身影來到二樓辦公室。

謝培東回頭望著方孟韋。

方孟韋也在望著姑父。

謝培東：「木蘭沒有跟你出來？」

「找幾張崔叔的親筆信函，報告也行。」方孟韋沒有接姑父的話題，淡淡地說道。

謝培東愣了一下，見他目光游移望著別處，便轉身去開檔櫃：「何伯伯出面了，南京那邊來了電話，抓的人今天都會保釋出來。還有，開完會，你爸會陪何伯伯來家裡吃飯。」

謝培東拿著信函轉身，見方孟韋依然沒有接言，但聽見樓下教唱的歌聲又隱隱傳來：

這軟風兒向著好花吹……

謝培東：「何副校長輕易不來我們家。你小媽教孝鈺唱這個曲子，是想晚飯時讓老人開開心。」

方孟韋還是沒接言，只伸手去接謝培東手裡的信函。

謝培東望著他，這時才問：「要崔叔的信函幹什麼？」

方孟韋：「崔叔家還有兩個孩子呢，人家也想爸。這麼久了，總得寫封信吧。」

謝培東一愣，半晌才說道：「人在美國，有信也不會這麼快。你要寫得不像，反而會引起崔嬸懷疑。」

方孟韋從他手裡拿過了信函：「美國人的飛機天天往中國飛，崔嬸心裡比誰都明白，崔叔早該有報告送到這裡了。」轉身走出門口，又站住了。

一樓廚房那句反覆教唱的歌聲又傳來了：

柔情蜜意滿人間……

方孟韋的背影：「姑爹，您能不能去說一聲，今天不是唱歌的時候。」這才走了出去。

方孟韋房間的書桌上，崔中石的信函。

方孟韋的目光定定地落在落款「崔中石」三個字上。

派克鋼筆，方孟韋的手在一張空白信函上先寫了一個扁扁的「石」字。

方孟韋的眼，崔中石的信函，他又在信函中找到了一個斜玉旁的「王」字，又找到了一個「白」字。

鋼筆把斜王和白字摹到了那個石字上面——「碧」字出來了。

他繼續在崔中石的信函裡搜索。

手中的筆寫出了四個字：「碧玉吾妻」！

一滴水，淚水，潸然落在了信函的空白處！

方孟韋倏地站起來，抹了一把眼淚，轉身走到窗口處。

西山監獄後院。

一聲鳥叫。

又一聲鳥叫。

是謝木蘭在牆邊對著西山吹口哨。

如此逼真。

西山卻沒有一隻鳥兒回應她。

真沒勁，謝木蘭轉過身，打量了一下這座空落落的院子，目光緊接著望向了通往院落的那個通道。

通道裡，出現了長衫身影。

謝木蘭的心小鹿般狂跳起來，連忙轉過身，對著西山，再學鳥叫，已然氣息不勻，吹不出來了。

她咬了一下嘴唇，揣聽著背後那個身影的距離，慢慢放鬆了自己。

梁經綸是提著長衫下襬慢慢走進後院的。

他已經沒有往昔的淡定，飄逸。

好響亮的一聲鳥叫，梁經綸放下了長衫下襬，停在那裡。

牆外是山，牆內無鳥，聲音是謝木蘭吹出的，梁經綸閉上了眼。

又叫了幾聲，終於停了。

梁經綸閉著的眼中深藏著憂鬱，嘴角卻堆出微笑，在等著謝木蘭過來。

「好奇怪，今天山上好像一隻鳥都沒有。」謝木蘭的聲音已在身前。

梁經綸睜開了眼，看見謝木蘭兩隻眼就像兩汪水星，望著天空，盛滿了憧憬。

怎麼回話？

梁經綸只好說道：「和人一樣，也許都出去覓食了。」

謝木蘭：「我想起了一個名人的話。」

「誰？」梁經綸只問了一個字。

「蘇格拉底。」

梁經綸沒有再問，只望著她。

謝木蘭的目光閃開了，背誦道：「別人為吃飯而生存，我為生存而吃飯。」

沒有回應。

謝木蘭再望向梁經綸時，發現他嘴角那一點兒笑容也消失了。

「不是說我，這句話是送給你的。」謝木蘭連忙解釋，「為了信仰，為了理想而生存！」

「什麼信仰？」梁經綸淡淡地望向了她身後的西山。

謝木蘭偏沒看出梁經綸望山的茫然，低聲答道：「為共產主義理想奮鬥終生！」

「我不是共產黨。」

謝木蘭哪裡能聽懂這語氣中的蒼涼，向四周察望了一下，答道：「我明白。」

梁經綸依然沒有看她，是十分不忍看她：「明白什麼？」

謝木蘭挨到他的身側，輕聲地：「這裡是國民黨的特務機關。」

倏地，梁經綸下意識地握住了謝木蘭的手！

謝木蘭倏地抬起頭。

——梁經綸的側臉，羅丹刀下的雕塑！

房間內的方孟韋放下筆，站了起來。

程小雲靜靜地站在門口。

「不想在家裡吃晚飯？」程小雲輕聲問道。

方孟韋：「給我留幾個麵包，帶給崔叔的孩子。」

程小雲：「已經準備了，再有十分鐘就能烤好。」

「謝謝程姨。」方孟韋又坐下了，拿起了筆，埋下了頭。

這顯然是不願意再談下去，希望程小雲離開。

程小雲依然站在門口：「姑爹叫我告訴你，崔叔平時給家裡寫信都很短，寫長了就不像了……」

「你們都知道，我是在騙人，在騙人家孤兒寡母！」方孟韋倏地擱下筆，抬頭望著門前的程小雲，「這個家裡每天都在騙自己，騙別人。程姨，你平時騙自己、騙我爸，都以為自己騙得很像嗎？」

程小雲只是靜靜地看著他，眼中卻已經有了淚花。

方孟韋立刻後悔了，默坐了片刻，拉開抽屜，將那頁快寫完的信放了進去：「你們說得對，我不應該寫這封信……還有，不應該說剛才那些話。」

程小雲：「在這個家裡，沒有什麼應該不應該。我只想告訴你，從跟著你爸，我就從來沒有騙自己，更沒有騙他。我們方家每一個人心裡都難，可有一點很好，誰也不會騙誰。我和你爸，你和你哥，還有你姑爹和木蘭，都是這樣。」

方孟韋沉默了少頃，輕輕地答了一個字：「是……」

程小雲：「你不願意跟木蘭一起吃晚飯，就去崔叔家吧。麵包快烤好了，我去給你拿。」

「程姨！」方孟韋叫住了程小雲。

程小雲慢慢轉過了身。

方孟韋低著頭說道：「你下去別教孝鈺唱了，這首歌只有你唱得最好，誰都喜歡聽你唱。」

程小雲：「比你媽唱得還好嗎？」

方孟韋：「是。」

方孟韋看不見，但能感覺到，程小雲露出了淒然一笑。

——這一笑，等了十一年。

西山監獄後院的草亭中，石桌旁。

徐鐵英限定的時間已經不多了，梁經綸必須跟謝木蘭「談話」了。

坐在石凳上，梁經綸定定地望著對面謝木蘭的眼睛。

謝木蘭的記憶中，梁經綸看自己的眼睛也就奢侈的幾次，每一次謝木蘭都不敢跟他對視。這一次，謝木蘭又扛不過三秒，目光就移向了別處。

梁經綸心中一緊，還是把要說的話說了出來：「能回答我一個問題嗎？」

「好呀。」謝木蘭短髮一甩，轉回頭瞥了梁經綸一眼，目光又望向別處，等他問下去。

「為什麼每一次我看你的眼，你都要把目光望向別處？」原本想問的不是這句話，梁經綸也不知道自己為什麼會這樣問。

「是新月派的詩嗎？」謝木蘭再次轉過臉時，臉頰已經潮紅，兩眼也不再迴避梁經綸的目光。

她感覺自己眼中閃耀著詩；

梁經綸眼中閃耀著詩；

這座院子到處都在閃耀著詩！

梁經綸好無奈，這回是自己不敢看她了，苦笑了一下，目光移向高牆，移向高牆外的西山：「這個時候，這個地方，哪有什麼新月派的詩。」

「那我們就朗誦朱自清先生的詩，紀念他……」謝木蘭連忙接道。

梁經綸真不知道該怎麼接她的話了，默在那裡。

謝木蘭已經在他對面輕輕地，深情地，朗誦起來：

清早顫巍巍的太陽光裡，兩個小鳥結著伴，不住的上下飛跳。

他倆不知商量些什麼，只是咕咕呱呱的亂叫。

細碎的叫聲，夾著些微笑；

笑裡充滿了自由，他們卻絲毫不覺。

是西山太靜，還是朗誦聲越來越大了，整個院落都是謝木蘭空靈的聲音，向西山，向天空，也向進入後院那條通道飄去……

「幹什麼？念詩了？」徐鐵英望了一眼通往後院的通道，又望向王蒲忱，再望向孫祕書。

孫祕書專注地側耳傾聽：

他們彷彿在說：「我們活著便該跳該叫。生命給的歡樂，誰也不會從我們手裡奪掉。」

聽清楚了，孫祕書望向徐鐵英，答道：「是謝木蘭在念詩，朱自清的《小鳥》。」

徐鐵英賞識地對孫祕書點了下頭，又把目光慢慢移向王蒲忱。

王蒲忱強忍著徐鐵英這種將鐵血救國會玩弄於股掌之上的得意，去看手錶：「還有十二分鐘。」

徐鐵英：「那就讓他們再念十二分鐘。把嚴春明那幾個共產黨都帶過來，讓他們一起聽。」

梁經綸倏地站起。

謝木蘭戛然而止。

她看見心儀的長衫像一陣風飄出草亭，飄向進入後院的通道。

梁經綸站在通道口，對著通道大聲喊道：「一切國民黨的敗類，你們不是想葬送孫先生的三民主義嗎！都來吧！」

謝木蘭倏地站起來，熱血沸騰，向梁經綸快步走去。

梁經綸的吼聲從幽深的通道中傳來，震得所有人都在耳鳴。

徐鐵英、王蒲忱、孫祕書在對望。

嚴春明，還有另外四個名單上的共產黨學生也在對望。

「憲兵班！」徐鐵英向囚犯通道那邊喊道。

軍靴聲，快步踏來！

「徐主任！」王蒲忱這一聲雖然低沉微弱，還是透出了最後的抵抗，「作為北平站，我有責任向國防部報告一下。」

憲兵班已經跑過來了，森嚴地站在那兒候命！

徐鐵英望著王蒲忱：「哪個國防部，是保密局還是預備幹部局？」

王蒲忱：「在我們保密局北平站處決人，我必須向毛局長請示。」

「向經國局長請示都行。」徐鐵英不再看他，對那個憲兵連長，「把人都帶進去！」

不用帶，嚴春明已經領著那幾個共產黨學生跨過了鐵門，走進了通道。

憲兵班立刻跟了過去。

徐鐵英望了一眼孫祕書：「我們走吧。」
「是。」孫祕書連跟王蒲忱對視的機會都沒有，護著徐鐵英走進了通道。
王蒲忱憤然轉身，大步向囚犯通道那邊的鐵門走去。

西山監獄密室沒有開燈。
「嚓」，一根長長的火柴光，亮出了王蒲忱的臉，亮出了桌子上第一部專線電話。
王蒲忱點燃了菸，看著那部直通建豐同志的電話。
這根火柴眼看燃完了，王蒲忱將點燃的菸擱在建豐同志專線電話邊的菸缸上。
又擦亮了一根火柴，又點燃了另一支菸，王蒲忱的目光轉向了桌子上另一部專線電話。
第一支菸頭還在建豐同志專線電話邊微弱地亮著。
王蒲忱扔掉手中燃著的火柴，毅然操起了第二部專線電話的話筒，深吸一口菸，藉著菸頭亮出的光，撥了電話機孔中那個「3」字！
通了，響了三聲。
「我是毛人鳳，蒲忱嗎？」
菸頭明滅，王蒲忱對著話筒：「是我，有緊要情況向局長報告。」
「說。」
王蒲忱深吸了一口菸，讓菸頭的火光微弱地照著電話：「黨通局徐主任要在我們北平站處決跟經國局長有關的人，向我出示了陳部長的手諭。我們現在是夾在中央黨部和預備幹部局之間，該如何面對，請局長指示！」

沒有回答。

王蒲忱輕輕扔掉了已經深吸完的那支菸，夾著話筒，騰出手又擦燃了一根火柴，照著電話。

那邊終於有聲音了，還是毛人鳳的聲音，卻像是對那邊的人說話：「電話今天怎麼啦？一點兒聲音也沒有？立刻去查！」

火柴光照著王蒲忱那張臉，儘管猜到了這種可能，那張臉依然好生絕望！

火柴光滅了，黑暗中只能聽見王蒲忱耳邊話筒傳來一陣嘟嘟嘟的忙音。

* * *

西山偏西的太陽是一天中最好的，能把滿西山的樹都照得像油畫。

嚴春明一個人站在靠西山的高牆下，背負西山，就是一幅油畫。

梁經綸、謝木蘭還有另外四個共產黨學生偏被安排站在草亭內，面向嚴春明。

憲兵們被孫祕書領著，靜靜地站在院子通道口外的兩邊，跟草亭保持著距離，跟這些人保持著距離。

徐鐵英走進了嚴春明那幅油畫，臉上帶著笑容，望向嚴春明：「當著他們，請重複一下你的身分。」

嚴春明沒有了眼鏡，知道不遠處那模糊的一團裡，站著梁經綸、謝木蘭還有那幾個黨員學生，答道：「中國共產黨黨員。」

徐鐵英：「具體職務？」

嚴春明：「中共北平學委燕大支部書記。」

徐鐵英占據了最為有利的位置，太陽在他的頭頂後方，直射草亭，梁經綸那幾個人的反應盡在眼底。

徐鐵英望向了梁經綸。

謝木蘭緊挨在梁經綸身邊，跟著抬頭望向梁經綸。

另外四個學生也望向了梁經綸。

梁經綸只望西山。

徐鐵英望著梁經綸問嚴春明：「燕大經濟系教授梁經綸是不是你們支部成員？」

嚴春明回答得非常乾脆：「不是。」

「梁教授，他說你不是共產黨。」徐鐵英提高了聲調，直呼梁經綸。

梁經綸的目光從西山慢慢收回了，望向徐鐵英。

徐鐵英還帶著笑容，直望著梁經綸的眼。

兩雙眼在對峙。

謝木蘭眼中，梁經綸的眼神像淡淡的雲遮月，蒙著一層翳，卻閃著遮不住的光。她立刻癡了，不想再看任何別的東西，只想看梁經綸這時的眼。

徐鐵英幾十年的黨務，功夫在這個時候顯露了。他的眼分明在看梁經綸的眼，目光同時籠罩住了梁經綸身邊的謝木蘭，帶著笑，帶著欣賞：「那就說出你的真實身分吧。」

梁經綸顯然已經做好了面臨這一刻的準備，憤懣衝破了眼中的雲翳，望著徐鐵英，不疾不徐，亢聲念誦起來：「余致力國民革命凡四十年，其目的在求中國之自由平等……」

幾個共產黨學生望著他的眼神有些茫然了。

梁經綸還在不疾不徐地念誦：「積四十年之經驗深知欲達到此目的……」

謝木蘭激動的聲音加入了梁經綸的背誦：「必須喚起民眾及聯合世界上以平等待我之民族，共同奮鬥……」

謝木蘭的加入，使梁經綸的聲音小了，接著停了。

「念哪，繼續念。」徐鐵英竟然還帶著笑容。

梁經綸心底湧出的反抗再也無法阻止：「徐鐵英，根據中華民國憲法，國民皆有平等之權利。你剛才問我的身分，現在我也問你的身分。請問，你是不是國民黨黨員？」

徐鐵英依然保持自己的矜持：「當然是。」

梁經綸：「請問你在國民黨內的職務？」

徐鐵英臉上的笑容漸漸消失了。

梁經綸：「你是國民黨黨通局全國黨員聯絡處主任。」

徐鐵英沒有回答。

梁經綸厲聲地：「根據國民黨黨章，根據你們黨通局的條令，凡是國民黨黨員，聞聽《總理遺囑》，都必須參與背誦。以你的身分，剛才為什麼不跟著背誦？」

徐鐵英的臉慢慢青了。

梁經綸：「你還要我繼續念嗎？我們一起念！」

孫祕書也在望著徐鐵英，因為徐鐵英正在向他望來。

孫祕書的臉讓徐鐵英好生厭惡，沒有表情，卻像一部黨章！

徐鐵英轉望向嚴春明：「你都聽見了？」

嚴春明的臉更讓他生氣，不苟言笑的人這時嘴角露出的那一絲笑，倒像個勝利者。

「孫朝忠！」徐鐵英向孫祕書吼道。

「在。」孫祕書走了過去。

徐鐵英從口袋裡掏出一本藍底印著一枚白色國民黨黨徽的身分證：「這就是假冒中共黨員梁經綸的真實身分。拿去，給那幾個學生看！」

孫祕書盡力保持著鎮定，接過身分證，下意識地翻開了。

身分證上，梁經綸的照片，比現在年輕，右下角被一枚鋼印死死地壓在身分證上！

照片下面，赫然印著：

梁復生！

中國國民黨黨員！

入黨時間：民國二十九年！

入黨介紹人：蔣經國！

發證單位：中國國民黨全國黨員通訊局！

「拿去！」徐鐵英聲色俱厲。

孫祕書依然沒有任何表情，拿著那本身分證走進了草亭，沒有看梁經綸，只對那幾個青年學生：「站成一排，保持距離。」

幾個青年學生，還有謝木蘭都望向了梁經綸。

梁經綸兩眼望向遠方的天空，聲音也像從遠方的天空飄來：「沒有什麼不能看的，你們自己辨別吧……」

孫祕書手中，打開的身分證。

四個青年學生，包括那兩個中正學社的假黨員，都露出愕然的目光！

「卑鄙！拙劣！」謝木蘭挽住梁經綸的手臂，看了一眼那四個青年學生，接著轉向徐鐵英，

「你就是黨通局造證的人，造這麼個假證還不容易。這麼拙劣的手段，有人相信嗎！」

徐鐵英又露出了笑容，這次明顯帶著猙獰，沒有理睬謝木蘭，對孫祕書：「看了就行，拿過來。」

孫祕書又拿著身分證走向徐鐵英。

徐鐵英：「給嚴春明看。」

孫祕書把身分證直遞到嚴春明的身前，嚴春明淡淡地接過身分證，卻只拿在手裡。

徐鐵英：「早知道了是不是？」

嚴春明：「知道什麼？」

徐鐵英：「你們中共北平城工部早就知道了梁經綸的雙重身分，現在還裝，有意義嗎？」

嚴春明：「雙重，什麼雙重？請你把他第一重身分說給我聽。」

徐鐵英：「中共北平學委燕大支部委員，不是嗎？」

嚴春明反正什麼也看不見，別人也就很難看見他真實的神態，他虛望向徐鐵英說話的方向，突然問道：「你是中共燕大支部書記，還是我是中共燕大支部書記？」

「當然你是。」徐鐵英立刻接下他的問話，突然提高了聲調，「你不只是中共燕大支部書記，還是梁經綸加入共產黨的入黨介紹人。你剛才否認他是中共黨員，只有兩種可能。一種是目前為止你還真不知道他國民黨的身分，作為支部書記，作為入黨介紹人，你不會供出他。可惜這種可能被你剛才的態度否定了。梁經綸剛才慷慨念誦《總理遺囑》，已經暴露了他的真實身分。你現在還保護他，就只剩下一種可能了，那就是你們北平城工部已經發現了梁經綸的真實身分，假裝沒有發現。嚴春明，你昨晚突然返回燕大，今天劉初五那樣的大人物都不惜以身犯險，我們真會相信你們會這樣保護學生嗎？你們這樣做只有一個原因，是在跟梁經綸背後那個更大的人物鬥法！」

說到這裡，徐鐵英轉望向梁經綸身邊的那幾個學生：「想知道梁經綸教授背後那個更大的人物是誰嗎？」

兩個真正的共產黨學生愣在那裡，另外兩個中正學社的共產黨學生也愣在那裡。

謝木蘭卻是臉色白了，挽著梁經綸的那隻手也僵了，突然覺得耳鳴起來。

徐鐵英接下來的聲音於是嗡嗡轟鳴：「就是你們剛才在我們國民黨黨證上看到的梁經綸的入黨介紹人，現任國防部預備幹部局蔣經國局長……」

滿西山都是徐鐵英的聲音在迴盪。

所有的目光都在梁經綸一個人身上。

梁經綸一直挺立著，不看任何人，又好像沒有聽到任何聲音。突然，他的一隻手臂奮力一挽——謝木蘭身子軟了，正在往下滑去。

梁經綸那隻手如此有力，一把挽住了謝木蘭！

西山監獄密室裡，啪地一下，王蒲忱開了桌上的檯燈，操起了二號專線的話筒：「王祕書嗎？我是王蒲忱，無論建豐同志在哪裡，請務必將電話轉過去，我有緊急情況報告。」

這幾句話是一口氣說完的，接著便是等王祕書回話，對方依然沉默，似是在等王蒲忱接著把話說完。

王蒲忱：「我已經說完。王祕書，請回話。」

「我就是。」

——熟悉的奉化口音，建豐同志！

王蒲忱一驚，立刻站直了，竭力調整自己激動的情緒。

「唉。」沉默的間隙，話筒那邊傳來一聲極輕的嘆息。

王蒲忱聽來，卻像風送濤聲。

接下來建豐同志的聲音再平靜，王蒲忱都已經聽到暗潮洶湧了：「蒲忱同志，我剛開會回來，大致情況已經知道了，你把你那邊現在的情況說一下吧。」

「是。」王蒲忱也盡力平靜地回答，「徐鐵英扣了幾個共產黨青年學生，已經當著他們暴露了梁經綸同志鐵血救國會的身分。接下來的情況是除了兩個我們中正學社的人，另外幾個都不能釋放了。最不能理解的是他們把謝木蘭也捲進來了，明知道她不是共產黨，是方家的人，才十九歲……」

「為什麼不阻止，不報告！」電話那邊突然傳來建豐同志從來沒有的震怒！

王蒲忱選擇了沉默幾秒鐘，他必須沉默幾秒鐘，不是那種思索托詞的沉默，而是停留這片刻的時間以表示自己下面的話很難說清楚：「是，建豐同志。孫朝忠同志即時將情況傳遞給了我，我找到了徐鐵英，他說是中央黨部的決定，並說總裁和陳部長還有你知道情況，正在黨部開會商量。我給毛局長打電話，電話出了故障……」

王蒲忱停住了，電話那邊也沉默了。

這種沉默可不能持續，王蒲忱主動輕聲地叫道：「建豐同志……」

「說你想好的意見吧。」電話那邊這麼冷的聲調也是原來沒有聽到過的。

「是。」王蒲忱必須坦陳自己「想好的意見」了，「我個人的看法是，謝木蘭知道了梁經綸同志的真實身分，就算願意接受也不能釋放。她的情緒，她的狀態，無論如何也瞞不過方家那些人，更瞞不過共產黨北平城工部。最難的是不放她也不能關她，方步亭、方孟敖、方孟韋還有何其滄，哪一個人出面，我們都必須釋放。既成事實，謝木蘭活著，梁經綸同志就必須離開北平，『孔雀東南飛』方案就只能放棄，幣制改革計畫也必然要推遲……」

「分析完了沒有。」電話那邊這一次是帶著厭惡了，「說你的意見！」

「是……」王蒲忱必須給意見了，「建豐同志，謝木蘭和那幾個共產黨必須處決，關鍵是做好善後。既不能讓方家懷疑，也不能讓共產黨抓住把柄。」

又是沉默，但王蒲忱已經感覺到自己的態度過關了。

「執行吧。」

電話明顯在那邊掛了，王蒲忱還將話筒放在耳邊。

呆呆地望著檯燈照著的二號專線電話，他從口袋裡掏出一盒菸，又掏出了兩盒菸，擺在桌上。平時多少計畫，多少難題，只要抽菸都能解決。可今天這個善後計畫還能靠菸熏出來嗎？王蒲忱放下了話筒，望著那三盒菸出神，第一次連菸也不想抽了。

西山監獄後院的牆邊，嚴春明那幅油畫裡又多了幾個人，兩個真正的共產黨青年學生，兩個中正學社的假共產黨學生。

梁經綸自然還在草亭內，和平時不同，他靠著草亭的柱子，坐在地上，抱著謝木蘭，旁若無人。

謝木蘭眼睛仍然睜著，只是沒有了神采，臉也白得像紙。

徐鐵英顯然已經在旁邊站了好一陣子了，問道：「要不要叫獄醫？」

梁經綸的眼神裡根本就沒有這個人。

徐鐵英目光轉向了領著憲兵面對西牆的孫祕書：「孫祕書！」

孫祕書轉過了身，沒有過來，只望著徐鐵英。

徐鐵英：「聽你的意見，還要不要叫獄醫給謝木蘭看看？」

孫祕書：「局長，我看沒有這個必要了。」

「那好。來兩個人把她攙過去。」說完這句，徐鐵英逕自出了草亭，走進通道，一個人離開了後院。

孫祕書帶著兩個憲兵走進了草亭，站住了，望著梁經綸。

沒有下令，兩個憲兵也只好站在那裡。

不知道站了多久，梁經綸終於有了反應，橫著抱起謝木蘭，身子依然挺得筆直，走向西牆時，長衫居然又飄拂了起來！

＊　＊　＊

方孟韋來到了崔中石家。

「這麼多東西，這啷個要得？」葉碧玉兩手滿滿地提著方孟韋送來的東西。

方孟韋已經一手一個，左手抱著伯禽，右手抱著平陽，走到了那棵大樹底下，坐下時讓兩個孩子一個坐在左腿，一個坐在右腿。

「先別拿進去，崔嬸。」方孟韋叫住了往廚房走的葉碧玉，「那個食盒裡是剛烤的麵包，拿兩個給伯禽和平陽。」

葉碧玉回頭笑道：「反正要吃晚飯了，吃飯時再給他們吃。」

兩個孩子的眼裡已經饞出手來了。
方孟韋心裡一酸，裝出笑容，問兩個孩子：「你們說，現在吃還是晚飯吃？」
兩個孩子幾乎同時：「聽媽媽的。」
方孟韋：「今天我們不聽媽媽的。崔嬸，拿來吧。」
葉碧玉只好走過來。
「那個四層的食盒。」方孟韋提醒她。
葉碧玉找到了那個食盒，揭開蓋子，立刻顯出第一層那個金黃的麵包！
「這麼大，一人先吃半個。」再不容商量，葉碧玉將麵包掰成兩半，遞給兩個孩子一人一半，接著說道，「方副局長先坐，我給儂去沏茶。」
兩個孩子教養很好，吃麵包時背對著方孟韋，一小口一小口吃著，卻吞嚥得很快。
起風了，頭上的樹葉沙沙地響著。
方孟韋的目光往樹上望去，一隻鳥從密葉中飛了出來，倏地掠過地面，嘴裡已叼著一小塊掉在地上的麵包。
方孟韋望著那隻鳥徑直飛向了崔叔生前辦公的房間外，落在了窗臺上。
方孟韋一愣，似看見窗戶裡一個身影閃過——崔叔的身影！
定睛再看，只有那隻鳥在窗臺上吞嚥著麵包。
方孟韋閉上了眼，耳邊響起了當時打崔叔的那一槍！
方孟韋的眼睛濕了。

第三十九章

槍，憲兵，僵直的眼都望著孫祕書。

孫祕書的眼卻一直閉著，西陽照臉，大檐帽下明暗難辨。

西山監獄後院的高牆下，正中間，梁經綸橫抱著謝木蘭，槍怎麼開！

孫祕書終於睜開了眼，也不看高牆下那一排人，右手有槍傷，倏地用左手抽出了腰間的槍。

憲兵的槍栓同時拉響了。

「等一下！」嚴春明的聲音。

孫祕書這才望了過去。

嚴春明就在梁經綸身旁，但見他對梁經綸說道：「不管你相不相信，我現在說的話都代表一個共產黨員的人格。」

梁經綸只是聽著。

嚴春明：「我本人，還有與我有關係的人，從來沒有懷疑過你是國民黨。現在，我也不相信你是國民黨。」

梁經綸的眼中閃出一絲希望，望向了嚴春明，接著把眼中那一絲殘存的希望慢慢轉到了孫祕書臉上。

「不要對他們抱任何指望了。」嚴春明的聲音在梁經綸身旁如洪鐘環繞，「李公樸先生被他們殺了，聞一多先生被他們殺了，今天朱自清先生也死了，這些人都不是共產黨。太史公曰，人固有一死……」

動若脫兔，孫祕書的槍響了！

嚴春明額間的槍眼瞬間即逝，人已經像乾柴往後倒下！

緊接著第二聲槍響！

梁經綸手猛地一沉——是懷中的謝木蘭動彈了一下——鮮血從她胸口汩汩地冒了出來！

接著是憲兵們的槍聲大作！

槍聲飛速撇下了西牆邊那一排人，飛過高牆，飛向西山！

沉寂了一天的西山突然衝出無數飛鳥，叫聲震耳，天空黑了，地面也黑了！

天空突然出現這麼多飛鳥，在監獄上方聒噪盤旋，佇立在西山監獄前院徐鐵英都驚了，望向身邊的王蒲忱：「平時有這麼多鳥嗎？」

王蒲忱：「從來沒見過。」

徐鐵英沉吟了片刻：「同意你的善後方案。中央黨部那邊我會寫一份詳細的報告。王蒲忱同志，讓你為難了。」

王蒲忱立刻向站在最後那輛押學生的車旁叫道：「調一輛中吉普，帶蓬的！」

「是！」站在車旁的執行組長大聲應道，快步向大院那邊跑去。

王蒲忱轉對徐鐵英：「方家的電話我去打吧。」

徐鐵英點著頭：「辛苦！」

王蒲忱苦笑了一下，向主樓大門走去。

＊　＊　＊

「小雲，小雲！」何其滄一進宅邸院子便喊著程小雲的名字。

跟在身後的方步亭和方孟敖幾乎同時瞥向對方，幾乎同時露出從來沒有的對笑，又幾乎同時很快收了笑容，父子倆心是通的，面子也是通的，只是誰也不肯先放下來。

「欸！」

程小雲的應答，讓何其滄臉上也有了笑容，他在院子的客廳大門外站住了，等著主婦出來迎接。

方步亭、方孟敖也只好站在他身後，等著程小雲出來。

方步亭耐不住了：「怎麼回事，還不出來？」

何其滄斜望向他：「人家是在廚房。脫圍裙，洗手靜面，整理一下總得要時間吧？」

方步亭擺了一下手：「嘿！她一個聖約翰畢業的學生，怎麼就嫁了我這麼個人。」

「知道就好。」何其滄又盯了他一眼，接著掃了一下方孟敖。

方孟敖已經站得很直，被何其滄這一掃，立刻領悟，當即取下了頭上的大檐軍帽，端正地捧在左手的臂彎裡。

「何副校長……」程小雲出來了，接著便是一愣，「你們這是幹什麼？」

何其滄看到程小雲便高興，見她被自己營造的氣氛愣在那裡更加高興，吟道：「『小徑何曾緣客掃』。」接著便問：「下一句是什麼？」

程小雲臉紅了，也只有她能在何其滄面前發嗔：「不知道。快進來吧。」

何其滄：「你不答，我怎能進去？」

「酸不酸啊，大校長？」程小雲乾脆過來挽住了何其滄的手臂，「『蓬門今始為君開』。進去吧。」

何其滄哪曾這般笑過，笑著一直被程小雲攙進了客廳的大門。

客廳裡只站著何孝鈺，還有從樓梯上下來的謝培東。

何其滄的目光在搜尋。方步亭的目光詢望向程小雲。方孟敖則望向何孝鈺。

何其滄：「木蘭呢，孟韋接去了？」

程小雲：「孟韋有別的事，木蘭應該快回了吧。」

「什麼叫快回了？」方步亭語氣十分不快，目光從程小雲又掃向了謝培東，「西山那麼遠，孟韋有什麼事不去接？」

謝培東不知如何回答，只好說道：「叫小李開車沿路去迎一下吧。」

方孟敖接言道：「我去吧。」

「誰也不要去了。」何其滄被掃了興，書生氣又上來了，「給李宇清打電話，叫他們的什麼站長局長親自開車，給我把人送到家門口來！」

「好。我去給行營辦公室打電話。」謝培東欲步又止，望了一眼方步亭，又望向何其滄，「梁教授要不要一起送來？」

「他來幹什麼，還有那麼多學生。」何其滄氣順了些，被程小雲攙著在客廳的大沙發上坐下了。

「知道了。」謝培東轉身上樓。

方步亭又轉向程小雲：「都餓了，先上紅茶、麵包吧。」

「孝鈺去。」何其滄坐下後倒像在自己家裡了，「還有孟敖，也去幫把手。」

——這話有點兒意思了。

何孝鈺反倒窘住了，站在那兒，望向程小雲。

程小雲卻不望她，看了方孟敖一眼，方孟敖立刻走向了廚房。

程小雲這時才看何孝鈺，笑了一下：「你爸是疼我呢，快去吧。」

何孝鈺這才轉身，走向廚房。

方步亭臉上反倒不露任何表情，其實是不知如何反應。

「我說的對吧？」程小雲笑望何其滄，為方步亭解圍。

「該疼你的人是他。」何其滄就是要卸掉方步亭身上的矜持，「我留下你是想聽戲。今天我不聽程派，太苦了。來一段張君秋的吧。」

「那就《鳳還巢》？」程小雲何等機敏。本是個含蓄的事，被程小雲蘸個指頭便輕輕戳破了。

何其滄還就是奈何不得程小雲，只好閉上了眼：「唱什麼都行。」

程小雲站起來，剛將兩手握在腹前。

——二樓辦公室的電話響了！

方步亭倏地望向二樓辦公室大門。

「掃興。」何其滄眼都懶得睜。

戲眼下是聽不成了。

二樓辦公室裡，謝培東手按著話筒卻遲遲沒有提起。

他看見一群鴿子偏在這時飛落在玻璃窗外的陽臺，絲毫也不懼怕尖厲的電話鈴聲，還向室內張望！

深藏的那股不祥之兆從謝培東眼中湧了出來，他提起了話筒：「北平分行，請問哪裡？」

電話來自西山監獄的密室。

「謝襄理嗎？我是王蒲忱啊。」王蒲忱語調勻速，語氣關切，「正好，跟您印證一下，令嫒謝木蘭到家了嗎？」

謝培東沒有立刻回答，沉默了少頃，反問道：「人都在你們那裡，請問王站長這個話什麼意思？」

王蒲忱：「情況是這樣的。今天釋放的人很多，南京有指示，暑假期間，家在北平的學生就地釋放，外地的學生送往車站或者郊外責令回家，不能再回學校逗留。剛才聽到手下報告，令嫒好像上了一輛送外地學生的車……」

陽臺玻璃窗外的鴿子咕咕地叫了起來，像是全在衝著謝培東，預告著不祥！

謝培東：「什麼叫好像上了送外地學生的車！王站長，今天開會你在場，我們方家也有兩個人在場，你是想叫我們行長來接電話，還是想叫方大隊長來接電話！」

王蒲忱沉默了片刻：「誰來接電話都不緊要了，緊要的是剛聽到的消息，令嫒之所以上那輛車，是被幾個學生煽動要一起去解放區。我已經下了死命令，派出幾路人分頭去追，重點是房山方向。現在唯一的請求，就是想請您過來一趟，一旦找到令嫒就請您帶回家去。令嫒回家前最好不要驚動別人，大家心情都正在不好的時候……」

「端到這邊來吧。」客廳內，程小雲望向端著托盤走向西邊餐桌的何孝鈺，「自己家裡，也不是外人。」

何孝鈺走到沙發這邊，一笸籮麵包放在茶几正中，紅茶擺到了各人面前。

還有一個小盅，蓋子上燒製時就留有一個缺口，擱湯匙用，也擺在了何其滄面前。

「獨食？」何其滄望著程小雲。

程小雲點了點頭。

何其滄：「這我倒還真要猜猜。」真猜想起來。

別人便只好等，還得靜靜地溫顏等著。

只有方步亭，悄悄地斜望向二樓的辦公室門。

「好多年沒吃了。」何其滄如此肯定地感嘆起來，「黑芝麻糊。小雲，是不是？」

程小雲：「一猜就猜中了，真沒意思。」笑說著端起盅底的碟子，一手揭開盅上的蓋子，遞給了何其滄。

小盅，小勺，不稀不稠，江南一帶只有孩子生日時才有這個待遇。

何其滄接過這盅芝麻糊，心中感慨臉上還不願放下：「程小雲啊程小雲，你把我當孩子了？」

「你以為自己有多老？」程小雲太像江南女人了，「不燙，快點兒吃。」

何其滄再也不裝，一勺一勺吃了起來。

二樓辦公室的門開了，很輕，謝培東走了出來。

「誰的電話？」方步亭望著還在樓梯上的謝培東。

謝培東笑了一下：「那邊放人的電話，我帶小李去接一下。」

「不是叫你打電話讓李宇清派人送嗎？」何其滄接言道。

謝培東下了樓，笑道：「還沒來得及打，那邊電話就過來了。自己家孩子自己接吧。何校長寬坐。小嫂，正點開飯，不用等我們，留一點兒就行。」

程小雲站了起來。

何孝鈺已經走到衣帽架前取下了謝培東的涼帽，遞過去時望向他的眼。

「謝謝。」謝培東接帽時眼神一如既往，還是那樣淡定，還順手拿起了旁邊櫃子上的摺扇，又轉對程小雲，「你們都忙吧，好好陪何校長。」

接著，他還不忘向何其滄欠了下身子，點了下頭，這才徐徐地走了出去。

何孝鈺走進到廚房裡時，發現方孟敖那磣人的目光又出現了。

那天永定河邊她見過這目光，是在說到崔叔時出現的，這時又見，不禁心中一驚，悄聲問道：「有什麼不對嗎？」

方孟敖的眼神仍然籠罩著玻璃窗外，籠罩著走向大門的謝培東：「姑爹接不回來木蘭……」

何孝鈺的臉色都變了：「為什麼？」

方孟敖：「剛才是王蒲忱來的電話。」

何孝鈺又一驚：「你聽到電話了？」

謝培東已從方孟敖眼神籠罩的大門消失了，方孟敖倏地回頭：「木蘭沒有往家裡走。我得去！」

「你不能去。」何孝鈺一把拉住了他。

方孟敖沒想到她會拉住自己，而且是輕輕地拉住自己的短袖，要掙開當然容易，卻不能掙，只好望向她的眼。

何孝鈺輕輕鬆開了手：「剛才我給姑爹遞涼帽，他的眼神很明確，叫我們都待在家裡。」

方孟敖眉頭擰起來，聲音很低，卻透著蒼涼：「當時崔叔被抓，他也沒有叫我去……」

「會嗎！」何孝鈺被嚇著了，想了想，冷靜了下來，「不會的。大家都知道，木蘭就是一個學生，和崔叔完全不一樣。何況今天是我爸出的面，所有的學生都放了，木蘭怎麼可能有事……」

方孟敖眼中露出了好深好深的茫然。

何孝鈺：「我說得不對嗎？」

方孟敖：「但願從此以後，我的直覺都不對，你說的話都對。」

何孝鈺的心怦怦跳了起來：「我聽不懂……」

方孟敖：「小時候我沒有直覺，只聽我媽的。以後我沒有了直覺，就聽你的。懂了嗎？」

何孝鈺的臉蹭地紅了。

* * *

復興門內大街。

太陽還在西邊的天上，曾可達的車瘋了似的開到這裡，卻發現，正在關城門。

曾可達儘管渾身是汗，依然穿著長袖襯衣，撩袖看錶，才將將五點。

王副官把車停在城門內的欄杆前，跳了下去，對迎上來的那個上尉：「國防部的車，沒有看見嗎？」

那上尉先敬了禮，接著答道：「華北剿總的命令，今天五點關門。」

王副官回頭看車裡的曾可達。

曾可達：「問他，有一輛中央銀行北平分行的車出去沒有。」

王副官立刻問那個上尉：「有沒有一輛中央銀行北平分行的車從這裡出城？」

那上尉：「報告長官，沒有。」

曾可達：「告訴他，命令改了。我的車，還有一輛北平分行的車要從這裡出入，今天不許關門。」

「聽見了？」王副官轉向就站在身邊的那個上尉，「把門打開。」

那上尉：「是，長官。可我必須報告上峰，電話請示……」

砰的一聲，槍響了！

曾可達提著槍已經跳下了車，一腳便踹倒了那根欄杆，大步走進了城門洞。

守門士兵猛然看見一位少將提槍走來，先是一愣，接著一齊敬禮。

曾可達把槍插進了槍套，沒有忘記，還是還了個禮。接著便有些匪夷所思，他竟一個人去扛那根極粗的門槓！

「督察！」王副官連忙跑了過來。

那個上尉也跟著跑了過來。

王副官嚷道：「還不開門！」

那上尉也急了：「開門！」

幾個兵剛過去，但見曾可達已經扛起了門槓，吼道：「閃開！」

粗大的門槓被他掀甩在地。

「上車。」曾可達轉頭向那輛吉普走去。

「開門，清路障！」王副官嚷了這句連忙追去。

追到車邊，王副官發現曾可達已經坐在了駕駛座上：「督察……」

「上車。」曾可達並不看他。

王副官只好進了副駕駛座，還沒坐穩，車已經吼的一聲，向門洞馳去。

路障還在清，門也還在開，車卻不管不顧。

嗖地竄過大門時，剛好也就一個車位，吉普將西直門甩在了身後！

王副官緩過神來時，發現自己的兩手已經全是汗水！

復興門外公路。

高高的白楊樹下，還是那輛車，還是那個又高又瘦的身影站在車旁抽菸。

曾可達的車依然不減速，直向王蒲忱衝去。

「啊……」王副官失聲還沒叫完，車緊挨著王蒲忱猛地剎住了！

剎得太猛，吉普的屁股向後打了個橫，車頭幾乎就要撞飛王蒲忱！

王蒲忱手裡的菸飛了，人卻一動不動，依然站在原地。

曾可達坐在車內，直盯著王蒲忱，見他面不改色，怒氣更甚了：「怎麼回事！」

王蒲忱望向王副官：「你上我的車吧……」

曾可達：「現在就說！」

王蒲忱也是第一次看到曾可達這般嚴厲，只好說道：「南京的命令，外籍學生要遞解離開北平，學生太多，我們人手不夠，後來才知道謝木蘭跟著一撥外籍學生往房山方向走了……」

「你混帳！」曾可達恨恨道，「謝木蘭回不了家知道什麼後果嗎！」

王蒲忱：「已經派人去追了。現在我們也只有盡力而為了。」

曾可達連生氣都生不起來了，望向路旁的白楊樹：「怎麼向建豐同志交代啊……」

王蒲忱：「謝襄理的車也快來了，我們應該能夠把謝木蘭找回來。我建議，先不要急著報告建豐同志。」

「督察。」王副官在他身邊輕聲喚道，「來了輛車，奧斯汀，應該是謝襄理……」

曾可達的頭慢慢轉了回去。

公路遠方，那輛黑色的轎車漸漸近了。

曾可達這才正面看向王蒲忱：「以國防部的名義通知沿途國軍，遇到學生統統攔住。」

「好。」

奧斯汀開過來了，曾可達下了車。奧斯汀停了，曾可達主動走了過去，看見了坐在前排副駕駛座上的謝培東，帶著歉容親自給他開了門：「謝襄理……」

謝培東下車時明顯失去了平時的那股幹練，趔趄了一下。

曾可達連忙扶住他：「您不要著急。我們已經通知了沿路的國軍，令嬡一定能找回來。」

謝培東略表感激地向他點了下頭，目光盯向了王蒲忱。

王蒲忱接言道：「應該能找回來。謝老，我們上車吧。」

徐鐵英、孫祕書帶著梁經綸來到西山監獄密室門外。

徐鐵英從口袋裡掏出一把鑰匙，遞給孫祕書：「我就不進去了，告訴他，是那部標著『2』字的電話，讓他跟經國局長直接通話。你在邊上陪著。」
孫祕書接過鑰匙還在猶疑：「局長，我進去合適嗎？」
徐鐵英：「誰進去都不合適。離遠點兒陪著，不要聽電話就是。」
孫祕書看不出徐鐵英有任何刻意，徐鐵英已經向通道的門走去。
孫祕書只好開鎖，剛才那隻殺人時還百發百中的手，第一下居然沒有找準鎖孔。
孫祕書感覺到了是站在旁邊的梁經綸讓自己失了常態，定了定神，也不好看他，低聲說了一句：「向建豐同志報告，我請求處分。」
說了這句才找準了鎖孔，厚厚的鐵門慢慢推開了。

西山監獄密室裡，孫祕書很快撥通了電話：「王祕書嗎……是……好。」
接著，他轉身將電話遞向望著一邊的梁經綸：「經綸同志，建豐同志要跟你說話……」
梁經綸望向話筒：「將話筒擱在那裡。」
孫祕書悄然將話筒輕輕擱下了。
梁經綸還沒有去拿話筒，又迸出兩個字：「出去。」
孫祕書再不停留，快步走向門邊，拉開門走了出去。
沉重的鐵門關上了，那話筒彷彿比鐵門還沉重，梁經綸兩隻手捧著，慢慢捧到耳邊，還是有些捧不住。
「我都知道了，梁經綸同志。」話筒裡傳來了建豐同志的聲音。
梁經綸無法回話，因喉頭哽咽。

「經綸同志，你在聽嗎……」

梁經綸已經淚流滿面了，竭力將哭聲吞嚥下去！

電話那邊沉默了，也知道了。

梁經綸把湧向喉頭的淚水生生地吞了下去，盡力平復自己的聲調：「建豐同志，你還好嗎……」

那邊更加沉默了，過了片刻才傳來聲音，聲調也變了，毫不掩飾彼此的淒然：「我也不好……從上午到下午一直在黨部開會。梁經綸同志，我沒有保護好你，請你原諒……」

北平通往房山的公路上。曾可達的車在前，車頭上國防部那面小旗獵獵飄著。

謝培東的車在中間，王副官開著王蒲忱的車殿後。

沿途又見車卡，遠遠地便扳起了欄杆，三輛車呼嘯而過。

曾可達車內。曾可達的腳從沒離過油門，兩眼也一直望著前方，王蒲忱也默默地坐著，顯然一路行來兩人都沒說話。

「梁經綸同志現在在哪裡？」曾可達終於開口了，鬆了一半油門。

「在讓他和嚴春明錄口供。」王蒲忱提高音量答道，「一是進一步觀察共產黨是否懷疑了他；二是只要嚴春明不供出他是共產黨，我們就好履行程序釋放。」

「徐鐵英在哪裡！」曾可達的聲音陡轉嚴厲。

王蒲忱：「帶著偵緝處和警察局的人在配合釋放學生。現在應該離開了。」

曾可達：「如果謝木蘭的事是徐鐵英設的圈套，我明天就飛回南京報告，希望你跟我一起去，保密局務必徹查。」

王蒲忱：「我同意。但總得請示建豐同志再說。」

曾可達盯了他一眼，把油門又踩到底！

「復生。」

——西山監獄密室的話筒裡傳來這聲稱呼，不啻遙遠天際傳來的雷聲，梁經綸立刻頭皮一麻，被震在那裡！

接下來的聲音依然像遠處的雷聲：「還記得當年去美國，我送你的那番話嗎？」

「記得……」

「今天我把引用的那幾句話再送給你，同時也勉勵自己。」話筒裡傳來了異樣的朗誦聲，「『夫大勇者，猝然臨之而不驚，無故加之而不怒。此所挾持者甚大，其志甚遠也……』復生，在我的心目中，你就是張良。曾可達同志、王蒲忱同志、孫朝忠同志，還有其他的同志都不過將才而已……」

「建豐同志……」

「聽我講完。」極遠的聲音忽然近了，彷彿人在耳邊說話，「還有一件事一直沒有對你說。第一次在名冊中看到你這個名字，我就立刻想起了跟你同名的另一個人，譚嗣同。這也就是我當時突然見你的原因。你很意外，我卻很欣慰，你給我的感覺就是人如其名。復生，你以前擔得起這個名字，現在和將來都擔得起這個名字。」

「建豐同志。」梁經綸把最後一口淚水嚥了下去，慨然說道，「『各國變法無不從流血而成……』復生知道，無論是孔宋，還是二陳，都在阻撓幣制改革。如需流血，願從我始！」

「你不需流血，也不能流血。」那邊的聲音激昂起來，「如要流血就讓那些貪腐的人去流。我在今天中央黨部的會上已經宣告，本月務必廢除舊法幣推出新貨幣，如果一定要血流成河，那就讓這條河推動幣制改革！」

「復生明白！」

「今天發生了不該發生的事，我已嚴令王蒲忱善後，總統也過問了，命陳部長責令徐鐵英配合善後。為了保護幣制改革，為了保護你，這件事要瞞過所有人，包括曾可達同志和方孟敖。你離開後，唯一要做的就是戰勝自己，面對那些所有需要面對的人……」

出了密室才發現，暴雨連天，子彈般密集的雨滴在猛烈地撲打監獄走廊上的玻璃窗，白茫茫一片！

「下雨了……」候在門外的孫祕書迎向梁經綸，說了一句廢話。

與進去時不同，梁經綸看他了：「下雨了？」

孫祕書被撂在那裡，梁經綸已往通道那頭走去。

「梁教授！」孫祕書追了過去。

梁經綸已經出了通道的門，走進了白茫茫的暴雨之中。

刮雨器也不管用了，三輛車被老天阻在了盧溝橋！

曾可達在車內望著瀑布般籠罩自己的大雨出神。

「我建議。」雨聲太大，王蒲忱只好大聲說道，「讓謝襄理先回去。」

曾可達倏地轉望向他：「你的女兒丟了，你會回去嗎？」

王蒲忱：「他跟著也沒用。天快黑了，前面不遠就是共軍的防區。要找，也只能靠我們繼續找。何其滄和方步亭還有方大隊長他們還在家裡等，謝襄理再不回去，方家不明就裡，電話打到南京，連建豐同志都會很被動。」

曾可達閉上了眼。

王蒲忱雙手推開了副駕駛座的門，被暴雨衝擊著，艱難地向後面的車走去。

奧斯汀車內，謝培東也閉著眼，身子卻挺得筆直。雨聲連天接地，他似在用耳努力地尋找暴雨中另外一個聲音。

「爸……」

謝培東的眼皮動了一下，他沒敢睜開，凝神等待這個聲音再次出現，但願不是幻覺。

「爸！」

謝培東猛地睜開了眼！

——車窗外謝木蘭在叫他！

謝培東猛地抓住車門把手，小心地向外推著，唯恐撞到了女兒。

緊接著，謝培東一把抓住暴雨中伸進車門的手。

很快，他的臉色變了，像扔掉一隻噁心的老鼠，丟開了握著的那隻手。

濕漉漉，王蒲忱的頭還是探進來了……

＊　＊　＊

方邸一樓整個客廳的燈全開了，窗外連天的暴雨用自己的黑暗趕走了四合的暮色。

餐桌上，每個人面前碟子上的罩子都還罩著，刀叉依然整整齊齊擺在那兒。

坐在主位上的何其滄一動不動，也不看別人，也不像在聽外面的風雨聲，只望著前方出神。

方步亭挨著何其滄坐在右側第一個座位上，撲眼而來，對面坐著的兒子的背後，滿窗暴雨彷彿隨時會破窗而入，撲向兒子的身軀。

程小雲在桌子下握著方步亭的手，看著對面的何孝鈺。

「爸……」何孝鈺站起來，「是不是讓孟敖大哥去接一下他們……」

所有的目光這時都慢慢望向了何其滄。

「誰也不要動，坐在這裡等。」何其滄沒有看女兒，也依然沒有看任何人。

「我去打個電話？」方孟敖望向何其滄。

何其滄回望方孟敖了：「打給誰，管用嗎？」

何孝鈺突然激動了，倏地剛要站起，立刻被方孟敖在桌下拉住了手臂。

「放開我！」何孝鈺衝方孟敖喊道。

另外三雙目光同時盯向了方孟敖。

方孟敖還從來沒有這樣尷尬過，鬆開了手。

何孝鈺站起來：「你們都在這裡等吧，我去接！」

「你敢！」何其滄突然也衝動了，這一聲吼，從來沒有過。

「怎麼了，老夫子？」程小雲推開身後的椅子，急忙走到何其滄身前，一隻手扶著他的手臂，一隻手撫在他的背上，「怎麼能這樣對孝鈺說話。」
何孝鈺已經滿眼是淚，離開了座位。
大家都望著她。
她沒有出門，走向了餐廳這邊的樓梯。
程小雲不知道該留下來安撫父親，還是追過去勸慰女兒了。
方步亭的目光移向了對面的兒子：「你上去吧。」
方孟敖第一次如此順從，立刻站起來，向樓梯走去。

推開謝木蘭房間的門，方孟敖便覺頭皮一麻。撲面而來，不知什麼時候，謝木蘭房間的牆上貼了這幅電影海報——火海！白瑞德抱著郝思嘉！
方孟敖反手輕關了門，走到書桌前何孝鈺的背影後：「這幅畫什麼時候貼的？」
何孝鈺顯然還在流淚，沒有立刻回答。
方孟敖等著她。
何孝鈺突然站起來，回轉身，滿臉是淚：「你的直覺有沒有不準的時候！」
方孟敖臉上竟然也有了恐懼，在那裡想著。
何孝鈺撲過來抱住方孟敖的腰，將頭緊緊地埋在他胸前：「告訴我，說有……」
方孟敖摟住何孝鈺的肩，慢慢用力，把她摟緊了，輕聲在她耳邊說：「不要相信什麼直覺，沒有直覺……告訴我木蘭什麼時候貼的這幅畫，跟你說了什麼。」
何孝鈺的頭緊貼在方孟敖胸前：「我也不知道……她早就買了好多張《亂世佳人》的海報，說最喜歡這一張。還說，參加革命，如果能這樣死去，是最大的幸福……」

方孟敖心猛地一緊：「她跟梁教授說過同樣的話？」

——又是直覺！

何孝鈺的身子在方孟敖懷裡顫抖了一下，緊接著猛地抬起了頭，推方孟敖：「趕緊去找梁經綸！找到梁經綸，就能找到木蘭。快去！」

方孟敖卻釘在那裡，何孝鈺再推他也紋絲未動。

「沒有用的……」方孟敖這時只望著窗外的暴雨。

「什麼意思……」

方孟敖：「我沒有那麼大本事……聽我的，我們在家裡等姑爹回來……」

何孝鈺抓住了方孟敖的前襟：「你是知道了什麼，還是害怕什麼？」

方孟敖的聲音如此異樣：「我什麼也不知道，我的害怕也早過了……我現在只覺得無能為力，我哪裡也不想去……」

何孝鈺直望著方孟敖的眼！

方孟敖：「不要催我去救人，『八一三』那天，我去救我媽，看著一顆炸彈落在我媽身邊……我又去救我妹，一架飛機就跟著我，機槍從我的頭上掃過去打死了我妹……抗戰的時候，我每一次去救人，每一次都救不回來……知道上次我為什麼不去救崔叔嗎？我不敢去，才乞求我爹去。也許正因為是我想救崔叔，我爹才沒能把崔叔救回來……」

何孝鈺驚望著方孟敖慢慢蹲了下去，慢慢坐到地板上：「孝鈺，聽我的，我不去，姑爹或許能帶木蘭回來……」說著，兩手抱住了自己的頭。

何孝鈺彎下了身子，一把摟住了方孟敖的頭，貼在自己胸前：「不去……我們都不去……等姑爹帶木蘭回來……」

＊　＊　＊

復興門回方邸的路上。

都說「狂風不終夕，暴雨不終朝」，可今天晚上暴雨就是不停，謝培東的車開到這裡突然停住了，接著，司機小李按響了低聲喇叭。後座的謝培東睜開了眼。

小李回頭：「前面停著好些黃包車。」接著鳴笛。

一個黃包車夫裹著雨衣過來了，小李搖開了一縫車窗。

那個車夫大聲說道：「前面颳倒了好些樹，還倒了兩根電線桿，過不去了！」

小李還沒接言，那個車夫又大聲說道：「裡面是謝襄理吧？我認識您。如果急著回去，坐我的黃包車，也淋不著您，兩個胡同就到您家了。」

謝培東似乎也認出了那個車夫，對小李：「拿雨傘。」

三輛黃包車走在一條小胡同裡。一輛在前面頂著雨走，中間那輛卻在一個屋簷下停住了，後面那輛有意拉開距離，慢慢走著，顯然在掩護中間那輛車。

中間那輛車的車簾掀開了，謝培東看著那個車夫。

那個車夫將頭伸進車簾：「有人在等您，快下車吧。」

謝培東：「誰？」

「您別問了。」那個車夫的聲調突然有些喑啞，「我們都是老劉同志的下級。」

謝培東倏地從裡面掀開了車簾，一把大雨傘立刻罩了過來。

無名四合院一間東房內，拉住謝培東手的居然是劉雲同志！

對方的手那樣熱，謝培東這才感覺到自己的手這樣冰涼！

相對無言，劉雲就這樣拉著謝培東停了好幾秒鐘，慢慢拉著他向桌旁走去。

謝培東這才看清，張月印正站在那裡。

劉雲鬆開了謝培東的手，雙手端起了北邊那把椅子：「謝老，先坐，坐下來談。」

謝培東默默坐下了。

劉雲在上首也坐下了，瞟了張月印一眼：「坐吧。」

張月印走到南邊座前，這才隔著桌子伸過手來：「謝老……」

謝培東又站起來，將手伸過去，但覺張月印握自己的那隻手也一樣冰涼！

劉雲眼瞼下垂，在等張月印和謝培東握手。

張月印既不敢看他，便不敢久握，立刻坐下了。

劉雲說話了：「我是接到什麼『緊急預案』的電報立刻趕來的，還是來晚了……」

張月印又站了起來：「我再次請求組織處分……」

劉雲的語氣由沉重陡轉嚴厲：「會處分的，現還輪不到你。」

張月印又默默地坐下了。

劉雲：「嚴春明同志管不住，擅自返校。劉初五同志也管不住，擅自行動。一天之間，北平城工部就損失了兩個重要負責同志……」

謝培東頭頂轟的一聲：「嚴春明同志也……」

老劉點了下頭。

謝培東：「什麼時候……」

劉雲望向了桌面：「下午四點，西山監獄。」

「西山監獄」四個字像一記重錘，謝培東感覺到自己的心被猛地擊了一下，怦怦地往嗓眼上跳，不敢往下問了。

突然，心跳聲變成了敲門聲。

劉雲倏地望向張月印。

「送薑湯的同志，給謝老熬的。」張月印不敢快步，也不敢慢步，走到門邊，開了一碗寬的門縫，接過那碗冒著熱氣的薑湯，關了門，走回桌旁，「謝老，您先喝幾口……」

幾十年的黨齡在這個時刻顯現出來，謝培東雙手接過碗，穩穩地放在桌上，望向劉雲：「劉雲同志，什麼現實，什麼結果，我們都要面對……你說吧。」

劉雲凝重地望著謝培東：「燕大學委兩個學生黨員同志，還有，謝木蘭同志……」

謝培東倏地站起來！

劉雲緊跟著站起來。

張月印也緊跟著站起來。

劉雲這才正面給了張月印一個眼神，張月印走到謝培東身邊，時刻準備扶他。

謝培東又慢慢坐下了，張月印沒有離開，靜靜地站在他身邊。

劉雲也依然站著，慢慢說出了不得不說的話：「謝木蘭同志一直有入黨的強烈願望……剛才我跟張月印同志說了，決定以北平城工部的名義，追認她為中共黨員……」

配合劉雲，張月印一隻手伸過去攙住了謝培東的手臂，謝培東其實一動沒動。

謝培東有反應了，張月印另一隻手也伸過去了，雙手攙住了他的手臂。

謝培東卻是慢慢去撥張月印攙自己的手。

張月印望了一眼劉雲，鬆開了手。

兩個人都望著謝培東，但見他端起了面前的薑湯送到嘴邊。

「燙，謝老……」張月印卻不敢去拿他的碗。

碗在慢慢傾斜，謝培東的臉慢慢埋到了碗裡……

左手握著碗還在臉邊，謝培東右手的衣袖已經去揩滿嘴滿臉的薑湯，將淚水一併揩了。

滿臉血紅，雙眼更紅，謝培東望著劉雲：「他們怎麼敢這樣做……」

「他們已經敢了。」劉雲嘆了口氣，「這也是我們沒想到的。都知道蔣經國和王雲五為了遏止通貨膨脹，一直想強力推行幣制改革。我們判斷大量的黃金白銀外匯，一多半在孔宋家族控制的四行八庫，還有國民黨中央黨部控制的黨產裡，他們哪兒願意剜肉補瘡！沒想到昨天梁經綸幫助何其滄寫的那個論證送到司徒雷登手裡，今天南京就成立了美援合理配給委員會。這是國民黨幣制改革真要推行了。今天徐鐵英在西山監獄當著木蘭和幾個青年黨員暴露梁經綸的真實身分，就是國民黨內反對幣制改革那些人的反撲。暴露梁經綸，犧牲木蘭他們，都是為了打擊蔣經國，還有試探我黨的態度。我們的錯誤就犯在忘記了毛主席的教導，一切反動派在行將滅亡時都會搬起石頭砸自己的腳……木蘭還有老劉同志、嚴春明同志本不應該犧牲啊……」

「曾可達、王蒲忱為什麼還要拉著我去找木蘭！」謝培東聲音有些發顫，「國民黨內部發生了這麼劇烈的鬥爭，他們都不知道？」

這就帶有情緒責問了，劉雲慢慢坐下：「王蒲忱知道，曾可達不知道。今天下午，就在徐鐵英暴露梁經綸身分之後，蔣經國在南京中央黨部跟陳立夫發生了正面衝突。妥協的結果，就是製造假象，保護梁經綸。為了這個假象，他們在房山方向放了一批學生，進入了我軍和敵軍的緩衝區。那些學生哪知道，他們進入的山窪裡全是地雷，好幾十人啊……」

謝培東不再控制，老淚湧了出來……

劉雲眼睛也濕了：「由於是緩衝區，經常發生地雷炸人的事件，那個地方布的又都是子母雷，炸的人連屍骨都不需要掩埋。這樣，他們就能說木蘭和這些同學都去了解放區，而我們也無法證實他們去了哪裡。為了保護情報的來源，我們還必須裝作不知道。謝老，發生了這樣的事，周副主席比我們還難受啊……」

謝培東：「為什麼還要告訴我？」

劉雲：「周副主席說了，誰也不能取代您，中央必須信任您。」

謝培東雙手撐著桌沿慢慢站起來：「劉雲同志，請傳達中央的指示吧……」

劉雲深望著謝培東：「只有您相信木蘭他們去了解放區，方家的人還有何副校長他們才會相信木蘭去了解放區，國民黨也才會以為他們真瞞過了我們……」

謝培東：「我要回去了，他們都在等我……」

劉雲立刻過來了，目示張月印去開門，接著攙住謝培東向門口走去：「謝老，真相尤其不能讓方孟敖同志知道，重要性您比我們更明白……」

「我明白……」

走到門口，劉雲也愣在了那裡。

——庭院如洗，天上有星。

——一連下了好幾個小時的暴雨不知何時停了！

＊　＊　＊

今晚，方邸警衛之森嚴已達北平最高之級別。

方孟敖的小吉普和青年軍的中吉普停在街口，一干青年軍同時向徐徐走過的謝培東敬禮。

再過去，赫然停著李宗仁的專車，顯然是隨扈何其滄。一級加強的行營侍衛佇立車旁，看清是謝培東，也一齊敬禮。

人車一過，大門反倒冷清，謝培東卻猛地一驚。

小李一個人孤零零地站在那裡！

謝培東緊盯著他：「你什麼時候回的？」

小李：「您走了一會兒，前面的路就通了。」

謝培東：「你的車呢？」

小李：「問了警衛，說您還沒回，我就先把車開進車庫了……」

謝培東：「行長怎麼說？」

小李：「我沒進去，一直在這兒等您。」

謝培東提起的那口氣鬆了下來，讚賞了小李一眼，跨門時突覺一陣暈眩。

小李一把攙住了他：「襄理，我送您進去……」

謝培東點了下頭：「回頭告訴財務室，這個月開始你的薪水都發美元。」

「謝謝襄理！」小李攙著他一陣激動，竟壞了專車司機不問話不能傳話的規矩，在謝培東耳邊低聲說道，「襄理，聽警衛說，梁教授來了。」
謝培東猛地站住了，慢慢望向小李：「鬆手。」
小李變了臉色，鬆開了手。
謝培東身上瀰漫出往日的威嚴，跨進門又倏地回頭，盯向小李：「記住，再多說一個字，明天就捲鋪蓋自己走人。」
謝培東走進方邸一樓客廳，從來沒有這麼多目光這般沉默地盯著自己一個人！
謝培東哪雙目光都不能對視，疲倦地笑了一下：「好大的雨……」
沒有人接言，一雙雙目光更沉默了。
謝培東只好望向程小雲：「都還沒吃飯？」
「木蘭呢？」方步亭這一問，整個客廳都是回音。
謝培東望向了方步亭，一如往日，保持淡定：「先吃飯吧，我慢慢說……」
「收起你那個穩勁！」方步亭敲了桌子，「我忍你好久了。這麼多人，這麼大的事，拿主意還輪不到你。告訴何校長，告訴我，到底怎麼回事？木蘭在哪裡？」
「什麼事你忍我好久了？」謝培東倏地拉開餐桌這端的椅子重重地坐了下來，「在北平分行，在這個家裡，我什麼時候拿過主意了？我的女兒，我把她關在家裡，你做主放她出去。這一向她住在哪裡我都不知道，你現在倒來追問我……」
所有的人都愣在那裡。
誰都沒想到，從下午到晚上緊綳的弓，這一刻會在方步亭和謝培東之間折斷了！

方步亭的手在桌子下面發顫，程小雲也不能看他，只是在桌子底下緊緊地握住了他的手。

方步亭的目光瘆向了坐在對面最後一個座位上的梁經綸。

誰都能看出，方步亭這一眼露出了剛才向謝培東遷怒的源頭！

難受、尷尬輪到何其滄了，還沒開口，頭已經有些微微顫抖了，望向梁經綸：「經綸，你們是一起抓進去的。剛才的話就不要說了，說你的想法，木蘭會去哪裡？」

梁經綸慢慢站起來。

餐桌這邊底下，又一隻手握向了另一隻手——是何孝鈺去握方孟敖，反被方孟敖握住了。

所有人都在等著梁經綸說話。

梁經綸：「去哪裡我不知道。我絕不相信她會跟其他的同學離開北平。」

「誰告訴你她離開北平了？」謝培東跟方步亭頂撞後便閉了眼睛，問話時依然閉著，卻能看見眼眶濕潤。

「徐鐵英身邊那個孫祕書。」梁經綸答道，「都知道木蘭的身分，也知道她沒有回家會有多大的麻煩。怎麼可能疏忽到讓她跟外籍的學生走了。先生，方行長，我提議你們直接找李宗仁和傅作義。只有他們出面，才可能找回木蘭。」

何其滄慢慢望向了方步亭。

方步亭茫然了，慢慢又轉望向謝培東，再說話時嗓音已有些嘶啞：「你睜開眼好不好？」

謝培東慢慢睜開了眼，卻只望著方步亭眼睛下部的臉。

方步亭：「你現在總該告訴我們誰把你叫去了，都去了哪裡，木蘭到底怎麼回事吧？」

「先吃飯吧……」謝培東居然還是這句話！

「到底怎麼回事！」方步亭倏地站起來，程小雲居然沒有拉住他。

「謝襄理……」何其滄也扶著桌子站了起來。

方孟敖、何孝鈺還有程小雲都只有跟著站起來。

謝培東也只能慢慢站起來。

何其滄：「請你立刻告訴我發生了什麼，見到李宗仁、傅作義我也好說話。」

謝培東不能不正視何其滄了：「您不要去找他們了。木蘭確實跟著一群學生去了房山方向……」

「曾可達、王蒲忱還在找？」一直沒有開口的方孟敖問話了。

一句簡單的問話，何孝鈺心裡卻猛地一揪——她聽出了方孟敖的直覺！

謝培東進來後就一直沒有看方孟敖，這時才慢慢望向他。

方孟敖：「沿途那麼多哨卡，一個電話就能攔住他們。一個國防部的督察，一個保密局的站長還要陪著您去追！姑爹，您相信，我們會相信嗎？」

要的就是這個答案，所有的目光都在等待謝培東回答。

謝培東：「南京的直接命令，外籍學生釋放後立刻遞解離開北平。王蒲忱也沒有權力中途阻攔，這才叫曾督察一起去追。擔心我們不相信，於是叫上了我。」

方孟敖閉上了眼：「小車追不上大車？」

謝培東虛望向上方：「耽誤了……暴雨追著我們的車下，打電話問前面，卻說沒有下雨……追到房山，警備司令部的大車已經空了，學生們早已過了國軍的防區……」

謝培東的神態、語氣，尤其是他說的這場暴雨，把大家都震在那裡，都覺一陣寒氣襲來！

方孟敖心裡在顫，倏地轉望向梁經綸，發現他也暗中顫抖了一下。

方孟敖望著梁經綸：「梁教授，你願不願意去解放區，把木蘭找回來？」

梁經綸：「方大隊長如果願意，現在就送我去房山防區吧。」

「誰也不要去了！」方步亭第一次在大兒子面前像父親般威嚴。

可這一瞬間的威嚴立刻被方孟敖的目光逼了回去。

方步亭蒼涼地轉望向謝培東：「培東，不要找了……現在的孩子遲早不是跟國民黨，就是跟共產黨。你管不住，我也管不住……」

「步亭……」是何其滄的手伸過來了。

方步亭接住了他的手，臉色陡變：「叫車！去協和醫院！」

何其滄的身子在軟軟地下滑，方孟敖一把挽住了他！

「爸！」

何孝鈺奔過去時，方孟敖已將何其滄雙手抱在身前：「讓開！」

方孟敖橫抱著何其滄的身影又穩又快，已到了客廳門口。

梁經綸竟懵在那裡，倒是何孝鈺追著過去拉開了客廳大門。

梁經綸的目光驚了！

方孟敖橫抱著何其滄衝出了客廳門。

何孝鈺跟著奔出了客廳門。她的身後還有一個身影——竟是謝木蘭！

幻影掠過，大門已空，梁經綸跟著奔了出去。

「姑爹！」謝培東一直站在那裡，聽到程小雲的驚呼，猛然回頭。

方步亭正甩開程小雲的手，繞過餐桌，步履已然踉蹌。謝培東一把拉住了他。

方步亭其實已經走不動了，被謝培東拉著，站在那裡。

程小雲趕過來扶他時，看見方步亭的手緊握著謝培東的手。

「培東，能不能打通曾可達的電話？」方步亭弱弱地問。

謝培東望著他，又望了一眼程小雲。

方步亭：「都這個時候了，小雲該跟我們共患難了，沒有什麼好迴避的。去打電話吧，叫曾可達來。」

謝培東：「行長，叫曾可達來幹什麼？」

方步亭：「用他的專線，我要跟他們的經國局長直接通話。只有他能告訴我們木蘭去了哪裡……還有，叫他把這個梁經綸調走！」

謝培東默在那裡。

方步亭：「不要猶豫了，聽我的，去打電話。」

謝培東只好向電話走去。

方步亭：「小雲。」

程小雲抱緊了方步亭的手臂：「行長。」

方步亭：「孟韋還在不在崔中石家？」

程小雲：「不知道。」

方步亭：「你坐車去找。這個時候孟敖不會鬧事，要鬧事就是孟韋。找到他，你好好跟他說，叫他不要去找徐鐵英，不要去找王蒲忱，尤其不要去找梁經綸……現在，也許只有你的話他會聽了。」

「我這就去。」程小雲眼淚唰地流了下來。

路上，方孟敖的車開得如此平穩，副駕駛座上的梁經綸有一種時間都停止了的感覺。
後排座上，何孝鈺俯下了身子，抱著父親的頭，貼耳去聽父親微弱的聲音。
何其滄狀態平靜了許多：「回家。」
何孝鈺：「爸……」
何其滄：「叫校醫就行了。」
何孝鈺抬起了頭，對方孟敖：「不去醫院了，回家叫校醫。」
梁經綸倏地回過了頭：「先生，還是去協和吧。」
何其滄竟閉上了眼，還是那兩個字：「回家。」
還沒等何孝鈺傳話，方孟敖已經打了方向盤，向另外一條路開去。
梁經綸慢慢再轉回頭時，方孟敖的聲音像極遠處的風傳了過來：「什麼也不要說了。」
車燈一片晃亮，梁經綸卻感覺到四周是無邊的黑暗！

東總胡同裡，也是小吉普的車燈，因胡同狹窄，兩面是牆，站在路中的程小雲如在聚光燈下！
「小李！」車內的方孟韋大聲喊道。
小李今天已被方家的事嚇得沒有膽子了，慌亂跑了過去：「二少爺……」
方孟韋：「把夫人拉到車上去！」
程小雲也說話了：「小李，你開車先回去！」
小李被僵在那兒。
程小雲：「這是行長的吩咐，開車回去！」

「是。」小李恨不能立刻離開，拔腿跑出了胡同。

方孟韋一腳下去，油門聲轟地大了：「你讓開！」

程小雲一動不動。

小吉普突然推上了檔，向程小雲馳去！

方孟韋彷彿看見了這個像自己姊姊的小媽臉上的笑靨！

吱的一聲，小吉普挨著程小雲停下了。

「程姨！」方孟韋倏地推開車門跳了下去。

程小雲仍站在那裡，一動沒動。

方孟韋一把拉起了她的手，這隻手竟如此冰涼！

再看程小雲時，她哪裡有什麼笑靨，完全是驚在那裡。

「程姨。」方孟韋低啞地喚她，「幫我一次，你敢嗎？」

程小雲慢慢望向了他：「去哪兒……」

方孟韋：「警察局，徐鐵英！」

程小雲：「你爸說了，不要去找梁經綸，不要去找王蒲忱，也不要去找徐鐵英……」

「我們能不能夠有一次不聽他的！」方孟韋緊緊地盯著程小雲。

程小雲：「找徐鐵英有什麼用……」

方孟韋：「沒有用。我就想你和我一起去。」

「上車吧。」程小雲逆著車光，已經向吉普車副駕駛座方向走去。

方孟韋這時眼中有了淚花，飛快地抹了一下，轉身走向吉普！

第四十章

北平警察局徐鐵英辦公室。

「方副局長，怎麼能把夫人帶到這個地方來？」徐鐵英望著方孟韋。他想過方步亭會來，方孟敖會來，誰都可能來，就是想不到站在面前的會是程小雲。

「這個地方？這是什麼地方？」方孟韋緊盯著徐鐵英的眼，「程姨，告訴他，你都去過什麼地方。」

程小雲：「孔祥熙部長，宋子文院長，劉攻芸總裁的府上都去過。」

徐鐵英不能不看程小雲了：「方夫人，我知道你見過大人物，可那都是府上，有家眷接待……」

「可徐局長的家眷在臺北。」程小雲果然是見過大人物的風範，「如有機會去臺北，我很榮幸能見徐夫人。」

「還讓夫人站著嗎？局長。」方孟韋迎著徐鐵英的身子闖去。

徐鐵英下意識一閃，被方孟韋逼著站在那裡。程小雲從兩人身邊走了過去，在沙發上坐下了。

「孫祕書！」徐鐵英朝門外會議室喊道。

孫祕書立刻出現在門口：「局長。」

徐鐵英：「去安排一下，我送方夫人出門上車。」

「是。」

方孟韋倏地轉身，逼住了孫祕書：「來得好，倒茶！」

孫祕書依然半步不退：「方副局長，在這裡，請你聽局長的。」

方孟韋目光移向了孫祕書紮著繃帶的右手，接著，慢慢將自己的右手插進了褲袋：「你右手有傷，我不欺負你。既然不願意倒茶，跟我出去，我有事問你。」

說著，方孟韋用左手一把抓住了孫祕書左手手腕，一擰！

孫祕書被方孟韋死死擰住，向房門擰去。

「方孟韋，你要幹什麼！」徐鐵英喝著走了過來。

方孟韋右手倏地從口袋中抽出，帶出了槍套裡的手槍，轉頭指向徐鐵英的眉心：「坐下！你在裡面跟夫人算帳，我到外面跟你這個祕書算帳。」同時左手將孫祕書的手一壓，「槍上了膛，最好別動。」

孫祕書其實沒動：「方副局長……」

「閉嘴，我還沒問你。」方孟韋的槍指著徐鐵英的眉心，卻看著徐鐵英的眼睛，「徐局長，想殺你的人很多，希望不是現在。」

——方孟韋手中的槍上，食指在擠壓扳機，時間在這一刻也像是有意放慢了。

徐鐵英轉身了，眼中的驚懼飛快地被孤獨取代，彷彿背後並沒有槍指著他，走到辦公桌前，揭開了茶杯蓋，倒了茶葉，又端起暖壺，倒了水，端到茶几前，輕輕放到程小雲身邊，然後在旁邊的沙發上坐下了，再望方孟韋的同時，又望向了孫祕書。

孫祕書還是那種眼神，忠誠地望著徐鐵英。

徐鐵英：「跟方副局長出去談吧。」

孫祕書：「局長……」

徐鐵英：「去談！」
「好。」孫祕書這次沒有說「是」，答了一聲好。
程小雲接言道：「孟韋，把槍留下。」
方孟韋卻是望向徐鐵英：「徐局長，你希望我把槍留下嗎？」
徐鐵英：「隨便。」
方孟韋轉望向孫祕書：「聽見了？做誰的狗也比做他的狗強。」說著，把槍扔到了徐鐵英的辦公桌上。
孫祕書：「手不方便，我的槍請方局幫我拿出來。」
方孟韋：「我想讓你帶著。」擰著他走出了房門。
「單局！」方孟韋背對著會議室的門喊道。
會議室門外，單副局長帶著幾個人不知在這裡站了多久了，不敢進來，又不敢離去，一直在等著看熱鬧，還一副憂國的面孔，見方孟韋拽著孫祕書出來，事情有些不妙，便琢磨著如何置身事外，被方孟韋這一叫，躲不了了，只好應道：「方局……」
方孟韋：「請你進來一下。」
那個單副局長還在猶豫，不知誰使壞，背後一擠，把他擠了進來。
方孟韋依然背對著他：「問你一件事，那天我送崔副主任一家上火車，你明明在那裡，為什麼躲著我，偏要等我走了再去抓崔叔？」
那個單副局長被他問得懵在那裡。
方孟韋：「是徐局長給你下的命令，還是這個孫祕書給你傳達的命令？」
「方局……」

方孟韋：「說實話！說了便沒有你的事。」

單副局長還不願開口，對面便是孫祕書，便看著他，希望他開口。

孫祕書：「是我傳達的。」

方孟韋：「我問完了，你出去吧。」

那個單副局長能夠慢慢轉身了，卻看到那些人還擠在門口，眼裡賊著臉卻苦著，有得罵了：「看上司的笑話，很開心嗎？局裡養著你們，心都被狗吃了！還不滾！」

方孟韋：「不許走，都在門口站著，將來做個見證。」

「是！」那幾個人這一聲答得偏如此整齊，真不知是何居心。

單副局長也不能走了，一撥人杵在門口。

會議桌四面圍著，中間是一塊空地，方孟韋一腳掃到了幾把椅子，又踹開了一張桌子，擰著孫祕書走進了中間空地，又把踹開的那張桌子踹了回去，兩個人便都站在了會議桌圍著的中間。

門口，單副局長睜圓了眼，那些警官都睜圓了眼。

方孟韋這時才鬆了手，右手又插進了口袋，盯著孫祕書：「看了你的檔案，你我都進過三青團培訓班，進過中央黨部進修班，都上過擒拿課。你右手有傷，不占你便宜，我們獨手過招。你贏了，我不再問一句。你輸了，問一句答一句。」說到這裡，向身後那些人大聲問道，「這樣公不公平？」

「公……」

單副局長狠狠盯去，把那個「平」字盯了回去。

孫祕書：「三青團，中央黨部都教導過我們，下級不能冒犯上級。方副局長動手吧，我不會還手。」

方孟韋一把扔掉了頭上的帽子，又扯掉了肩上的徽章：「現在我不是你的上級了，只代表方孟韋本人跟你算帳。第一筆帳，你是怎樣暗中指使單局抓了我崔叔，然後又藉馬漢山的手殺了他。第二筆帳，你把我表妹弄到哪裡去了。你有機會把兩筆帳都還了，那就是打贏了我。如果還裝著不還手，我會一筆帳讓你瞎掉一隻眼，讓你今後再也不能殺人。」

話才落音，方孟韋的手指已經直取孫祕書的左眼！

孫祕書不能不還手了，頭一閃，左手一格，擋住了方孟韋的手！

那個單副局長像是手指在戳自己的眼，向後猛地一退，趔趄間被後面兩個警官捏住了手臂，捏得好痛，低聲喝道：「快去打電話！」

「不許打電話！」方孟韋一隻手跟孫祕書一隻手在飛快地擒拿格擊，同時喝住門口的人。

門外的打鬥聲，聲聲傳來。

辦公室內的徐鐵英在聽。

程小雲也在聽。

徐鐵英慢慢望向了程小雲：「你們方家一直這樣縱容孩子嗎？」

程小雲：「不是縱容，是承受。」

「承受？」徐鐵英，「承受什麼？」

程小雲：「痛苦還有希望，我們都和孩子一起承受。」

徐鐵英：「傳教嗎？方夫人，這裡不是聖約翰公學。在聖約翰也不會有哪個課程教方夫人帶著孩子出來打架吧。」

程小雲：「我說了，是陪孟韋一起來承受痛苦的。徐局長心裡很明白，今天我不陪他來，剛才那一槍，不是你裝著倒茶就能躲開。」

「你們方家到底要把事情鬧多大！」徐鐵英被刺中了痛處。

程小雲：「那要看徐局長願不願意懺悔。」

「這裡是黨國！不要跟我兜售懺悔那一套。」徐鐵英終於失態了，倏地站起，「你要麼出去帶著方孟韋離開，要麼等著我把他抓起來！」

程小雲也站起來：「我在這裡，你抓不了他。」

徐鐵英大步向門口走去，恰聽到門外沉重的一聲，不看也知道，有一個人被狠狠地摔倒在地上！他站在門邊，沒有開門，轉頭又望向程小雲：「方夫人就不擔心倒在地上的是你們家方副局長？」

程小雲：「徐局長還不明白倒在地上的是你嗎？」

徐鐵英倏地拉開了門，立刻被門外一隻手揪住了領口，是方孟韋！

「你幹什麼……」領口揪得更緊了，徐鐵英發不出聲來，被拽了出去！

會議室裡，孫祕書靠牆坐在地上，不知傷得怎樣。

徐鐵英被方孟韋拽著走到了孫祕書身邊。

喉結被鎖住了，眼睛還是管用的，徐鐵英這一氣非同小可，那單副局長和好幾個員警居然還站在門口，無一人上前。

「你是不是想叫他們來抓我？」方孟韋將揪他的手放鬆了，「下令吧。」

徐鐵英能說話了，盯向那單副局長：「真要我調偵緝處來嗎！」

那單副局長苦著臉，他身後的幾個員警也都苦著臉，一個人也不接言。

徐鐵英這才看清楚，他們背後還站著兩個人。

一個是曾可達。

一個是方步亭。

徐鐵英何時這般受辱，自己被揪著，那兩個人竟像連笑話都不屑看了。

——曾可達的臉冷得像一塊鐵，只看著會議室牆上的窗。

——方步亭的眼卻望著自己辦公室的門。

程小雲站在辦公室門口也望著方步亭。

「今天是我找你算帳，不要指望誰能解圍！」方孟韋把徐鐵英揪得更緊了，「我表妹哪裡去了，是你說，還是你的祕書說？」

孫祕書還是那般冷靜：「保密局北平站有報告，你可以去問王站長。」

「我正要你往別人身上推！」方孟韋轉頭又盯向孫祕書，「下午我去保我表妹，只有你在，是你親自拿的保單。你比誰都清楚，我會找你要人。徐鐵英不下命令，給你十個膽子，我表妹也不會失蹤。現在還要我去問王站長嗎？」

孫祕書苦笑了一下：「方副局長真想知道誰下的命令？」

所有的目光慢慢都望向了他。

孫祕書：「問南京吧。」

「問哪個南京！」這一聲是曾可達喝問的，他走了進來。

曾可達在方孟韋面前站住了：「放手吧。幹事情不要先輸了理。」

方孟韋竟然也能聽曾可達的勸了，放開了徐鐵英。

曾可達轉過身又對著程小雲：「夫人，找木蘭的事我和方副局長來落實，你陪方行長先回去吧。」

程小雲向門口走去：「孟韋！」

方孟韋一直在目送著她，但見她把自己的槍扔了過來，一把接住了。

程小雲：「把槍還給國防部，找到木蘭你們一起去法國。」

方孟韋眼前一片浮雲飄過。

門口的單副局長們立刻讓開了，程小雲走向了方步亭。

見行長和夫人從大樓門出來，小李的車燈亮了，開到臺階下，停在那裡。

方步亭牽著程小雲也在臺階上停住了，兩個人同時向東邊的天空望去。

今天是農曆七月初八，大半個月亮這時剛剛升起，警察局大院內竟如此安靜，整個北平竟如此安靜。

「何校長還在協和嗎？」程小雲怯怯地問道。

方步亭：「回家了，校醫看了看，沒有大礙。」

程小雲：「我剛才想，要是老夫子在協和，我們走著路去看他。」

方步亭：「我們也可以走路回家。」

程小雲捏緊了他的手：「你沒生我的氣吧？」

方步亭：「一個後媽帶著兒子大鬧警察局，這才像我們方家的人。」

「那就走路回去。」程小雲牽著他走下臺階，「我們慢慢走，留點兒時間給姑爹……」

「是啊……」方步亭最喜歡的就是程小雲這份善解人意，「我那個妹夫比我還要強，當著人從來沒掉過眼淚……」

「不要下車了。」程小雲喊住了車內的小李，「你在這裡等二少爺，我和行長走路回去。」

「夫人，你陪著行長要小心啊！」小李在車內望著行長和夫人走出警察局大門的背影，莫名其妙地哭了。

＊　＊　＊

會議室裡，單副局長和那幾個員警都被叫了進來，靠牆列成一排，站在那裡。

徐鐵英、曾可達、方孟韋依然站在圍桌中間，孫祕書依然靠牆坐在地上。

曾可達：「把剛才的話複述一遍，單副局長，你說。」

「是。」那個單副局長複述了，「值班日誌，民國三十七年八月十二日晚，徐局長鐵英召集方副局長孟韋和孫朝忠祕書開會，商量釋放學生善後事宜。值班人，單福明。」

曾可達乜向了徐鐵英：「徐局長，這樣記錄可以嗎？」

徐鐵英哪裡還願意看他，一張臉黑得不能再黑，望向了黑黑的窗外。

曾可達轉向那單副局長：「出去填寫。有誰說的話和日誌不符，自己到西山監獄待著去！」

「是。」

那幾個員警輕手輕腳地走了出去。

那個單副局長還站在那裡，望向徐鐵英：「局長，您還有沒有指示……」

徐鐵英的目光這時轉過來了：「你們都直接歸國防部預備幹部局管了，還要問我嗎？」

「局長……」

「滾！」

單副局長也生氣了，再不回話，轉身走了出去。

曾可達望向了方孟韋：「方副局長，我跟徐局長進去單獨談，這件事我代表南京向方家交代。無論如何也不能再發生副局長跟局長正面衝突的事，有人不要臉，黨國還要臉。」

方孟韋從來沒有像今天這樣覺得這個曾可達身上真透著正氣，回話也平和了：「我能不能繼續問這個人？」

曾可達乜了一眼孫祕書：「沒有用，也不值。」

徐鐵英倏地望向了孫祕書，孫祕書早已閉上了眼。

徐鐵英眼中一片茫然，曾可達難道不知道孫朝忠是鐵血救國會？如果真是這樣，這個鐵血救國會組織之嚴密則太可怕了。徐鐵英開始擔心黨通局是不是預備幹部局的對手，自己會不會成為第一個倒在地上的人。

「徐局長，我們進去談吧。」曾可達的聲音喚醒了他。

徐鐵英再看曾可達時竟覺得此人跟自己一樣的可憐，答道：「談吧。」率先走進了辦公室。

曾可達又對方孟韋：「回去陪行長吧，不要讓老人擔心。」這才跟了進去。

方孟韋突然覺得四周如此寂靜，慢慢望向了還閉著眼靠牆坐在地上的孫祕書。

方孟韋走了過去，伸手：「起來。」

孫祕書睜開了眼，沒有接他的手，自己站起來，完全不像受傷的樣子。

方孟韋眼中又閃出了光：「讓我的，是嗎？」

孫祕書：「曾督察說得對，跟我這樣的人較勁，沒有用，也不值。」
徐鐵英辦公室的門從裡面關上了。

走進徐鐵英辦公室，曾可達坐下了，徐鐵英也坐下了。
這兩個人從南京頂著幹，到北平也一直頂著幹，今天該要短兵相接了。
可曾可達坐下後竟一句話也不說，徐鐵英便一句話也不問，都僵坐在那裡。
徐鐵英眼角的餘光發現曾可達一直在盯著牆上的鐘，不禁也望了過去。
——短針停在九，長針走到了三十，九點半了。
突然，電話鈴響了，是辦公桌上那部紅色的南京專線電話！
徐鐵英這才望向了曾可達。
曾可達：「你們葉局長的電話，說好的，我不用迴避，請接吧。」
徐鐵英站起來，抻了一下衣服後襬，走到辦公桌前，拿起了話筒：「葉局長好，我是徐鐵英。」
話筒那邊的聲音十分斯文，就是有一個人站在徐鐵英身邊也聽不到話筒裡的話：「我現在是用一級加密在跟你通話，你懂的。」
「是。」徐鐵英立刻明白自己這邊只能聽，不能說，能說的也就是「是」和「不是」。
葉秀峰的聲音：「接下來是另外一個人跟你說話，不要讓曾可達知道，回答時還稱呼葉局長就是。」
徐鐵英：「是，葉局長。」

話筒那邊沉默了兩三秒鐘，另一個聲音傳來了：「徐主任嗎？我是蔣經國啊。」

徐鐵英的職業派上用場了，心中暗驚，神態還是未變：「是，葉局長。」

蔣經國的聲音：「你們黨通局擬了一份關於保護我的名單，上面寫著有利於我的人，不利於我的人，你們很關心我呀。」

徐鐵英臉色還不能變：「是……葉局長……」

蔣經國的聲音：「我剛才問了你們葉局長，這份名單是你起草的，陳部長親自批了字，呈給了總裁，總裁又轉給了我。我想就這份名單給你打個招呼，也是給你們黨通局打個招呼，可以嗎？」

徐鐵英：「是，葉局長。」

蔣經國的聲音：「中華民國只有一個黨，一個政府，一個領袖。黨通局和預備幹部局都屬於這個黨，這個政府，這個領袖。沒有誰有利於我，不利於我。希望黨通局今後不要再擬這樣的名單，尤其不允許利用這樣的名單打擊預備幹部局的人，譬如梁經綸同志，還有在你身邊工作的孫朝忠同志。我說清楚了嗎？」

徐鐵英：「是……」

蔣經國的聲音：「現在，說謝木蘭的事。這件事你們黨通局已經給我們接下來的工作造成了極大的困難。你們葉局長已經擔了擔子，答應親自向總裁檢討。下面關鍵是善後。除了你、王蒲忱、孫朝忠和梁經綸知道，對其他的人都要統一口徑。我知道曾可達同志就在你身邊，打完這個電話，你立刻向他交代，因為謝木蘭留在北平將干擾梁經綸和方孟敖配合推行幣制改革，因此安排她去了解放區。這是你們葉局長的安排，經過了我同意。」

徐鐵英：「是。」

蔣經國的聲音：「現在當著你們葉局長，我給你最後一次打招呼，不要再出現今天這樣的事情，不要干預國防部預備幹部局的工作，不要試圖阻撓幣制改革！」

「是……」徐鐵英剛應了這聲，電話已在那邊擱了，他兀自說道，「葉局長……」

徐鐵英放下了話筒，曾可達這才望向他。

徐鐵英去倒茶了，端著茶杯走回座前，雙手放在曾可達身邊的茶几上：「曾督察，我能不能向你提個意見？」

曾可達：「當然能。」

徐鐵英：「在北平，任何事情都可以直接找我嘛，犯不著捅到葉局長那裡……」

曾可達：「我給你們葉局長打過電話嗎？」

徐鐵英笑了一下，坐下時瞥了一眼牆上的掛鐘：「……快十點了，可以說謝木蘭的事了。」

* * *

方孟敖一個人靜靜地站在客廳門內，看著手錶。

大座鐘響了，一聲，兩聲，三聲……

踏著鐘聲，方孟敖向右邊樓梯走去。

走到謝木蘭房間門外，「姑爹。」方孟敖不能推門，輕聲叫道。

房內有動靜了，謝培東果然在裡面，卻沒有回應。

方孟敖側開了身，在門外等著。

房門開了，謝培東走了出來，又把門關了。

方孟敖：「姑爹……」

「去竹林吧。」謝培東沒有看他，向樓梯走去。

謝培東獨自在竹林內的石凳上坐下了，讓方孟敖站在身邊。

謝培東：「孟韋和你小媽到警察局找徐鐵英去了，你爹和曾可達又去找孟韋和你小媽了。都知道木蘭回不來了，一個個還都去找。」

方孟敖：「木蘭到了哪個解放區，城工部有消息嗎？」

謝培東慢慢望向方孟敖：「每天都有大量的學生去解放區，如果不是組織安排的，都要調查甄別。木蘭是我的女兒，有消息，城工部應該會第一時間告訴我。」

方孟敖正深望著謝培東：「我不知道，我現在是應該叫您姑爹，還是叫您上級。」

謝培東：「叫什麼都可以。」

方孟敖：「叫什麼您都會對我說實話嗎？」

謝培東必須淡定：「當然會。」

「那您告訴我，木蘭到底去沒去解放區？」方孟敖緊盯著謝培東。

謝培東：「回來時我已經把追木蘭的過程說了，曾可達和王蒲忱不像在說假話。」

方孟敖：「那就是您在說假話。」

「我有必要對你說假話嗎？」謝培東語氣有些嚴厲了。

方孟敖：「當然有必要。崔叔臨死前還說他不是共產黨。你們發展我，是不是就為了最後要幾架飛機？傍晚的時候您見過城工部的人，他們怎麼說？」

謝培東：「就因為小李一個人開車先回來，我後回來的？」

方孟敖：「您能不能正面回答我。」

謝培東慢慢站起來，「那我們一起正面去問城工部吧。」說著，向竹林外走去。

＊　＊　＊

方邸二樓行長辦公室。

什麼也不怕的人，方孟敖還是被眼前的景象驚住了。

牆板露出的大洞前，謝培東坐在辦公桌前的轉椅上把一部電臺拉了出來！

方孟敖立刻警覺，辦公室的門沒關，剛要過去。

「不用關了。」謝培東拿起了耳機，「這是北平分行跟中央銀行專用的電臺，要說欺瞞，我也就是欺瞞了你爹。」戴上耳機，開始發報。

謝培東敲擊機鍵的手如此行雲流水！

方孟敖覺得坐在面前發報的這個人如此熟悉又如此陌生！

敲擊機鍵的手停了。顯然，謝培東已將電報發了出去。

接下來便是等，謝培東依然面朝牆洞，背對洞開的大門，坐在那裡靜靜地等。

方孟敖望著他的背影，悄然轉身，還是將辦公室的門輕輕關上了。

再轉身時，他看見姑爹已經拿起了鉛筆，在電報紙上飛快地記起了數字。

儘管耳機戴在謝培東頭上，方孟敖好像也能聽見對方電臺發來的嘀答聲。他靜靜地站在門口，一動也沒動。

謝培東終於停了筆，接著是取下耳機，把電臺推了進去，關好了牆板。轉椅轉過來了，謝培東將手中記著數字的那紙電文擺到了辦公桌上。

「過來看吧。」謝培東沒有抬頭，開始翻譯電文密碼。

方孟敖沒有過去，只看著謝培東翻譯密碼的手。

謝培東的手停了。

方孟敖還是沒有過去，看著姑爹翻譯完密碼後的表情。

謝培東也依然沒有抬頭，擱筆的那一瞬間，望著電文，背後彷彿出現了劉雲！

劉雲的聲音：「謝老，這件事尤其不能讓方孟敖同志知道，重要性您比我們更明白……」

謝培東抬起頭，嘴角掛著微笑，眼裡噙有淚星，望著還站在門口的方孟敖，將電文在桌上輕輕一推。

方孟敖走了過去，眼前一亮，目光轉向了桌上的電文紙！

方格電文紙，上面是四位一組的數字，下面對應著謝培東翻譯的文字：

萬里赴戎機，關山度若飛。勿念。關注孔雀東南飛！

這兩句詩出自《木蘭辭》。這首詞方孟敖從小就會背誦，小時還常以此逗笑表妹。電文用這兩句詩作答，顯然是告訴自己木蘭到了解放區。隱晦得如此簡明，到底是城工部的回答，還是姑爹自己的杜撰？

方孟敖不知看了多久，突然抄起了電文，拿在手中，望著姑爹：「對不起了，姑爹，請告訴我，4681是什麼字？」

「『雀』字。」謝培東站起來，沒有再看他，踽踽走向了陽臺，站在落地窗前。

望著姑爹的背影，方孟敖拿著電文，不知道還應不應該繼續追問下去。

突然，樓下大院有了動靜，傳來了開大門的聲音。

方孟敖見謝培東的身影在落地窗前竟無反應：「我爸和小媽回了？」

「是。」謝培東的背影終於回話了，「要不要把電文也給他們看？」

方孟敖愣愣地掏出了打火機，點燃手中的電文，向辦公室門走去。

門剛拉開，一陣微風拂面吹來，方孟敖兩指一鬆，那份已成白灰的電文竟整張在空中飄了起來。

方孟敖不敢再看，走出了二樓辦公室。

「孟敖回了？」程小雲進了客廳門，得體地接過方孟敖詢問的目光，又望了一眼從樓梯上下來的謝培東，「都沒吃晚飯吧，我去熱麵包。」

「程姨。」方孟敖叫住了程小雲，突然望向方步亭，「爹，不吃您烤的麵包有十多年了，今天您去烤吧。」

方步亭愣在那裡。

方孟敖：「您不覺得程姨為了木蘭去警察局見徐鐵英很委屈嗎？」

聽了這句話，程小雲也愣在那裡。

方步亭望向了程小雲：「孟敖這是在讚你呢。十多年了，也該我下下廚房了。」

說著，向廚房走去。

程小雲還是跟了過去。

「程姨不要去。」方孟敖又叫住了她。

程小雲只好又站住了，回過了頭：「他不知道東西放在哪裡……」

「我知道。」方步亭已經進了廚房。

謝培東也已下了樓梯，站在那裡。

方孟敖：「程姨，做飯彈琴我都沒有我爸好。現在想給你彈一段，你願意聽嗎？」

程小雲又望了一眼謝培東。

謝培東沒有特別的反應。

程小雲只好笑了一下：「好呀。」

方孟敖在鋼琴前坐下了，掀開了琴蓋：「程姨，你們聖約翰公學唱《聖母頌》，是不是古諾的版本？」

程小雲：「是古諾，中文翻譯有些不一樣……」

方孟敖：「沒關係。我試著彈，我們一起唱，好嗎？」說著，手一抬。

程小雲驚詫地發現，方孟敖這一抬手如此像父親！

第一個音符按響，接下來的行板就不像父親了，方步亭彈得像春風流水，方孟敖卻彈得像大江茫茫……

容不得思緒紛紜，前奏已完，程小雲唱了：

你為我們受苦難……

起腔還有些緊張，兩個音節後純潔的動情和神聖出現了。
方孟敖動容了，謝培東望向了窗外的夜空，顯然也動容了。
方孟敖的低音也進來了。接著，不知從何處，小提琴聲也進來了：

替我們戴上鎖鏈……
減輕我們的痛苦……

一樓廚房裡，方步亭震撼在這裡，癡癡地望著窗外的大院。
整個天地間都是催人淚下的歌聲和琴聲：

我們跪在你的聖壇前面，聖母瑪利亞……

方步亭眼眶浮出了淚影，猛地一震。
他突然看到了大院裡謝培東孤獨的身影！

用你溫柔雙手……

天地間的歌聲琴聲伴著謝培東走向了竹林……

擦乾我們眼淚……

方步亭閉上了眼，淚珠卻流下來了：

在我們苦難的時候……

歌聲戛然停了，琴聲也戛然停了！

方步亭依然閉著淚眼。

客廳裡的方孟敖慢慢站起來，毫不掩飾眼中的淚花，望向程小雲。

程小雲更是還在淌著眼淚，迴避了方孟敖的目光，望向客廳的門。

方孟敖跟著望去，客廳的門不知何時開了。

他再望樓梯口時，已經不見了姑爹！

方孟敖大步向客廳的門走去。

「孟敖！」程小雲在身後失聲喊道。

方孟敖站住了，程小雲走到了他身後。

程小雲：「你們是不是知道木蘭有別的事……」

「沒有。」方孟敖輕輕回了頭，「程姨，木蘭應該去了解放區。姑爹還有我爸其實都是很脆弱的人，哄著他們，全靠你了。」說著出門了。

程小雲：「你爸在為你烤麵包，你去哪兒……」

「不吃了。告訴我爸，我還得看看何伯伯。」方孟敖消失在門外。

＊　＊　＊

何宅二樓何其滄房間裡，何其滄閉著眼在躺椅上，一瓶液輸完了。

何孝鈺熟練地抽出了針頭，用棉籤壓住了父親手上的針孔。

梁經綸輕輕走了過來，將掛液瓶的衣架搬回門口，取下液瓶，準備出去。

「交給孝鈺。」何其滄說話了。

梁經綸站在門口，回頭望去。

何其滄望著女兒：「你下去，有小米，就給我熬碗粥。」

「嗯。」何孝鈺將壓針孔的棉籤讓給了父親，轉身走到門口又接過了梁經綸手裡的液瓶，走了出去。

何其滄：「關上門。」

這是要問自己了，梁經綸輕輕關了門，習慣地端起了平時做筆記坐的那條矮凳，擺在躺椅前，準備坐下。

「坐遠點兒。」

梁經綸一愣，見先生的目光竟望著窗外，再端那條矮凳便覺得如此沉重，在離何其滄約一米處站住了。

何其滄：「就坐那裡吧。」

梁經綸坐下去時，第一次感覺距離先生如此之遠！

「你今年虛歲三十三了吧？」

梁經綸：「是。」

何其滄望向了梁經綸的頭：「這一年來，尤其是這一個多月，你的頭髮白了很多，知道嗎？」

梁經綸：「知道。」

何其滄：「再看看我的頭髮，是不是全白了？」

梁經綸：「是。」

何其滄倏地坐直了身子：「問你一個成語，什麼叫白頭如新？」

梁經綸一震：「先生……」

何其滄：「回答我！」

梁經綸：「我確實有些事沒有告訴先生。先生這樣問我，我現在把一切都告訴您……」

何其滄：「一切？」

梁經綸：「是。我從小沒有父親，沒有兄弟。後來我又有了一個父親，就是先生您。還有一個像先生一樣有恩於我的兄長……」

何其滄緊盯著他。

梁經綸：「這個人就是經國先生。」

何其滄：「你是蔣經國的人？」

這話如何回答？梁經綸只好點了下頭。

何其滄：「又是共產黨的人？」

梁經綸搖了搖頭。

何其滄：「正面回答我。」
梁經綸：「不是。」
何其滄：「那為什麼每次學潮都與你有關，國民黨幾次要抓你？」
梁經綸：「我參加了學聯。先生知道，學聯是華北各校師生自發的組織。」
一連幾問，何其滄選擇了相信，語氣也和緩了：「坐過來些。」
梁經綸把矮凳移了過來，微低著頭，坐在何其滄身前。
何其滄：「什麼時候認識蔣經國的？」
梁經綸：「高中畢業以後。」
何其滄：「比我還早？」
梁經綸：「那時抗戰剛開始，我去投軍。他看上了我寫的那篇《論抗戰時期後方之經濟》，當天就見了我。一番長談，他叫我不要去打仗，來考燕大。翁文灝先生給您的那封推薦信，就是他請翁先生寫的。」
何其滄好一陣沉默：「後來送你去哈佛，他也幫了忙？」
梁經綸：「是。先生給哈佛寫的推薦信。可那時從北平去香港，再從香港去美國很困難，都是經國先生安排的。」
何其滄：「知遇之恩呀。國士待你，國士報之？」
梁經綸：「經國先生雖然事事都聽他父親的，可是對宋家和孔家把持中華民國的經濟內心十分抵觸。他認為不從經濟上改變這種壟斷把持，中華民國就不是真正的民國。要改變這種現狀，必須有一批真正的經濟學家推動經濟改革。」
何其滄：「真正的經濟學家，還一批，有嗎？」

梁經綸：「在經國先生心裡，先生您就是真正的經濟學家……」

何其滄：「於是在美國讀完博士就叫你回燕大，當我的助手，推動他的經濟改革！」

梁經綸：「先生知道，那時正是宋子文放開貨幣兌換，把金融搞亂的時候。當時彈劾宋子文，出面的是傅斯年先生那些人，但真正扳倒他的是先生您和另外幾個經濟學家在美國雜誌發表的那幾篇文章……」

何其滄眼睛閃過一絲亮光，望著窗外，梳理思緒。

梁經綸屏住呼吸，靜靜地等待。

「再問你一件事，要如實回答我。」何其滄又慢慢望向了梁經綸。

梁經綸像是知道他要問什麼了，只點了下頭。

何其滄：「今天放木蘭去解放區是不是蔣經國的安排？」

梁經綸沒有說是，也沒有說不是，只能對以蒼涼的目光。

何其滄：「因為你，還是因為方孟敖？」

梁經綸：「應該是因為我……木蘭一直誤以為我是共產黨。」

何其滄長嘆了一聲：「不敢愛孝鈺，又不敢愛木蘭，你是把一生都交給蔣經國了？」

「我沒有把自己交給誰。」梁經綸這是今晚第一次否定了先生的說法，「先生知道，我們這些人出國留學，又回到祖國，不是為了某一個人，也不是為了某一個政黨……」

這一番告白，顯然觸動了何其滄的同感。

「是啊……」他慢慢躺了回去，望著上空，「一筆庚子賠款，美國政府把中國好幾代人都綁到他們的車上了……從清廷到民國政府都只能越來越依賴他們，我們這些美國留學回來的人也就成了這個國家名義上的菁英，其實是做了依附美國的工具……國府為什麼給我安個經濟顧問的頭銜？蔣經國又為什麼如此苦心孤詣把你安排在我身邊？他們看重的不是我，更不是你，是我和司徒雷登的關係還有他的美國背景。沒有美國的援助，這個政府只怕一天也維持不下去了。幣制改革喊了這麼久，中央銀行為什麼連一張新的金圓券都不敢印，他們是在指著美國一九四五年為民國政府代印的那二十億金圓券。這一向他們不斷要你逼著我寫幣制改革的論證給司徒雷登，就是想通過我們爭取美國人的支持，讓美國人兌現二戰時援助中國戰爭補償的承諾，同意用那二十億金圓券作為幣制改革的新貨幣。可現在又打內仗，又是貪腐，美國人就是同意發行那二十億金圓券，也不可能拿出這麼多美元來堅挺這二十億金圓券，更何況二十億金圓券遠遠滿足不了國統區的貨幣流通。結果就是動用軍事管制經濟的手段，禁止使用黃金，使用白銀，使用外幣，逼著中國人自己拿出家裡的黃金白銀來認購這個新發行的金圓券！一旦市場物資匱乏，金圓券就會失控，金圓券一旦失控，百姓從家裡拿出的黃金白銀就變成了廢紙……真出現這樣的後果，我們這些人到底是在為民請命還是為虎作倀！不敢想了……知道這幾天我為什麼又翻出《春秋》看嗎？」

梁經綸，「『知我者，其惟《春秋》乎？罪我者，其惟《春秋》乎』……」

何其滄倏地坐直了身子：「真要做千古罪人，那也是我！去吧，天亮前幫我將那篇論文打完。」

「先生……」

「去！」

「是。」梁經綸站起時眼中已有淚星，走到那架英文打字機前端然坐下。

何其滄眼望著上方，略帶吳儂口音的英語在深夜的小屋回響：「（英語）《論當前中國必須實行幣制改革及簽署中美歷史補償協議之關係》！」

梁經綸的手指。

一起一伏的鍵盤。
印表機吐出的紙頭上赫然出現了兩行整齊的英文黑體標題！
中文意為：論當前中國必須實行幣制改革及簽署中美歷史補償協議之關係
標題剛打完，突然一道光從樓下掠來，掃過窗前梁經綸的臉！
梁經綸的手停在了鍵盤上，倏地望向窗外。
何其滄也看見了那道掃過的光：「是孟敖的車來了？」
梁經綸：「好像是……」
院門外接著傳來了吉普車嘎的剎車聲。
梁經綸：「我們還接著打嗎……」
「他是來找孝鈺的……」何其滄的思緒顯然被打亂了，「接著打。你先打，打完一段我再看……」說完，閉上了眼。
「是。」梁經綸的手指在鍵盤上沉重地敲擊起來。
何宅一樓客廳內，何孝鈺早已靜靜開了客廳門，等著方孟敖：「見過姑爹了？」
方孟敖沒有回答，依然站在門外，聽二樓打字機聲如在耳邊，十分清晰，低聲反問：「爸爸好了？」
何孝鈺：「輸了液，叫我熬粥。現在他們可能是在打美援合理配給委員會的報告……你還沒告訴我，見過姑爹了嗎？」
方孟敖：「能不能跟我出去，出去說。」

何孝鈺更壓低了聲音：「這個時候？」

方孟敖：「上去，告訴你爸，十二點回來。」

何孝鈺：「這怎麼說？」

「是孟敖嗎？」何其滄突然出現在二樓欄杆前。

何孝鈺一驚，轉身望向二樓。

因二樓房間的打字機聲一直未曾間斷，方孟敖居然也沒察覺何其滄什麼時候站在了那裡，有些尷尬：「何伯伯……」

何其滄：「還在惦記木蘭的事吧？」

何孝鈺：「是的，爸爸……」

何其滄：「粥不要管了，關了火，你們出去走走。」說著，轉身慢慢向房間走去。

何孝鈺去關火了。

方孟敖依然站在門外。

望著二樓何其滄的背影，方孟敖更加強烈地感覺到父輩們真的老了，保護不了自己的孩子，也已經不能承擔未來的中國了……

＊　＊　＊

青年航空服務隊營房門外。

今晚是陳長武站崗，見隊長的車停了，見隊長下了車關了門，繞過了車頭，剛想迎上去，腳一下子又釘住了，睜大了眼。

隊長開了副駕駛座的車門。

何孝鈺坐在裡面！

「到這裡來幹什麼？」何孝鈺看著營房門口的陳長武，看著洞開的營房門。

陳長武慌忙將頭轉了過去。

何孝鈺再看車門旁的方孟敖時，又發現了他下午在木蘭房間的眼神，心立刻揪了起來：「到底出什麼事了，一路上都不說？」

方孟敖：「進去吧，進去再說。」

何孝鈺只好下了車。

腳步聲近了，陳長武不能再裝沒看見了，轉過了頭，敬了個禮：「隊長，何小姐。」

何孝鈺禮貌地點了下頭。

方孟敖：「弟兄們都睡了？」

陳長武：「都睡了。」

方孟敖：「叫大家都起來，穿好衣服。」

「是。」陳長武轉身走進了營房門。

營房內，方孟敖領著何孝鈺進來了。

陳長武：「敬禮！」

好在是夏裝，穿起來快。十九個人，十九個空軍服，都已站在自己的床頭，同時敬禮：「何小姐好！」

何孝鈺窘在那裡。

「手都放下吧。」方孟敖看著自己這些隊員，眼中立刻有了溫情，「告訴大家，下午抓的學生都放了。」

「是！」回答充滿了欣慰。

方孟敖：「可能還有行動。大家到外面待命吧。」

「是！」兩行佇列夾著方孟敖和何孝鈺走出了營房。

兩人走進方孟敖房間。

窗外有燈，天上有月，兩人靜坐在柔光如水的房間。

原來駐兵一個營的營房，現在只駐著青年航空服務隊和青年軍一個警衛排，郊野空曠，遠近草地中蛩鳴四起，聲聲遞應。

「『唧唧復唧唧，木蘭當戶織』……」方孟敖望著窗外念了這兩句詩，停了片刻，才接著說道，「木蘭的事，姑爹問了城工部，城工部回電了。」

何孝鈺睜大了眼：「怎麼說的？」

方孟敖：「《木蘭辭》裡的兩句詩。」說到這裡又停下了。

這顯然是要自己想了。

何孝鈺想了想，眼一亮，激動地問到：「是不是『萬里赴戎機，關山度若飛』？」

方孟敖：「是。」

「木蘭到解放區了！」何孝鈺倏地站了起來。

方孟敖沒有絲毫激動，望著窗外的神情依然憂鬱。
何孝鈺的眼神又慢慢變了：「還有別的消息？」
「沒有。城工部回的就是這兩句話。」方孟敖，「你不覺得這兩句話回得太隱晦嗎？」
何孝鈺想了想：「也許是地下電臺的規定，不能說得太明白。」
方孟敖搖了搖頭：「我感覺是姑爹還有城工部在瞞我，不能說假話，又不敢說真話。」
何孝鈺：「姑爹和城工部為什麼要瞞你？又是你的直覺……」
「這跟直覺沒有關係。」方孟敖也站起來，走近了何孝鈺，捏住了她的手，「城工部回電裡還提到了一首詩……」
何孝鈺握緊了他的手：「什麼詩？」
方孟敖：「南北朝的另外一首詩……」
何孝鈺：「《孔雀東南飛》？」
方孟敖：「是。」
何孝鈺：「引了什麼詩句？」
方孟敖：「沒有引詩句，就是『孔雀東南飛』。」
何孝鈺感覺到方孟敖要告訴自己重要的資訊了，竭力鎮定：「什麼意思？」
方孟敖：「答應我，告訴你後，多大的意外也要能夠承受。」
何孝鈺：「我能承受。」
方孟敖緊緊地盯住何孝鈺的眼睛，又過了片刻：「城工部提到的『孔雀東南飛』是蔣經國制定的一個祕密行動方案。」
何孝鈺睜大了眼。

方孟敖：「執行這個方案的兩個人都與你有關。」

何孝鈺屏住了呼吸。

方孟敖：「這兩個人，一個是我，代號焦仲卿。」

何孝鈺驚了：「姑爹知道嗎？還有組織知道嗎？」

「知道。」方孟敖，「還有另外一個人，代號劉蘭芝，組織也知道，但一直裝著不知道……你剛才答應我的，說出這個人你要能夠承受。」

何孝鈺立刻有了預感，只覺渾身發冷，靠近了方孟敖。

方孟敖抱緊了她：「這個人就是梁經綸。」

* * *

何其滄的房間裡，窗開著，門也開著，有夜風穿過，梁經綸的額上依然不斷湧出密密的汗珠，手指敲擊著鍵盤如波浪般起伏。

躺椅上的何其滄身上蓋著那條薄毯在鍵盤聲中已然睡著了。

打字機吐出的紙上，一行新的英文出現了。

中文意為：

嚴重的通貨膨脹在推動共產主義思潮洶湧澎湃！

嚴重的貪汙腐敗在促使通貨膨脹愈演愈烈！

呼籲美國政府履行戰時援華法案，推動民國政府幣制改革……

梁經綸臉上的汗珠越來越密，手指越敲越快。

何孝鈺的淚水已經在方孟敖胸前濕成一片！

「木蘭的事是不是因為梁經綸！」停了哭，何孝鈺揪緊方孟敖的衣服望著他，「你們什麼時候知道的？知道了組織為什麼還要裝著不知道！」

方孟敖：「你問的組織是誰？崔叔已經死了，後來我認識的只有你和姑爹。」

何孝鈺有些清醒了，慢慢鬆開了揪方孟敖的手，貼在他的背後：「姑爹還跟你說了什麼？」

方孟敖：「什麼也沒說，只說木蘭去了解放區。我感覺是因為幣制改革，中央跟國民黨南京開始了上層較量……這場較量已經不是姑爹能夠把握，也不是城工部能夠把握的了。今天木蘭的事肯定與梁經綸有關，也與我有關。我明明知道，牽涉到幣制改革，牽涉到『孔雀東南飛』，什麼事都可能發生，我卻什麼也不能做，還要裝作什麼也不知道……」

痛苦，無助，自責——何孝鈺這時才真正強烈感受到這個男人了！

頭貼在他胸前，一個多月來的情景紛亂地切換出來：

大街上飛馳的吉普一百八十度猛地停在自己和木蘭面前！

方家客廳他一把將木蘭橫抱在胸前！

永定河裡他把自己托出水面，滿眼金色的藍天！

今天上午發糧現場他在糧袋上面對無數的人群和震耳的槍聲……

太多太多場景，無法再想了，何孝鈺一把抱緊了他：「希望我做什麼，告訴我……」

方孟敖也抱緊了她：「你會聽我的嗎……」
何孝鈺貼在他胸前：「我會……」
方孟敖：「找個理由離開北平，離開我和梁經綸，姑爹那裡我去說。」
何孝鈺倏地抬起了頭，直望著方孟敖的眼：「叫我去哪裡？」
方孟敖：「解放區，或者是香港，什麼地方都行。讓姑爹請組織安排。」
何孝鈺望著他：「組織不會安排，我也不會離開。」
方孟敖握住了她的雙臂：「接下來最危險的就是你，還不明白嗎？」
何孝鈺：「最危險的是你，還有姑爹。你們留下，叫我離開？」
方孟敖：「我是男人，我們都是男人，明白嗎？」
何孝鈺：「共產黨還分男人女人嗎？」
方孟敖鬆開了她：「在我這裡永遠要分！接下來我要跟梁經綸在一起，你還能嗎？從今天起他們瞞我，我也瞞他們，天上地下決一死戰，能叫你去嗎？」
何孝鈺：「你在哪裡我就在哪裡。不相信我們現在就一起去見梁經綸，你看我敢不敢面對！」
方孟敖只覺一股血潮湧了上來，猛地轉身，大步向門外走去。
何孝鈺被他撂在這裡，想了想，依然站著，沒有跟他出去。

一陣嘹亮的軍號聲驚醒了夜空！
方孟敖拿著一把軍號，站在營房門內朝天吹著，是集結號！
軍號吹響了營房外的跑步聲！

軍號將何孝鈺也吹了出來，愣愣地站在營房這頭望著營房那頭還在吹號的方孟敖！

跑步聲停了，方孟敖的軍號也停了，人卻依然站在營房門口。

何孝鈺快步走了過去，從營房大門看到，二十個飛行員都整齊地排在營房的大坪上，齊刷刷地望著方孟敖。

何孝鈺在方孟敖背後輕聲急問：「你要幹什麼？」

方孟敖：「去西山監獄，去警察局，去華北剿總，叫他們交出木蘭。交不出來我就見一個抓一個！你離不離開？」

何孝鈺咬著嘴唇沒有回答。

方孟敖大步走出了營房。

二十雙眼睛齊刷刷地望著方孟敖。

軍營大門邊，青年軍警衛排也被軍號吹到了那裡，兩邊排著。

方孟敖站在佇列前，望著那二十雙眼睛，這道命令真的能下嗎？

突然那二十雙眼睛望向了方孟敖的背後。

何孝鈺走出了營房，走過佇列，向大門走去。

方孟敖愣住了，這一次是他被蒼涼地撂在那裡。

何孝鈺已經走出了軍營大門，突然聽見身後軍號又響了。

她雖然聽不懂這是就寢號，但也能聽出號聲失去了剛才的嘹亮，只有低沉的蒼涼。

隊伍散了，沒有一個人吭聲，默默向營房走去。

陳長武走在最後，見隊長還一個人站著，停下了：「隊長……」

方孟敖望著陳長武歉疚地笑了一下，把軍號遞了過去：「沒有事了，大家都睡吧。」說完向自己那輛吉普走去。

＊　＊　＊

何其滄房間。窗口打字機前的梁經綸目光倏地望向了窗外，手指依然不敢停下，敲擊著鍵盤。

他看見了方孟敖的吉普，沒有開車燈，而且速度緩慢，聲音極輕！

梁經綸依然敲擊著鍵盤，望向了躺椅上的何其滄。

何其滄竟然還在熟睡。

梁經綸閉上了眼，依然在敲擊鍵盤。

何宅院門外，吉普慢慢停了。

何孝鈺自己開門下了車。

方孟敖坐在車裡一動沒動，也不看何孝鈺，也不看那幢樓，慢慢倒車。

車門倏地被何孝鈺從外面拉開了！

方孟敖只好又停了車。

何孝鈺壓低了聲音：「你帶我出去的，不送我進去？」

方孟敖：「還進去幹什麼？」

何孝鈺望向了二樓父親的房間。

方孟敖也望向了那個窗口。燈光其實微弱，因鍵盤的敲擊彷彿亮了許多！

何孝鈺回頭又望向了車裡的方孟敖：「進去幫我說幾句話，讓我爸同意我跟梁經綸訂婚。」
方孟敖驚望她時，何孝鈺已經走進院門了。
方孟敖跳下了車，車門被孤單地開在那裡。

二樓這間房門也孤單地開著。
梁經綸沒有停止敲擊，將臉慢慢望向門外。
何孝鈺已經靜靜地站在那裡。
他望著她。
她也望著他。
有節奏的鍵盤敲擊聲在敲打著兩個人的目光。
梁經綸的眼慢慢移向了躺椅上的何其滄。
何孝鈺也望向了躺椅上的父親。
何其滄彷彿依然熟睡。
何孝鈺又望向了梁經綸。
梁經綸用目光詢問著何孝鈺的目光。
何孝鈺的目光很肯定，叫他出來。
梁經綸的目光回到了鍵盤上，放慢了敲擊的節奏，終於停了。
他站了起來，還是先望向了先生。
何孝鈺也又望向了父親。

鍵盤停了，何其滄竟然沒有醒來。

梁經綸的長衫動了，居然還能被窗外的風吹拂起來。

何孝鈺讓開了身子，梁經綸無聲地出了房門。

已經是對面站著了，梁經綸依然在接受何孝鈺的目光。

何孝鈺的眼輕輕地掠向一邊，自己先向樓梯口走去。

梁經綸無聲地跟了過去。

躺在房間裡的何其滄慢慢睜開了眼。他彷彿能看見從窗口吹進來的風，又從房門吹了出去。

一樓客廳裡，何孝鈺在望著站在客廳裡的方孟敖。

梁經綸也在望著客廳裡的方孟敖。

方孟敖先碰了一下何孝鈺的目光，接著望向了跟著下樓的梁經綸。

梁經綸從眼神到步態都如這時的夜，平靜得如此虛空。

何孝鈺在方孟敖身前站住了。

梁經綸也在方孟敖身前站住了。

何孝鈺：「孟敖又去問了木蘭的事，有些話還想問梁先生。你們去梁先生房間談？」

兩個人的目光都慢慢望向了二樓。

何孝鈺：「我爸應該醒了。我得給他熱粥。」說著已轉身走向敞開式廚房的灶前，取下了蜂窩煤灶的蓋子，將粥鍋端到了灶上：「忘記告訴梁先生了，孟敖剛才帶我出去，向我求婚了。」

梁經綸看方孟敖時，方孟敖已轉身走向了客廳門。

梁經綸望了一眼地面，跟了出去。

何宅院側梁經綸房間裡，梁經綸還是浮出了一絲笑容，「祝福你們。」向方孟敖伸出了手。

「祝福？」方孟敖沒有跟他握手，提起書桌這邊的椅子，坐下了，「祝福木蘭不見了？」

梁經綸只好慢慢走到書桌對面，也坐下了：「抓進西山監獄，我是最後被放出來的……」

方孟敖：「你最後放出來，木蘭就去了解放區？」

梁經綸沉默了，望向了窗外，過了片刻：「木蘭去沒去解放區，明天請曾督察問南京也許能夠知道……」

方孟敖：「現在我們就不能去找曾可達？」

梁經綸：「一定要現在，我也跟你去。出了這樣的事，你就是告訴先生和孝鈺我是鐵血救國會，我們一起在執行『孔雀東南飛』，我也承認。」

方孟敖：「你是不是鐵血救國會不關我的事。你的身分告不告訴他們，什麼時候告訴他們，也是你的事。執行什麼『孔雀東南飛』，我從來就沒有正面答應。我現在就問你木蘭的事，你們還要牽連多少人！」

梁經綸：「你說的這個『你們』裡沒有我……我是鐵血救國會，可從來都是他們找我，我卻沒有權力去找他們。像今天這樣牽連我們身邊的人，把你和我都陷在黑暗裡，我贊成你不幹，我也不幹……」

「幣制改革你也不幹！」方孟敖，「剛才你在樓上列印什麼？」

「你願意聽，我可以說……」

剩下的就是方孟敖願不願意聽了。

輪到方孟敖望向窗外了，他在等著。

梁經綸：「一九四一年，太平洋戰爭爆發，美國加入二戰。為了拖住日本的主要兵力，我們不但要在國內拚死抗戰，還要配合盟軍出兵緬甸印度遠征抗戰。因為我們付出的代價，付出的犧牲，那時美國政府就承諾要給我們戰爭補償。一九四五年抗戰勝利，美國政府到了應該履行戰時承諾的時候，可事實上大量的援助反而給了日本，這才引起了我國民眾『反美扶日』的浪潮。通貨膨脹，民不聊生，是因為內戰，也是因為國民黨內部的貪腐，可這都不能成為國統區各個城市民眾一天天在餓死而美國給我們嗟來之食的理由。今天，你在臺上，我在臺下，那麼多饑餓的師生為什麼寧願餓死都不願領美國救濟糧……當時傳來朱自清先生拒領救濟糧去世的消息，師生們的悲憤，你有我也有，樓上我的先生也有！我和先生剛才就是在列印給司徒雷登的函件，請他敦促美國政府履行承諾，兌現一九四五年應該給我們的補償！可美國就是給了戰爭補償又怎麼樣？天天在貪腐，天天在通貨膨脹，受難的是廣大的民眾。這就是我為什麼要幫他們搞幣制改革的原因。我和先生都是學經濟的，我們也明白，牽涉到國民黨內部龐大的既得利益集團，幣制改革也未必能真正推行，結果很可能是飲鴆止渴。可是不推行，就只能眼看著民眾一天天餓死……『知我罪我，其惟春秋』，你一定要追問我是誰，我在幹什麼，我只能回答這些……」

方孟敖慢慢站了起來。

梁經綸也慢慢站了起來。

方孟敖：「再回答我一個問題。」

梁經綸望著他。

方孟敖：「你到底是國民黨還是共產黨？」

梁經綸苦笑了一下：「我是燕大經濟學教授。」

＊　＊　＊

何宅一樓客廳裡，何孝鈺慌忙坐下。

她聽見了院落裡隱約的腳步，聲音這樣輕，在她耳邊卻這樣響。

她連客廳門也不敢看了，伴著沙發扶手輕輕閉上了眼。

二樓何其滄房內的燈不知何時關了，院外的路燈泛進窗口，照著一雙眼在看著樓下的院落。

何其滄站在窗前，他看見了樓下院中梁經綸踽踽獨行的身影，那個身影卻沒有抬頭望一眼窗口。

何孝鈺聽見隱約的腳步並沒有踏上客廳的臺階，而是走向了院門。

她睜開了眼，卻還是沒敢站起來，哪怕透過客廳的窗去看一眼。

緊接著她又聽見了另外一個人的腳步聲，方孟敖的腳步。

何其滄在愣愣地望著。樓下院落，梁經綸出了院門，這才回首了，停在那裡，像是在看一樓客廳，又像是在看自己的窗口。接著，方孟敖的身影飛快地到了院門。

何其滄看見了兩個人沉默在院門的身影。

客廳裡的何孝鈺倏地站起來，走向了客廳門。

何宅院門。何孝鈺走過來了，看著方孟敖，也看著梁經綸。

方孟敖看著何孝鈺，梁經綸也看著何孝鈺。

何孝鈺的聲音只有他們三人能聽見：「你們都要走？」

梁經綸：「告訴先生，我回書店睡幾個小時，明早過來。」

何孝鈺又轉望向方孟敖。

方孟敖沒有反應，沒有答案。

梁經綸接著笑了一下：「按照中國的習慣，孟敖向孝鈺求婚還是應該告訴先生。」說著，走出了院門。

何孝鈺望著他在燕南苑梧桐樹下飄拂的長衫，轉望向方孟敖：「說什麼了？」

方孟敖也在望著燕南苑這條幽深的路，回道：「我想在這裡走一走。」

何其滄的眼，樓下的院門已經空無一人。

他慢慢轉身了，沒有去開燈，而是從身後書櫃裡摸出了一根蠟燭，一盒火柴。

火柴點亮了蠟燭，燭水滴在打字機旁，坐穩了蠟燭。

何其滄在打字機前坐下了，慢慢地敲起了鍵盤。

打字紙徐徐地吐了出來，一個個英文字母映入眼簾，中文意為：

建議在本月二十號之前推行幣制改革

幣制改革期間，建議停戰，建議和談……

第四十一章

震耳欲聾的機器轟鳴聲，飛速轉動的印報機！

西元一九四八年八月十九日凌晨一點，南京國民黨中央日報社，流水帶上源源不斷的一疊疊報紙！

報紙上赫然的標題：

《財政經濟緊急處分令》

《金圓券發行辦法》

《人民所有金銀外幣處理辦法》

《中華民國人民存放國外外匯資產登記管理辦法》

《整理財政及加強管制經濟辦法》

這一天，民國政府在一片爭議聲中，決定天亮後向全國宣布幣制改革：即日凍結國統區所有銀行錢莊業務，停止所有貨幣流通；擇日發行一九四五年美國代印的二十億元貨幣作為金圓券，取代現行一切貨幣；金圓券一元幣值美元零點二五元，兌換舊法幣三百萬元；並以金圓券幣值限期收兌民間黃金、白銀、銀幣、外幣；除金圓券外，禁止任何貴金屬貨幣交易，違者嚴懲。

* * *

方邸二樓行長辦公室。

牆上的壁鐘是凌晨一點一刻。

謝培東戴著耳機坐在辦公桌後的電臺前飛快地記錄著中央銀行急電。

方步亭站在謝培東身邊，緊盯著謝培東在第一份電文紙上記錄的每一組數字。

謝培東將第一張記錄完的電文紙順手遞給了方步亭。

方步亭立刻在辦公桌側坐下了，開始譯電。

方步亭筆下的電文紙上，顯出了數字密碼上一行漢字：

《財政經濟緊急處分令》……

謝培東開始收聽記錄第二份電文。

方步亭依然在辦公桌前飛快地翻譯著第一份電文。

顧維鈞宅邸王副官房間內，曾可達便沒有方步亭那份有序而緊張的淡定了，他不會譯電，只能站在王副官身邊看著一行行密碼數字，頭上冒汗！

第一份電文終於收聽記錄完了，曾可達：「立刻翻譯！」

王副官連耳機都不敢取，答道：「還有四份……」

曾可達一把操起第一份電文，緊盯著並不認識的密碼數字，急問道：「這一份是什麼標題？」

可憐王副官，一邊要聽著南京發來的電報記錄密碼，一邊還要分神回答：「是『財政經濟緊急處分令』……」

曾可達將那第一份電文放回到王副官桌前，轉身走向窗前，突見一輪圓月，不禁驀然心驚！

他走向了另一面牆邊，向牆上的日曆望去，陽曆，陰曆，兩個日期撲面而來，觸目驚心：

「八月十九日」！

「七月十五　中元節」！

曾可達閉上了眼，喃喃自語：「為什麼要挑在鬼節……」

行長辦公室裡，謝培東已經取下了耳機，在辦公桌前翻譯電文。

方步亭坐在燈前仔細看著已經譯好的電文。

樓下客廳大座鐘響了，一聲，兩聲，三聲。

凌晨三點了！

方步亭：「還有多少？」

謝培東沒有接言，寫完了最後五個字，站了起來：「譯完了。」遞給了方步亭。

方步亭剛接過電文，敲門聲後是程小雲的聲音：「吃點兒東西吧。」

謝培東剛要起身，方步亭已經站起來了：「我去。」

方步亭開了門。門外，程小雲端著托盤，兩碗粥，兩個饅頭，向方步亭遞去。

方步亭：「一早就要宣布，沒有什麼好瞞的了。進來吧。」

程小雲端著托盤進了辦公室，走向陽臺桌前，將托盤放在桌上，轉身走回時：「先吃吧。」

「有話跟你說。」方步亭叫住了又要出門的程小雲，「培東，一起來，邊吃邊談。」

方步亭走向陽臺桌前坐下了。
程小雲跟過去坐下了。
謝培東這才走了過去，在自己那碗粥和那個饅頭前坐下了。
方步亭望向程小雲：「差一個月，你跟我就是十年了。當年離開上海走得急，金銀細軟都在孟敖、孟韋他們媽那裡，幾場大轟炸，一樣也沒有留下。接著是八年抗戰，我沒有給你買任何東西，也就這兩三年給你置辦了些金銀首飾。一共有多少？」
程小雲：「也不少了。」
方步亭：「這個中華民國啊，連我方步亭太太的一點兒金銀首飾也饒不過呀……」
程小雲望著他。
方步亭望向了謝培東：「你跟她說吧。」
謝培東：「天亮就要宣布幣制改革了。根據《人民所有金銀外幣處理辦法》，任何人所持有的金銀和外幣都必須兌換成金圓券，嚴禁私人持有。行長處在這個位置，必須要帶頭執行。」
「我曉得了。」程小雲站了起來，「天亮前我把家裡要交的都拿出來。」說著走了出去。
兩碗粥依然擺在桌上，兩個饅頭依然擺在桌上，兩個人誰也沒有去動。
謝培東發現方步亭眼望著窗外，眼眶裡有淚星！
謝培東慢慢站起來，準備回辦公桌。
「今天是陰曆七月十五吧。」方步亭的話又叫住了他，「沒有別的，我是想起孟敖、孟韋他們的奶奶和他們的媽了……記得你那裡還有一個金鐲子，是孟敖、孟韋他們奶奶傳下來的。兩個，一個給了孟敖他們的媽，一個給了木蘭的媽。木蘭反正走了，也不需要了，也交了吧。」
謝培東感到一陣酸楚湧上心頭，轉身走向辦公桌，坐下來整理那些電文：「曉得。」

曾可達住處客廳裡，曾可達快步走向電話，急速撥號，通了，卻無人接聽。

曾可達按掉了這個號碼，煩躁地撥了另一個號碼，這回立刻有人接聽了：「國防部經濟稽查大隊，請問您是哪裡？」

曾可達：「我是曾可達，李營長嗎？」

對方：「是我，曾督察。」

曾可達：「方大隊長呢？打他房間的電話為什麼沒有人接？」

對方：「報告督察，方大隊長不久前開車出去了……」

曾可達：「這麼晚了，去哪裡了？」

對方：「他沒說，我們也不敢問。」

曾可達：「方大隊長回來叫他立刻打我的電話！」

對方：「是。」

曾可達按了這個電話，急速撥了另一個號碼。這個號碼立刻通了。

曾可達：「梁教授嗎？」

話筒那邊梁經綸的聲音：「我是。」

曾可達：「我是清華的曾教授呀。對不起，這麼晚了還要打攪你。有個急用的稿件請你過來幫忙看看……」

* * *

農曆七月十五，圓月正空，燕大去北平路上的沙石公路像一條朦朧的河，兩旁的樹像夾岸的桅杆，三輛自行車如在水面上踏行。

第一輛自行車上騎著青年軍一個便衣，第二輛自行車上便是梁經綸，最後一輛自行車上也騎著青年軍一個便衣。

前方路旁隱約出現了一輛吉普。

自行車加快了踏速。

吉普車裡一個穿軍服的青年軍下來了。

三個人都下了自行車，前後兩個人立刻踏下了自行車的支架，後一個人過去從梁經綸手裡接過了自行車。

梁經綸走向了吉普車，穿軍服的青年軍向他行了個軍禮，接著開了吉普車後座的門：「請上車吧，軍服就在後座上。」

「辛苦了。」梁經綸撩起長衫的下襬，進了車門。

吉普車依然沒有開燈，在月亮下飛快地駛去，像一條顛簸的船。

*　*　*

兩輛吉普行駛在山路上，前面便是西山。

公路在這裡斷了，兩輛吉普一前一後停在公路盡頭。

前一輛吉普的門開了，走下來方孟敖。

後一輛吉普的門開了，走下來方孟韋。
方孟韋提著一個籃子走向大哥。
方孟敖望向黑魆魆的西山：「能找到崔叔的墓嗎？」
方孟韋提著籃子已經向山路走去：「能找到。」
望著弟弟月下的背影，好一陣子，方孟敖才跟了上去。

＊　＊　＊

小李頗有力氣，肩上扛著一口大箱，手上還提著一口極沉的箱子，腳步十分沉穩，從臥室那邊的樓梯下到了一樓客廳。
程小雲捧著一個首飾箱站在二樓樓梯口都有些看傻了。
小李在客廳中站定了，居然還能回頭望向二樓的夫人：「夫人，搬到哪裡去？」
程小雲：「就放在那裡。」
小李輕鬆地將兩口箱子都放在了客廳中。
程小雲：「你去準備車吧。」
小李：「是，夫人。」走了出去。
程小雲剛要下樓，見對面辦公室的門也開了，方步亭走了出來。
二人一個在二樓東，一個在二樓西，對望了片刻。
方步亭歉笑著眨了一下眼，向樓梯走去。
程小雲捧著首飾箱依然站在樓梯口，看著方步亭下樓。

方步亭走到兩口箱子前站住了，抬頭望向還站在二樓的程小雲。
程小雲只對他苦笑了一下，還是沒有下來。
方步亭從口袋裡掏出了一串鑰匙，找準了一把，開了大箱的鎖。
箱蓋掀開了，一層全是百元面值的美鈔。
方步亭拿起了一疊美鈔，下面露出了摞得整整齊齊的大洋！
將美鈔放回了大箱，讓箱蓋開著，方步亭又用另一把鑰匙開了那口極沉的小箱。
箱蓋掀開，都是金條，約有一百根！
讓兩口箱子的蓋都開在那裡，方步亭走到餐桌前最近的椅子上默默地坐了下來。
程小雲這才下樓了，將手中的首飾箱擺在餐桌上，鎖是早就開了的，她掀開了箱蓋。
方步亭沒有看首飾箱，只望著程小雲，慢慢伸出了右手。
程小雲只好將自己的左手伸給了他。
方步亭握著她的手，輕輕摸著，突然停下了。
程小雲望向了方步亭的手，他的手指停在了程小雲左手無名指的婚戒上！
方步亭不忍看程小雲的眼了，抬頭向樓上叫道：「姑爹！」
程小雲閉上了眼，淚珠從眼角流了下來。
謝培東從二樓自己房間出來了，提著個小包袱，一步步走向臥房樓梯，一步步下了樓梯。
謝培東的包袱也放在了餐桌上，解開了。
——一疊美元旁，有一條金項鏈、一個金戒指，還有就是那個金鐲子！
方步亭望著謝培東打開的那個包袱，眼中忍不住有淚了：「在我北平分行當襄理，只有這點兒財產，除了我，說出去別人都不會相信。其實這點兒東西留給木蘭留學嫁人也不夠。我本來也給木蘭備了一份，不過現在都留不住了。就算留給她，解放區的人也不需要這些了……」
謝培東顯然刻意迴避這個話題，說道：「行長，天一亮只是宣布幣制改革法案，貴金屬貨幣兌換金圓券估計還得幾天以後，我們需要這麼早就帶這個頭嗎？」
方步亭：「誰叫我們是中央銀行的人呢？剜卻心頭肉的事，我們不帶頭，老百姓尤其是那些有資產的人誰會兌換金圓券？兌換前，你先去個地方吧。」
謝培東：「哪裡？」
方步亭：「世界日報社。請他們的總編務必幫忙，在今天報紙的第一版發布消息，為了配合民國政府《人民所有金銀外幣處理辦法》，中央銀行北平分行經理方步亭、襄理謝培東業已交出家裡所有金銀外幣……包括夫人的結婚戒指和女兒的手鐲。」
謝培東轉臉望向程小雲。
程小雲已經將手上的戒指取了下來，輕輕地放在謝培東那個包袱中留給謝木蘭的那個戒指旁！
謝培東：「步亭，這太過分了吧。」
方步亭已經轉身走上了樓梯。
這時，大座鐘又響了。
凌晨四點。

＊　＊　＊

去往「世界日報」的路上，就是那天回家被阻的路上，小李踩了剎車。
「怎麼了？」後排座上謝培東問道。

小李：「黃包車。好像是那天拉您的那個人。」

謝培東伸過頭從前窗玻璃望去，車燈照處，前方路中停著兩輛黃包車，路邊還停著兩輛黃包車。路中一個黃包車車夫望著車這邊笑了一下，果然就是那天暴雨中拉自己去見劉雲和張月印的那人！謝培東正在想著如何交代小李迴避，那個人已經向汽車走來了。

沒有絲毫猶豫，那個人拉開了前座車門，坐了進來，說道：「謝襄理，我們張老闆有一筆要緊的匯款清早就要請你們辦理。我帶路，請你的車耽誤半個小時。」

小李回頭望向謝培東。

謝培東：「開車吧。」

那個人對小李：「從左邊胡同拐進去。」

小李倒車了，倒了幾米，向左邊胡同拐了進去。

一所四合院的北屋，就是那天見劉雲同志的那間北屋內，今晚只有張月印，一如既往，張開雙手握住了謝培東的一隻手：「謝老，您時間緊，我們快點兒談。」從門口將謝培東一路讓到桌前，「國民黨幣制改革的法案出臺了？」

謝培東：「天亮就會公布，一共五套法案，細則很多，不能詳細彙報了，我摘要說一下吧……」

「上級沒有要求您彙報幣制改革的法案。」張月印敏捷地為謝培東挪了一下椅子，「請坐吧。」

謝培東愣愣地望著走向桌子對面的張月印。

謝培東立刻明白了，國民黨剛剛出臺的幣制改革法案這時已經擺在了毛主席和周副主席的案頭。心中五味雜陳，竭力保持平靜，等待離北平不遠處深山中傳來的雷聲。

張月印其實也是在竭力保持平靜：「劉雲同志傳達了周副主席的指示，國民黨在這個時候推行幣制改革，實質是以變相的大膨脹，對全國老百姓實行空前的大掠奪。他們想以這種倒行逆施挽救國統區崩潰的經濟，然後跟我們在正面戰場展開決戰。中央認為，這場看不見的戰爭將提前引發我們在全國戰場的正面戰爭，加速我們奪取全國勝利的進程。」

謝培東：「城工部的任務是什麼？我的任務是什麼？」

張月印：「城工部的任務是不干預。從今天起，平津地區的幣制改革，還有方孟敖同志參與的國民黨『孔雀東南飛』行動，北平城工部不干預，華北城工部也不干預，由你相機負責。」

謝培東倏地站了起來：「我負責？」

「是。」張月印跟著站了起來，「中央判斷，我們干預不干預，國民黨的新貨幣也挺不過兩個月。周副主席的指示，國民黨在平津地區的幣制改革，只有謝培東同志能發揮最大的作用，一定要利用北平分行還有何其滄的關係，利用蔣經國重用方孟敖同志的機會，為平津爭取更多的物資。到了金圓券變成廢紙那一天，北平和天津也要有飯吃。」

謝培東：「是讓老百姓有飯吃，還是讓傅作義的軍隊也有飯吃？」

謝培東這一問，讓張月印立刻肅然起來：「您問得好。毛主席的指示，『有飯大家吃』！」

謝培東頓覺天風海雨撲面而來，耳邊彷彿傳來震天撼地的吶喊：「我能不能這樣理解，主席和周副主席的指示，是要我們利用國民黨的幣制改革盡力保障傅作義的後勤軍需，將他的五十萬軍隊穩在平津……」

張月印剛才還是肅穆，此刻則露出了敬畏：「我們沒有接到這樣明確的指示，不過主席另外一句指示也許是您這個問題的答案。」

謝培東睜大了眼。

張月印：「『家有一老，勝過一寶』！」

謝培東愣在那裡。

張月印：「這句話是主席對您的評價，中央對您十分倚重。劉雲同志要我轉告您，國民黨黨通局一直在暗中調查您和崔中石同志的關係，徐鐵英一直想得到您保存的崔中石同志的那份帳冊。因此，從今天起，北平城工部和華北城工部將暫時中止跟您的聯絡。您所擔負的任務，意義十分重大也十分艱巨。方孟敖同志、何孝鈺同志也都交給您了，您多保重，你們都要注意安全！」

說到這裡，張月印伸出了雙手。

謝培東被他握住的那隻手如此滄桑，如此巨大。

＊　＊　＊

整個北平最早感受到曙色的就是西山。

東方天際那一線白如此細小，西山小道下來的那一點兒空軍服和警服也如此細小。方孟敖和方孟韋兄弟竟在山中待了一個晚上。

山腳公路上，兩輛吉普顯得比西山還大，吉普旁不知何時已經站列著青年軍一個排，北平警察局一個分隊，還有警備司令部一個憲兵班。

方孟敖在山坡上站住了，方孟韋在他身後站住了。

望著山腳下的佇列和遠處公路上的兩輛十輪軍卡，方孟敖說道：「找我們的來了。」

方孟韋沒有接言。

方孟敖：「知道什麼事嗎？」

方孟韋：「不想知道。」

「幣制改革了。」方孟敖眼望著遠方，一隻手搭在弟弟的肩上，「我們家，我和我們那個爸，還有姑爹都要捲進去了。記住我的話，你不要捲進去，我們三個人不能脫身的時候，你得將程姨和崔嬸一家帶走。」

說完，方孟敖拍了一下弟弟，獨自大步走下山去。

方孟韋愴然站在那裡，一直看著大哥上了吉普，看著吉普掉頭，看著青年軍那個排向軍用大卡車跑去。

也就一兩分鐘之間，天色眼見要大亮了。方孟韋還站在山坡上，好像在等待日出。

「方局！」那個單副局長不能等了，上了山坡，「緊急行動，徐局在等呢。」

「你們怎麼知道我在這裡？」方孟韋望向了他。

那個單副局長爬到了方孟韋身邊，露出了一臉的仗義：「今天七月半，你跟崔副主任的感情，弟兄們嘴上不說，心裡都很清楚。」

「謝謝弟兄們。」方孟韋沒等他站穩便下山了，「什麼任務？」

單局只好又跟了下來：「晚上兩點下的緊急命令，軍警憲特都進入了一級警備，聽說天一亮就要宣布幣制改革了……」

「幣制改革調軍隊幹什麼，搶鈔票嗎？」方孟韋大步下坡。

「當然不是……」單局滑著跟了下去，「我們的任務是天一亮押送馬漢山到南京特種刑事法庭接受審判。徐局的意思，崔副主任是馬漢山殺的，由你押送，然後留在南京陪審，高低要判他死刑，給北平分行一個交代，也讓你出口氣……」

方孟韋倏地站住了：「徐鐵英說的？」

那個單局差點兒碰到方孟韋的後背：「沒有直說，大概是這個意思……」

方孟韋：「那就煩你去告訴徐鐵英，我不想出這口氣，這個任務你去執行。」快步走了下去。

那個單局又急追了下來：「方局，馬漢山是憲兵押送，你是警備司令部偵緝處副處長，我沒有職務……」

方孟韋那頂大檐帽已經進了吉普車門。

接著，車一吼，撂下列在路邊的那個憲兵排和員警分隊，調頭而去。

＊　＊　＊

北平警察局會議室的對話機響起。

「警03號呼叫孫祕書！」

孫祕書立刻望向桌上的對話機！

「警03號呼叫孫祕書！」

孫祕書拿起了對話機，按了講話鍵：「我是孫朝忠，單副局長請講。」

「請報告徐局長，方副局長不願執行任務！請報告徐局長……」

孫祕書又按了講話鍵：「稍等。你親自跟徐局長說。」

孫祕書拿著對話機，輕輕地敲辦公室的門。

「進來。」

局長辦公室裡，徐鐵英已然穿戴得整整齊齊，是北平警備司令部偵緝處長的軍服！
孫祕書：「主任，是單副局長的報告。」說完將對話機遞了過去。
徐鐵英按了講話鍵：「我是徐鐵英，請講。」
換了聽話鍵，那個單副局長的聲音好大地傳了過來：「報告徐局，方副局長不願執行命令，我們現在西山待命，我們現在西山待命……」
「在西山監獄等我。」徐鐵英只答了一句，將對話機遞給了孫祕書，「關了。」
孫祕書接過對話機，關了，剛要去替徐鐵英拿包。
徐鐵英已經自己提了公事包出了辦公室。
孫祕書跟了出來，關了辦公室。

北平警察局前門大院內，停候的車也是北平警備司令部的，一輛徐鐵英的帶篷小吉普，一輛憲兵班的敞篷中吉普。
「立正！」憲兵班長喊道，「上車！」
一班憲兵立刻跑向了中吉普，上了車。
孫祕書跟著徐鐵英下了大樓的臺階，走向小吉普。
孫祕書開了後座右邊的門，手也搭到了門頂，等徐鐵英上車。
「坐前面。」徐鐵英徑直走到駕駛座前，對開車的憲兵，「你下來，到後面車上去。」
「是。」開車的憲兵推門下了車，走向了後面的中吉普。
孫祕書似乎明白了，連忙轉到了駕駛座這邊，準備開車。

徐鐵英站在那裡並沒讓開，笑了一下：「跟我這麼久，還沒見我開過車吧？」
孫祕書愣了一下，徐鐵英已經將手中的公事包遞了過來：「坐到那邊去，今天我來開。」
孫祕書敏捷地回過了神，已經替徐鐵英拉大了駕駛座的門。
徐鐵英進車時又笑著向孫祕書投來一瞥。
孫祕書關了車門，大步繞到副駕駛座那邊，開了門，上了車。
車立刻發動了，徐鐵英開著車駛出大門。守門的警衛驚詫地敬禮！
徐鐵英左手把著方向盤，右手還瀟灑地還了個禮。
孫祕書下意識地抱了一下腿上的公事包，望向徐鐵英：「主任好車技。可還得注意安全。」
「聽你的。」徐鐵英那隻手也搭上了方向盤，「我們都注意安全。」
——引而不發，躍如也！
徐鐵英的車不疾不徐向前面開去。

方孟敖走進曾可達住處客廳的門時只有穿著青年軍普通軍服的梁經綸坐在對門的單人沙發上。
梁經綸看著方孟敖慢慢站了起來。
方孟敖看了一下他的眼，接著望向他面前茶几上那頂青年軍大檐帽和寬邊墨鏡。
曾可達從裡邊房間出來了，拿著一疊電文：「都來了就好。請坐吧。」
方孟敖在靠門的單人沙發上坐下了。
梁經綸還站著，讓曾可達從自己身前走過，走到了長沙發前，自己才坐下。
曾可達坐下時竭力控制著激動和興奮，望了一下方孟敖，接著轉望向梁經綸：「幣制改革終於可以宣布了。建豐同志託我轉告梁經綸同志，你協助何校長寫的那份致司徒雷登大使的函件他看到了，總統也看了，很好。起到了推動的作用，在美國人面前還維護了民國的尊嚴。建豐同志說，你們是民族的脊梁，他向你們致敬。」

方孟敖不禁又望向了梁經綸。

梁經綸臉上沒有任何得色，只低聲回了一句：「我們是學經濟的，分內的事。」

曾可達也只能笑了一下，這才將手裡的電文分別遞給二人：「這是幣制改革的全部法案，時間很緊了，先看看綱要重點，接下來南京有重要任務。」

「有一份會議記錄，打開包第一份就是。」前面已能望見西直門了，徐鐵英開了快十分鐘車才又說了這句話。

孫祕書開了包，拿出了那份記錄，只默默地拿在手裡。規定是沒叫看不能看，顯然又不能遞給徐鐵英。他在等著，徐鐵英向自己攤牌的時候到了！

徐鐵英眼望前方：「看吧，我能看的你都能看。」

孫祕書只好看了，儘管有心理準備，可真正看時還是心裡一驚！孫祕書手裡的檔，那行標題如此赫然：

中國國民黨中央執行委員會

接下來的內容更讓孫祕書驚駭：

中常會特別會議記錄

主持　朱家驊

出席　總裁蔣中正

常委　戴季陶　陳果夫　陳立夫　張群　張厲生　蔣經國……

孫祕書不能看了，掩了檔：「主任，黨部有規定，這一級檔我不能看。」

徐鐵英：「過幾個小時就幣制改革了，黨國都生死存亡了，還有什麼不能看的。對黨國負責，對你們經國局長負責，看吧，看完後我們也不用再互相掩飾了。」

孫祕書閉了一下眼，一咬牙，展開那份檔看了起來。

一份幣制改革的法案，梁經綸看得很快，方孟敖也只是在翻閱，綱要重點很快便看完了。

曾可達立刻望了一眼客廳壁上的掛鐘。

指針已過六點！

曾可達：「我簡要講一下我們的任務吧。全國分上海、天津、廣州三個經濟管制區。重點當然在上海，那裡是建豐同志親自督導。接下來最重要的就是我們天津經濟管制區了。冀平津整個華北都屬於這個經濟管制區，共產黨的首腦機關在這裡，清華、北大、燕大、南開，全國最有影響學潮鬧得最厲害的大學都在這裡。保障我們這個經濟區的民生物資，尤其是北平的民生物資直接影響到幣制改革的成敗。還有華北剿總五十多萬軍隊的後勤軍需，牽制共產黨的首腦機關，跟華北共軍的決戰要靠他們，必須保障！南京決定，我們這個經濟管制區的督導員由行政院張副院長厲生親自兼任，坐鎮天津。我們在北平成立協助督導組，主要任務就是推行北平的幣制改革。重點和難點是兩條，一是繼續清查平津的貪腐案件，逼使那些囤積大量物資的官商將物資都交出來投入市場；二是盡力爭取將美國的援助物資運往平津。建豐同志要我轉達，這也就是『孔雀東南飛』的核心任務。」

說到這裡，曾可達又看了一眼壁鐘，接著望向了梁經綸：「建豐同志特地指出，對於經濟，尤其是金融，我和方大隊長還要補課，行動前讓梁經綸同志闡述一下要點。梁經綸同志……」

梁經綸慢慢站起來：「我簡單說一下吧。」

「看完了？」徐鐵英的車已經離西山監獄不遠了。

孫祕書：「看完了。」

徐鐵英：「看到你們經國局長的簽名了？」

孫祕書：「看到了。」

徐鐵英聲音大了起來：「我之所以稱你們經國局長，是因為總有那麼一批人打著經國局長的名義藉反腐的口號攪亂黨國爭奪權位。從黨部到政府，有沒有貪腐，當然有，也當然要懲治。可絕不能成為某些人顛覆黨國的工具。經國局長成立鐵血救國會，某些人就以為這個組織是用來取代黨國老一輩位置的進身之階。他們從來就不想想，總裁不徵求中央黨部的意見，就不可能成立這個鐵血救國會。一手反腐不只是鐵血救國會的專利，也是黨部長期的任務，可國策永遠是戡亂救國！中常會的會議記錄你剛才看了，幣制改革期間最艱巨的任務是防共反共。在北平如何執行，黨部將任務交給了我。想知道協助配合我的人選是誰嗎？」

孫祕書望著撲面而來的西山：「主任宣布吧。」

徐鐵英：「兩個人，一個是王站長，一個是你。」

儘管已經猜到，聽徐鐵英一說出，孫祕書還是愣了一下。

徐鐵英輕嘆了口氣：「從現在開始，你不用再隱瞞鐵血救國會的身分了，我也不用再裝作不知道你的身分了。槍斃崔中石，處決嚴春明還有謝木蘭，經過這兩次考察，你堅決反共的態度黨部是肯定的。之所以破格讓你看中常會的記錄，是為了讓你明白，經國局長就是中常委，中常會的決定經國局長也會堅決執行。你如果還有顧慮現在就告訴我，我立刻報告黨部。」

孫朝忠感覺到自己和這輛吉普已經沒入了西山，四面都是山影，答道：「我服從黨的決定。」

曾可達住處客廳。

「請等一下。」

曾可達打斷了梁經綸，在密密麻麻的稿紙上飛快地記下了「布匹棉紗」四個字，又畫了一槓，寫下了「物價槓桿」四個字，才接著問道：「布匹棉紗為什麼是物價槓桿，請接著說。」

梁經綸：「跟美國和西方工業國不同，我國是落後的農業國，從一般民眾到大學教授，生活都還停留在穿衣吃飯的水準。糧食是農民生產的，農民把糧食拿到城市來賣主要是為了交換布匹棉紗。因此布匹棉紗就成了我國市場的物價槓桿……」

「這就是要點！」曾可達擱了筆，又望向了方孟敖，「方大隊長還有問題要問嗎？」

方孟敖：「我在聽。」

曾可達拿起了覆在茶几上的一份名冊：「『物價槓桿』都在這裡面了！」

那份名冊是非常複雜的一份表格，第一欄標著公司和商行，第二欄標著經營範圍，第三欄財產統計是空白，第四欄持股人身分是空白，第五欄納稅情況是空白！

曾可達：「這份名冊上的公司和廠商經營的就是平津地區的布匹棉紗。按梁教授的說法，平津地區的物價槓桿就操縱在他們手裡。這些公司廠商多數坐落在天津，大部分業務卻在北平分行走帳。一年多前，這些公司廠商多數掛靠在孔家和宋家的棉紗公司名下。可恨的是，孔祥熙和宋子文免去財政部長和行政院長的職務後，便把股東的名字陸續換了，掛靠到了中央黨部和各級黨部的黨產下！現在要嚴禁所有黃金白銀外匯在市場流通，嚴令囤積的物資必須立刻投入市場按金圓券限價出售，暗中反對的首先是他們。動他們，不但觸及孔宋，還觸及黨產，招來中央黨部的抵制。不動他們，平津地區的幣制改革第一步便邁不出去。」說到這裡，他望了望梁經綸，又望向了方孟敖。

方孟敖：「怎麼動？查北平分行的帳，讓我去抓人？」

曾可達搖了搖頭：「查了一個多月，我們已經知道，北平分行那些帳他們早就在中央銀行洗白了，查帳面誰也查不清。真正知道內情的兩個人，崔中石已經被他們殺了，還有一個活著的，就是馬漢山。真要查，必須馬漢山配合。」說到這裡他拿起了覆在茶几上的最後一份檔；「行政院經濟管制委員會已經批准我們的申請，馬漢山由天津經濟管制區控制，配合查名冊上這些公司。從今天起，這些公司由我督辦徹查。」

方孟敖笑了一下：「徐鐵英和他背後的黨部會聽行政院的？」

「行政院經濟管制委員會是幣制改革最高權力機構！」曾可達站了起來，「我現在就去西山監獄提調馬漢山。方大隊長和梁經綸同志，你們的任務是立刻執行『孔雀東南飛』行動。具體部署是，方大隊立刻恢復航空飛行大隊編制，三架C-46飛機已經調到南苑機場由你指揮，今天的任務是配合北平分行去天津押運金圓券，嗣後的主要任務是為冀平津美援合理配給委員會運送物資。建豐同志特別囑咐，希望你跟方行長好好合作。梁經綸同志的具體任務依然是配合好何副校長的工作，爭取司徒雷登大使給平津地區增加援助。幣制改革的前一個月，務必保證北平和天津半年的民生物資儲備，保證華北剿總五十萬軍隊半年的軍需物資儲備。」

一番激昂慷慨，曾可達一手拿起了軍帽，一手剛要伸向方孟敖，電話鈴突然響了。

曾可達只好過去拿起了話筒：「是我，王站長有話請說。」

話筒那邊也就說了幾句話，曾可達的臉色立刻變了：「拖半個小時！半個小時過後是我的責任，半個小時內馬漢山被押走你向行政院交代去！」

擱了話筒，曾可達慢慢轉過身來：「被方大隊長說中了，徐鐵英要把馬漢山押飛南京。」說著將兩隻手同時伸向了方孟敖和梁經綸。

梁經綸握住了他的手，方孟敖也把手伸向了他。

曾可達同時握緊了兩個人的手：「黨國存亡，民生危難，一次革命，兩面作戰，全靠我們精誠合作了！」

鬆了手，曾可達戴上軍帽，大步走出了房門。

「王副官！」曾可達的腳步從門外走下了臺階，聲音已經飄向園子的後門。

剩下了方孟敖，剩下了梁經綸。

方孟敖望著梁經綸，梁經綸望著方孟敖。

方孟敖的目光轉望向了茶几上梁經綸那頂青年軍的大檐帽和那副寬邊大墨鏡：「記得那天晚上我問了你一句話，你還沒有正面回答我。」

梁經綸：「我正面回答，你會相信嗎？」

方孟敖：「請說。」

梁經綸：「不要再想我是國民黨還是共產黨，中國的現實是四萬萬五千萬民眾仍然生活在苦難之中。將來不管誰勝誰敗，都不能再讓國人饑寒交迫。」

說了這幾句話，梁經綸拿起了大檐帽和墨鏡：「至於你的家人，我的先生，還有孝鈺，包括那些無辜的學生，保護他們是我的良心，請相信我！」

戴上了帽子，戴上了墨鏡，梁經綸第一次向方孟敖行了個軍禮，也沒等他還禮便走了出去。

方孟敖突然發現梁經綸門外的背影塗上了一層園子裡的陽光。

已經看不見梁經綸了，方孟敖還是默默地向門外還了個軍禮。接著大步走了出去。

＊　＊　＊

保密局的監獄，從大門到大坪倒被警備司令部偵緝處的憲兵警戒了，到處是列隊的鋼盔卡賓。

王蒲忱從大樓內出來了。

徐鐵英和孫祕書站在坪中，望著走過來的王蒲忱。

王蒲忱：「請示了保密局，命令我們配合黨部的行動。徐局長稍候，我去提調馬漢山。」

徐鐵英：「辛苦。」

王蒲忱向監獄方向獨自走去。

徐鐵英望向了孫祕書。

孫祕書回望徐鐵英時眼睛從來沒有像現在這樣空虛無神。

徐鐵英：「對王蒲忱王站長你怎麼看？」

孫祕書：「我不知道徐主任指哪些方面。」

徐鐵英：「想不想知道中央黨部對他的看法？」

孫祕書望著徐鐵英。

徐鐵英：「王蒲忱，民國二十五年入黨，民國三十八年加入鐵血救國會，忠誠執行黨國任務，竭力協助經國局長和中央黨部精誠團結。你覺得是不是應該從他身上學些什麼？」

王蒲忱的身分黨部居然也已掌握！孫祕書頓時覺得鐵血救國會的光環被黑暗一點點吞噬，沉默少頃，答道：「是。」

徐鐵英：「好好學習。」

沒有帶任何人，王蒲忱腋下夾著一套乾淨衣服，開了鎖，提起門外一大桶水，走進了西山監獄一號囚室。

馬漢山閉目盤腿在囚床上打坐，氣色居然不錯，身旁還擺著一本書。

王蒲忱輕輕放下了水桶，輕輕將那套衣服放在床上。

「曾文正公每日三事。」馬漢山顯然知道是要上路了，卻仍閉著眼說道，「寫一篇日記，下一局圍棋，靜坐四刻鐘。蒲忱哪，你這本《曾文正公日記》好哇，自己天天讀，為什麼不早點兒借給我看？」說到這裡，他才睜開了眼。

儘管習慣了他的做派，儘管還在保持不露聲色，王蒲忱心裡還是酸了一下，只得答道：「老站長如果喜歡，就送給你了。」

「好！」馬漢山練過全真功，用了個托天式收了功，順手脫了衣服，光著上身，站起來走向水桶，「到了南京，對付那幫不黑不白不痛不癢審老子的人，老子就用曾文正公的話讓他們錄口供。總統看了，一感動就將我調到中央研究院當了研究員……蒲忱，你說有沒有這個可能？」

王蒲忱轉身走到門邊，通道空蕩，心裡也空空蕩蕩：「您可以慢點兒洗。不管走到哪裡，我們軍統的人都要儀容整潔。」向門外走去。

「蒲忱。」馬漢山在身後又喊住了他。

王蒲忱站住了，慢慢回頭。

馬漢山卻沒急著說話，拿起濕毛巾將臉洗了，又去桶裡將毛巾搓了搓，擰乾了開始擦上身：「那本書你拿去。」

王蒲忱望著他。

馬漢山：「這個黨國已經無藥可救了。曾文正公說，只能靠一二君子，爭一分是一分。這個一二君子也只能從你們鐵血救國會裡面找了……」

「老站長說什麼我不明白。」王蒲忱有些暗驚，馬漢山居然也知道鐵血救國會，還知道自己是鐵血救國會的！

「明不明白都不要緊了。」馬漢山拿著毛巾開始勒背，「送你一場功勞，就在那本書裡，這幾天我寫的。全是好些混帳王八蛋的黑帳，交給經國局長，夠全北平老百姓半年的口糧和五十萬大軍的軍餉。」

王蒲忱快步走了過去，從床上拿起了那本《曾文正公日記》，翻開。

囚室的燈雖然暗弱，還是能看清書的空白處密密麻麻寫滿了字！

王蒲忱看了幾行又倏地將書合上，走到馬漢山身邊：「老站長，徐鐵英和他身後那些人急著將你解往南京。曾督察正往這裡趕，你只要配合他們查帳，經國局長就可能救你。記住，這本書的事對誰都不要說，我會想辦法送上去。」

馬漢山的手停住了，將王蒲忱看了又看，一聲嘆喟：「還是經國局長識人啊。有件事本不想說的，現在說了也不算施恩了，想不想知道？」

王蒲忱：「老站長請說。」

馬漢山：「去年北平站站長的人選本不是你，好幾個人爭這個位置，爭到後來定的是軍統老人集體保的另一個人選，總裁都要簽字了……知道最後為什麼簡了你嗎？」

王蒲忱只看著他。

馬漢山：「經國局長看得起，親自給我打了電話推薦你。我給那個人選送了五十根金條，他自己請辭了。」

王蒲忱愣在那裡。

馬漢山：「老子一輩子瞎送錢，就這五十根金條沒有送錯。加上我今天給你的這本帳，跟著經國局長，蒲忱，毛人鳳那個位子遲早是你的。聽我的，拿著書去藏好，讓他們鬧去，你救不了我，不要捲進去。」

王蒲忱顯然許久沒有這般百感交集了，想說些什麼，見馬漢山又在搓澡了，便什麼也不再說，走了出去，站在囚房門外等候。

「敬禮！」

曾可達的小吉普前畢竟插著國防部的小旗，跟在後面的敞篷中吉普上青年軍穿的雖是普通軍服，可這時左臂上都套著「經濟糾察」白底紅字的袖章，在西山監獄大門一片敬禮的行列中開了進來！

曾可達親自開的車，直接穿過憲兵行列，開到徐鐵英面前剎車停住了。

徐鐵英望著跳下來的曾可達，笑了笑，還是走了過去。

曾可達卻不看他，望著站在不遠處北平站那個執行組長：「你們王站長呢？」

執行組長跑了過來，敬了個禮：「報告曾督察，我們站長在提調馬漢山。」

曾可達：「去催一下，就說我已經來了。」

執行組長卻望向了徐鐵英。

曾可達：「去！」

「是……」執行組長又望了一眼徐鐵英，猶豫著剛要走去，立刻停住了。

大坪上所有的目光都望向了囚房那邊。

馬漢山從囚房方向出現了！

——三七開的頭髮梳得乾乾淨淨，白襯衣外套中山裝穿得乾乾淨淨，突然發現，他其實長得也乾乾淨淨。

王蒲忱差一肩跟在他身後，悄聲叫道：「老站長。」

馬漢山站住了。

王蒲忱：「陣勢你都看見了，我先去交涉一下。」獨自走去。

越過王蒲忱的背影，望著大坪上的陣勢，馬漢山笑了。

同是國軍，不同的兩個方陣。

左邊方陣一個排憲兵，左臂袖章俱有「憲兵」二字，徐鐵英站在那裡。

右邊方陣一個排青年軍，每人左臂也都戴上了袖章，白底紅字「經濟糾察」！曾可達站在那裡。

馬漢山懶得看了，轉過身去看監獄背後的西山。

王蒲忱走到兩個佇列中，站住了。

曾可達走了過來，掏出了行政院經濟管制委員會那份命令遞了過去：「移交吧。」

王蒲忱飛快地看完了命令，對曾可達：「是不是給徐局長也看一下？」

曾可達：「可以，叫他過來看。」

王蒲忱望向了徐鐵英：「徐局長！」

徐鐵英慢慢走過來了。

王蒲忱：「徐局長，這是行政院經濟管制委員會的命令，您看一下。」

徐鐵英接過了檔，看得倒是很認真，看完了，直到這時才望向曾可達：「按道理，幣制改革期間我們都應配合行政院經濟管制委員會的行動。可我這裡也有一份檔，請曾督察也看看。」

曾可達：「如果是跟行政院的命令抵觸的檔我就不看了。」

徐鐵英：「如果是總裁簽署的檔，而且有經國局長的簽名，你也不看？」

曾可達這才一愣。

徐鐵英：「中常委的絕密會議記錄。王站長，借個地方，一起看吧。」

西山監獄王蒲忱房間裡，馬漢山借住時那張麻將桌早就搬出去了，房間又恢復了王蒲忱原來住的樣子，一張床，一張書桌，一個書櫃，椅子也只有一把。

「曾督察請坐吧。」徐鐵英向書桌前僅有的椅子伸了下手，自己走到床前坐下了。

曾可達沒有坐：「檔呢？」
徐鐵英沒有再叫他坐，將手裡的檔遞給了離自己更近的王蒲忱。
王蒲忱只是接過檔，立刻遞給了曾可達。
曾可達竭力保持鎮定，可是看下去時臉色還是變了。
檔上，藍色抬頭赫然：

中國國民黨中央執行委員會

內容：

中常會特別會議記錄
主持　朱家驊
出席　總裁蔣中正
常委　戴季陶　陳果夫　陳立夫　張群　張厲生　蔣經國……

幣制改革第一天，就同時出現了行政院經濟管制委員會和國民黨中常會截然相反的兩道命令，而兩道截然相反的命令上都有蔣經國的簽名。抵制力量之強大，超出了曾可達的預計。
曾可達回過了神，轉望向王蒲忱：「借你的電話，我要和國防部通話，向經國局長彙報。」
徐鐵英立刻站起來，拿過了那份檔：「蔣經國同志是中國國民黨黨員，不是你曾可達的局長！中常會的決議是最高決議，你想讓蔣經國同志推翻最高決議嗎？幣制改革是維護黨國穩定的策略，戡亂救國才是黨國的核心目標！馬犯漢山在擔任黨國職務期間跟潛伏在北平分行的共產黨崔中石暗中勾結篡改帳目，罪行暴露又聯絡共產黨北平城工部頭目劉初五、嚴春明煽動學生暴亂。曾督察，這些情形你們在給行政院的報告裡說了嗎？中常會的決議都看了，還想抵制，你們鐵血救國會的這些人到底要幹什麼？裹挾蔣經國同志嗎！」

趁曾可達的臉已經氣得煞白，愣在那裡，徐鐵英接著說道：「一個多月來，你們一直以為我是黨通局派來抵制幣制改革的，我們沒有辦法溝通。現在兩份檔你們都看了，我不想多說什麼，只想和你們統一一個思想，沒有經濟基礎就沒有上層建築！中華民國的上層建築就是中國國民黨！幣制改革這麼重大的經濟行動，沒有中央黨部的思想高度一致，怎麼可能推行？從民國三十一年以來，以三青團為主的一群人就想改組甚至取代先總理和蔣總裁親手建立的黨。後來怎麼樣，三青團取消了，黨的地位、黨的統一得到了維護。可還是有那麼一些人糾纏在經國同志身邊，妄圖取代黨部的領導。這些人忘記了最根本的一點，經國同志本人就是高度維護黨的統一的楷模！行政院經濟管制委員會剛成立，那麼多大事不幹就急著下令將馬漢山交給你們督查組，幹什麼？藉反貪腐之名，向黨產開刀！中常會特別會議記錄你們也看到了，會議明確指出，幣制改革不能損害黨產，因為沒有了黨產就沒有了黨的經費，沒有了黨的經費我們黨就失去了執政的經濟保證。王站長，你現在覺得馬漢山是應該交給曾督察留在北平，還是執行中央黨部的決定押往南京？」

王蒲忱將目光轉向了曾可達。

被一紙中常會的決議壓著，曾可達咬牙聽徐鐵英上了一堂不長不短的黨課，心中的憤懣可知：

「徐局長說完了嗎？說完了，我請教一個問題。」

徐鐵英：「不要談請教，任何問題都可以提，都可以上報中央黨部。」

「哪個中央黨部？」曾可達厲聲回道，「平津地區清查違反經濟改革的資產，是不是只要有人打著黨產的牌子就不能清查？」

徐鐵英：「如果有人敢打著黨產的牌子，我同意立刻抄沒財產，就地處決。」

曾可達：「打黨產的牌子由誰判定真假？」

徐鐵英：「牽涉到黨產，我在北平，當然由我判定，你們不服可以上報中央黨部核實。」

曾可達：「天津經濟管制區北平辦公處查出的帳，還有中央銀行北平分行查出的帳都要交給你徐主任判定？」

徐鐵英：「那就不要交給我，交給共產黨北平城工部好了。」

曾可達猛地望向王蒲忱，笑了：「黨通局居然認為我是共產黨，王站長，你們保密局怎麼看？」

王蒲忱不能不說話了：「黨通局應該沒有這個意思，徐主任也應該不是這個意思。」

曾可達立刻又轉望徐鐵英：「到底什麼意思？」

徐鐵英：「什麼意思應該你回答，你們現在重用的那個方孟敖到底是不是共產黨特別黨員！」

這就很難回答了，曾可達只能望著他。

「七月六號在南京特種刑事法庭！」徐鐵英一鼓作氣，「我代表黨通局為方孟敖辯護，指出並沒有證據證實他有共產黨的背景。曾督察代表預備幹部局堅定認為方孟敖有共產黨的背景。可就是一個電話，預備幹部局和黨通局的態度完全反了，經國局長突然起用方孟敖，委任他為國防部北平經濟稽查大隊大隊長。經國局長的意圖，你當時不理解，我們也不理解。既要維護經國局長的威信，更要避免給總裁帶來尷尬，給黨國帶來隱患，中央黨部決定派我參加調查組來到北平，務必確認方孟敖到底有沒有共產黨的背景。通過一系列暗中調查，我們開始懷疑崔中石，很有可能他就是共產黨跟方孟敖的聯絡人。可就在這個時候，竟然是你們鐵血救國會派到我身邊的祕書突然殺死了他，切斷了我們唯一可以證實方孟敖共產黨背景的線索……後來好了，你們派一個假共產黨試探方孟敖，結果使我們再也查不到跟方孟敖聯絡的共產黨……令黨部失望的還有保密局北平站！」說到這裡，他倏地望向了王蒲忱。

徐鐵英：「王站長，幾天前中央黨部決定處決謝木蘭，你當時就不願意執行。我認為你應該知道黨部為什麼要做出這樣的決定，可你一直抵觸。我現在想知道，作為黨國專設對付共產黨的機構，你們保密局是真不明白還是裝不明白？」

震驚！疑問！同時射來的還有曾可達的目光！

王蒲忱沒有想到徐鐵英會在這個時候抖出謝木蘭之死，不滿和冷靜在這一刻表現得同時到位：「保密局對反共救國從來沒有懈怠，也從來沒有手軟。我不明白徐主任這種無端指責是來自個人還是來自黨通局。」

「什麼中統軍統之爭可以結束了！」徐鐵英露出了猙獰，「你們保密局北平站的主要對手就是共產黨北平城工部，你們就一點兒也沒有想到，除了那個什麼也不知道的嚴春明和當場被打死的劉初五，更深的共產黨就藏在北平分行嗎？」

曾可達終於聽出了端倪。

——暴雨中和王蒲忱陪著謝培東追謝木蘭的情景撲面而來！

白茫茫一片，分不清是那天的暴雨，還是曾可達現在空白的腦海！

空白總是倏忽而去，曾可達已經臉色鐵青，望著面前這兩個人，等著他們把話說下去！

徐鐵英將一切看在眼裡，又像壓根就沒有看曾可達，把握著節奏，大聲說道：「崔中石是共產黨，為什麼能在北平分行待這麼久？我們盯上了他，方步亭為什麼願意花那麼大的代價保他？你們是真沒想到，還是從來沒想？公然讓一個共產黨坐在中央銀行北平分行的重要位置上，坐視對黨國的金融經濟，尤其是馬上推行的幣制改革造成危害！」

王蒲忱當然不會在這個時候回答徐鐵英如此陰險的一問，可又不能看曾可達，就去口袋中掏菸。

曾可達終於要爆發了，壓住了嗓音，盯向徐鐵英：「北平分行有共產黨？」

徐鐵英只回以目光。

曾可達：「方步亭還是謝培東？」

徐鐵英：「你說呢？」

「你們揣測的共產黨現在要我說？」曾可達近乎怒吼了，「真是共產黨為什麼不直接逮捕？」

「遲早會逮捕！」徐鐵英立刻還以厲色，「抓共產黨我們黨通局和國防部保密局本來有嚴密的程序和方案，一直被你們干擾，現在曾督察還要干擾？」

「謝木蘭是共產黨？你們殺她是為了抓共產黨？」曾可達的憤怒已經不可遏制，「為了干擾我們經濟改革，你們殺了謝木蘭，還謊稱她去了解放區，讓我陪著謝培東去追人，你們就是這樣抓共產黨！」

說到這裡他一把打掉了王蒲忱手裡的菸：「你回答！」

王蒲忱這時也已強烈地感覺到自己還有他們為之奮鬥的鐵血救國會變得不明不白了，面對徐鐵英的翻雲覆手和曾可達的怒不可遏，他只能說道：「該報告的我都向保密局還有經國局長報告了……徐主任既然告訴了曾督察謝木蘭已經被殺的事，是不是應該把理由也告訴他。」

曾可達：「不要說什麼理由了！理由就在北平分行那份帳冊上，裡面藏著太多人貪腐的罪證！其中因為有人打著黨產的名義想瓜分侯俊堂的百分之二十股份，所有擋他財路的人都該死。知道內情的馬漢山要押走，掌管帳冊的謝培東的女兒要殺掉，他們居然還都是共產黨。徐鐵英，真要跟共產黨決戰衝在前面的也是我們，絕不是你！你可以帶走馬漢山，你也可以為了那些股份不斷殺人……可是我，還有天津經濟區督查組盯上你了，從這裡出去我就會審查那些號稱跟你們黨產有關的人！同時我以行政院經濟管制委員會的名義警告你，你的一切所作所為一旦破壞了幣制改革，第一個抓你的就是我！」

曾可達踏步而去！

輪到徐鐵英的臉白了。

王蒲忱這時也已不再掩飾自己的不滿：「徐主任，是不是該執行中常會的決議，把馬漢山押走了？」

「中常會的決議還需要一再質疑才能執行嗎？」徐鐵英知道已經跟鐵血救國會全面攤牌，再無退路，望向王蒲忱，「中央黨部對你們那份評語還會繼續評價，王蒲忱同志，還有我身邊那個孫朝忠同志，希望你們永遠是有利於蔣經國同志的人。」說完抻了一下上衣後襬走出門去。

王蒲忱靜靜地望著他的背影，發現怎麼看他也沒有了來時的從容。

王蒲忱將手向口袋掏去，似乎又要掏菸。

——掏出的卻是那本《曾文正公日記》！

他慢慢翻著，翻到中間一頁停住了。

一行馬漢山手寫的字撲面而來：

申生紗廠　棉紗十萬錠　黨產……

——王蒲忱倏地合上了書！

西山監獄王蒲忱密室內一如黑夜，綠罩檯燈下，王蒲忱細長的手指飛快地撥著電話轉盤號碼！

王蒲忱手指撥動電話轉盤號碼的聲音穿出了密室，直飛北平上空，音速掠過山川平原，大上海撲面而來！

音速驟降，上海外灘撲面而來，九江路中央銀行總部大樓撲面而來！

音速穿進三樓一扇窗戶，窗戶內電話鈴驟然響起！

王蒲忱將話筒緊緊貼在耳上，話筒裡的聲音都帶著大上海中央銀行大樓的氣勢：「是，我們已經進駐中央銀行，建豐同志正準備召集那些大亨開會，沒有時間……」

王蒲忱：「王祕書，如有可能，請讓建豐同志給我五分鐘……」

「可能不大。」那邊王祕書好像也不能接電話了，「這是第一次會議，杜月笙、劉鴻生、榮爾仁這些人都到了……建豐同志……是王蒲忱同志電話……」

王蒲忱一振，彷彿看見了上海中央銀行大樓裡建豐同志從裡間辦公室匆匆出來的身影，他屏住了呼吸。

「蒲忱同志嗎？」話筒那邊建豐同志竟然接電話了！

王蒲忱再冷靜也激動了：「是我，建豐同志。實在不應該這個時候占用你的時間，干擾你的大事……」

「那就簡要報告。」

「是。」王蒲忱加快了語速，「行政院經濟管制委員會的命令是將馬漢山交給曾督察配合查案，徐鐵英卻拿著中常會的會議記錄將馬漢山提走了，馬上要押飛南京。曾可達同志情緒很激動，兩人發生了衝突。徐鐵英公然違背保密的承諾，向曾督察說出了謝木蘭被槍決的事，而且拋出了一條新的理由，說謝培東是共產黨。我擔心這樣一來，北平分行會立刻亂了，『孔雀東南飛』行動也會立刻打亂了。還要不要方步亭配合幣制改革？還能不能將黨國的飛機交給方孟敖去開？平津的幣制改革第一天已經嚴重受阻，可牽涉到反共我們也不能反對……」

「謝培東是不是共產黨，說你的判斷。」

王蒲忱：「我現在無法判斷，準備實施調查……」

「還有兩分鐘，記住我的話。」建豐同志的聲音十分清晰地傳來，「不要做任何調查。謝培東是不是共產黨無關緊要。他是共產黨，我十分希望他們出來阻擾幣制改革，民心立刻就會轉向黨國。他不是共產黨，就會協助方步亭幫我在北平推行幣制改革。我們現在推行的幣制改革既是經濟行動也是政治行動，救民於水火，挽狂瀾於既倒，無論是共產黨，還是我黨的貪腐集團，我不怕他們出來阻撓，就怕他們不出來反對。一手堅決反共，一手堅決反腐，不是簡單的抓人打仗，而是爭民心。讓徐鐵英他們去跳，讓共產黨接招。北平的金圓券一定要交給方步亭發行，三架C-46飛機一定要交給方孟敖去開。我要去開會了，在今天會議上的講話，明天就會在中外各大報刊發表。無論是對共產黨，還是對我黨那些貪腐分子，包括徐鐵英那些CC派，我的講話就是宣言。希望你們好好領會。」

「蒲忱明白。」

話筒在那邊已經擱了。

第四十二章

控制塔。

跑道。

C-46運輸機。

機場四周的鐵網。

鐵網外鋼盔鋼槍，週邊警備。

鐵網內鋼盔鋼槍，內圍警備。

跑道兩側十步一個，夾道護衛。

華北剿總戰區，戒備最為森嚴的就是南苑機場了。傅作義前往南京天津綏遠都從這裡乘機起降，李宗仁往返南京北平都從這裡乘機起降，蔣介石往返南京北平瀋陽也都在這裡乘機起降。今天，機場竟是按蔣介石起降的規格特級警備，機場外安排了一個團週邊警備，機場內安排了一個營內圍警備，跑道邊也安排了一個連夾道護衛！因為接運金圓券的專機要起飛了。

機場的警衛開道車來了。

緊跟著的是十分熟悉的方孟敖那輛小吉普，還有飛行大隊那輛中吉普。

跟在後面的竟是北平分行那輛奧斯汀。

跑道旁，警衛開道車停了。

方孟敖的小吉普停了。

飛行大隊的中吉普停了。
北平分行的奧斯汀也停了。
奧斯汀內，方步亭、謝培東在後排座上同時望向車外。
他們都是第一次看見穿著飛行服的方孟敖，下車了，臂間夾著飛行頭盔，筆直地站在跑道旁。
二十名飛行員有序地下了中吉普，像兩條筆直的線小跑向方孟敖，分列兩排！
奧斯汀內，方步亭和謝培東對望了一眼，兩人眼中都是感慨。
「行長，終於可以坐孟敖的飛機了，怕不怕？」謝培東帶著笑問方步亭。
謝培東終年難得一笑，這一句笑問含有多少難言的會意，直把方步亭笑問在那裡。
方步亭慢慢將手抬起來：「你知道我這一生都不敢坐飛機，看看，我一手的汗。」
謝培東立刻對前座的小李：「去後備廂，拿行長的毛巾來。」
「是。」小李立刻推門下去了。
謝培東這才對方步亭輕聲說道：「他們能讓孟敖開飛機，至少不再懷疑他是共產黨了。但願蔣經國兌現諾言，到時候放孟敖、孟韋出國去。」
方步亭：「培東，家裡的積蓄都沒了。他們這一代又都跑了，你和我老後怎麼辦？」
謝培東：「討飯去。反正已跟你十多年了……」
小李又從前車門進來了，遞過來毛巾：「行長，毛巾。」
謝培東望向窗外：「孟敖來請你了。」
方步亭也看到了向這邊走來的大兒子，連忙用毛巾印了印臉，擦了手上的汗。
謝培東接過了他手裡的毛巾，方孟敖已在外面開了車門：「下車吧，爸。」
「好。」方步亭下車了。

謝培東也從這邊車門下車了。

機場如此的大，天空如此的遠。方步亭慢慢掃望著：「從北平到天津要開多長時間？」

方孟敖：「我來開也就十五分鐘。」

謝培東走過來了：「孟敖，你爸從來害怕坐飛機，開穩點兒。」

方孟敖望著姑爹的眼：「放心吧，姑爹。坐了第一次，再坐就不會害怕了。」

方步亭也望向謝培東：「你快回金庫準備吧。一來一去半個小時，裝個金圓券最多一個小時，別耽誤了事。」

謝培東：「不急。我也開開眼，看你們起飛。」

「請姑爹檢閱！」方孟敖穿著飛行服這一個軍禮，立刻將資訊遞過去了。

謝培東眼中亮光一閃，點了點頭。

方孟敖引著父親向飛機走去。

升起的太陽照得跑道和飛機反著光亮。

謝培東將手搭在了眼前。

方孟敖扶著方步亭上了飛機，幾個飛行員跟著上了這架飛機。

一組飛行員跑步上了第二架飛機。

一組飛行員跑步上了第三架飛機。

飛機的轟鳴聲傳來，方孟敖的飛機已在跑道上滑動。

那架滑動的C-46驟然加速，昂首離開了地面。

謝培東放下了手，抬頭望著飛機衝上天空！

飛機的轟鳴聲中，張月印不久前臨別的聲音突然在謝培東耳邊響了起來：

「周副主席的指示，國民黨在平津地區的幣制改革，只有謝培東同志能發揮最大的作用，一定要利用北平分行還有何其滄的關係，利用蔣經國重用方孟敖同志的機會，為平津爭取更多的物資。到了金圓券變成廢紙那一天，北平和天津也要有飯吃……」

滿目陽光，謝培東眼中，方孟敖那架飛機已在天際變成了一個銀點。

第二架C-46、第三架C-46也已經在空中遠去。

謝培東一轉身，小李已經開了車門。

機場警衛車開動了，領著謝培東的奧斯汀駛出機場。

整齊的跑步聲。

兩隊戴著「經濟糾察」臂章的青年軍跑到顧維鈞宅邸大門兩側，列成兩隊，每個人都只是腰間插著手槍，每個人都將兩手挽在了背後，筆直地等著。

曾可達的小吉普開過來了。

小吉普後也是一輛中吉普。

中吉普後是一輛坐著青年軍的十輪大卡。

曾可達跳下了車，小吉普立刻開走了。

中吉普在大門前，曾可達身邊停住了。

曾可達向大門口兩個青年軍：「你們過去扶一下。」

「是。」兩個青年軍跑向了中吉普的後面。

曾可達也過去了，面無表情卻不失禮貌：「諸位，請下車吧。」

中吉普裡的人下車了，兩個青年軍伸手接扶。

一個西裝革履扶下來了。

一個金絲眼鏡扶下來了。

接著被扶下來的都是有頭有臉的人物，一個個卻都陰沉著臉。

「請吧。」曾可達再不看他們，逕自向大門內走去。

兩個青年軍：「請吧。」

八個有頭有臉的人被這兩個青年軍帶著，陰沉地走進了大門。

兩扇大門沉重地從裡面慢慢關上了！

* * *

北平分行金庫大院大門也正在徐徐關閉。

這是當時北平獨有的帶輪閘門，門下有軌，從右到左徐徐移動，最後一點兒縫碰上了。高牆電網，整個院子便立刻與世隔絕了。

這裡也有兵，和那扇帶輪閘門一樣，是當時北平獨一無二的金警。這時由金警班長領著列隊站在金庫的院子，注目望著剛剛停穩的那輛奧斯汀轎車。

「敬禮！」班長這聲口令明顯有點兒有氣無力。敬禮也都有些有氣無力。

小李開了車門，謝培東下來了，向金警班點了下頭。有氣無力的手都放下了。

謝培東對小李：「今天任務重，把那些東西都發給他們。」

這句話立刻被金警們聽到了，眼睛便立刻亮了，都望向了那輛奧斯汀！

謝培東走向金庫門，金警班長立刻跟了過來。

謝培東：「開門吧。」

金警班長：「是！」這一聲應得頗有力氣。

金警班長快步走到了金庫門邊，一把特有的鑰匙，插進了第一個鎖孔。

謝培東掏出了另一把特有的鑰匙插進了第二個鎖孔。

兩把鑰匙同時轉動，金警班長喊道：「開門！」

兩個金警這才跑了過來，一邊一個，費勁地推開了兩扇鐵門。

謝培東抽出了鑰匙，對金警班長：「有些吃的，你現在就發給大家吧。」

「是！」

謝培東走進了金庫鐵門。

大鐵門又被金警從外面費勁地拉過來，關上了。

金警班長再回頭時，發現佇列沒了。再看時，那些金警都擁到了奧斯汀旁邊，盯著小李從後備廂端出的第一個箱子！

「立正！」金警班長大聲一吼。

金警們都立正了。

金警班長：「向後轉！齊步跑！」

金警們又都跑回了原來的位置，眼睛卻還都盯著後備廂和小李。

金警班長獨自過去了，小李站在那裡笑著，金警班長也笑著。

金警班長望向了後備廂，眼睛大亮，嚥了一口唾沫，對小李道：「守著金庫，餓著肚子，小李兄弟，還是咱們謝襄理好啊……都是什麼？」

小李：「每人一盒蘇打餅乾，兩個牛肉罐頭。」

這話立刻被那一排金警聽到了，所有的眼睛裡彷彿都伸出手來！

「快給兄弟們發吧。」小李將手中的箱子遞給了金警班長，接著從後備廂去搬第二只箱子。

金警班長不知哪來的力氣，手一扳，立刻扳開了箱蓋。

一盒盒印著英文字的餅乾盒，上面竟還有吃餅乾的漂亮女人在望著他！

北平分行金庫內的第二道鐵門在第一道門下了十幾級臺階處。

謝培東進了這道門，從裡面又關了。

通道頂上的燈照著，謝培東走到離第三道鐵門還有兩米處站住了。

通道旁便是金庫值班室，室內的開關就在門外，謝培東的手伸向了開關，停了好一陣子又鬆開了。他沒有開燈，而是藉著通道的燈向裡面深深望去。

影影綽綽，他看到了值班室內靠牆那一排鐵皮保險櫃。

目光移向了保險櫃旁的辦公桌，倏地盯住了辦公桌旁那張椅子！

謝培東閉上了眼。一個聲音從那張椅子傳來了：

「謝老……」

謝培東眉毛一顫——是崔中石的聲音！

亡者，生之始也。

＊　＊　＊

時間回到了一九四八年七月四日的金庫值班室裡。

「謝老。」崔中石將一摞厚厚的帳簿擺到桌上，「國民黨從黨部、政府到軍隊無一不貪，現在北平參議會居然以財政緊張為由要將一萬多東北學生驅趕出北平。我建議將他們貪腐的黑帳上報城工部，在報紙上公布出來！」

謝培東沒有看崔中石，盯著那摞帳簿：「收起來。」

崔中石也不看謝培東了，目光望著上方。

謝培東唰地操起那摞帳簿，走到了保險櫃邊：「開鎖！」

崔中石慢慢站起來，將一串鑰匙放到謝培東手中的帳簿上：「我要求去解放區邊區銀行！」說著便向值班室門走去。

「孟敖被抓了，你知道嗎？」謝培東這一聲吼，將崔中石震在門口！

崔中石慢慢回頭：「什麼時候？因為什麼？」

謝培東：「先將帳簿放回去。」

崔中石走過來了，拿鑰匙的時候手有些顫抖，開了櫃門。

謝培東將那摞帳簿放到了崔中石手中：「城工部劉雲同志指示，立刻去南京搭救方孟敖同志！下午四點華北剿總有一架飛機，你帶上十萬美元還有侯俊堂百分之二十的股份那本帳冊飛南京，到黨通局找徐鐵英。」

崔中石立刻將帳簿放進了保險櫃……

謝培東依然閉著眼，將手搭到了開關上。

值班室的燈亮了，牆角上那架抽風機也立刻轉動起來！

謝培東睜開了眼，望著室內那把空空的椅子，走了進去，開了辦公桌，從裡面拿出一串鑰匙，又開了保險櫃，捧出了那摞帳簿。

一本帳簿打開了，上面一行字：

申生紗廠　棉紗十萬錠　黨產

崔中石的這行字竟與馬漢山給王蒲忱寫的那行字一模一樣……

謝培東啪地合上了帳簿！

＊　＊　＊

顧維鈞宅邸後院會議室內，五人小組曾經開會的那張會議桌，又鋪上了白布，八個玻璃杯，八杯白開水擺在衣冠楚楚的那八個北平工商界頭面人物的面前。每個玻璃杯旁赫然擺著列印好的那五份經濟法案！

那八個人像是約定好的，一個個緊閉著嘴，都不吭聲，也都不看法案。

曾可達站起來，開始在他們背後慢慢繞著，走到正中間那個顯然分量最重的人物背後站定了：

「為什麼不看？」

那個人依然不回答，反而從口袋裡掏出了菸，又掏出了一盒長長的火柴，抽出一根，擦燃了。

緊跟著好幾個都掏出了菸，有的掏出了火柴，有的掏出了打火機。

「這裡是國父紀念地！」曾可達一掌打掉了面前那個人湊到嘴邊的火柴和叼在嘴裡的菸，「牆上有字，沒看見嗎！」

那個人顯然平時從未受過這等羞辱，蹭地站起來：「姓曾的，傅作義也請我們開過會，李宗仁也請我們吃過飯，你以為自己是誰，擅自把我們拘禁在這裡看什麼法案！」

另外七個人也都站起來！

曾可達笑了，慢慢走到孫中山像前站定了：「我現在還沒有必要告訴你們我是誰。只想告訴你們，在上海，就是這個時候，我們蔣經國先生也在請人開會，被請的有杜月笙、劉鴻生、榮爾仁。他們一個個都在看法案……」

說到這裡曾可達一掌拍在桌子上：「行政院經濟管制委員會請你們看法案，你們居然都不看。你們以為自己是誰！」

那八個人懵住了。

「李營長！」曾可達對門外喊道。

「在！」李營長一直站在門口。

曾可達：「叫八個人，每人身邊一個，幫幫他們！」

「是！」李營長對門外掃了一眼，「你們八個進去！」

立刻進來了八個青年軍，分別走到八人身邊：「請坐下！」

還是沒坐，另外七個人都望向挑頭的那個人。

這次是李營長下令了：「幫他們坐下！」

八隻手臂同時伸過來，每條手臂搭在一個人的肩上！

最醒目的是他們手臂上「經濟糾察」的袖章！

八個人都不用幫了，一個個自己坐了下去。

「看法案！」曾可達吼了這一聲，徑直走了出去。

北平分行金庫大院內，金警班長捧著餅乾盒走向小李，從盒內拿出一小包餅乾遞了過去：「兄弟也來一包？」

小李笑著向那邊望去。

十一個金警都散在院內，槍在腰間，罐頭和餅乾盒捧在手裡，吃罐頭畢竟太不雅觀，餅乾則已經都在吃了，一片咔嘣之聲。

小李笑著接了金警班長遞來的那一小包餅乾，低聲說道：「車廂裡還有兩盒餅乾、四個罐頭，謝襄理說了，是單獨給你的。待會兒方便了你拿走。」

那個班長眼睛立刻亮了：「太關照了……要不我拿走一半，你留一半？」

小李：「謝襄理說了，金圓券一發行，大量的物資就會運來北平，限價令穩定了物價，兄弟們就不會挨餓了。」

「透點兒消息吧。」那個班長望著小李，「金圓券一塊錢能買多少東西？」

小李：「我也不是太清楚，只知道金圓券一元兌換舊法幣三百萬。限了價，一塊金圓券以士林布為單位計算能買到兩尺八寸，如果買吃的，一塊錢應該能買到一斤肉加一斤麵粉……」

那個班長眼睛大亮：「我們的薪水怎麼折算？」

小李：「你一個月十塊，那些兄弟每人每月六塊。」

「我算算……」那個班長容光煥發，睜大了眼算他那十塊錢，很快便算出來了，「買布是兩丈八尺，買麵粉是三十三斤，買肉是十三斤八兩……你不是逗我開心吧？」

小李又笑了：「我一個司機哪敢逗你們央行派來的老總。這是剛才送行長去機場，在路上聽他和謝襄理說的。有規矩，我聽到的話不能往外傳，你可不能賣了我。」

「哪能！」那個班長笑紋大開，「領了第一個月薪水我請客……」

話到這裡，警鈴聲大響起來！

那個班長立刻放下餅乾和罐頭盒，拔出了手槍，向金庫門邊吃餅乾的金警喊道：「來四個人！」自己已經向大鐵閘門大步走去。

四個金警都拔出了槍，向大鐵閘門跑了過去。

鐵閘門約有五寸厚，一人高處有一扇五寸見方的鐵窗，那個班長從裡面拔了閂，開了鐵窗向外望去：「誰？」

透過鐵窗，徐鐵英就站在鐵閘門那邊！

「北平警察局長徐鐵英。」徐鐵英將自己的局長證從小窗遞了過來。

那班長接了證件卻看也沒看，只回頭望向站在車邊的小李：「請過來一下。」

小李快步過來了。

那個班長問小李：「北平警察局長是姓徐嗎？」

小李：「好像是。」

那班長點了下頭，把證件從窗口遞了回去：「拿行長的手令給我。」

外邊，徐鐵英：「我是奉特命來見你們謝襄理的，請稟告一聲。」

「拿行長手令！」那班長毫不通融。

窗口那邊，徐鐵英：「請謝襄理過來，他認識我。」

「謝襄理在金庫。」那班長撂了這句，便要關窗門。

「小李！」徐鐵英在鐵門那邊居然看見了裡面的小李。

小李只好湊到了窗邊：「徐局長……」

徐鐵英笑了一下：「今天有大量的金圓券要押到這裡存放，警備司令部和警察局配合北平分行前來加強警備。你去請一下謝襄理。」

小李：「銀行的規矩，請徐局長在外邊等一下，我去按電鈴，看我們謝襄理能不能聽見。」

徐鐵英：「有勞了。」

進了第二道鐵門，徐鐵英放慢了腳步掃視著自己早就想來的金庫。

儘管在地下十五米處，這裡卻如此寬敞，寬五米，高三米，再過去三十米便是金庫最後那道鐵門！

在謝培東靜靜的陪同下，徐鐵英走到通道盡頭那道厚厚的鐵門前站住了，像是問謝培東：「這裡面便是整個北平一百七十萬民生，幾十萬軍、公、教人員衣食開支軍需後勤的保障所在？」

謝培東靜靜地站在他身後，沒有接言。

徐鐵英回頭問道：「這道鐵門只有方行長和謝襄理能進去？」

謝培東這才答道：「是。」

徐鐵英：「以前崔中石也能進去？」

謝培東：「是。」

「搬運黃金呢？」徐鐵英轉過身望向謝培東。

謝培東：「就是外面那個金警班。」

「哦……」徐鐵英離開了那道鐵門，向通道這邊的值班室走來，「都知道宋子文先生組建了一支稅警總團，國防部管不了，內務部也管不了，今天見識了。」

謝培東沒有接言。

到了值班室門外，徐鐵英：「我們能進去談嗎？」問著，他已經進去了。

謝培東站在門外，望著他。

「請進來呀。」徐鐵英一屁股在辦公桌前那把椅子上坐下了，倒像這裡的主人，「進來坐下談。」

謝培東走進了值班室：「徐局長請站起來。」

徐鐵英：「你說什麼？」

謝培東：「那個位子只有我們行長能坐，其他人在這裡都只能站著。」

徐鐵英還是沒有站起來，目光開始打量這間不大的值班室，盯了一眼靠牆的保險櫃，又將整個屋子掃了一遍，發現這裡只有一把椅子：「是金庫的規矩嗎？」

謝培東：「是《中央銀行法》解釋條例的規定，中央銀行的國庫，各大分行的金庫值班室只設一個座位，誰兼國庫金庫主任，誰才能坐。至於為什麼，我不能再告訴徐局長了。」

徐鐵英笑了一下，只好站起來：「是不是不讓人在這裡久待？」

謝培東：「徐局長是明白人。」

徐鐵英：「那我就長話短說，只提三個問題。」

謝培東只看著他，沒有接言。

徐鐵英：「第一個問題，崔中石擔任北京分行金庫的副主任是誰推薦的，是誰考察的，是誰任命的？」

謝培東：「中央銀行各大分行金庫正副主任的任命都是中央銀行總部的決定，如果是上層要調查，可以直接到中央銀行去問俞鴻鈞總裁，也可以去問前任總裁劉攻芸。」

「我現在就是問你。」徐鐵英從口袋裡又拿出了那份公函，啪地擺在桌上，「這上面就有你們俞鴻鈞總裁的簽字，謝襄理剛才已經看了，是不是再仔細看看。」

公函正中上端印著國民黨黨徽，下面是一行藍色楷體大字：

中國國民黨中央組織部

接下來是三號字列印的宋體鉛字：

中央銀行俞總裁鴻鈞勳鑑

函請中央銀行特准黨通局徐鐵英主任調查北平分行有關事宜。

落款是陳立夫那手漂亮的毛筆簽名：陳立夫

再下面是另一行工整的毛筆批字簽名：

同意。請北平分行配合調查。俞鴻鈞

「是你們俞鴻鈞總裁的簽字嗎？」徐鐵英目光逼了過來。

「剛才已經看了。」謝培東冷冷地接過他的目光。

徐鐵英這時卻把目光又轉向了那把椅子：「我可以坐下問了嗎？」

謝培東：「可以。但必須再申請一份俞鴻鈞總裁批准的手令。」

徐鐵英盯著謝培東的眼望了好一陣子，又笑了：「那就不坐了。你回答我剛才那個問題。」

「我可以告訴你我知道的。」謝培東頓了一下，「崔中石，男，今年三十九歲。民國二十六年中央財政大學畢業，考入中央銀行任職員，後升任副科長、科長。民國三十五年由北平分行經理方步亭推薦，中央銀行總裁劉攻芸任命，擔任北平分行金庫副主任。」

徐鐵英：「程序上沒有問題。我只想問一句，方行長為什麼這麼器重崔中石？」

謝培東：「那就請徐主任去問我們方行長。」

徐鐵英：「我會問的。現在想問謝襄理，你和崔中石是什麼時候認識的？」

謝培東：「徐主任問的認識，是指工作關係還是別的關係？」

徐鐵英：「反問得很好。工作關係和別的關係我都有興趣，謝襄理不妨都跟我說說。」

謝培東：「工作關係是抗戰勝利後，我跟我們行長從重慶回到上海中央銀行總部，那個時候崔中石和我們在一個部門。別的關係那就是認識的關係，那是在重慶，我們同在中央銀行一個樓辦公，時常碰面。」

徐鐵英：「只是碰面？」

謝培東笑了：「碰面徐主任也聽不懂嗎？」

徐鐵英跟著笑了：「有時候懂，有時候不懂。正常的碰面我們中央黨部的人稱作照面，非正常的碰面我們中央黨部有個術語，叫作碰頭。」

謝培東依然笑著：「我沒有加入國民黨，聽不懂你們黨部的術語。泛泛之交，我們都叫作碰面。」

徐鐵英：「那我就問細一點兒吧。在重慶，謝襄理和崔中石除了在中央銀行的樓裡碰過面，在別的地方碰沒碰過面，比方茶館、酒樓……」

說到這裡，徐鐵英有意停頓了一下，不等謝培東回答，緊接著說道：「再比方紅岩村十三號、曾家岩五十號、中山三路二六三號、民生路二〇八號！這些地方你們碰沒碰過面？」

謝培東想了想：「徐主任問的是周公館八路軍辦事處，還是共產黨新華日報社？」

＊　＊　＊

金庫大院內，小李輕輕拉開了鐵閘門上那扇小窗，向外望去。

——鐵閘門外，筆直地站著孫祕書，兩邊是鋼盔鋼槍的憲兵！

小李輕輕關上了那扇小窗，走到車邊，向金警班長做了個手勢。

金警班長連忙過來了。

小李輕聲道：「我得去機場接行長了。」

金警班長立刻瞟了一眼小車的後備廂：「東西先擱在你那裡，不急。」

小李有些急了：「不是這個意思。剛才進去的那個警察局長是來跟我們謝襄理過不去的。我得趕緊去機場，見到行長立刻報告……」

「那還得了！」金警班長立刻瞪圓了眼，「我現在就把他逮出來！」

小李：「不行。他有央行俞總裁的手令。你幫我一個忙就行。」

金警班長：「快說。」

小李：「門外守著他的人，我擔心不讓我走，你們讓我把車開走就行。」

「我們的地盤，他敢！」金警班長立刻轉頭，望向那十一個金警，「把吃的都放下，拿出槍，上好膛！」

金庫大院的鐵閘門一開，憲兵們的槍果然都指向了大門！

孫祕書直挺挺地站在大門外車道正中，望著小李那輛奧斯汀！

「搶金庫嗎！」金警班長帶著六個金警快步出來了，瞪著孫祕書，「讓開！」

孫祕書依然挺在那裡。

啪的一聲，槍響了！

金警班長槍膛裡射出的那顆子彈旋轉著飛向孫祕書，飛向孫祕書頭上的大檐帽，飛向大檐帽上那顆青天白日帽徽！

孫祕書頭上的大檐帽飛了出去，頭頂正中的髮間同時飛起好些髮屑——金警班長的槍法竟如此高超！

憲兵們的槍栓拉響了！

「這裡不能開槍！」孫祕書望著金警班長直指自己眉心的槍口喊道，「放下槍！」

憲兵們的槍口慢慢朝下了地面。

孫祕書也慢慢移開了身子。

吼的一聲，小李的車擦著孫祕書開了過去！

＊　＊　＊

南苑機場。

這裡也站著一個排憲兵！

憲兵的佇列前也站著金警，是北平分行金警排另外兩個班的金警！

一輛密封的運鈔車便是他們今天保護的核心！

關鍵是，方孟韋也站在佇列前，手裡還拿著一把黑布遮陽傘。

農曆七月十五，太陽照得天空萬里無雲，才上午空曠曠的機場便已經酷暑難當。

突然，所有的目光都向天空望去，所有人都聽見了飛機聲。

一架飛機出現了，又兩架飛機出現了。很快，飛機便越來越大，前面是一架C-46運輸機，後面是兩架C-46運輸機。

方孟韋撐開了傘。

第一架飛機著陸了，向跑道這端滑來。

另外兩架沒有降落，飛過機場上空遠遠地又繞了回來，盤旋著等候降落。

第一架飛機停住了，地勤立刻將梯子開了過去，兩個班的金警護著運鈔車緊接著也開了過去。

方孟韋眼一亮，他看見大哥攙著父親從飛機上下來了。

方孟韋舉著傘大步迎了過去。

＊　＊　＊

大街上，小李的車開到這裡卻被堵住了。

馬路旁便是世界日報社，馬路上擠滿了人群，任小李如何鳴笛，人群哪裡理睬。

時局動盪，度日如年。國統區像北平這樣的城市，饑餓的國民只能採取兩種態度：一種是得過且過聽天由命，一種是窺伺風向尋找活路。於是報紙就成了很多人每天打探的窗口。平時早上六點發報，可今天已過十點，報童們還排著長隊等在這裡。

大門口鐵柵欄門外牆上一張告示前更是人心似水，民動如煙！

告示上的內容：

今日有特大新聞，稍晚見報，敬請等候！

車外，人聲鼎沸。車裡，小李滿臉流汗，想開過去已是萬不可能，於是便打算倒車，可後面更多的人也已向這邊湧來，聲浪如潮：

「是不是要全面開戰了？」

「是國共和談吧？」

「聽說是杜魯門和史達林都到南京了，邀請毛澤東去談判……」

「那是二進宮啊，毛澤東會去嗎？」

小李的頭嗡地大了，按著長笛拚命想倒車。

「這是北平分行的車，問問他！」一個大嗓門銅鑼般一嚷，一群人立刻湧了過來。

小李的車被圍了！

車裡，小李閉上了眼，乾脆趴在了方向盤上，埋著頭，他也聽天由命了。

突然，他聽到了馬路那邊傳來的警車聲！

小李猛地抬起了頭。

雖有人群擋著，但那輛押鈔車頂上的警燈還是能看到在飛快地閃著紅光！

人群鬆動了，小李看見了最前面那輛車，眼睛亮了。

第一輛吉普駕駛座上便是方孟敖，邊上坐著行長！

第二輛像是方孟韋的吉普，再後面是警察局的警車，接著是那輛大運鈔車，再後面的車便看不見了。

小李立刻下車，鎖了車門，從人群中擠了過去。

「謝襄理的回答和我們的調查基本一致。」金庫值班室裡，徐鐵英手裡不知何時多了一個記錄本，裡面密密麻麻寫滿了記錄，聽完了謝培東的回答，目光離開了記錄本，合上放回了口袋，這才又望向謝培東，「在重慶，你沒有去過共產黨任何辦事機關，崔中石也沒有去過共產黨任何辦事機關。下面的問題就很好推斷了，崔中石的上級就在中央銀行內部！抗戰勝利後，這個人將崔中石從中央銀行總部調到了北平分行，又給了他金庫副主任以外的權力，掌管了北平分行所有祕密帳冊，不需要請示任何人就能將一筆鉅款打到共產黨在香港的長城公司！謝襄理剛才說，崔中石是民國三十五年由北平分行經理方步亭推薦，中央銀行總裁劉攻芸任命，調任了北平分行金庫副主任。

你的意思是不是說崔中石的上級不是你們中央銀行前任總裁劉攻芸，就是北平分行現任經理方步亭？」

謝培東：「沒有什麼是不是，崔中石是中央銀行的職員，前任劉總裁和現任方經理當然都是崔中石的上級。」

「現在還兜圈子有意思嗎？」徐鐵英冷笑的目光緊盯著謝培東，「一個月前崔中石將鉅款打給了共產黨，謝襄理居然能說服方行長從別的地方調一筆款來補償我們的黨產，你不覺得那個時候自己就暴露了嗎？」

「我沒有兜什麼圈子。」謝培東淡淡地回望著徐鐵英，「徐主任說了這麼多，是不是想說我是崔中石在中央銀行內部的那個共產黨上級？」

徐鐵英：「我希望你正面回答。」

謝培東看了一眼手錶：「金圓券馬上就要運到了，全國統一在十二點前宣布發行。徐主任就算懷疑我是共產黨，要審查是不是也應該另挑個時間，換個地方？」

徐鐵英笑了：「地方當然要換，時間就不要換了。現在才十點多，為了保證十二點前全國統一宣布幣制改革，你最好現在交出崔中石的帳簿，然後跟我去核對。」

謝培東：「我倒是願意跟你走，可我們現在都出不去了，怎麼辦？」

徐鐵英：「什麼意思？」

謝培東：「我只能開裡面兩道門，最外面那道門是金警班開的。昨夜中央銀行有嚴令，金圓券運抵之前，任何人進了金庫都不能出去。」

「你在等方步亭？」徐鐵英終於露出猙獰了，「你以為還有人能救你嗎！」

「要等人救，我還會讓你進來嗎？」謝培東語氣也嚴厲了，「我是中央銀行任命的北平分行襄理，中央銀行沒有免我的職，任何部門也不能抓我。中央銀行免了我的職，你派兩個員警就能把我抓走，何必親自來？」

「是啊，我何必親自來呢？」徐鐵英靠近了謝培東，「你藏得這麼深，抓了你的女兒都沒有把你逼出來，我不親自來行嗎？」

「你剛才說什麼？」謝培東臉色慢慢變了，「能不能再說一遍！」

徐鐵英：「夠清楚了，還要我再說嗎？」

謝培東：「王蒲忱、曾可達都說我女兒去了解放區，你是不是告訴我她沒有去解放區，在你手裡！」

徐鐵英跟謝培東目光對視了好幾秒鐘：「你覺得呢？」

謝培東：「我覺得從現在起你就是放過我，我也絕不會放過你了。你有四個兒女在臺北，我只有一個女兒！就在今天早上，為了配合幣制改革的法令，我將唯一留給女兒的金鐲都捐了出去，你卻拚命在為自己兒女斂財。有話我們到南京特種刑事法庭去說。這裡是北平分行金庫值班室，請你出去，外面通道很長，你可以先去散散步。」

「謝培東！」徐鐵英解腰間的手銬了，「我要抓的共產黨還沒有一個僥倖漏網的，哪怕你是周恩來親手調教的人！陳部長和你們俞總裁的手令你已經看了，你以為自己還有可能跟我一起上南京特種刑事法庭嗎？」說著，已將手銬的一邊倏地銬住了謝培東的左手手腕。

幾乎同一瞬間，徐鐵英的臉色變了！

——他的右手也被謝培東用另一邊手銬銬住了，兩個人被同一副手銬銬在了一起！

徐鐵英立刻用左手掏出腰間的槍，頂在謝培東的額上：「開門，跟我出去！」

謝培東笑了：「根據《中華民國中央銀行法》，擅闖金庫者可以當即逮捕也可以當場擊斃！徐局長，你可以開槍了。」說著，像一座山，慢慢坐在了椅子上。

徐鐵英當然明白遇到了對手又挑錯了地方，咬著牙插回了槍，又掏出鑰匙來解手銬。

突然，鑰匙被謝培東一把奪了過去，緊接著向後一扔，竟扔進了正在轉動的抽風機裡，發出一陣刺耳的金屬撞擊聲！

徐鐵英剛收回目光，謝培東的目光已經迎過來了。

謝培東：「等你們的陳部長，或者是我們的俞總裁來解手銬吧。」

世界日報社營業部門外大街上，運鈔車隊居然在這裡停住了！

方孟韋站在街心，他帶來的北平警備司令部的憲兵圍成一圈擋住人群。

北平分行金警排另外兩個班團團護住運鈔車，那叫一個緊張。

只有方孟敖飛行大隊的那二十個飛行員仍然坐在最後那輛軍用大卡上一動不動，看著四周越擁越多的人群！

方孟敖的吉普車內，小李在後排座說完最後一句話，嘴唇已經又白又乾了！

方孟敖眼望著前方，眼角的餘光能看見身旁的父親也眼望著前方，那張臉從來沒有如此鐵青！

「知道了。」方步亭依然那樣平靜，「到車裡去等我吧。」

「是，行長。」小李開了後邊車門下去了。

兩父子的目光仍然都望著前方，誰都想看對方，誰都沒有看對方。

「我本將心向明月，奈何明月照溝渠。」方步亭這兩句詩念得如此蒼涼。

方孟敖終於看父親了。

方步亭：「當年聽到你媽和你妹的噩耗我整整幾天沒睡覺，每天晚上都在後悔，我們在美國為什麼要回來呢？可已經回來了，這畢竟是我們祖祖輩輩生活的地方，自己的國家在受苦受難，我們待在美國也於心不忍哪……」

父子倆的目光終於如此近距離地碰在了一起！

方步亭：「你到北平這一個多月來，我幾次夢見你媽，說你有危險，叫我保護你……爹問你一句話，你願意就說……」

方孟敖：「您問吧。」

方步亭：「你知不知道崔中石是共產黨？」

面對父親慈祥的目光，方孟敖不能說假話，也不能說真話，沉默了少頃，答道：「您問的這句話，崔叔遇難前一天，我也問過他……」

方步亭：「他怎麼說？」

方孟敖：「他告訴我，他不是共產黨。」

「有他這句話就行了！」方步亭突然露出了鬥志，「崔中石是共產黨，徐鐵英和他背後的人就是利用這一點來打壓我們，目的無非是斂財保財。可他們忘了，陳布雷先生的女兒女婿還是共產黨呢，他們敢打壓嗎？為了他們的黨產，說白了是為了他們的私產，徐鐵英竟敢在這個時候把共產黨的帽子栽到你姑爹頭上去。別人是不是共產黨我不敢說，說你姑爹是共產黨，二十年了，我的眼睛了嗎！」

父親竟如此激憤又如此真情，方孟敖突然感到自己的血像潮水一般渾身洶湧，一把握住了父親顫抖的手。

方步亭：「……幾天前木蘭突然沒了蹤影，他們說是去了解放區，我就有預感，他們是要在你姑爹身上做文章了……沒想到他們會在今天這樣關鍵的時刻，一邊要我們父子為他們賣命推行幣制改革，一邊又到我們家抓共產黨……孟敖，這個家我做了一輩子主，曾經搞得妻離子散，家破人亡……今天我最後做一次主，你願不願聽我的？」

方孟敖：「您說。」

方步亭：「把這一車金圓券撂在街上，我去西山監獄等你姑爹，給這個民國政府陪葬。如有可能，你把孟韋和你小媽帶上，開著剛才那架飛機該去哪兒就去哪兒……」

方孟敖眼中薄薄地盈出了一層淚水，望著模糊的父親，說道：「爸，從小您就教我們背詩，我現在特想把兩句詩送給您……」

方步亭眼中也有了淚星，期待地望著兒子。

方孟敖：「老阮不狂誰會得，出門一笑大江橫……」

方步亭眼淚奪眶而出，緊接著一把抹了，笑道：「這兩句詩好，爹受了！」推車門，便要下車。

方孟敖像一道電閃，倏地已經下了車，站在了父親那邊車旁，開了車門，將父親攙了下來，同時向那邊喊道：「孟韋！」

方孟韋快步走了過來。

方孟敖：「不要帶兵，立刻送爸去西山監獄，原因爸會告訴你。」

方孟韋還是驚愣，立刻又激憤了：「他們又幹什麼了？」

方步亭：「走吧，到車上去說。」走向自己那輛奧斯汀。

方孟韋快步跟了過去，撂下憲兵隊，扶著父親進了車。

小李車技好，往右打了方向盤，擦著守護的軍隊，在不寬的街中調了頭。

奧斯汀挨著方孟敖和他的吉普，挨著運鈔車隊，回頭向西邊開去。

方孟敖望著父親的車走了，緊接著向中吉普中那二十名飛行員喊道：「飛行大隊跟我走！」

方孟敖上了小吉普，那輛車轟地吼響，倏地向前，緊接著剎車，一百八十度掉了頭，向來路開去。

中吉普也在倒著調頭，方孟敖的車駛過時，又喊了一聲：「跟上！」

金警們不見了行長，憲兵們不見了長官，圍觀的人又越來越多，那輛滿載金圓券的運鈔車被撂在了街心！

運鈔車像一隻孤零零的烏龜，周圍全是饑餓的蜉蝣。

曾可達不知何時又回到了顧維鈞宅邸後院會議室，坐在孫中山先生遺像下那個座位上，望著最後一個看完法案的人：「都看完了？」

八個人，還是沒有一個人回話。

曾可達站了起來，抄起桌上一疊表格，向站在那八個人背後的青年軍：「一人一份，發給他們。」

八個青年軍有序地過來，每人領了一份表格，走回原位，擺到自己看押的人桌前。

曾可達：「根據《財政經濟緊急處分令》、《金圓券發行辦法》、《人民所有金銀外幣處理辦法》、《中華民國人民存放國外外匯資產登記管理辦法》、《整理財政及加強管制經濟辦法》，對照你們面前的表格，將你們公司和所屬商行各自持有的金銀外幣和外匯資產如實填寫。不要對我說你們不知道，需要回去問你們的財務。我現在只要你們寫個概數，是否隱瞞虛報，我們會查。」

「曾督察。」坐在中間那個為頭的站了起來，「法案我們都看了，上面要求在八月三十日前完成金銀外幣和外匯資產申報兌換金圓券。請問今天是多少號？」

曾可達望著他笑了：「今天是八月十九號。」

那個為頭的：「你有什麼權力單單要我們八家公司今日填寫？」

另外七個人都跟著反應了，有人靠向椅背，有人叉起了手臂，顯然誰也不會去填寫表格。

曾可達收了笑容：「問得很好。我為什麼單單要你們八家公司現在填寫呢？原因很簡單。」說到這裡他加重了語氣，「因為走出這個門，給你們一天時間，你們就會把那些財產寫到所謂的黨產上去！我不會給你們這個時間，先從最後一欄填起，寫明股東是誰，什麼時候以什麼形式占有的股份。寫，現在就寫！」

恰在這時，牆邊茶几上電話響了。

曾可達掃了一遍那八個人：「給他們筆。」離開座位，向對面牆邊的電話走去。

八個青年軍都從自己的軍服上面的口袋中抽出了鋼筆，擺到每個人面前。

「這裡是國防部稽查組，我是曾可達。」曾可達對著話筒回了這句話，接著再聽，臉色變了，

「你們現在在什麼位置？」

話筒那邊報了位置。

曾可達：「守住運鈔車，我立刻派兵來！丟失一張金圓券，統統槍斃！」擱下話筒，大步走到門口。

李營長早已站在那裡。

曾可達：「集合青年軍營，立刻去世界日報社大街，護送運鈔車去北平分行金庫！」

「是！」李營長倏地敬禮，轉身就走。

曾可達也跟著邁出了門檻，又倏地站住，回過頭，望向那八個青年軍：「守住他們，叫他們填寫，一個也不許放走。」

八個青年軍：「是！」

曾可達再不逗留，大步離去。

＊　＊　＊

燕京大學圖書館大門外，太陽在這裡便顯得溫和了許多，樹蔭，綠草，還有那座像牌樓的大門，因為一星期前那次遣送，人數驟減，門外這時只站著幾個學生，安靜卻又緊張。

幾個學生裡，有「八一二」那天被抓又被放的北大學聯代表、清華的學聯代表、北師大的學聯代表，還有平時跟隨梁經綸的中正學社那個歐陽和另外一名「學聯代表」！

幾個人的目光都望向了遠處樹蔭中那條橫路！

梁經綸不知何時又換上了那件長衫，騎著自行車在樹蔭間時隱時現地來了！

沒有人迎上去，都在大門外等著。

梁經綸從圖書館大門的直道駛過來了，幾個學生這才迎上幾步。

梁經綸飄然下車，那個歐陽立刻過來接了他的自行車，同時對他使了個眼色，目光瞟向北大學聯那個學生代表。

「來了多少同學？」梁經綸望了一眼大家，最後把目光望向北大學聯那個學生代表。

北大學聯那個學生代表：「能通知的都來了，北大、清華、北師大，有兩百多同學，都是學聯的。」

梁經綸：「我們進去吧。」

「梁先生！」北大學聯那個學生代表叫住了他，「請到這邊來。」

梁經綸停住了，跟他走到了路旁一棵樹蔭下。

北大學聯那個學生代表：「不久前有人給您送來了一封信，在我這裡。」說著將信拿出來，遞給了他，轉身又走向大門。

梁經綸望著信封，那顆心立刻提了起來——信封上沒有一字！

梁經綸面容依然平靜，撕開信封，抽出那張信紙，幾行熟悉的字撲面而來：

梁教授：

時局恐有重大變化，保護自己，保護學生，勿再做無謂犧牲。

茲確定，燕大由你負責。

知名不具

梁經綸的目光緊盯著那幾行字，另一封信的字從這頁信紙上疊了出來：

梁經綸同志：

嚴春明同志公然違反組織決定，擅自返校，並攜有手槍。我們認為這是極端個人英雄主義作祟，嚴重違背了中央「七六指示」精神。特指示你代理燕大學委負責工作，穩定學聯，避免任何無謂犧牲。見文即向嚴春明同志出示，命他交出槍支，控制他的行動，保證他的安全。

城工部總學委

「城工部總學委」！

——完全相同的筆跡！

梁經綸閉上眼深吸了一口氣，他已經無法辨識共產黨城工部對自己是否懷疑，路已經走不回去。他藏了信，向大門口那幾個學生走去。

「梁先生！」

一聲稱呼，燕京大學圖書館大廳內兩百多各自在那裡裝著看書的學生同時望來！

長衫匆匆，梁經綸在眾多目光中尋找何孝鈺的目光，沒有何孝鈺。

「大家久等了。」梁經綸從容了許多，走到給他留的那個中間位置，望向大家，「各大報紙都推遲了發報時間，種種跡象表明，國民黨南京政府可能會在今天出臺幣制改革法案。」

兩百多人立刻有了反應：

「陰謀要出籠了！」

「我們組織遊行！」

「要抗議，要示威！」

梁經綸兩手一抬：「同學們！」

人群立刻安靜了。

＊　＊　＊

何宅一樓客廳裡，收音機的播報聲響起：

「據中央通訊社消息，中華民國總統蔣介石先生和美利堅合眾國駐中華民國大使司徒雷登先生結束了廬山會晤……」

封存了許久的那部收音機今天搬到了客廳沙發旁茶几上，何其滄閉著眼坐在旁邊靜靜地聽。

「……蔣總統與司徒雷登大使乘專機已於昨晚從牯嶺回京……」

灶上的水開了。

何孝鈺從奶粉桶裡舀了兩勺奶粉，放進杯子，提著水壺小心地攪沖奶粉。

端著那杯牛奶，何孝鈺走向父親，見他眉頭緊鎖了起來。

收音機中傳來中央廣播電臺女播音員輕柔的南方國語：「特種刑事法庭昨日開庭，公開審訊共產黨匪諜破壞國家安全案……」

何孝鈺站在那裡，也專注地聽了起來。

「接受審訊的共產黨匪諜職業學生四百餘人，其中南京學生一百四十七人，北平學生兩百五十餘人……」

啪的一聲，何其滄將收音機關了。

「爸。」何孝鈺端著牛奶走了過去，「不用生氣，您還沒吃早餐呢。」

何其滄伸手便接那杯牛奶。

「燙。」何孝鈺將牛奶放到了茶几上，「涼一會兒再喝。」

何孝鈺挨著父親坐下了，何其滄握住了女兒的手：「這個政府，遍地饑荒，就要幣制改革了，還要打仗，還要抓學生審學生……你爹也不知道給他們幫這個忙值不值得……今天是不是又有學生聚會？」

何孝鈺：「好像有，在我們燕大圖書館。」

何其滄：「梁經綸是不是也去了？」

何孝鈺：「不知道，他應該會去吧。」

何其滄：「不要鬧了，怎麼鬧吃虧的還是孩子們……」

何孝鈺：「這不是鬧，是抗議。」

何其滄嘆了口氣：「抗議管什麼用……開了收音機吧，今天會宣布幣制改革法案。」

「嗯。」何孝鈺站起來，去開收音機。

擺在旁邊的電話鈴響了。

何孝鈺看了一眼父親，拿起話筒遞了過去。

「我是何其滄，請說。」

何其滄猛地坐直了身子：「我沒聽清楚，請你再說一遍，誰去西山監獄坐牢了？」

何孝鈺也睜大了眼。

但見何其滄的頭被氣得微微顫抖，話筒也在微微顫抖！

何孝鈺趕忙過去坐下，攙住了父親的手臂。

何其滄竭力鎮定，聽完了電話：「我知道了，謝謝你……」

何其滄想去擱話筒，手已經不聽使喚了。

何孝鈺連忙接過話筒，擱好了：「爸，不要生氣，千萬別著急，慢慢說，出什麼事了？」

何其滄看出了女兒的驚慌，自己必須鎮定：「你方叔叔被他們逼得去了西山監獄，自己申請坐牢……」

「怎麼會？」何孝鈺急了，「因為什麼事？」

何其滄：「國民黨那個徐鐵英就在今天上午，在要宣布幣制改革這個時刻，去了北平分行，提審你謝叔叔……」

「哪個謝叔叔？」何孝鈺的臉已經白了。

「還有哪個謝叔叔，木蘭的爹。豈有此理！真正豈有此理！」何其滄一拍沙發扶手站了起來，「拿幾件衣服，還有我的毛巾牙刷……」

何孝鈺眼中已有了淚星，緊緊地攙住父親：「爸，你身體這麼不好，千萬不要這麼置氣……對了，方孟敖呢，還有方孟敖，我打電話，先問問他……」

何其滄：「不要打了，方孟敖領著他的飛行大隊上天了。」

第四十三章

「方大隊！方大隊！」南苑機場控制塔內的值班指揮搶過調度員的耳機捂在耳邊，望著玻璃窗外大聲呼叫，「你們沒有飛行任務，飛機立刻停止滑行，不能進入跑道！聽到請回答！聽到請回答！」

控制塔內其他空勤人員都站在那裡，驚愕地望向玻璃窗外。

一架C-46運輸機絲毫不聽指揮，從側面的滑行道快速滑進主跑道。

值班指揮臉上冒汗了，大聲呼喚：「五分鐘後有轟炸機從跑道降落！命令你們立刻退出跑道！立刻退出跑道！聽到請回答！」喊著，他取下了耳機，打開了揚聲話筒。

話筒裡終於有回應了：「我們有緊急飛行任務，叫轟炸機延遲降落。複述一遍，叫轟炸機延遲降落。」

從控制塔玻璃窗看到，那架C-46運輸機停止了滑動，三十六米寬的機翼完全占據了整條跑道！

值班指揮急了：「什麼緊急任務！我們沒有接到調度命令！你們已經違反飛行軍令！方大隊長，請執行調度命令，立刻退出跑道！立刻退出跑道！」

話筒裡又傳來了聲音，隱約能聽出是陳長武的聲音：「我是二號，我是二號，奉命駕機執行任務。我隊一號在後面吉普車裡，有命令請對他說，有命令請對他說！」

值班指揮這才看到，有一輛中吉普從側面滑道正向跑道開去。

透過控制塔的玻璃窗，他的目光倏地聚焦於那輛中吉普——開車的竟是方孟敖。

吉普車後座上坐著那八個平津工商界的頭面人物，被郭晉陽和另一個飛行員用槍押著，一個個面如土色。

吉普車駛入跑道，正前方就是那架C-46運輸機。

方孟敖一踩剎車，吉普倏地停了，坐在上面那八個人同時一晃！

跑道前方，C-46運輸機的尾部突然開了一條縫，運輸倉開啟了，越開越大。

正對著飛機運輸倉門，吉普車油門在一腳一腳低吼著，等運輸倉全部打開，直接開了進去！

值班指揮啪的一聲打開了機場的喇叭，大聲喊道：「方大隊長，方大隊長，你們已經嚴重違反空軍航空條列，我們將封閉跑道，執行緊急軍令！」

控制塔的揚聲器裡又傳來了陳長武的聲音：「我們是特別飛行大隊，有隨時執行緊急任務的權力！有疑問請報告空軍司令部！再複述一遍，命令轟炸機延遲降落，有疑問請報告空軍司令部！」

值班指揮懵了一下，玻璃窗外，但見方孟敖那輛吉普猛地啟動，駛向了洞開的飛機後艙門！

值班指揮吼道：「接空軍司令部！立刻接空軍司令部！」

「是！」一個值班人員立刻拿起了電話話筒，「南苑機場調度室，緊急狀況，請立刻接南京空軍司令部！緊急狀況，請立刻接南京空軍司令部……」

「報告！」坐在雷達前的調度員，在桌面的玻璃板上畫了一道飛行航點，大聲報道：「轟炸機即將飛抵機場，即將降落！」

值班指揮：「命令轟炸機升空，不許降落，聽候指令！」

「是！」調度員戴著耳機，開始在話筒裡忙亂地傳達指令。

玻璃窗外，吉普車已被那架C-46運輸機吞沒，後尾倉門在慢慢升合。

＊　＊　＊

院外吱的一聲，學校的車來了。

坐在一樓客廳的何其滄拄杖站起，望了一眼女兒，又移開了目光：「帶幾本書吧，給我帶上那本《春秋》，給你方叔叔拿兩卷《全唐詩》。」

那口黃色的老皮箱還打開著，裡面整齊地擺著幾套衣服，何孝鈺抹了一下腮邊的淚水：「爸，要去，您也不能坐學校的車。」

何其滄又望向了女兒：「為什麼不能？」

何孝鈺：「坐著燕大的車，人家會認為您是拿司徒雷登叔叔壓他們。」

何其滄閉上了眼，頓了一下手杖：「是丟人哪……打電話給清華的梅校長，借他的車送我。」

何孝鈺：「這樣的事還要驚動多少人哪……」

「那我就走路去！」何其滄焦躁了。

「爸！」何孝鈺叫住了向門外走去的何其滄，「國民政府要抓人，就應該讓國民政府的車送您……」

何其滄想了想，轉過身：「撥北平行營，找李宇清，電話簿上有他的號碼。」

「嗯。」何孝鈺走向電話機。

「是！是！立刻設路障，阻止起飛！」值班指揮捧著話筒，轉身喊道，「空軍司令部命令，地勤設障，阻止起飛，阻止起飛……」

喊到這裡，他愣住了。

控制塔的值班人員，有些望著他，有些望著玻璃窗外。

那架C-46運輸機已經騰地升空了！

何宅一樓客廳內，何其滄對著電話，聲調不高，氣勢已十分嚴厲：

「動不動就向美國人告狀，你們國民政府不要臉，我何其滄還要臉！我不會再給司徒雷登說一個字。給你們半個小時，再不派車送我去西山監獄，我就坐飛機到南京坐牢去！」

何孝鈺挨坐在父親身邊，扶著他的手臂。

對方不知說了什麼，何其滄更激動了：「空軍司令部的祕書長是宋美齡，空軍司令是周至柔，方孟敖開飛機去哪裡我管得了嗎……」

何孝鈺立刻捂住了父親手裡的話筒，輕聲說道：「爸，方孟敖的飛機不回來，您到西山監獄救不了方叔叔，也救不了謝叔叔。」

何其滄有些清醒了，望了一眼女兒。

從女兒的眼中，他還看到了方孟敖！

何其滄輕嘆了口氣，待女兒鬆開了手，對著話筒聲調也平緩了些：「馬上就要宣布幣制改革了，半個小時還是一個小時對於何其滄並不重要。你們的人在這個時候為了自己的利益，逼北平分行的行長去坐牢，逼人家的兒子開飛機上天救父親。請轉告李副總統，他出面過問，我可以配合，可以等你們一個小時。」

何其滄再伸手去放話筒時，手臂無力，搆不著了。

何孝鈺連忙接了話筒，隱約還能聽見話筒裡李宇清的聲音：「何副校長放心，我們立刻過問……」

何孝鈺擱好了話筒，又望向父親。

何其滄：「李宇清應該會立刻去機場……打個電話問問西山監獄，你方叔叔怎麼樣了？」

何孝鈺沒有再拿電話，只望著父親。

「那就不打了。」何其滄又閉上了眼，「兒子不要命，爹也不要命，我死了，還要我女兒為他們操心嗎……」

「爸。」何孝鈺緊緊地握住了父親的手。

＊　＊　＊

方步亭坐著方孟韋開的車，停在了西山監獄大門院內。

「方行長。」王蒲忱親自拉開了奧斯汀後座車門，望著坐在後排座上的方步亭，一手護著車頂，等他下車。

方步亭沒有下車，突然問駕駛座上的方孟韋：「是不是飛機聲？」

方孟韋從駕駛座的車窗伸頭望向天空。

車門外的王蒲忱也抬頭向天空望去。

C-46是當時最大的飛機了，在西山上空，還飛得如此之低，以致飛機的機影倏地掠過了西山監獄的大院！

方孟韋：「是大哥的C-46。」

方步亭倏地下車，王蒲忱伸手扶他，被他擺掉了手，抬頭尋望！

很快，剛飛過的那架C-46繞了一圈再次飛了回來，還擺了一下機翼，又從監獄大院上空飛了過去。

這是兒子在給自己致意，方步亭愣愣地追望著飛機。

飛機消失了，聲音也消失了，他還在望著天空。

「爸。」方孟韋取下了自己的帽子舉到父親的頭頂替他遮擋刺目的日光，「飛走了……」

「我知道。」方步亭輕輕擺了擺手。

方孟韋拿開了帽子。

方步亭是第一次來西山監獄，慢慢掃望，西山在目，高牆在前，偏有幾隻鳥兒這時落在了高牆的鐵絲網上。

「回去吧。叫你程姨給我準備幾套換洗衣服，讓小李送來就是。」方步亭望著那幾隻鳥兒，對方孟韋說道。

本是路上商量好的，此刻見到父親這般狀態，方孟韋還是不禁悲從中來：「爸，我在這裡陪你……」

「回去！」方步亭轉頭望向他，「你又不是共產黨，上車！」

方孟韋一閉眼，轉身上了車。

王蒲忱雖已接到電話，這時也不能就這樣接下方步亭，一手伸進車內，搭在方向盤上：「方副局長，什麼共產黨，老人家到這裡來幹什麼……」

方孟韋：「人都來了，你們審問不就全清楚了嗎？」一咬牙擰了鑰匙，車打著了火。

「方副局長！」王蒲忱緊緊抓住了方孟韋面前的方向盤，「什麼審問？審問誰？」

方孟韋見他的著急也不像裝出來的，說道：「王站長，事情跟你無關，你要願意關照，就請安排一間乾淨的囚室，搬張床進去。」

王蒲忱：「我沒有接到任何命令，安排什麼囚室？」

「這裡不是關共產黨的地方嗎？」方步亭的聲音將王蒲忱的目光引了過去，「北平分行有共產黨，我就是，安排牢房吧。」

說著，方步亭已然向囚房方向漫步走去。

「攔住！」王蒲忱依然抓住方向盤向兀自站在不遠處的執行組長和幾個軍統喊道。

執行組長快步過來了，迎著方步亭，也不知道該怎麼攔，閃到一邊挽住了他的手臂：「方行長，請留步……」

「鬆手。」方步亭站住了，也不看他。

執行組長望了一眼王蒲忱，哪裡敢鬆手。

方步亭壓低了聲音：「抓崔中石，抓謝木蘭都有你吧？」

那個執行組長一愣，啪的一記耳光過來了，抽得他眼前一黑。

方步亭居然有如此震怒的一面：「什麼東西，抓我還輪不到你！」

「方行長！」王蒲忱只好自己奔過來了。

方孟韋一推車門，也快步走了過去：「爸！」

王蒲忱保持著距離，擋在方步亭前面：「這裡是我負責，有任何責任方行長可以報保密局或者國防部處分我。」

方步亭盯著王蒲忱的眼：「四月份不是大選了嗎？不是民主憲政了嗎？狗屁！你們還在這裡設祕密監獄，搞特務政治，還什麼保密局、黨通局。告訴你，我就是共產黨，我就是來坐牢的。你不敢審我，就叫黨通局那個徐鐵英來。我在這裡等著他！孟韋，叫他讓開。」

方孟韋望向了王蒲忱：「不關你的事，安排吧。」

王蒲忱：「就算有人得罪了老人家，今天是幣制改革，北平分行的行長卻到這裡坐牢來了，怎麼樣也得讓我向南京請示一下吧。」

方孟韋望向了方步亭：「爸……」

方步亭：「坐個牢還要請示？」

方孟韋：「職責所在，就讓他打個電話……」

王蒲忱再不猶豫，轉頭對執行組長：「快去，搬把椅子來！」

「是！是！我們嚴密監視飛機航向，隨時報告！隨時報告！」南苑機場控制塔內的值班指揮剛放下空軍司令部又一個追問的電話，轉過頭滿臉的汗，那邊另一個電話話筒早伸在那裡等他了。

值班指揮大步過去：「哪裡的電話？」

空勤值班遞給話筒：「華北剿總的。」

值班指揮搶過話筒，才聽了幾句，立刻焦躁了：「共軍又沒有飛機，當然是我們的飛機，開什麼炮？低飛，低飛又怎麼了？還會掉下來？你們向傅總司令報告，這是行政院經濟管制委員會直管的特別飛行大隊，有問題，請他直接問行政院，問空軍司令部。」

放下這個電話，他立刻走到了航線標示的玻璃板前，俯身看去：「怎麼回事？」

航線標示員：「飛機從西山方向又折回了北平，在城內低空盤旋……」

運鈔車終於停在了北平分行金庫大院內！

可那道鐵閘門還是將曾可達和他的青年軍攔在大院外。

青年軍經濟糾察和北平警備司令部的憲兵都站在了一起，望著大道中間的曾督察和孫祕書。

曾可達的聲音低沉得發冷：「黨部給你許了個什麼官？」

孫祕書低沉地答道：「我的檔案永遠在預備幹部局。」

「預備幹部局的內奸？」曾可達目光望向了他。

孫祕書：「我願意接受組織審查。」

曾可達：「第一天就配合徐鐵英破壞幣制改革，你以為還有機會接受審查嗎！」

孫祕書：「如果建豐同志有指示，你現在就可以處決我。」

曾可達：「會有指示的……」

一陣轟鳴聲從低空傳來，耀眼的太陽光突然暗了！

曾可達、孫祕書，還有那些青年軍和憲兵都感覺到一大片陰影掠過，剛一抬頭，巨大的C-46運輸機幾乎擦著屋頂飛了過去！

——日光刺目，飛機上的標識看得清清楚楚！

轉眼，飛機消失了。

曾可達：「這架飛機要是回不來，今天我和你就在這裡先槍斃了徐鐵英，然後自裁吧！」

孫祕書：「一切聽建豐同志的指示。」

「不要再提建豐同志！」曾可達怒吼道，「你還想把建豐同志陷進來嗎？」

「敬禮！」北平警備司令部的憲兵們一齊肅身敬禮。

王克俊的車來了。後面也是一輛中吉普。

曾可達閉了一下眼，迎了過去，敬了一個禮。

「不用說了。」王克俊連禮都沒回，對身邊的副官，「叫話務班下來，趕緊接線。」

副官：「話務班，接線！」

中吉普上的話務班，抬著車輪般大的一盤電話線，還有上電線桿的鋸齒踏腳以及一切接線工具先後跳了下來。

王克俊這才望向曾可達：「對裡面的金警班說，把電話專線接到金庫，南京要和裡面通話！」

「是……」曾可達覺得胃酸都湧了上來，剛要轉身，刺耳的電鈴聲已經劇響起來！

孫祕書站在鐵閘門前，手掌緊緊地按在電鈴開關上。

「敬禮！」

南苑機場控制塔這裡也在忙作一團地敬禮。

值班指揮陪著李宇清和北平行營的人快步走了進來。

「呼叫，我跟飛機通話。」李宇清非常熟悉控制塔的調度，直接走到了呼叫臺前。

值班指揮：「用揚聲器，呼叫C-46！」

「是。」值班人員取下耳機，撥動按鈕，對著呼叫臺上的話筒，「南苑機場呼叫特別飛行大隊方大隊長！南苑機場呼叫特別飛行大隊方大隊長！請回答，請回答。」

所有的目光都望著揚聲器。

揚聲器裡沒有回應！

值班人員望向值班指揮。

值班指揮：「接著呼叫！」

又在重複呼叫了。

李宇清走到了雷達顯示幕玻璃標示板前：「飛機現在的飛行位置。」

航線標示員看著雷達，在玻璃標示板上用水筆很快標示出了飛機的位置，驚了：「飛機飛向了西南方向！航線標示是阜平上空！」

李宇清的臉再也無法矜持了：「共軍的防區了……阜平有沒有機場？」

值班指揮：「報告長官，阜平沒有機場，再過去石家莊有簡易機場……」

李宇清：「嚴密關注，飛機是不是飛往石家莊！」

「是。」航線標示員滿臉的汗，直勾勾地盯著雷達。

那邊值班人員剛才停止了呼叫。

李宇清：「繼續呼叫！」

值班指揮：「呼叫！持續呼叫！」

「特別飛行大隊二號！特別飛行大隊二號！我是北平南苑機場，我是北平南苑機場，聽到請回答！聽到請回答！」

依然沒有回應！

李宇清的目光盯向了電話，皺了一下眉頭，走了過去，拿起了話筒：「接燕京大學何其滄副校長……不接了！」倏地又放下了話筒，轉回身走到雷達玻璃標示板前，「飛機現在的位置？」

航線標示員：「還在阜平上空盤旋……」

阜平縣城，華北城工部。

防空警戒！

從大門能看到院子裡持槍的解放軍警衛都在望著上空。

好幾個解放軍報務員都坐在電臺前，停止了收發報。

只有一臺電臺還在收聽電報，飛快地記錄著電報密碼數字。

劉雲就站在那臺電臺前，緊盯著報務員記錄密碼的手。

「完了……」報務員剛擱下筆，劉雲一把抄起電報密碼走到中間長桌前，啪地擺到一個譯電員面前：「抓緊翻譯。」

那個譯電員業務精熟，幾乎沒有怎麼看旁邊的密碼本，一個個漢字已經在密碼數字下面的方格中顯出來了。

劉雲的目光推向方格紙上的內容：

徐鐵英闖進金庫審訊謝培東，方孟敖駕C-46運輸機突然起飛……

一個解放軍警衛快步走了進來，走到劉雲身邊：「報告，不是轟炸機，是一架國民黨運輸機，持續在上空兜圈子……」

「知道了。」劉雲目光依然在電報紙上。
「是。」解放軍警衛悄悄地退了出去。
電文翻譯完了，譯電員將電文紙遞給了劉雲。
拿著電文紙，劉雲貌似在看，其實在急劇思索。
整個城工部一片沉寂，門外上空，飛機的轟鳴聲時隱時現。
劉雲快步走到了剛才那部電臺前：「給周副主席發電。」
報務員握住了電臺擊鍵。
劉雲直接口述。

南苑機場控制塔內，調度員不停地呼叫：
「特飛大隊二號！特飛大隊二號！李宇清副官長要跟你們方大隊長通話。聽到請回答！聽到請回答！」
「何副校長請稍等。」在一旁正跟何其滄通電話的李宇清捂住了話筒，對調度員，「不要呼叫了。」接著轉望向值班指揮，「能不能把電話連接到呼叫器上？」
值班指揮望向一個值班人員：「能不能連接？」
那個值班人員：「報告，傅總司令有條專線電話能夠直接呼叫。」
李宇清：「能不能拔掉那個專線，把這部電話連接上去？」
值班人員：「能！」
李宇清這才又對電話說道：「何副校長，我們現在立刻把您的電話連接到呼叫器上，請您跟方大隊長通話……請不要掛電話。」
李宇清立刻轉對那個值班人員：「立刻連接！」
值班指揮：「快！」
那個值班人員快步接過李宇清手中的電話話筒，一把扯下電話線，拉到呼叫臺旁，從一個裝置上拔下兩根電話線，將手中的電話線插進了接線孔中：「報告，接好了，可以通話了。」
李宇清：「請何副校長通話！」
這回是調度員取下耳機遞給了李宇清：「長官……」
李宇清明白了，接過了耳機：「打開揚聲器。」
值班指揮親自打開了揚聲器。
李宇清對著耳機話筒：「電話已經接好，請何副校長呼叫方大隊長……何副校長，您聽見了嗎？您聽見了嗎……」
「我耳朵沒聾。」揚聲器中立刻傳來何其滄生氣的聲音，「你能不能夠不要吼叫。」
李宇清愣了一下，立刻答道：「好，好。請您呼叫一下方大隊長。」
所有的眼睛又都下意識地望向了揚聲器。
「方孟敖，方孟敖……」揚聲器中傳出來的卻是一個女孩的聲音！
所有的目光都混亂地碰在一起。
揚聲器裡何孝鈺的聲音：「我爸有話跟你說，請你回話。」
所有的目光又都望向了揚聲器。
一秒鐘，兩秒鐘，三秒鐘……
「何伯伯好，我是方孟敖……」

李宇清的眼睛亮了。
所有人的眼睛都瞪圓了。
「逍遙游呀，啊？方孟敖，你本事大，我現在有一段話向你請教，你聽著。」揚聲器中這才傳來何其滄的聲音。
方孟敖的聲音：「不敢，何伯伯請說。」
揚聲器，何其滄的聲音：「『復仇者，不折鏌幹，雖有忮心者，不怨飄瓦。』這是誰說的話，什麼意思？」
沉默，方孟敖的聲音：「我不知道，請何伯伯解釋。」
揚聲器，何其滄的聲音：「聽清楚了，這是莊子的話，意思是，復仇的人不會去折斷傷害過他的寶劍，再憤怒的人也不會怨恨偶然飄過來傷害他的瓦片。」
沉默，方孟敖的聲音：「我明白了，何伯伯……」
「明白什麼！」揚聲器裡何其滄的聲音激昂起來，「你開著個飛機是想去撞山嗎？你爸跑到西山監獄是想去拆瓦嗎？你們父子到底要幹什麼？」
又是兩三秒鐘的沉默。
方孟敖的聲音這才傳來：「何伯伯，這是我和我爸的事，您不要管。」
「那你為什麼向孝鈺求婚？」何其滄的聲音轉而激憤了，「當年，你爸扔掉你媽獨自去重慶，現在你向我女兒求了婚就開著飛機跑，你們父子都是什麼德行！」
李宇清緊繃的臉一下子張開了，張開了眼，也張開了嘴，出了神，在聽著這萬難想到的對話。
值班人員中已有人在偷笑了。
「李宇清副官長在嗎？」揚聲器裡傳來了方孟敖的問話。

所有值班人員都望向了李宇清。

李宇清從出神中醒過來，立刻琢磨該怎麼在這個語境中對話。

值班指揮：「長官，方大隊長呼叫你。」

李宇清將耳機貼到了耳朵邊：「方大隊長嗎？我是李宇清，請講話。」

方孟敖揚聲器裡的聲音：「李副官長，請你以北平行營的名義，叫馬漢山立刻到控制塔來。我要跟他通話。」

李宇清一愣：「稍等。」轉對自己帶來的副官，「馬漢山在哪裡，立刻查問！」

「我知道，長官。」值班指揮立刻接話道。

李宇清：「在哪裡？」

值班指揮：「在機場禁閉室裡，下午的飛機押送南京。」

李宇清對自己的副官：「傳達北平行營命令，押馬漢山立刻來控制塔！」

中央銀行是民國政府的底線，金庫則是中央銀行的底線，就連王克俊也知道這道鐵閘門自己不能逾越。鐵閘門洞開著，金警班站在門內，王克俊以下所有的人都站在門外，可以看見兩個電話兵在兩個金警的看護下，在院內接好了最後一根電線。

兩個電話兵也跑出來了：「報告，電話線已經接好。」

電話班的班長立刻捧著一部電話，遞到王克俊面前。

王克俊拿起話筒：「南京總機，南京總機，北平分行金庫的專線已經接通，哪個部門跟金庫通話，請立刻接線。」

曾可達望著王克俊。孫祕書也望著王克俊。

王克俊的臉突然陰沉了：「叫我們接線，線接好了卻不知道哪個部門通話……還在開會，開多久？」

曾可達忍不住插言道：「能不能叫行政院經濟管制委員會直接通話？」

王克俊只瞄了他一眼，直接對話筒那邊：「知道了，我在這裡等候。」把話筒擱下了。

曾可達還在望著他。

王克俊沒有好臉色了：「你們如果還嫌在北平鬧得不夠，你來管，我這就走。」

曾可達：「王祕書長，立刻要宣布幣制改革了，請跟南京總機說……」

王克俊：「總統正在訓話，要不你跟總機說，叫總統接你的電話？」

曾可達閉上了眼。

南苑機場控制塔內，李宇清的眼睛，深沉中流露出感慨。

酷暑的天，馬漢山一身筆挺的灰色中山裝，被兩個憲兵押著，倒像是帶著兩個隨從開會，走向李宇清，笑了一下，伸了伸手。

李宇清以為他要握手，低頭才看見，馬漢山雪白的襯衣袖口前露著手銬！

李宇清望向馬漢山身後的憲兵：「打開手銬。」

「不用了。」馬漢山徑自走到呼叫臺前坐了下來，「耳機！」

李宇清：「給馬局長戴耳機。」

調度員立刻將耳機向馬漢山頭上戴去。

「靠後點兒。」馬漢山乜向調度員，「頭髮。」

調度員看了一眼他三七分明的髮型，小心地將耳機靠後給他戴上。

「萬里無雲，好天氣啊。」馬漢山望著窗外，從揚聲器裡突然說出這句話，怎麼聽怎麼覺得不合時宜。

李宇清皺了一下眉頭。

「馬局長嗎？」方孟敖的聲音傳來了。

李宇清的眉頭立刻展開了。

馬漢山：「報告方大隊長，是我。」

方孟敖的聲音：「行政院經濟管制委員會的命令你看到沒有？」

馬漢山：「看到了。」

方孟敖的聲音：「為什麼不留下來配合查帳？」

馬漢山笑了一聲：「方大隊，你還真相信什麼行政院？那只是一座廟，管廟的是中央黨部。黨部要我三更死，誰敢留人到五更。方大隊，你義薄雲天，我懂的。可為了我這條賤命，這樣幹不值得，趕緊飛回來吧。」

方孟敖的聲音：「聽清楚了，現在我和你說的每一句話北平能聽到，南京也能聽到。把你知道的那些貪腐黑帳說清楚，就沒有人敢殺你。什麼時候到南京，我來看你，紅酒兌可樂。」

馬漢山：「殺不殺我真無所謂。方大隊，黨國這本爛帳誰都管不了，你這麼英俊瀟灑的一個好人，開開飛機，喝喝紅酒多好。不要管了，現在降落，興許還能看我一眼……」

「聽清楚了。」揚聲器裡方孟敖的聲音激昂起來，「現在不只是救你，是救我們！徐鐵英為了那本黑帳，先是抓了你，現在又跑到北平分行抓我姑爹，說你和我姑爹都是共產黨。聽明白了嗎？」

「我是共產黨，謝襄理也是共產黨，放他娘的狗屁！」馬漢山立刻激動起來，「他徐鐵英為了百分之二十的股份殺了一個崔中石，先說是共產黨，後又說不是共產黨。他怎麼不說宋子文和孔祥熙也是共產黨？明白了，方大隊，有什麼話你只管問，我們哥倆正好用美國這套先進通訊設備向全世界發布消息，明天《紐約時報》、《泰晤士報》給他娘的報個頭條！」

李宇清頓時緊張起來，俯下身去：「老馬，注意黨國形象！」

馬漢山轉望向他：「怕我說，我現在就走。」

方孟敖的聲音又傳來了：「馬局長，下面不是我問你，要請你問另外幾個人，這幾個人都在我飛機上……」

馬漢山立刻猜到了：「是不是那本黑帳上的人？」

揚聲器裡方孟敖的聲音：「是帳冊上排名前八個人。有一份表格叫他們填，他們說他們公司都是在上海注的冊，北平天津沒有權力叫他們申報財產。我已經把飛機上的擴聲器打開了，請馬局長問問，我們有沒有權力叫他們申報財產。」

「好！」馬漢山聲調高昂，「方大隊，我來問，問完後還有不願意填表的，直接從飛機上扔下去，看誰敢給他們收屍！」

揚聲器裡方孟敖的聲音：「他們都在聽，馬局長請問。」

馬漢山：「你們這八家混帳王八蛋公司！老子問你們，今年四月民食調配委員會成立，北平天津幾百萬人的配給糧食和民生物資都是誰在經手？民調會的錢都撥給你們了，糧食呢，物資呢，你們都供應了嗎？上海註冊，北平黑錢，中央銀行走帳，打著民生的旗號發餓死百姓的財，弄得民調會發不出糧，逼得學生造反，南京派來的調查組查不動你們，讓老子背黑鍋，無非是你們將百分之五十一的股份掛靠在了上海那幾家牛皮公司！今天總統宣布幣制改革了，所有的錢都要歸國庫，你們還拿上海說事！蔣經國局長就在上海，方大隊，不要跟他們說那麼多，直接把他們開到上海去，交給經國局長親自審問，那百分之五十一到底是他們的私產，還是上海那幾家牛皮公司的股份！」

一陣吼問，馬漢山的嗓子冒煙了，舉著戴手銬的手，向李宇清伸去。

李宇清正暗帶讚賞地望著馬漢山，見狀轉頭，低聲說道：「水！」

值班指揮立刻端著一搪瓷杯遞過去了。

馬漢山悠悠地竟喝完了一搪瓷杯水。

揚聲器裡方孟敖的聲音傳來了：「百分之五十一的資產八個人都填了，是他們的私產。馬局長，還有沒有該問的……」

「開工廠做生意也不容易，這一刀夠他們疼了，該保護我們還得保護。」馬漢山喝完水，嗓子潤了，聲調也變了，「比方本來是你們的百分之二十股份，為什麼要被軍界政界的一些混帳王八蛋要脅，拿去走私？七月六號侯俊堂都槍斃了，你們為什麼還要讓黨通局來占這個股份？徐鐵英說是黨產就是黨產？方大隊，這百分之二十的股份讓他們填上自己的財產。我剛才的話南京都聽到了，說不準美國中央情報局也在監聽，他徐鐵英再拿共產黨說事，說這個股份是黨產，老子隨時出面戳穿他。想殺我滅口，他自己先去跳樓！」

「明白！」揚聲器裡方孟敖這一聲答得十分乾脆！

＊　＊　＊

北平分行金庫值班室的電話在辦公桌上尖厲地響了！

被一副手銬銬著，兩個人這麼久一動不動，就在等這個電話。

徐鐵英：「電話也不敢接了？」

謝培東：「電話就在你手邊。」

徐鐵英慢慢拿起了話筒：「北平分行金庫，有話請說。」

「誰叫你到金庫裡去的！」話筒裡竟是葉秀峰的斥責聲。

徐鐵英依然不露聲色：「是，局長，訊問謝培東是陳部長的手諭，央行俞總裁也批了字……」

「陳部長叫你去金庫了嗎？」葉秀峰電話裡的聲音透著惱怒，「方孟敖突然駕機起飛你知不知道？那個馬漢山在機場控制塔公然呼叫幾家亂七八糟的公司，說黨通局要侵占侯俊堂在平津的百分之二十股份你知不知道？幣制改革第一天，一個馬漢山押不來，反而跑到北平分行的金庫去，授人以柄！現在，方步亭去了西山監獄自請坐牢，何其滄也鬧著要來南京坐牢，弄得總統在南京召開緊急會議你知不知道？」

押馬漢山去南京，到金庫突審謝培東，中央黨部兩面作戰的策劃不能說不周密，唯獨沒想到的是方孟敖駕機升空後居然能通過控制塔跟馬漢山對話，而且公開捅出了侯俊堂百分之二十股份的事。徐鐵英已經不知道自己到底是敗在共產黨的手裡，還是敗在黨國內部。

沉默也就一瞬間，徐鐵英覺得這一仗無論如何也應該挽回：「局長，幣制改革是總統頒布的國策，第一天便出現共產黨在北平操縱破壞，您和陳部長應該在會上向總統痛陳利害……」

「痛陳什麼利害？」葉秀峰電話裡斷然打斷了徐鐵英的話，「想聽聽總統是怎麼痛陳利害的嗎？」

「請局長傳達……」徐鐵英閉上了眼睛。

葉秀峰電話裡的聲音突然既像他的江蘇官話又像是浙江奉化的口音：「『黨通局不管黨，到處管財，把手伸到預備幹部局還不夠，還伸到行政院經濟管制委員會去了，中華民國這個總統乾脆讓你葉秀峰來當好了……』這就是總統剛才對我的痛陳！你徐鐵英在北平拉的好屎，這麼大一張屁股我來揩還不夠，還要陳部長去揩嗎？」

徐鐵英閉著眼，也閉住了氣，但覺一陣氣浪從臉上身上撲了過去，調勻了呼吸：「知道了。局長，黨產不能保，共黨不能抓，我請求辭職……」

「辭職也得揩了屁股再辭！」電話裡葉秀峰的聲音透出了殺氣，「第一，我們在那八家公司沒有任何股份；第二，緊急會議決定，方孟敖違犯《陸海空軍服役條例》，著交北平警備司令部立即逮捕！」

那邊掛了。

徐鐵英話筒還在手裡，金庫的電鈴便震耳地響了起來！

徐鐵英慢慢望向了謝培東。謝培東的眼中空空如也，彷彿剛才的電話一個字也沒聽見，電鈴如此震耳地響著，彷彿也沒聽見。

等到電鈴聲停，徐鐵英嘴角擠出一絲笑：「謝襄理，你贏了，調查停止。想知道為什麼嗎？」

謝培東慢慢站了起來：「我從來就沒有跟誰爭過輸贏，也不想知道你們為什麼停止調查。」

徐鐵英：「有人替你頂罪了，這個人你總想知道吧？」

謝培東望向了他。

徐鐵英：「方孟敖觸犯《陸海空軍服役條例》，擅自駕機起飛，要脅黨國。這一次特種刑事法庭開庭，我就不能為他辯護了。」

謝培東心內震驚，卻輕輕問道：「再送你十萬美元，你願意辯護嗎？」

徐鐵英心中的惱怒可知，卻依然笑著：「共產黨真有錢啊。毛澤東、周恩來住窯洞穿布衣，手一揮，既能夠將我們中央銀行的錢匯到香港送給那些民主人士，又能夠拿我們中央銀行的錢送給我們黨國各個部門，我說什麼好呢。不過現在行情變了，這一次要想救方孟敖可得一百萬美元，你們有嗎？」

謝培東：「徐主任不是那麼貪婪的人吧。一捲錄音帶在法庭還了侯俊堂十萬美元，要了他的命。你就不擔心我這個保險櫃裡也有一臺答錄機嗎？」

「謝培東！」徐鐵英終於惱羞成怒了，「黨通局的前身你知道，我們中統整個系統都盯上你了！下半輩子我也不想幹別的了，就等著當兩次公訴人，這一次在特種刑事法庭審方孟敖，下一次在特種刑事法庭審你。周恩來就是搬來一座金山也救不了你們。」

謝培東：「周恩來有沒有金山我不知道，我只知道我謝培東的命沒有那麼值錢。我早年喪妻，只有一個女兒。她，就是我的一切。幾天前被你們抓後說是去了解放區，剛才，你又說她的生死掌握在你的手裡。中華民國如果還真有法庭，真有法律，我會請最好的律師找你討還女兒。徐鐵英，希望你應訴。」

徐鐵英倏地掏出了槍。

電鈴恰又尖厲地響了。

徐鐵英手中的槍也響了！

——分貝超出了極限，人的聽力便會短時間出現失聰，聲音消失了。

沉寂中，徐鐵英望著謝培東，謝培東望著徐鐵英。

沉寂中，從中間擊斷的手銬！

沉寂中，謝培東的背影出了值班室，走向了鐵門。

沉寂中，徐鐵英把槍插回了槍套，走出了值班室。

南苑機場控制塔裡也是一片沉寂，所有的目光都望向玻璃窗外的跑道。

C-46終於降落了，後尾艙門剛完全打開，那輛中吉普便飛快地開了出來。

李宇清看見了開車的方孟敖，看見了坐在吉普車內的那八個商家和兩個飛行員，看見了列隊跑出來的十八個飛行員。

李宇清：「撥空軍司令部電話。」

值班上校：「是。」立刻拿起話筒快速撥號。

李宇清看見方孟敖和他的飛行員在跑道上整齊地列成了兩排，這是在等自己。

「李副官長！」值班上校的聲音好生異樣！

李宇清轉過了頭。

值班上校捂緊了話筒，兩眼圓睜望著李宇清。

李宇清快步走了過去，目詢著那個值班上校。

值班上校滿臉驚恐，失了聲，雙手將話筒遞給李宇清，立刻避開了，筆直地站在一邊。

「李宇清嗎？」

話筒裡浙江奉化的口音使李宇清猛省了，雙腿一碰：「報告校長，是我！」

「我不是你的校長，黃埔也不敢有你這樣的學生！」

李宇清臉色大變！

「是李副總統叫你去的南苑機場，還是你自己去的南苑機場？」

畢竟是黃埔二期，李宇清鎮定後朗聲答道：「報告總統，是我自己。」

沉默，那邊的聲音：「說理由。」

李宇清：「是，總統。屬下接到燕大何副校長的電話，才知道方孟敖飛行大隊突然駕機升空，而且遮罩了與地面的聯繫。茲事體大，我是總統派到北平的，必須趕到機場，讓飛機降落。現在飛機已安全降落，方大隊就在跑道上待命。」

「飛機是降落了，黨國的臉也都丟了。誰叫你讓馬漢山進控制塔的？」

李宇清再不辯解：「是屬下失職，願意接受總統處分。」

應答得體，檢討及時，那邊的聲音和緩些了：「你的處分以後再說。方孟敖違犯《陸海空軍服役條例》，北平行營怎麼處置？」

李宇清沉默了，可不能沉默太久：「報告總統，方孟敖飛行大隊是國防部預備幹部局編制，方孟敖本人是經國局長委任的……」

「不要拿蔣經國說事！」那邊的聲音立刻又嚴厲了，「我現在問你們北平行營怎麼處置。」

李宇清：「北平行營一切聽總統的命令。」

「立刻逮捕，移交北平警備司令部！」

南苑機場跑道上，咔的一聲，方孟敖的手被銬了。

李宇清銬了方孟敖，在他手臂上輕輕拍了一下，回轉身：「押馬漢山過來。」

跑道上，方大隊二十個飛行員列成兩排沉重地站在那裡。

跑道外，憲兵排列成三行站在他們對面。

單副局長還是沒有躲過這趟倒楣差事，帶著幾個憲兵小心翼翼地簇擁著馬漢山過來了。

方孟敖笑了。
馬漢山也笑了，加快了步子向方孟敖走去。
那個單副局長盡職，帶著幾個憲兵緊跟著也加快了步子。
李宇清恰好站在那裡，讓過了馬漢山，卻瞪住了那個單副局長。
單副局長急忙剎住腳步，慌忙敬禮：「報告李副官長！卑職奉命押送馬漢山，請李副官長指示！」
李宇清：「在這裡等著。」
單副局長茫然了一下，接著便深刻領悟了：「是！」不但沒有再跟過去，目光也望向了別處。
那二十個飛行員還有那一個排的憲兵此刻也如此默契，都眼望著前方，沒有一個人望向方孟敖和馬漢山這邊。
馬漢山望著方孟敖。方孟敖也望著馬漢山。
方孟敖的手伸過來了。
馬漢山其實早看見了他的手銬，這時有意不看他的手，說道：「方大隊，你是個乾淨的人，手就不要握了。」
方孟敖望著他那三七開筆直一條縫的頭和那一身筆挺的中山裝，笑道：「你今天比我乾淨。」手掌固執地伸在那裡。
馬漢山將手慢慢伸了過去。
方孟敖握住了他的手，輕聲說道：「你兒子的事已經辦了，在南京榮軍醫院戒毒。到時候有人安排他來看你。」
馬漢山被方孟敖握著，輕聲一嘆：「謝字我就不說了。我生的這個兒子是來討債的，他也不想見我，我也不想見他，見面的事就不要安排了。」

方孟敖的笑容凝住了。

馬漢山：「方大隊千萬不要誤解，你們是好父子，我們不是。我這一輩子壞事幹不好，好事幹不來，到南京槍一響，都過去了。最後一件事，與好壞無關，還要請方大隊長幫我去完成。」

方孟敖側耳聽著。

馬漢山：「崔副主任西山的墓方大隊長去過沒有？」

方孟敖：「去過。」

「去過就好。」馬漢山湊近了些，壓低了聲音，「從崔副主任的墓往上走五十步，有一座無主的老墳，只有半截碑，上面刻著『康熙三十七年立』，下面埋了幾十根金條，是我全部的家底。幣制改革撐不了兩個月，國民政府不會再管老百姓的死活。請方大隊長轉告崔夫人，到時候取出來，養兩個孩子應該夠了……」

方孟敖倏地望向馬漢山。

馬漢山已經轉過頭去：「該走了！」

這邊，單副局長望向了李宇清。

李宇清擺了下頭。那個單副局長帶著憲兵這才走過去了。

馬漢山最後望向方孟敖：「兄弟，我們倆聯手擺了徐鐵英一道，他放不過你，中央黨部那些人也放不過你。到了軍事法庭什麼也不要說，讓老爺子還有何副校長出面，最好判個開除軍籍，立刻去國外。蔣經國不好惹，共產黨也最好不去惹。」

馬漢山再也不看方孟敖，獨自向跑道上的飛機走去。

那個單副局長帶著幾個憲兵急忙追了過去。

李宇清過來了。
方孟敖：「去哪裡？」
李宇清苦笑了一下：「違犯軍令，只能移交警備司令部，請你理解。」
方孟敖回笑了一下，望向了跑道上那二十個飛行員，「他們呢？」
李宇清：「回軍營，曾督察會安排。要不要去打個招呼？」
「不了。」方孟敖徑直向李宇清的車走去。
李宇清跟了過去。
副官立刻開了後座車門。
方孟敖剛要鑽進車門，忍不住，還是轉身了。
二十個飛行員，二十雙含淚的眼，倏地敬禮！
方孟敖戴著手銬，只向他們笑了一下，進了車門。

＊　＊　＊

何宅一樓客廳的收音機又響起女播音員的聲音：
「中央廣播電臺，中央廣播電臺，總統蔣中正頒發《財政經濟緊急處分令》之同時，行政院頒布了《金圓券發行辦法》……」
「豈有此理！豈有此理！豈有此理！」何其滄怒不可遏，拿著話筒，一連三拍沙發扶手！
何孝鈺、梁經綸都屏著呼吸站在一旁，望著怒不可遏的父親、先生。
收音機：「……《中華民國人民存放國外外匯資產登記管理辦法》、《整理財政及加強管制經濟辦法》……」

「關掉！關掉那個幣制改革……」何其滄一聲怒吼。

梁經綸立刻關掉了收音機。

何其滄對著電話話筒：「叫我出面，讓方孟敖飛機降落，現在飛機降落了，你們竟把人抓了……告訴我，是哪個混帳下的命令！」

梁經綸、何孝鈺都在望著何其滄手中的話筒。

門外，方步亭的手舉在門前，欲敲未敲，放了下來，閉上了眼。

遠遠地，那輛奧斯汀停在路邊。

門內，何其滄的怒吼：「你李宇清不敢回答，就叫李宗仁接我的電話！」

片刻沉默，何其滄的怒吼：「說話！回我的話……」

何宅一樓客廳。如此安靜。

梁經綸的眼。

何孝鈺的眼。

何其滄的憤怒彷彿浪打空城。

憂急，惶惑，他將話筒拿到眼前看了看，又搖了搖，放回耳邊，望向女兒。

何孝鈺過去了。

何其滄將話筒下意識地遞給了她。

何孝鈺接過話筒，聽了片刻：「爸，是電話線切斷了。」

何其滄：「什麼電話線切斷了？」

何孝鈺：「我們的電話被切斷了。」

「這是燕大的電話！他們敢……」何其滄猛地站起，眼前一黑。

「爸！」何孝鈺扔掉了話筒，卻攙不住父親。

梁經綸長衫一閃，一把抱住了何其滄。

「其滄兄……」客廳門被猛地從外推開，方步亭奔了進來！

梁經綸扶著先生坐回沙發，何孝鈺滿眼是淚，去撫父親的胸口。

「不要動他！」方步亭輕聲止住了何孝鈺，走了過去，「我來。」

梁經綸讓開了。

何孝鈺也讓開了。

方步亭輕輕捧起何其滄的一隻手，三個指頭搭上了他的寸、關、尺。

何其滄兩眼微閉，靠坐在沙發上腰板依然筆直，如老僧入定。

何孝鈺在憂急地望著。

梁經綸也在憂急地望著。

方步亭輕舒了一口氣，將何其滄的手輕輕放回沙發扶手，安慰地望了一眼何孝鈺，瞟了一眼梁經綸，在何其滄身旁的單人沙發上坐下了。

何其滄的眼慢慢睜開了，虛虛地看見了何孝鈺，看見了梁經綸。

兩個人竟都沒說話，只望向自己身旁。

何其滄慢慢轉頭，突然看見了方步亭！

「不要動，不要生氣。」方步亭伸過手來搭在何其滄的手上。

何其滄將方步亭好一陣看，擺開了他的手：「關我什麼事？我生什麼氣？」

「是啊。」方步亭收回了手，「生氣都是拿別人的錯誤懲罰自己。」

「唉！」何其滄一聲長嘆，望向上方，「二十幾歲的人闖禍，快六十的人也闖禍，兒子把飛機開到天上，老子跑去坐牢。現在孟敖被他們抓了，我的電話也被他們切斷了……怎麼把他救出來，該找誰……」

沒有回應。

何其滄又望向了方步亭。

方步亭眼瞼低垂。

何其滄這才醒悟還有梁經綸和何孝鈺站在面前，目光慢慢移向了梁經綸，猛然一省——這個學生是蔣經國重用的人！

梁經綸也看出了先生眼中的神情，說道：「先生不值得找他們。該找誰，說一聲，我去。」

這是默契，不能為外人道！

何其滄沒有看方步亭，也沒有看女兒，只望著梁經綸：「方孟敖屬於哪個部門？」

梁經綸：「原來屬於國防部預備幹部局，幣制改革了，應該還隸屬天津經濟管制區北平辦事處。」

「你代表我。」何其滄坐直了身子，「去找那個曾可達，讓他轉告蔣經國，國民黨要把人當槍使，我何其滄隨時去南京堵槍口。這個話希望蔣經國告訴他父親！」

梁經綸的目光望向了方步亭。方步亭依然眼瞼低垂。

「看他幹什麼？」何其滄眼中的祕密如此單純，「去呀！」

「是。」梁經綸還是望向方步亭，「方行長，我能不能借您的車去？」

方步亭看梁經綸了。梁經綸的眼神竟如此鎮定。

「孝鈺。」方步亭轉望向何孝鈺，「你也去。告訴小李，送了梁教授，到我家叫上程姨，你們一起去警備司令部看看孟敖。」

何孝鈺已經點了頭，立刻想到應該徵詢父親，望向了父親。

何其滄：「代表我，去吧。」

梁經綸已經走出了客廳門。

何孝鈺轉身時眼淚流了下來。

方步亭關了客廳門，聽到院外汽車發動，才轉過身來：「老哥，樓上去談。要不要我扶你？」

何其滄拄著拐杖站起來，看出了方步亭眼神深處的春秋：「來，扶我一把。」

「這把壺是范大生民國二十年給你做的吧？」何其滄房間裡，方步亭放下熱水瓶，捧起了那把套著棉罩的紫砂壺遞給何其滄。

何其滄接過壺，直望著方步亭。

方步亭拉過凳子，在對面坐下：「前不久有人也給我送了一把范大生的壺，還有三個杯子。」

何其滄：「誰送的？三個杯子什麼意思？」

方步亭：「蔣經國。託曾可達代送的，三個杯子代表我父子三人。」

何其滄：「政客！下三濫的手段！這樣的東西你也接？」

方步亭：「我也不想接啊，可我的兒子在他們手裡，說得好聽是重用，說穿了就是人質。誰叫我當了中央銀行北平分行的經理呢，還有，誰叫我有你這麼個能爭取美援的兄長呢？他們缺錢哪……」

「那就叫孟敖別幹了，出國去！」何其滄坐直了，找地方放茶壺。

方步亭伸手接住了茶壺。

茶壺在兩個人手中握住了。

方步亭：「老哥，我今天為什麼自己跑到西山監獄去坐牢，叫孟敖違犯軍令開飛機上天？你明白了吧，被逼的呀……」

何其滄望著方步亭的眼。

方步亭望著何其滄的眼。

何其滄：「置之死地而後生？」

方步亭將茶壺緊緊地捧了過來：「我在銀行我知道，你兼著國府的經濟顧問你也知道，國民黨的家底已經掏空了。蔣家父子不死心，試圖通過幣制改革起死回生，沒有用的。今天的事你都看到了，牽扯到國民黨內部的權力之爭，孟敖就是他們的炮灰。我仔細看了他們的《陸海空軍服役條例》，孟敖今天擅自駕機起飛，又主動降落，最高判半年刑期，開除軍籍。先讓他關幾天，押往南京你我再出面，至少可以減去刑期，只判開除軍籍。那個時候蔣經國也無法再利用他了。如果你願意，讓孝鈺跟他一起出國。」

何其滄望著上方想了好一陣子，倏地站起來：「去打電話，叫梁經綸回來！」

「電話切斷了。」方步亭輕聲提醒，「讓梁經綸去見見他們也好。」

「你不知道！」何其滄走到窗邊，「等他回來再說吧。」

方步亭望著學兄的背影，一下子覺得自己永遠沒有長大，又覺得他也永遠沒長大。

顧維鈞宅邸後門路邊，梁經綸下了車，望著何孝鈺。

何孝鈺在車內也望著他。

何孝鈺透過他，望向胡同裡的崗哨：「你能進去嗎？」

梁經綸：「跟他們說清楚，我是代表你爸來的，應該能進去。」

何孝鈺：「說不清楚呢？」

梁經綸不再審視她的眼神：「方孟敖救過我兩次，說不清楚，我大不了第三次被抓。」

何孝鈺將臉轉向了另一側窗，眼睛又濕潤了，但聽見梁經綸對司機小李說：「不要在這裡停留了，送何小姐走。」

「好。」

車開動了，何孝鈺猛一回頭。

胡同裡一陣風起，空中飄拂的是楊柳枝條，路面上飄拂的是梁經綸的長衫後襬。

車開在張自忠路上。

「何小姐，你的信。」小李在前面將一封信反遞過來。

何孝鈺愣了一下，接過了信。

信封是空白的。

她又看了一眼小李，小李在專注地開車。

何孝鈺撕開了信封。

信上，工整的八行箋，工整的豎行毛筆字：
照顧好父親，照顧好自己，什麼也不要問，什麼也不要管。道路是曲折的，前途是光明的。
何孝鈺倏地望向小李：「哪兒來的信？」
小李依然專注地開著車：「你家門口，一個學生給我的，囑咐了，你一個人的時候給你。」
激動之後不禁失望，何孝鈺的目光收了回來，將信裝進了信封，貼身放進了衣裡。
車加速了，何孝鈺抬頭又望向小李：「能見到謝叔叔嗎？」
「誰？」
何孝鈺：「你們謝襄理。」
小李：「今天可能見不到。幣制改革了，我們行長在外面，行裡全靠謝襄理一個人打點呢。」
何孝鈺不再說話，望向窗外。

＊　＊　＊

青樹，綠蔭，池塘。
顧維鈞宅邸後園的鵝卵石花徑，又是青年軍，又是憲兵，一雙雙眼睛，大煞風景。
李營長在前，梁經綸在後，前面已能看見曾可達住處了。
李營長站住了，讓到路邊。
梁經綸身前的花徑上站著孫祕書！

「爭得很厲害。」孫朝忠往前了一步，聲音低沉，「梁經綸同志這時不能去。」
「退後。」梁經綸的聲音比他更低沉。
孫朝忠沉默了片刻，往後退了一步，仍然擋在路中。
梁經綸望向了李營長：「把你的槍給我。」
李營長：「梁先生……」
梁經綸嚴厲了：「穿上軍服我是上校。把槍給我！」
李營長猶豫著抽出腰間的手槍遞給了梁經綸。
梁經綸拉槍上膛，望著孫朝忠：「把槍抽出來。」
孫朝忠沒有抽槍：「梁經綸同志……」
梁經綸的槍已經指向了他的頭：「像那天一樣朝我開槍。」
孫朝忠還是沒有抽槍。
「那就讓開！」梁經綸手一抬，槍聲在後園震盪，大步走了過去。
李營長手快，一把拉開了孫祕書。
又一聲槍響，梁經綸所過之處，青年軍、憲兵驚愕的眼神！
「誰開槍！」曾可達出現在走廊上！
「李營長！」梁經綸迎著走廊，沒有回頭。
李營長快步追了過來。
「把你的槍拿去。」梁經綸只往後一遞，已經上了走廊。
曾可達目光複雜地望著他。
梁經綸腳步不停：「徐鐵英在裡面嗎？」已經進了房間。

第四十四章

曾可達跨進自己客廳的房門，便是梁經綸的背影。
徐鐵英坐在沙發上低頭只看那八個商家填的表格。
兩個人在沉默中對峙。
曾可達飛快地向裡間臥房望去。臥室的門開著，拉了窗簾，光線暗淡。
「我想問黨通局幾個問題。」梁經綸打破了沉默。
曾可達倏地轉過頭。
梁經綸依然在望著徐鐵英：「黨通局如果拒絕回答，請預備幹部局給我一個答覆。」
「什麼身分？」徐鐵英終於抬頭了，「國民黨黨員梁復生，還是共產黨黨員梁經綸？」
梁經綸：「什麼身分都行。」
「李營長！」曾可達對門外喊道。
「在！」李營長在走廊石階下大聲答道。
曾可達：「所有的人撤出後園，到門外警戒！」
「是！」
梁經綸：「我可以問了嗎？」
曾可達仍沒接言，從梁經綸背後徑直走到辦公桌前坐下，低頭翻閱另外幾份表格。
徐鐵英在盯著梁經綸：「你還沒有回答我的問題。」

「我已經回答了。」梁經綸，「國民黨黨員梁復生被你們抓過，共產黨黨員梁經綸也被你們抓過。你希望我用哪個身分？」

徐鐵英：「共產黨。」

梁經綸：「那就共產黨。曾督察，請你筆錄。」

徐鐵英望向了曾可達。

曾可達沉默了片刻，竟拿起了筆：「徐主任，是否一起記錄？」

徐鐵英已經沒有臺階，抽出了鋼筆，掏出了筆記本。

梁經綸：「幣制改革第一天，黨通局全國黨員聯絡處主任徐鐵英公然闖入中央銀行北平分行金庫，請問，到底是為了抓共產黨，還是為了黨通局在平津地區的百分之二十股份？」

沉默。

記錄。

梁經綸：「如果黨通局在平津地區確有黨產股份，我要求曾督察在調查表格上填上黨產並注明合法來源。如果黨通局否認在平津地區有合法的股份黨產，請徐主任明確回答擅闖金庫的合理原因。」

沉默。

記錄。

梁經綸：「徐主任是不是拒絕回答？」

沉默。

記錄。

梁經綸：「那就請回答我以下問題。」

沉默。

記錄。

梁經綸：「北平分行金庫副主任崔中石到底是不是共產黨？如果是共產黨，黨通局為什麼不拿出證據交特種刑事法庭審判？如果不是共產黨，黨通局為什麼要突然將他祕密處決？」

徐鐵英已經放下了筆。

曾可達還在記錄。

梁經綸：「謝培東到底是不是共產黨？如果是共產黨，黨通局為什麼不拿出證據交特種刑事法庭審判，卻在西山監獄暴露我在預備幹部局的身分，槍殺他的女兒？徐主任今天去金庫不是抓共產黨嗎？為什麼謝培東還在擔任北平分行的襄理負責北平的幣制改革？只有一個答案，北平分行握有證據，黨通局在平津地區確有非法的百分之二十股份的黨產！」

「曾督察！」徐鐵英猛地站了起來，「剛才你還明確表示，國防部預備幹部局從來沒有調查過黨通局，現在這個人說的話，到底是代表預備幹部局，還是代表共產黨北平城工部？」

曾可達慢慢放下了筆，沒有回答，目光向裡間臥室望去。

「預備幹部局不回答，就說明這個梁經綸是代表共產黨在說話。」徐鐵英始終忍著不看裡間臥室，坐了回去，望向梁經綸，「你問了我這麼多，我問你一個問題行不行？曾督察，請你也記錄。」

說著，徐鐵英操起了鋼筆，在筆記本上飛快地寫著：

民國三十九年八月十九日

共產黨北平城工部學委　梁經綸

「今天，中華民國政府頒布幣制改革法案。」徐鐵英一邊說一邊記錄著自己的話，「共產黨在幹什麼？身為共產黨北平城工部黨員，梁經綸不可能沒有接到共產黨的指示。你所知道的共產黨指示是否報告了國防部預備幹部局？如果沒有，請你現在報告。」

梁經綸連蔑視的眼光都懶得給徐鐵英了，慢慢望向了曾可達。

曾可達竟在記錄徐鐵英的問話！

梁經綸蔑視的目光裡浮出了寒意：「曾督察是不是也要我回答？」

曾可達望向了他：「有什麼就說什麼。」

「那就請記錄吧！」梁經綸的聲調激昂了，「你們真想知道共產黨在幹什麼嗎？」

沉默。

飛快地記錄。

梁經綸的目光望向了窗外：「其實你們都知道。截止到今天，民國三十九年八月十九日，民國政府因通貨膨脹物價飛漲不得不推行幣制改革的時候，在西北，在東北，在華北，還有華東，共產黨已經在他們的解放區全面推行了土地改革。一億三千萬農民分到了土地，一億三千萬人成了共產黨的堅定擁護者，共產黨正規軍迅速擴充到三百萬，民兵兩百萬。一億三千萬人的土地全是他們的後勤補給。以東北解放軍為例，每人每年就有軍糧五百斤，部分地區一個解放軍每年能領到軍糧一千斤。去年，華北解放區大面積災荒，共產黨發動農民生產自救，幾十年不遇的災情，沒有餓死一個災民，還保證了他們每個解放軍每人一年三百多斤的軍糧……」

「說得好。」徐鐵英鐵青著臉飛快地記錄，「有個建議，你在說共產黨的時候似乎應該把他們改成我們。」

「那就改成我們！」梁經綸憤然接道，「『平均地權，耕者有其田』，是先總理孫中山建立同盟會時就提出的綱領，在改組國民黨時更是寫進了黨章！幾十年過去了，在國統區，占中國面積三分之一的農村，依然是不到百分之十的人占據百分之九十的土地，三億多農民沒有飯吃！城市的資產掌握在不到百分之一的人手裡，上千萬居民竟然要靠美國的救濟糧活命！去年一年，國軍已銳減到三百多萬，竟還是發不出軍糧，前不久在北平就發生了第四兵團和民食調配委員會搶糧的事件。民不聊生，人心盡失，我們國民黨到底在幹什麼？」

「說得好！說得很好！」徐鐵英記完了這段話的最後一個字，這一次下意識地望了一眼裡間臥房，接著問道，「梁經綸，你剛才說共產黨在解放區搞土地改革，又提到了這是先總理『平均地權，耕者有其田』的治國綱領。我現在問你，共產主義和三民主義是不是一個主義。請你直接回答。」

梁經綸沒有看徐鐵英，而是又望向了曾可達。

曾可達竟然不再看他，而是在記錄徐鐵英的問話。

一陣寒意襲上心頭，梁經綸看著曾可達記錄完徐鐵英的話：「曾可達同志，徐主任提的這個問題，我想請你幫助回答，可不可以？」

曾可達又望向他了，卻沒有說可以，也沒有說不可以。

梁經綸：「你的家在贛南，你的父母、你的兄長現在還在老家種田，他們知不知道什麼是共產主義，什麼是三民主義？」

曾可達還是沒有接言，這句話也沒有記錄，臉上也依然沒有表情。

「那我就直接回答吧。」梁經綸再也不看他們，「中國是世界最大的農業國，四億多農民，百分之九十九以上都不識字。他們不懂什麼是共產主義，也不懂什麼是三民主義。他們只懂得沒有土地就沒有飯吃，只知道誰能讓他們生存就跟誰走！先總理領導國民革命深知國情，因此提出了平均地權的民生主張。這個主張被國民黨拋棄了，卻讓共產黨在他們的解放區通過土地改革獲得了民心。在黨內只有經國同志看到了這一點，在贛南試行土地改革反而受到你們的攻擊，中央黨部甚至說他是蘇俄共產黨。一九四一年開始的黨團之爭，你們中央黨部贏了，政學系贏了，孔宋財團贏了。在農村依然是不到百分之十的人占據著百分之九十的土地，在城市依然是不到百分之一的人占據著百分之九十的資產。你們少數人的利益保住了，國民黨卻被你們一步步推向失敗，推向滅亡！」

戛然而止。

烈日當空，偌大的後園沒有鳥叫，沒有蟲鳴，甚至沒有一絲風聲。

房內，竟能聽見兩支鋼筆的寫字聲。

「記錄完了嗎？」梁經綸轉過身來，「記錄完了你們可以把我的話上報，可以說是國民黨黨員梁復生說的，也可以說是共產黨黨員梁經綸說的，這都不重要了。重要的是請你們將方孟敖立刻釋放。現在北平分行的行長就坐在何副校長的家裡等著答覆。如果方孟敖繼續關押，牽涉到黨通局的非法黨產，美國的五千萬美援就可能立刻凍結，幣制改革在第一天就可能流產！你們已經抓過我兩次，可以抓我第三次，可我現在必須回去，給方行長和何副校長答覆。」

梁經綸轉身了，一陣門風，長衫拂起，他又站住了：「還有，請你們立刻接通何副校長家裡的電話，這種卑劣的手段丟國民黨的臉！」

「等一下！」曾可達突然叫住了梁經綸。

梁經綸回頭，竟發現曾可達和徐鐵英都筆直地站在那裡，望向臥室房門。

梁經綸意識到了什麼，向臥室方向望去。

一個中山裝，五十出頭，走了出來，面相和善，目光內斂。
來人向曾可達和徐鐵英微點了下頭，在梁經綸面前站住了：「梁經綸同志嗎？」
梁經綸望向了曾可達。
曾可達：「介紹一下，總統府四組主任陳方先生。」
梁經綸驀地明白，自己今天被徹底賣了！
他不再看曾可達，望著陳方：「請陳主任指教。」
那陳方面目依然和善：「不敢。黨內像梁經綸同志這樣有見識的不多啊。奉命來處理一些事務，不期邂逅，請你理解。」
梁經綸：「我說了，請陳主任指教。」
陳方：「聽說何副校長和方行長都在等你的答覆，這很重要。有一件事情請你向何副校長還有方行長說明，中央黨部和黨通局在平津地區沒有什麼百分之二十股份的黨產。幣制改革事關國家安危，只能成功，不能失敗。五千萬美國援助不會因任何人、任何事而凍結，幣制改革也不會在第一天就流產。我的話請你理解。」
梁經綸：「幣制改革的論證報告是我幫助起草的，我當然理解。」
陳方：「理解就好。跟何副校長和方行長好好解釋。」
梁經綸：「我能走了嗎？」
陳方點了下頭。
「派車送你吧。」曾可達走過來了。
「借輛自行車就行。」梁經綸已經跨出了房門。
陳方看著他，曾可達看著他，徐鐵英也看著他。

飄拂的長衫消失了，風聲因梁經綸而起，隨梁經綸而去！

陳方回頭了，向曾可達那張桌前走去，拿起了他記的那份記錄看了起來，同時輕聲說道：「二位請坐。」

曾可達沒有坐。徐鐵英也依然站在那裡，沒有坐。

輕輕地將記錄放回桌面，陳方望向了曾可達：「請曾督察寫上記錄人，簽個名。」

曾可達過去簽名了。

陳方又走到了徐鐵英面前，拿起了茶几上的記錄。

這次只翻了翻，陳方便將記錄放回茶几：「徐主任也請簽個名吧。」

徐鐵英坐下簽名了，簽得如此之慢。

兩個名都簽完了，陳方站在那裡等著。

曾可達立刻過來將記錄交給了他。

徐鐵英站起來，雙手將記錄也交給了他。

陳方：「都請坐吧。」

兩個人都坐下後，陳方這才在單人沙發上坐下，只坐了沙發的三分之一，顯得十分謹慎謙恭，輕聲問曾可達：「對這個梁經綸，經國局長什麼評價？」

曾可達想了想，答道：「人才難得。」

陳方將兩份記錄對折了一下，放進了中山裝下衣口袋：「這份記錄不能再外傳，我親手交給總統。」

曾可達：「是。」

徐鐵英：「是。」

陳方又輕聲問徐鐵英：「關於那百分之二十股份，黨通局還有沒有什麼證據在什麼人手裡？」

徐鐵英沉默。

陳方依然不緊不慢：「有什麼說什麼。」

徐鐵英：「黨通局沒有在所謂的百分之二十股份裡拿一分錢，那八家公司填的表就在這裡，都是他們的私產。」

陳方：「我是問還有沒有什麼證據在別人手裡。就像剛才這個梁經綸說的，北平分行，崔中石、謝培東，你為什麼要去找他們。會不會出現這樣嚴重的後果，比如共產黨掌握了明細帳目，通過別的管道栽贓中央黨部？」

徐鐵英閉上了眼：「有一份明細帳目，原來在崔中石手裡，現在在謝培東手裡。這兩個人都有可能是共產黨。」

陳方：「有可能還是有證據？」

徐鐵英：「證據正在抓緊調查。」

「那就抓緊調查。」陳方站了起來，「徐鐵英。」

——直呼其名。

徐鐵英倏地睜開了眼。

陳方：「中央黨部，全國黨員通訊局從來就沒有在平津八家企業有任何黨產股份，謠諑紛起，你必須解釋清楚。即日解除你在黨通局和北平一切職務，回南京接受調查。」

徐鐵英慢慢站起來，望著陳方。

陳方接著說道：「我也是一小時前在華北剿總接到總統的電話，傳達而已。」說著看了一下手錶，「傅總司令安排了五點的飛機，時間很緊了。我和曾督察還有幾句話說，請徐主任到後門等我一下，一起走。」

徐鐵英想到了這個結果，卻沒想到如此決絕：「陳主任，我在北平警察局有一些黨通局的祕密材料，還有一些個人的物品……」

「已經安排人去清理了。」陳方這次很快回答了他。

「謝謝陳主任……」徐鐵英必須抓住最後一次機會了，「有幾句重要的話，事關戡亂救國，我能不能先跟曾督察交代一下？」

陳方看了看他：「可以。」

徐鐵英望向了曾可達：「七月六日在南京特種刑事法庭，你對方孟敖的懷疑是對的，到北平以後你們對崔中石的懷疑也是對的。共產黨，周恩來經營多年，在黨國各個要害部門都安插了他們的人。對此黨通局一直在嚴密關注，祕密調查。由於取證艱難，在審訊方孟敖時，我才會為他辯護，也是為了繼續查找證據。我來北平不只是為了什麼黨產，核心任務是找出潛伏在中央銀行的共產黨。黨費沒有錢，軍費沒有錢，政府開支、民生教育都指著中央銀行，可中央銀行北平分行的帳卻掌握在共產黨手裡。崔中石死了，謝培東還在，這個人是周恩來精心布的棋，一日不挖出來，遲早會成為平津地區幣制改革乃至華北跟共軍決戰的心腹大患。還有剛才那個梁經綸，他不是真正的共產黨，也絕不是真正的國民黨。這個人口口聲聲只提先總理，只提經國局長，隻字不提總統。這是在分裂黨國，離間骨肉。但有可能，他就會利用何其滄、司徒雷登和一切美國的關係反對總統。至於方孟敖，我只想提醒一句，不能讓他將國軍的飛機開到共產黨的解放區去。」

說到這裡，徐鐵英突然向曾可達伸出了手。

曾可達避開了徐鐵英的目光，望向陳方。

陳方遞過一個可以握手的眼神。

曾可達伸出了手。

徐鐵英：「兄弟鬩於牆，外禦其侮！」握了一下，轉身走了出去。

曾可達再想看徐鐵英時，已經沒了身影！

「曾督察。」陳方在輕輕叫他。

「在。」曾可達這才回過神來。

陳方：「堅決反腐不要忘記堅決反共。我沒有話傳達了。只問一下，方孟敖怎麼處理，還有梁經綸剛才的言論你怎麼看？」

曾可達：「請芷公指示。」

稱字而不稱名，是尊稱對方，稱一個字再呼之為公便是最高的尊稱了。陳方字芷町，曾可達這時如此稱呼，可以視為巴結，也可以視為發自內心之尊敬。

陳方笑著搖了搖頭：「不敢。」接著從口袋裡掏出那兩份記錄，看了看，擇出曾可達記的那份遞還給他：「向經國局長彙報，聽經國局長指示。」

「是！」曾可達雙手接過了記錄。

陳方伸出了手。

曾可達指尖捏著記錄，雙手握住了陳方，「感謝總統信任，感謝芷公關照。」

陳方的手軟綿綿的：「都是江西人，不說客套話。共克時艱，不要送了。」

「是。」曾可達口中答著，還是緊跟著送到了門外，「王副官！」

* * *

曾可達住處走廊。對面的房門立刻開了，王副官陪著另一個年輕的中山裝走了出來。

年輕的中山裝疾步走到陳方面前，從公事包裡掏出一副墨鏡遞給了他，接著撐開了那把很大的黑布洋傘。

陳方戴上墨鏡便再沒說話，也再不回頭，黑布洋傘罩著，下了走廊，踏著花徑而去。

王副官頗詫異，曾督察既不送客，也不回房，站在門口出神，等了少頃必須過去了，輕輕叫道：「督察。」

「嗯。」曾可達這才看向他。

王副官：「警備司令部電話，說是方行長夫人還有何校長的女兒要看方大隊長，未經徐主任批准不敢同意，跟方副局長發生了衝突。」

「沒有什麼徐主任了……」曾可達又望向了園子裡那條小徑，「回電話，未經南京同意，誰也不許跟方大隊長見面。」

「是。」

「等一下。」曾可達又叫住了他，將手裡那份記錄遞給王副官，「將這份記錄立刻電發建豐同志！」說完，轉身進了房門。

房門從裡面關上了。

王副官這才轉身，向自己的房間走去。

燕南園何宅外小路上，烈日當空，空無一人，梁經綸騎著自行車，也不就路旁的樹蔭，飛踏而來。長衫已經濕透，下襬掖在腰間，前面就是何家了，梁經綸放慢了車速。

突然，一件東西從眼前砸落，掉在梁經綸車前約兩米的路面，還彈跳了一下。
梁經綸一握刹車。
路面上是一個裝著電工工具的皮套。
梁經綸抬頭。
路旁電線桿上一人正在解開腰間的安全帶。
「對不起！」那人非常敏捷，拿著腰帶瞬間便下了電線桿，走到路中，撿起了地上的工具套。
「辛苦。」梁經綸應付了一聲，正要踏車。
「是梁教授吧？」那人望向了他。
梁經綸再望那人，搜索記憶，並不認識。
——他當然更不知道，此人正是火車上曾經跟崔中石接頭的地下黨。
那個人接著說道：「聽說何先生家的電話線斷了，我是來修電線的。梁教授是去何先生家嗎？」
梁經綸開始審視這個人了：「是。請問誰派你來修的？」
那個人繫上了工具套：「梁教授認為我是誰派來的呢？」
這就不能搭話了，梁經綸不再看他，腳一踏。
「張月印同志。」這一聲很輕，梁經綸聽了卻如此響亮！
梁經綸慢慢又轉過了頭：「你說什麼？」
那個人：「嚴春明同志犧牲了，我接替他的工作。今後我跟你單線聯繫。」
說著，那人掏出一封信遞給梁經綸：「上級的介紹信，看完燒掉。」
梁經綸沒有去接那封信。

那人將信失手掉落在梁經綸腳下，轉身向電線桿走去。
電線桿邊也停了一輛自行車，那人將自行車推過來時，掉在地上的信已經不見了。
那人笑道：「何副校長要求學校再給他拉一條專線，總務處晚上會派人來。請梁教授告訴何副校長。」
上車，再沒回頭，飛快地騎去。
梁經綸也沒再回頭看他，推著車慢慢向何宅院門走去。
何其滄依然坐在二樓房間自己那把躺椅上，方步亭已坐在窗前的椅子上，兩人都知道梁經綸回了，也知道梁經綸進了客廳。
「先生，我回來了。」梁經綸的聲音從客廳傳來。
何其滄和方步亭對視了一眼。
何其滄：「上來吧。」
腳步上樓的間隙，方步亭已回到何其滄身邊的椅子上坐下。
何其滄望向了房門外，方步亭也望向了房門外。
梁經綸站在門口：「先生，方行長，我見了曾可達。」
按理，這時何其滄應叫梁經綸進房，可依然只望著他，方步亭也在望著他。
梁經綸便不宜再往下講，靜靜地候在門口。
何其滄望了梁經綸好一陣子，說話了：「我啟蒙早，四歲上的私塾。記得第一天去上學，我的父親，孝鈺她爺爺對我說，用心讀書，要藏得住話。我問，什麼是藏得住話。我父親告訴我，只該你一個人知道的事不要對第二個人說，只該兩個人知道的事不要對第三個人說。我當時並不明白，只是照著做了。好多年後我才悟出這番話的道理，天下本無事，都是傳出來的。現在我把這個話教給你。見曾可達的事，孟敖的事，跟方行長一個人說就行了。你們下去說。」

一陣酸楚湧上心頭，梁經綸答道：「是。」

方步亭站起來：「我下去了。」

何其滄依然坐著：「去吧。」

繞室徘徊，電話終於來了。

曾可達住處客廳裡的電話只響了一聲，曾可達立刻拿起了話筒。

「可達同志嗎？」果然是蔣經國的電話。

曾可達：「是我，建豐同志。」

「那封電報是怎麼回事，誰的言論？」

曾可達有意沉默了兩秒鐘：「是梁經綸同志的談話記錄。」

「什麼談話記錄，跟誰的談話記錄？」

曾可達：「我在場，還有徐鐵英。」

那邊突然沉默了，接著突然發問：「你為什麼不制止？」

曾可達：「報告建豐同志，陳方先生來了。」

「哪個陳方先生？」

曾可達聽出了建豐同志很少如此驚詫，小心答道：「總統府四組主任陳方先生。」

這一次那邊是真的沉默了，曾可達望著牆上的壁鐘，大概有六七秒鐘。

「陳祕書來你是不方便向我報告還是沒有時間報告？」

曾可達：「事先沒有通知，陳祕書是突然來的，向我和徐鐵英傳達總統的訓示。梁經綸同志這個時候也突然闖來了，是因為方孟敖被逮捕的事，門衛擋不住，陳祕書不便見他，就在裡面房間。梁經綸同志當時十分激動，我無法制止，徐鐵英當場記錄了他的談話，我也只好記錄。」

又是片刻沉默。

「徐鐵英的記錄被陳祕書拿走了？」

曾可達：「是。」

「陳祕書什麼看法？」

曾可達：「沒有直接談看法，只問我你對梁經綸同志平時怎麼評價……」

曾可達有意停住，沒想到電話那邊並不接言，這種沉默便有些可怕了。

曾可達扛不住了，接著說道：「我回答他，建豐同志對梁經綸同志的評價是『人才難得』。」

那邊依然沒有接言。

曾可達只得又接著說道：「陳祕書回了一句，向經國局長彙報，聽經國局長指示……」

又是短暫的沉默。

「上海這邊會議還在進行，用最短的時間說你對梁經綸同志這番言論的看法，還有對方孟敖怎麼處理，說具體建議。」

何宅一樓客廳內，梁經綸完全是晚輩的姿態，看著方步亭：

「方行長，今天跟您談話我想改個稱呼，希望您同意。」

方步亭：「什麼稱呼？」

梁經綸：「方叔。」

方步亭：「怎麼稱呼都行。」

梁經綸：「方叔，剛才我先生教我的那番話，我能不能這樣理解，今天我跟您談的話，您不會再跟第二個人說，同樣，您跟我說的話，我也不能跟第二個人說。」

方步亭：「你能夠這樣領悟，我們便能夠談下去。」

梁經綸：「下面我會把該說的話都跟您說，不該說的話我還是一個字也不會說，不是為了隱瞞，而是說了也於事無補，請您理解。」

方步亭：「你說。」

梁經綸：「國庫沒有錢，老百姓沒有錢，錢都在少數人手裡，他們不會犧牲自己的利益支持幣制改革，最多兩個月幣制改革就會宣布失敗。這一點您清楚，我清楚，我先生也清楚。您捲進來了，因為您是北平分行的行長。我捲進來了，因為我是國防部預備幹部局的人。我先生也捲進來了，因為他能夠向司徒雷登爭取美援。最不應該捲進來的是方孟敖，他不懂經濟，也不懂政治，不應該再被利用。」

方步亭重新看他了：「被誰利用？」

梁經綸：「國民黨，還有共產黨。」

方步亭：「能不能說具體一點兒。」

梁經綸：「我不說您也應該知道。」

方步亭：「我未必知道，請說。」

梁經綸：「利用他的國民黨很清楚，是預備幹部局，是蔣經國先生。共產黨以前是崔副主任，現在是謝襄理。」

方步亭倏地站起來，慢慢四處打量。

梁經綸也跟著站起來，望向他。

方步亭卻問：「水在哪裡？」

梁經綸：「我來倒。」

「我談幾點看法。」

建豐同志的語氣從來沒有這樣平淡，曾可達控制住心中的失落，答道：「是，請建豐同志指示。」

「不是指示，只是看法。」

曾可達只好答道：「是……」

「任何時間，任何地點，任何事情，都要以總統的意見為最後意見。也許我在上海搞幣制改革，總統不願讓我分心，也許你在北平的工作讓總統很放心，陳祕書親自見你都代表了總統對你的信任……」

「建豐同志！」曾可達這是第一次打斷建豐同志的電話。

「不要打斷我的看法。」建豐同志也是第一次用如此冷漠的聲調打斷了曾可達。

曾可達：「是……」

「你剛才的建議，無論是否已經跟陳祕書說了，我都同意。方孟敖觸犯《陸海空軍服役條例》

應移請空軍司令部交特種刑事法庭審判，梁經綸發布分裂黨國的言論應立案調查他的真實背景。如果方步亭因此不配合幣制改革，即請央行撤掉他北平分行經理的職務。如果何其滄因此影響美國援助，我們就不要美國的援助。」

「建豐同志！」曾可達再次打斷了建豐同志的電話，「我的建議不是這個意思，幣制改革，還有『孔雀東南飛』行動……」

「不要再提『孔雀東南飛』行動！」這次那邊的聲音十分決斷，「以國防部調查組的名義，把你剛才的建議寫成書面報告，今晚九點前電發總統府第四組交陳祕書，轉呈總統裁決！」

電話在那邊啪地掛了。

曾可達整張臉都黑了，話筒裡不斷傳來嘟嘟嘟的忙音，室外的蟬聲同時刺耳地響了起來。

放下話筒，曾可達走到門邊，倏地開了房門：「王副官！」

「在！」王副官倉皇地開門出來了。

望著王副官失態的神色，曾可達察覺自己失態了：「拿紙筆來，起草一份緊急報告。」

曾可達轉身回到座位上，竭力平復情緒。

王副官拿著紙筆進了房門，屏息望著曾可達。

曾可達望著窗外凝神想著，突然說道：「直如弦，死道邊；曲如鉤，反封侯……」

——這是報告的內容嗎？

王副官好生錯愕，記也不是，不記也不是。

曾可達望向了他：「這句話出自哪個典故？」

王副官這才明白，這是感慨，不能流露表情，想了想，答道：「好像出自《後漢書》……」

曾可達：「誰說的？」

王副官：「隨後我去查。」
曾可達：「不要查了。寫報告吧。」

＊　＊　＊

「我只問你一件事。」方步亭坐在何宅一樓客廳內，深深地望著梁經綸，「你如實告訴了我，以你先生和我的力量，我們可以安排你去美國。」
梁經綸也深深地望著方步亭：「您問。」
方步亭：「木蘭是不是死了？」
梁經綸：「是。」
方步亭還是顫了一下，喉頭一哽，默在那裡，眼淚盈了出來。
梁經綸沒有迴避，靜靜地坐著，眼中也有了淚星。
「十二號那天晚上……」方步亭吞下淚水，「木蘭的爹還有你都在演戲給我們看？」
梁經綸：「是……」
方步亭掏出手絹揩了眼淚：「告訴我，殺木蘭的是蔣經國還是陳果夫、陳立夫！」
梁經綸：「他們都不會下這樣的命令，殺害木蘭的是徐鐵英。」
「徐鐵英算什麼東西？」方步亭露出了剛烈之氣，「告訴我他背後的人！」
梁經綸：「沒有具體的人，要說背後就是黨通局還有中央黨部。」
「我召開一個中外記者會，你願不願意出來做證？」方步亭眼中熠熠閃光。
「我願意。」梁經綸，「可是謝襄理不會同意您這樣做……」

「他自己的女兒！」方步亭吼完這句立刻止住了，望了望二樓，神情黯然了，「二十年了，他竟然瞞了我二十年……自己的女兒被害了還要瞞我……你們這些國民黨，還有共產黨到底在想什麼？」

梁經綸不知道如何回答，便沒有回答。

怒氣過後，方步亭顯出了暮氣，再望梁經綸時，眼神有些空了：「國民黨，那個徐鐵英，為什麼沒有抓木蘭的爹？」

梁經綸：「沒有證據，相反，他們有貪腐的證據在謝襄理手中。」

方步亭又默想了好一陣：「你告訴我，方孟敖知不知道他姑爹的身分？」

梁經綸：「應該知道。」

方步亭：「他姑爹會不會就是方孟敖在共產黨的上級？」

梁經綸：「黨通局和預備幹部局也想確定這一點。」

方步亭望向了窗外：「那我就只能去問他本人了……」

梁經綸：「問誰？謝襄理還是孟敖？」

「是呀，問誰也不會告訴我呀。」一聲長嘆，方步亭又望向了梁經綸，「今天，你對我說了實話，現在，我也把實話告訴你。我已經和你先生商量了，請他找司徒雷登大使，再請司徒雷登大使直接找蔣介石，開除孟敖的軍籍，然後送他出國。你說，蔣經國會不會設法阻攔？」

梁經綸默想了少頃：「就算蔣經國不阻攔，另外一個人不同意，孟敖也不會出國。」

方步亭：「他姑爹？」

梁經綸搖了搖頭：「周恩來！」

方步亭一震，眼睛睜得好大。

梁經綸：「謝襄理是共產黨，就是由周恩來直接領導的共產黨。孟敖是共產黨，就是周恩來指示發展的特別黨員。蔣經國先生用方孟敖，表面上是在爭取你還有我先生支持幣制改革，骨子裡是在跟周恩來較勁。這兩個人有一個不同意，孟敖就走不了，也不會走。方叔，就看您怎麼跟謝襄理談了。」

方步亭倏地站起來：「我知道了。希望我們今天談的話不要讓第三個人知道。如果你想走，你先生和我也可以安排你出國。」

「不會有第三個人知道。」梁經綸也站了起來，「我現在只有一個希望，孝鈺和孟敖能一起出國。請方行長相信我。」

方步亭望著梁經綸的眼，沒有再回話，向茶几上的電話走去。

恰在這時，院外傳來一聲汽車的低音鳴笛。

方步亭停住了，向窗外望去。

他的那輛奧斯汀來了，程小雲下了汽車，何孝鈺下了汽車。

接著，客廳門從外面推開了，第一個進來的是程小雲，何孝鈺跟在後面。

看到方步亭和梁經綸站在那裡，程小雲愣了一下，何孝鈺也有些意外。

對視也就一瞬間，方步亭：「正想打電話，還以為你們回家了呢……」

「回家？你有家嗎？」程小雲從來沒有這樣激動過，「你的家十年前就沒有了，現在木蘭沒有下落，你跑到西山監獄去坐牢，大兒子反被關了……銀行那棟樓是你的家嗎？」

方步亭沒有回話。

梁經綸望向了地面。

何孝鈺過來了：「程姨……」

程小雲：「你爸呢？請你爸下來。」

「問得好！」何其滄已經站在二樓了，「接著問，叫他回答。」

看見何其滄，程小雲的眼淚下來了：「何副校長……」

「不要哭。」何其滄還真是憐疼程小雲，「哭什麼嘛……對這麼不惜福的人，回家去，罵也可以，打也可以。」

程小雲忍住了淚：「您知道，來北平後我就一直住在外面，上個月才搬到那個樓裡，我不想再回去。在您這裡住幾天，跟孝鈺一起住。」

「我看好！」何其滄立刻答應了，「讓他一個人回去，嘗嘗孤家寡人的味道。」

說完，何其滄轉身回房間去了。

「孝鈺，我們上去。」程小雲再不看方步亭，向樓梯走去。

何孝鈺望向方步亭：「方叔叔……」

方步亭：「讓你費心了。」徑直向門外走去。

何孝鈺這才望向梁經綸。

梁經綸：「我去送送。」

回到方邸大院，進了院門，方步亭站在廊簷下，望向空蕩蕩的院落，望向那棟二樓洋樓。回家的路上天便陰了，這時已是彤雲密布，而且很低，陰曆七月半這場大雨要下了。

「行長。」小李站在院門口低聲叫道。

「什麼事？」方步亭沒有回頭。

小李顯然在那裡猶豫。
方步亭：「說吧。」
小李：「夫人不在家，我是不是把蔡媽、李媽叫來，總得有人給行長做飯，收拾屋子。」
「明天叫吧。」方步亭回頭了，此刻看著這個小李多了好些親切，「你去銀行，完事沒完事，都接謝襄理回來。」
「是。」小李答道，去拉院門。
方步亭突然又問道：「知道小少爺在哪裡嗎？」
小李：「聽夫人說，好像回了警察局，找徐局長去了。」
方步亭：「知道了，你去吧。」
「嗯。」小李從外面把院門關了。
院門一關，風便起了，方步亭伸手探了一下，是西風，接著看見好些竹葉紛紛飄落，在院子的地面上捲。
靠院牆那把大竹掃帚也吹倒了，在地上翻了個滾，還在被風吹著移動。
天越來越暗，方步亭眼前一花，看見謝培東拿著掃帚在慢慢掃著院子。
那麼大的風，吹到謝培東的身邊都繞了過去，只有竹葉在他的掃帚下紛紛飄去！
緊閉著眼，再睜開時，哪裡有什麼謝培東，那把掃帚還在地面！
方步亭走了過去，拿起那把掃帚，順著風掃了起來。
風捲著竹葉，順著掃帚的方向，向東邊飄去，方步亭在掃著風。
風越來越大，竹林有了呼嘯聲，接著尖厲起來。
手中的掃帚漸漸握不住了，方步亭停了下來，這才聽到，客廳裡的電話鈴響了，在風中響著。

他鬆開了掃帚，向風中的電話鈴聲走去。

「徐鐵英撤職了，已經調回南京。」窗外風雨已經很大了，一樓客廳話筒裡方孟韋的聲音還是如雷貫耳。

「等一下。」方步亭一震，輕輕放下話筒，站了起來，走到牆邊把另外幾個開關都開了。整個客廳，包括二樓燈都亮了。

方步亭踅了回去，又拿起了話筒：「誰是新的局長？」

「是曾可達。通知了，叫我和所有人都在局裡等他。」

方步亭：「聽著。他來了以後，提到你大哥，提到你姑爹，什麼也不要說，也不要再打電話。」

按了機鍵，方步亭飛快地撥了另一個號碼：「薛主任嗎？謝襄理離開沒有……是，是我叫他回來的，今晚我們要在這邊和央行對接。銀行那邊由你負責，通知所有的人加班，按行政院經濟管制委員會的方案，二十一號前所有的帳戶都要凍結。」

擱了話筒，方步亭突然感到又渴又餓，拿起茶几上的紫砂壺，狠喝了幾口，這才發現放茶壺處有一張紙條。

那是程小雲留的字條：

肉在蜂窩爐上，飯在下面。

方步亭放下了茶壺，拿起了字條，向廚房走去。

走了幾步，他又停住了，心裡陡然一酸。

他聞到了久違的紅燒肉蒸梅菜的香味！

鍋蓋揭開了，肉碗還在鍋裡，方步亭拿著筷子，站在灶前已經吃了一塊肉，筷子又伸進了鍋裡。

「我也沒吃飯呢。」

方步亭猛一回頭，謝培東站在廚房門口！

方步亭看著他，把謝培東看得都要倒過來了！

謝培東卻望著灶上的鍋。

方步亭把筷子一扔，走出了廚房。

方邸一樓客廳。

饑餓是最難受的。

最難受的卻不是饑餓。

方步亭坐在客廳的沙發上，看著謝培東端著那只鍋，手上還夾著兩只碗、兩雙筷子，放在餐桌上。

赤手將肉碗端出來了，將鍋底的蒸飯也端出來了，冒著熱氣，他也不怕燙。

謝培東盛了一碗飯擺在餐桌對面，盛了一碗飯擺在自己面前：「吃飯吧。」

方步亭卻拿起茶壺喝了兩口，沒有起身，也不接言。

謝培東再不叫他，吃完一大口飯，夾了一小筷梅干菜，接著端起肉碗倒了一點油湯在飯裡，拌了幾下，大口吃了起來。

看著謝培東站在那裡吃飯的孤單身影，方步亭陡然想起，老婆死了，女兒也死了，這個妹夫，這個共產黨到底是什麼人！

三兩口便吃完了，謝培東拿著自己的碗筷，又拿起空鍋走進了廚房。

方步亭聽到了廚房裡洗碗的聲音，刷鍋的聲音。

謝培東又出來了，走到客廳門前，捧起了門檻上那摞厚厚的帳冊：「為了救我，你去了西山監獄，孟敖駕機上天，小李都告訴我了。先吃飯吧，吃完飯慢慢談。」說著，向樓梯口走去。

方步亭盯著他，突然問道：「你就不怕徐鐵英再來抓你？」

謝培東在樓梯口站住了：「徐鐵英已經撤職了。要抓我，也不是他。吃飯吧。」

方步亭倏地站起來，望著謝培東上樓的身影：「誰告訴你的？」

「你們不都懷疑我是共產黨嗎？當今天下，哪有共產黨不知道的事。」謝培東上了二樓。

進了二樓辦公室，方步亭不再看謝培東，任他在辦公桌前歸置那摞帳冊。

方步亭走到陽臺玻璃窗前坐下了，望著窗外。

風聲停了，雨幕連天。

謝培東過來了，在他對面坐下。

「八月十二號那天，你去找木蘭，也是大雨。」方步亭聽著雨聲。

「是。」

「一九二八年十一月一號，中央銀行在上海成立。」說到這裡，方步亭轉過頭盯著謝培東，「十一月五號，你就抱著木蘭來找我，那天好像也下著大雨。」

謝培東慢慢避開了方步亭的目光，望向窗外：「是。」

「二十年了，我和你風雨同舟，什麼話都跟你說，什麼事都跟你商量，你現在就回答我一個『是』字？」方步亭敲了桌子。

「你要我怎麼回答？」

方步亭的眼神又倒過來了，上下打量著眼前這個妹夫，第一次見他時的感覺驀地又湧上心頭，如此其貌不揚，如此沒有情趣！

方步亭又望向了窗外：「有句話，我一直沒有問你，今天必須問了，你要說實話。」

謝培東：「你問。」

方步亭：「我妹眼界那樣高，我在美國寫信給她介紹回國的同學，她一個也瞧不上，怎麼就會瞧上你？」

謝培東：「這個問題我能不能不回答？」

「到今天，到現在，你還要瞞我！」方步亭又連敲了幾下桌子。

謝培東：「我沒想瞞你。」

方步亭：「那就回答。」

「她怎麼看上我的只有她知道。現在你問我，我也想問她。」謝培東突然提高了聲調，「可她已經過世二十年了，怎麼回答你！」

方步亭一下被哽住了，滿耳都是雨聲，不知過了多久：「那我就直問了，當年，她是不是參加了共產黨，你也是共產黨，你們才結的婚？」

謝培東望向了方步亭：「這個答案國民黨黨通局和保密局也想知道。上午在金庫，徐鐵英就一直追問我，甚至問到了在重慶我見沒見過周恩來……」

「周恩來」三個字讓方步亭一震，他屏住了呼吸：「你怎麼回答？」

謝培東：「在重慶八年，你比他們都清楚，我從來就沒有見過周恩來。我是不是共產黨，你妹是不是共產黨，都不應該由你來問，我會回答他們。」說著，向辦公桌走去。

「回答誰？你不是已經知道徐鐵英撤職了嗎？」方步亭直指第一個問題。

「我知道你要問什麼。」謝培東已經走到了桌前，「徐鐵英撤職，是孟韋打電話告訴我的。」

方步亭被噎住了，慢慢吐出那口長氣，也不知道是放心了，還是更緊張了。

謝培東：「署理局長是曾可達，接下來調查我的應該是他。我準備了兩樣東西，你先看看。」說著，從桌上拿起兩紙信箋。

方步亭又看了他好一陣子，才走了過去。

謝培東遞給他第一紙信箋：「這是我給你和央行總部的辭呈。在他們證實我是不是共產黨以前，我要求辭去北平分行的襄理，接受他們的調查。你先簽個字吧。」

方步亭接過那份辭呈，只掃了一眼：「還有一張呢？」

「呈南京特種刑事法庭的訴狀。」

方步亭一愣，沒有去接，只望著謝培東。

謝培東：「八月十二號，他們逮捕無辜學生，抓了我的女兒。當天釋放學生，王蒲忱告訴我木蘭去了解放區，可今天徐鐵英告訴我木蘭還在他們手裡。在金庫，我就告訴了徐鐵英，身為父親，我不會放過他們。」

方步亭只覺心頭被重重地撞了一下，一把抓過那張訴狀。

訴狀遮住了方步亭的目光，埋住了他的頭：「你真覺得木蘭還在他們手裡，能夠救出來？」

一片沉寂，暴雨撲打落地窗的聲音也聽不到了。

方步亭：「還有，你能保證在法庭上他們不會坐實你是共產黨？」

謝培東：「不需要保證，沒有誰能坐實我是共產黨。」

方步亭慢慢將訴狀遞過來，謝培東來接時，他又緊緊地捏著訴狀：「想沒想過，你告的是黨通局和保密局，特種刑事法庭不會受理你的申訴。」

謝培東：「那就看他們要不要起訴孟敖了。」

點到話題了！

方步亭：「你想不想他們起訴孟敖？」

謝培東沉默了少頃：「孟敖是你的兒子。」

「我希望他們起訴孟敖。」方步亭盯著謝培東的眼神，「罪名無非是違反《陸海空軍服役條例》，結果大不了是開除軍籍。開除了軍籍，我正好安排他出國。不希望看到這個結果的只有兩個人，一個是蔣經國，他還要繼續利用孟敖。」

還有一個是誰？方步亭有意停頓了，謝培東也只是看著他，並不追問。

方步亭：「我說一個猜測，另一個人可能就是周恩來。」

謝培東眼神更虛了，方步亭卻看到了更深！

方步亭：「多餘的話我都不想再說了。我只想讓蔣經國先生和周恩來先生都知道我的意思，孟敖沒有那麼大的作用，開除了軍籍，希望他們都放過他。」

恰在這個時候閃電來了，從陽臺的落地窗正中扯了下來，彷彿要將這間屋子撕成兩半！

方步亭在等著接踵而來的雷聲。

謝培東也在等著接踵而來的雷聲。
雷聲卻遲遲未來。
謝培東蒼涼地拿起桌上的辭呈和訴狀，放進了公事包：「我也說一個猜測吧。如果我真是共產黨，真能夠在周恩來先生那裡說得上話，你猜我會怎麼說？」
方步亭：「於公於私都會請他讓孟敖出國。」
謝培東：「他會聽我的嗎？」
方步亭愣愣地望著他。
「於公於私都會讓孟敖出國。」謝培東拉上了拉鏈，提起了公事包，「曾可達現在應該到警察局了，我這就去將辭呈和訴狀交給他，是不是共產黨請他們立刻立案調查。同時傳達你的意見，請他立刻轉告蔣經國，趕緊起訴孟敖。」
窗外的雨聲立刻大了，四面八方敲擊著方步亭的心！
方步亭伸手抓住了謝培東提著的公事包：「雨太大，小一點兒再去。」
謝培東：「你忘了，找木蘭那天，雨比今天還大。」
方步亭慢慢鬆了手：「我去叫小李。」轉身先出了辦公室。
「你在這裡幹什麼？誰叫你進來的？」方步亭站在二樓走廊欄杆邊，厲聲喝問。
跟著出來的謝培東也看到了，對面走廊上，小李站在那裡！
「是，行長……」小李露出驚慌，「夫人要換洗的衣服，今天晚上還得送去……」說著雙手捧起了欄杆下的皮箱。

「你剛才在隔壁房間拿衣服？」方步亭更嚴厲了。
「是……」
方步亭回頭望了一眼謝培東，又盯了一眼對面走廊的小李，快步向樓下走去：「你下來！」
小李拎著皮箱從那邊樓梯小心地下樓了。
謝培東也跟著下樓了。

「打開箱子。」一樓客廳內，方步亭緊盯著小李。
「是。」小李將皮箱放在地上，打開了箱蓋。
皮箱裡確實是程小雲的衣服。
方步亭不宜降低身分翻看：「你剛才一直在辦公室隔壁，我的房間？」
小李點了下頭。
方步亭：「好輕的身手……都聽到什麼了，誰派你來的！」
「是夫人。」小李滿臉無辜，「電話打到門衛室，我接的，夫人告訴了我衣服都放在哪裡，叫我拿……不信，行長可以打電話問夫人……」
「為什麼不走這邊樓梯！」方步亭依然逼問。
小李：「夫人說了，不要驚動行長。」
方步亭慢慢望向了謝培東：「這個家裡，我還能相信誰？」
「那就誰都不要相信。」謝培東望向小李，「先送我去警察局，再給夫人送衣服。」
謝培東已經走向客廳門，小李拉好了箱蓋，拎著皮箱，兀自站在那裡不敢動。

謝培東拿起了門口的雨傘：「這麼大的雨，門外聽不到我們談話。」推開門，風聲雨聲撲面而來，謝培東撐開雨傘獨自走了出去。

「去吧。」方步亭不再看小李。

「是。」小李快步追了過去，順手抄起了門口的一把雨傘，消失在門口。

方步亭煢煢孑立，望著門外的雨，又望向了茶几上的電話，走了過去，還是沒有動那個電話，獨自坐了下來。

車開往去警察局的路上，四面風雨，車內幾乎看不見車外。

謝培東坐在後座，望著前面的小李：「以後任何事都要先報告行長，這個家，他說了算。」

「知道了。」

謝培東慢慢閉上了眼，突然又睜開了，望向小李：「是不是走錯路了？」

小李：「聽說那條路又倒了電線桿。」

謝培東坐直了身子：「聽誰說？」

小李居然沒有回答。

謝培東：「夫人怎麼會給你打這個電話，叫你到她的臥室拿衣服？」

小李還是沒有答話，開了一小段，把車停了。

謝培東緊盯著他！

那邊的後座車門突然被拉開了，一個人坐了進來！

車門緊接著關上了，車又開動了。

身邊那人拿下禮帽，伸過手來：「謝老！」

——是張月印！

何宅客廳的門從裡面打開了，雨聲如瀑。「范主任！」何孝鈺的聲音已經很大了，依然顯得這樣微弱，「這麼大的雨……」

門外廊簷下那個范主任收了傘，大聲接道：「不能耽誤了，何校長等急了吧？」

院子裡，兩個工人還扛著人字梯，雨衣裡抱著電話線站在暴雨中。

何孝鈺：「叫他們快進來。」

梁經綸也走出了門外：「先到廊簷下來！」

兩個工人從雨中走到了廊簷下。

梁經綸立刻看到了那雙眼睛——白天跟他接頭的人！

范主任安排道：「你們兩個，王師傅進去拉線，小劉在外面接線。」

「快進來！」何孝鈺讓到門內。

那個范主任跺了跺腳，又甩了傘上的雨水，進去了。

王師傅脫了雨衣，也跺了跺腳，扛著人字梯、拎著電話線跟進去了。

梁經綸對何孝鈺：「你陪他們，我在門外看著。雨大，關上門。」

「好。」何孝鈺從裡面把門關上了。

那個小劉人字梯還在肩上，只放下了電線，向梁經綸伸出了手：「梁經綸同志。」

梁經綸也伸出了手：「小劉同志。」

「我是一九二七年『四一二事變』從死人堆裡爬出來的共產黨員！」謝培東對張月印從來沒有如此激憤，臉一扭，望向了車窗外，「我的身分原來只對周副主席負責，去年才跟城工部交叉，你們卻安插了這麼年輕的一個司機在我身邊對我進行監視，現在還來跟我談什麼複雜的政治背景，什麼突發事件。張月印同志，我明確地回答城工部，我沒有辦法繼續把方孟敖留在北平，更沒有辦法拖住蔣經國的什麼『孔雀東南飛行動』，請你轉告劉雲同志。」

窗外都是雨幕，車突然猛地撞了一下，謝培東和張月印都劇烈地一晃！

張月印一把挽住了謝培東，見小李還在猛打方向盤，大聲呵斥：「怎麼開的！」

小李已經嚇壞了：「對不起，張部長，倒了一棵樹……」

「城工部明天就把他調走。」張月印還在扶著謝培東，「謝老，您自己安排一個司機。」

謝培東一抖手臂，抖掉了張月印的手：「我不是小孩，年輕也不是錯誤。方步亭那裡我已經瞞不下去了，也不能再瞞了。我必須向國民黨攤牌，讓他們審訊方孟敖，然後安排他出國。城工部如果繼續堅持意見，我請求報告周副主席。」

張月印也嚴肅了：「謝老的意思，你現在只能按方步亭的意見辦，不能執行城工部的意見？」

「停車！」謝培東突然叫道。

小李小心地將車停了。

謝培東望著張月印：「我的身分是北平分行的襄理，見曾可達我只能傳達北平分行經理的意見。沒有時間了，張月印同志，請你下車。」

張月印：「謝老，我今天傳達的指示，關係到全國的解放戰爭，請您再慎重考慮一下。」

謝培東：「放心。沒有了一個方孟敖，包括沒有我謝培東，中國依然會解放。」
「那我就不說了。」張月印一推車門，下去了。
「雨傘！」小李在前座急忙拿起了雨傘。
車外連天的雨幕，已經不見了張月印。
「開車。」謝培東靠在後座，「到警察局後就說車撞了，耽誤了時間。」
「是……」
「開快點兒！」謝培東閉上了眼。

＊　＊　＊

大雨在這裡卻是另外一番景象，整個北平警察局從大門到大院，所有員警都穿著雨衣，列隊站在雨中。
方孟韋舉著雨傘站在大門外。
孫朝忠舉著一把更大的雨傘，罩著依然身著少將軍服的曾可達也站在大門外。
顯然已經等了很久，北平分行那輛奧斯汀終於來了，停在方孟韋面前。
方孟韋伸手拉開了後座車門，雨傘蓋住了半個車頂。
孫朝忠罩著曾可達也走到了車旁。
雨傘覆著謝培東下車了。
不顧雨大，曾可達的手伸出了雨傘：「謝襄理，這麼晚了，這麼大的雨……」
方孟韋半個身子擋住了曾可達，敲了一下車窗門。

小李搖開了車窗。

「半小時前就出來了，怎麼開了這麼久？」方孟韋大聲問道。

小李：「雨大，車撞了一下，耽誤了。」

方孟韋：「還能開嗎？」

小李：「還能開。」

方孟韋：「不要等謝襄理了，給夫人送衣服去吧。」

「是。」小李在車內答道。

方孟韋不再問，攙著謝培東徑直向大樓走去，將曾可達撂在那裡。

孫朝忠望向了曾可達。

曾可達的目光也盯向了他，慢慢接過雨傘：「回去再看一看預備幹部局的紀律，建豐同志都是自己打傘，自己拿包。」舉著傘，獨自走了進去。

孫朝忠被撂在了雨中，但見門內門外，所有的員警一齊向曾可達敬禮。

曾可達一手舉傘，一手還禮，望著前面那頂雨傘，走向了大樓的大門。

雨中，孫朝忠再看那輛奧斯汀時，已經消失在雨幕中。

北平警察局局長辦公室。

方孟韋沒有進來。

孫朝忠也沒有進來。

曾可達蹲在一個打開的櫃前，找出一盒茶葉，又拿出了另一筒茶葉，接著拿出了好幾筒茶葉，不禁感慨：「徐鐵英喝茶還真講究呀。有六安瓜片、君山銀針、大紅袍，還有不同產地的名茶，謝襄理喜歡喝哪一種？」

「白水就行。」謝培東在沙發上答道。

「還是喝茶吧。」曾可達拿起一筒茶，回頭望向他，「廬山雲霧，我們家鄉的茶，怎麼樣？」

謝培東：「曾局長也喝嗎？」

曾可達：「我不是什麼局長，只是暫時署理幾天。謝襄理喜歡，我陪你喝。」

謝培東：「新生活運動，還是不要壞了你們的紀律。」

曾可達把另外幾筒茶葉放進了櫃裡，拿著那筒廬山雲霧茶站起來，走到辦公桌前，朝兩個杯子裡都倒了茶葉，拿起熱水瓶，倒水：「新生活運動是一種精神，以茶待客也是我們中國人的精神。」端著兩杯茶過來了，「謝襄理有好些年沒有回江西了吧？」

「謝謝。」謝培東端起茶，揭開蓋子，吹了吹，飲了一口，「是廬山的高山雲霧，跟我去年在廬山喝的一樣。」

「謝襄理去年去了廬山？」

謝培東：「中華民國的夏都，中央銀行在那裡也有別墅。」

「哦……可惜今年去不了了。」曾可達端起了茶杯，「不過，只要幣制改革推行了，跟共產黨在全國戰場決戰，我相信明年我們能在廬山見面。到國防部招待所我請謝襄理，到中央銀行別墅謝襄理請我。我們喝新茶。」

「但願吧。」謝培東放下了茶杯，從公事包裡拿出了那份辭呈，「這是我的辭呈，請曾督察先看看。」說著，遞了過去。

「什麼辭呈？」曾可達依然端著茶杯。

謝培東將辭呈擺到曾可達面前的茶几上：「徐鐵英，黨通局懷疑我是共產黨，我必須先向北平分行和央行辭職，以便於你們調查。」

曾可達這才放下了茶杯，拿起那份辭呈，看了看，又放下了：「徐鐵英這樣說有證據嗎？」

謝培東笑了一下：「有證據應該也不會給我看吧。」

曾可達望著謝培東：「沒有證據，謝襄理何必急著辭職。幣制改革剛開始，萬事叢錯。天津經濟區，北平是重點，謝襄理這個時候辭職會不會把事情搞複雜了？」

謝培東：「徐鐵英被撤職了，方孟敖被抓了，說到底都是因我而起。不調查我，事情不是更複雜嗎？」

曾可達有意沉默，深深地望著謝培東。

白天，徐鐵英的聲音在他耳邊響起：「崔中石死了，謝培東還在，這個人是周恩來精心布的棋，一日不挖出來，遲早會成為平津地區幣制改革乃至華北跟共軍決戰的心腹大患……」

「我問幾句話，謝襄理方便就請回答。」曾可達開口了，「你來辭職，請求調查，是你自己的意思，還是方行長的意思？」

謝培東：「我自己的意思，方行長也同意。」

曾可達：「那我就冒昧推測一下，如果調查深入，牽涉到崔中石將幾十萬美元轉到香港長城公司的事，謝襄理能不能夠說清楚？」

謝培東：「我說不清楚。」

曾可達：「牽涉到北平分行為民調會走的帳，牽涉到黨通局的百分之二十股份，謝襄理能不能夠說清楚？」

謝培東：「說不清楚。」

曾可達站了起來：「都說不清楚，謝襄理為什麼還要求我們調查？」

謝培東：「正因為說不清楚，才請求你們調查。」

曾可達：「謝襄理這麼信任我們？」

謝培東也站了起來：「我想最後信任你們一次。在要求你們調查的同時，還要請你們給我一個說法。」

曾可達：「什麼說法？」

謝培東：「七天前，八月十二日，就是你曾督察陪著我去追我的女兒。可今天徐鐵英告訴我，我女兒並沒有去解放區。曾督察能不能告訴我，我的女兒是不是已經死了？」

曾可達愣在那裡，少頃，反問道：「徐鐵英真是這麼說的？」

謝培東：「我是不是共產黨，希望你們都能夠趕緊調查，給個結論。是共產黨，你們可以衝著我來，不要害了我的女兒，接著把孟敖牽進去！這是我的要求，也是方行長的意見。現在是憲政時期，我們準備訴諸法律。」說著，謝培東掏出了包裡的訴狀，遞了過去。

曾可達一把接過訴狀，認真地看了起來。

萬籟俱寂，原來不知什麼時候外面的雨已經停了。

曾可達抬起了頭：「你們真的希望讓特種刑事法庭審判方大隊長？」

謝培東：「國防部和空軍司令部都下令抓他了，難道你們不會審判？」

曾可達：「謝襄理這兩樣東西我能不能謄錄一下，原件明天還你？」

謝培東：「曾督察拘押我都行。」

「言重了。」曾可達拿起謝培東的辭呈和訴狀，「請回去告訴方行長，你們的要求，我今晚就向南京請示，明天給你們答覆。」

第四十五章

大雨過後，天和地都像被洗了一遍，七月十五的月亮竟比八月十五的月亮還亮。

在北平警察局大院裡候命的各分局、各大隊的警官被淋了半夜的雨，雖脫了雨衣，無奈新任局長沒有發話，依然列隊站在那裡等候。

所有的人又一齊敬禮了。

曾可達陪著謝培東從大樓的大門走了出來。

方孟韋的小吉普從大院裡面開了出來，停在大院門口。

從敬禮的佇列中走向大院大門，曾可達這一次沒有還禮，只陪著謝培東走到小吉普前站住了。

方孟韋開了後座車門。

沒有握手告別，也沒有一句寒暄，曾可達只站在那裡，看著謝培東上車。

方孟韋關了車門，上了駕駛座，吉普車吼的一聲，離去了。

轉身時，曾可達這才掃了一遍還敬著禮的警官們，接著望向了站在佇列前的孫朝忠。

孫朝忠一身透濕，敬禮的姿勢卻比那些警官更挺。

曾可達站住了：「手都放下吧。」

警官們這才都放下了手。

曾可達：「幣制改革，這三天是凍結帳戶，各店鋪面一律關張，不許交易。各分局分管的地面出了事，我只問分局局長。市局各大隊二十四小時都到街上去。」

「是！」

曾可達獨自向警察局大樓走去。

曾可達回到局長辦公室時，孫朝忠也默默地跟了進來。

「徐鐵英回南京了，你還留在北平，是建豐同志的安排嗎？」曾可達自己收拾著茶几上的杯子。

孫朝忠：「建豐同志沒有具體安排，如果有，也應該直接指示可達同志。」

曾可達回頭看他了：「奇怪，我也沒有接到指示，難道是建豐同志把我們忘了？」

孫朝忠：「今天是幣制改革第一天，建豐同志在上海工作繁巨，可以理解。」

「理解？」曾可達盯著孫朝忠看了好久，「建豐同志有個核心計畫，我一直在理解，你能不能幫我理解一下？」

孫朝忠：「如果不違反紀律，請可達同志提示一下。」

曾可達：「那我就提示一下吧。是一首詩，南北朝的，詩名叫什麼來著？」

「《古詩為焦仲卿妻作》。」孫朝忠居然立刻答上了！

「是。是這首詩，能不能背來聽聽？」曾可達緊盯著他。

「是。」孫朝忠低聲背誦起來，「『序曰：漢末建安中，廬江府小吏焦仲卿妻劉氏為仲卿母所遣……』」

居然還能背序！曾可達的眼神都橫了。

孫朝忠：「『……自誓不嫁。其家逼之，乃投水而死。仲卿聞之，亦自縊於庭樹。時人傷之，為詩云爾……』」

曾可達：「好，背得很好，接著背。」

「是。」孫朝忠又認真地背誦起來，「『孔雀東南飛，五里一徘徊。十三能織素，十四學裁衣……』」

* * *

「喂，校部總機嗎？」燕大總務處那個范主任連夜在何其滄房間試聽剛裝好的電話。

何其滄、何孝鈺還有程小雲都站在旁邊看著。

電話有了回應。

范主任：「我是總務處范亦農呀……嗯，我現在何副校長家……對，新裝的專線，給我接南京司徒老校長府邸……」

「現在不要接！」何其滄立刻阻止。

「現在不要接！」范主任在話筒裡跟著嚷道，眼睛望向何其滄。

何其滄：「電話給我。」

那個范主任對著話筒：「等一下，何副校長有話說。」將話筒遞給了何其滄。

何其滄接過了話筒，「給你們添麻煩了……今晚我要給司徒老校長通電話，應該沒有問題吧……沒有問題就好，你們多辛苦。」

放了話筒，何其滄轉對那個范主任：「辛苦了。」

范主任：「應該的。」

「還有兩個工人呢？對了。」何其滄轉望向何孝鈺，「看看家裡有沒有什麼吃的……」

「不用了！」范主任連忙接道，「工人加班校部有補貼。我們先走了，有問題，隨時叫我。」

何其滄：「孝鈺，你和經綸送送他們。」

何孝鈺：「好。」

「何副校長留步。」那個范主任止住了何其滄，勤勤懇懇地走了出去。

何孝鈺送了出去。

何其滄又望向了那部新裝的電話。

程小雲在他身後：「一切都靠何副校長了……」

何其滄慢慢轉過了頭：「你們家那個司機還在樓下吧？」

程小雲：「他是來給我送衣服的。」

「你還真打算在我們家住？」何其滄苦笑了一下，「你們夫妻就不要給我演戲了，回去告訴方步亭，我何其滄一輩子沒有為私事找過司徒雷登，在家裡等我的消息吧。」

「老夫子……」程小雲是真感動，眼中有了淚星。

何其滄：「你看你看，哪有那麼多眼淚。要哭，回家哭給方步亭看去。」

程小雲破涕笑了：「我才不哭給他看呢。」

＊　＊　＊

王蒲忱在西山監獄密室裡等候蔣經國的電話也不知道多久了，電話沒來，兩個菸缸已經滿是菸頭。

電話鈴終於響了！

王蒲忱從椅子上驟然彈起，扔掉了手裡那個菸頭，拿起話筒：「是我，建豐同志……正要向你報告，梁經綸同志剛從外文書店給我來了電話，共產黨北平城工部突然通知他去香港；同時何副校長在家裡裝了一條直通司徒雷登大使的專線，應該正在跟司徒雷登大使通話，請司徒雷登大使出面向總統說情，讓方孟敖和他女兒出國結婚。還有，晚上九點，謝培東去警察局見了曾可達，轉達了方行長的意見，請求開除方孟敖的軍籍。蒲忱以為，種種跡象表明，這是共產黨在破壞我們的『孔雀東南飛』計畫……」

話筒那邊的指示非常簡潔！

王蒲忱：「……八月十二日我們全天候監聽了北平分行電臺，目前為止，沒有發現可疑信號，監視的人也沒有發現謝培東與可疑人員有任何接觸，嗯……我們會繼續監視……」

桌子上另一部電話的鈴聲響了。

王蒲忱望了一眼那部電話：「……是，建豐同志，應該是曾可達同志的電話……知道了，先接他的電話，聽他怎麼說，再向你報告。」

「蒲忱同志嗎？你那邊聯繫上建豐同志沒有？」

果然是曾可達從北平警察局局長辦公室打來的電話。

「上海那邊一直聯繫不上。」西山監獄密室裡，王蒲忱又點燃了一支菸，「需不需要我通過毛局長幫助聯繫？」

曾可達拿起茶杯，喝時才發現裡面沒有水：「我們預備幹部局的事，就不要跟保密局交叉了……對方孟敖如何處置，對梁經綸今天言論如何定性，都直接關係到『孔雀東南飛』計畫還要不要實施。可總統府四組現在還沒有回覆，建豐同志又聯繫不上，我想是不是應該問一下陳方主任，總統有沒有直接訓示……」

王蒲忱有意沉默了少頃：「總統如果有直接訓示當然好……建豐同志問及，我當然幫你解釋……好，我掛電話了。」

放下了話筒，在菸缸裡按滅了菸，王蒲忱又拿起了那部專線話筒，很快就通了：「建豐同志，曾可達同志果然急不可待了，現在應該在給陳方主任打電話……是，我今晚守在這裡，等你的指示。」

「芷公，您還好吧？」身在北平警察局局長辦公室，曾可達此刻卻彷彿直接進了南京總統府，「風塵未掃，這個時候實在不應該驚擾您……」

「不客氣。」陳方在電話裡依然十分和藹，「報告我回來就看到了，已經呈交總統。經國局長是什麼意見？」

曾可達：「一切聽候總統裁決。」

陳方：「預備幹部局有沒有具體的處置意見？」

曾可達：「這正是我要向芷公報告的，那個謝培東今天晚上來了，轉達了方步亭的意見。方家希望按《陸海空軍服役條例》處置方孟敖，要求開除他的軍籍。」

陳方：「報告經國局長了嗎？」

曾可達：「打了好幾個電話，都沒有聯繫上。可達認為，謝培東這個要求，可能是方家的要求，也可能是共黨的謀畫，應該即時報告芷公，讓總統知道。」

電話那邊沉默了。

「芷公，芷公……」曾可達按捺不住了，輕聲呼喚。

「我在聽。」陳方依然和藹，「想一想，如果我是經國局長，你會怎樣建議？」

都說是福至心靈，可更多時候福氣來了人往往更加糊塗，都因為福氣來得太不容易。

曾可達立刻答道：「我還是那個建議，方孟敖的處置應該聽空軍司令部的意見，如有必要不妨聽聽夫人的意見，畢竟空軍是夫人一手建設起來的。還有梁經綸，幣制改革的論證已經完成，這個人對總統多有不滿，不宜再留在燕大，不能再讓他跟美國方面有直接聯繫。這就是我給經國局長的建議。」

那邊又是片刻沉默。

這回曾可達耐著性子在等。

陳方表態了：「還有五分鐘我就會去見總統，預備幹部局的意見我會直接報告。如果總統同意了你們的意見，方孟敖那個飛行大隊怎麼安置？」

曾可達：「報告芷公，這一點我也想了，幣制改革北平需要運輸大量物資，華北戰區更需要空運大量軍需。我建議將這個飛行大隊改編到中央航空公司，預備幹部局可以協助代管。」

陳方：「我要去了。建議你把剛才的想法同時報告經國局長，如果一時還聯繫不上，可以向行政院經濟管制委員會發電報。」

曾可達：「謝謝芷公指教！」

放下話筒，曾可達開了辦公室門：「王副官！」

「在！」

曾可達看見，會議室門邊，孫朝忠還站在那裡。

曾可達目光收了回來，對王副官：「以後，這裡就你一個人值班。關了門再進來。」

王副官走到門邊，回頭又看了一眼局長辦公室的門，曾可達進去了，這才輕聲對孫朝忠：「孫祕書，你先到外邊值班室坐坐吧。」

孫朝忠點了下頭，走了出去。

王副官輕輕關了會議室門，向局長辦公室走去。

曾可達開始直接向行政院經濟管制委員會發電了。

電臺便安置在局長辦公桌旁，王副官發完了電文，靜靜地坐在那裡等待回電。

牆上壁鐘的走字聲越來越響。

曾可達望了一眼壁鐘，晚上十一點一刻，接著又挽起衣袖去看手錶：「牆上的鐘慢了一分鐘。」

「我現在就調？」王副官站起了，望著曾可達，慢慢去解耳機。

電臺的顯示燈亮了！

曾可達：「接收電報！」

王副官立刻坐下了，飛快地記錄。

竭力鎮靜，曾可達去倒了兩杯白水，自己喝了一口，將另外一杯送到了王副官電臺旁。

來電很短，已經記完，王副官欠了一下身子，抓緊翻譯電文。

曾可達緊緊地盯著電文的方格紙。

「行政院經濟管制委員會的回電！」

王副官的電文紙剛拿起，曾可達已經一把抓了過去！

電文紙上：

調北平飛行大隊今夜三點赴天津急運物資　張厲生

曾可達的眼睛亮了。張厲生是行政院副院長兼天津經濟區督察，這份來電使他有了底氣，他決定不再等建豐同志回電。

曾可達徑直走到掛衣架前，取下了軍帽，戴上，轉對王副官：「給行政院經濟管制委員會回電，我立刻去飛行大隊，執行運輸任務。同時把張副院長的來電轉發建豐同志！」

＊　＊　＊

今晚，北平西北郊飛行大隊軍營大門上亮著的那盞燈昏黃如螢，沒有了大隊長，偌大的軍營朦朧在月色之中。

曾可達的吉普關著車燈悄然開了進來，停在大坪上，對面便是營房。

李營長從大門口便一直跟著車跑了進來，敬禮，開車門。

曾可達下了車，向黑洞洞的營房望去：「都還好吧？」

好什麼呢？

李營長吞吞吐吐著回了一句：「還好吧。」

「還好是什麼意思？」曾可達向營房走去。

李營長跟在身後：「從機場回來後都沒有吃飯，也沒人說話，全躺在床上。」

曾可達停住了腳步：「絕食？抗議？」
李營長：「應該不是吧……」
「那是什麼？」曾可達盯著他的眼。
李營長：「方大隊長突然被抓了，他們的心情可以理解。」
曾可達：「軍人的辭典裡從來就沒有理解這個詞！」
李營長沒有回話。
曾可達慢慢回頭，語氣緩和了些：「叫他們集合，有緊急任務。」
「是。」
望著李營長向黑洞洞的營房大門走去，曾可達突然感覺一陣莫名的孤獨，舉頭望去，一月在天，四野空闊，卻看不見南京。
一個老者的聲音如此遙遠又如此熟悉在他耳邊悄然響起：「到底是月亮近，還是長安近？」
幾個孩童稚嫩的聲音跟著響起：「月亮近，長安遠。月亮能看見，長安看不見……」
曾可達臉上露出了兒時的笑……
突然整個軍營大亮！是高牆上的碘鎢燈都開了。
曾可達倏地望向營門，見王副官和青年軍那個排都站在那裡，忍住了呵斥，轉望向營房門。
李營長出來了。他身後卻沒有人。
曾可達盯著李營長。
李營長：「傳達了，都不說話，都不起床……」
曾可達大步向營房門走去。
「長官！」李營長快步追了過去，「還是我帶人把他們叫出來吧……」

「一個人也不許進來！」曾可達大步進了營房門。

營房內沒有開燈，高牆的碘鎢燈從窗口照進來，依然很亮。

曾可達站在營房門內，舉目望去。

左邊一排，十張床，十個躺著的背影。

右邊一排，十張床，十個躺著的背影。

曾可達站了好幾秒鐘，開了營房的燈，接著從床的通道向最裡端方孟敖的單間走去。

到了單間門口，曾可達又開了單間裡的燈，向躺著的飛行員望去。

二十個人都是側身面向單間，這時自然也就面向著曾可達。

可每個人都閉著眼。

「陳長武！」曾可達點名了。

每個飛行員都在聽著，都沒睜眼。

「陳長武！」曾可達又叫了一聲。

「在。」陳長武慢慢從床上爬起了，站在床前。

「問一個問題。」曾可達問道，「你說，是月亮離我們近，還是南京離我們近？」

陳長武：「不知道。」

曾可達：「《陸海空軍刑法》知道嗎？」

陳長武：「知道。」

曾可達：「背誦《陸海空軍刑法》第三十二條。」

陳長武：「『在軍中或戒嚴地域掌支給或運輸兵器、彈藥、糧食、被服或其他軍用物品，無故使之缺乏遲誤者，處三年以下有期徒刑，因而失誤軍機者，處死刑或無期徒刑。』」

「背誦得很好。」曾可達讚了一句，接著大聲下令，「國防部預備幹部局北平飛行大隊全體集合，執行運輸任務！」

依然沉寂。

一聲一聲，曾可達聽到自己的心臟像鼙鼓般在敲響！

終於有一個人站起了，是郭晉陽。

又有一個人站起了，是邵元剛。

陸陸續續所有的飛行員都站起了，曾可達心跳減慢了，眼中立刻浮出期待和讚許！

很快，期待和讚許從眼中消失了。

沒有人走出營房集合，陳長武向他走來。

一個跟著一個，無聲排成縱隊，向他走來。

陳長武在他面前站住了，雙手遞給他一個證件。

曾可達下意識接了過來。

——國防部預備幹部局頒發的軍官證！

一個接著一個，曾可達手裡捧著二十個軍官證！

每個人又都回到自己床前，站住了。

一雙雙眼睛爍爍地望著曾可達！

「意圖離去職役？」曾可達也灼灼地望著他們，「是不是？回答！」

「是！」陳長武大聲接道。

曾可達：「好，好。背誦《陸海空軍刑法》第三十二條第二款！」

陳長武：「『軍中或戒嚴地域，無故離去職役或不就職役者，五年以下有期徒刑！』」

曾可達：「你們準備上特種刑事法庭接受審判嗎？」

陳長武：「報告曾督察，七月六號我們已經在特種刑事法庭接受審判，我們二十個人都已被判解除軍籍，至今特種刑事法庭仍然沒有給我們恢復軍籍，《陸海空軍刑法》任何一條都不再適用給我們判罪。」

「國防部預備幹部局的現役軍官證也不能給你們判罪嗎？」曾可達嘩的一下將手裡的軍官證摔在地下，「拿回去，仔細看國防部預備幹部局的大印！」

陳長武：「我們不看了，交給特種刑事法庭的法官看吧！」

郭晉陽、邵元剛率先拎起了早就裝好的皮箱，向營房門外走去。

所有飛行員同時拎起了皮箱，向營房門外走去。

剩下了陳長武，也慢慢拎起了皮箱，望著曾可達：「押我們回南京吧，特種刑事法庭上見。」

最後一個走出了營房。

曾可達臉色鐵青，在軍營門衛室撥二號專線。

話筒裡的聲音：「對不起，您不能撥這個專線。對不起，您不能撥這個專線……」

曾可達按了電話機鍵，猛搖電話：「國防部調查組，請接南京一號專線，請接南京一號專線！」

話筒裡又是那個聲音：「對不起，您不能……」

曾可達又按了機鍵，搖電話柄。
話筒那邊：「北平華北剿總總機，請問接哪裡？」
曾可達沉默著，話筒那邊：「請問接哪裡？」
曾可達鼓起了心氣：「聽清楚了，我是國防部北平調查組兼行政院經濟管制委員會派駐北平辦事處，立刻給我接通上海中央銀行經濟督察組！」
話筒那邊：「對不起，您不能撥這個專線……」
曾可達把話筒擱上了，望向玻璃窗外：「李營長！」
門從外面拉開了，竟是王蒲忱站在門口。
曾可達似乎明白了什麼。
王蒲忱：「這裡的專線撤了，出來說話吧。」

曾可達跟著王蒲忱來到了軍營高牆下。
高牆的碘鎢燈早已被曾可達喝令關了，大坪那邊，月色如夢，二十個飛行員提著皮箱默默站著，像一幅陳年舊照！
「真準備把這二十個人都送特種刑事法庭？」王蒲忱目光轉向了曾可達。
曾可達：「想聽聽你的意見。」
王蒲忱：「我沒有意見，想不想聽聽徐鐵英的意見？」
曾可達：「徐鐵英都回南京接受調查了，他有什麼意見？」
王蒲忱：「回南京後他就向中央黨部一口咬定，方孟敖是共產黨。可方孟敖的任命，還有方大隊這二十個人的任命，發證單位是國防部預備幹部局，簽署人是蔣經國局長。」

曾可達這才露出了愕色：「中央黨部怎麼說？」

王蒲忱：「中央黨部沒有怎麼說，只是把他的原話報告了總統。」

曾可達：「總統有態度了？」

王蒲忱靜靜地望著他，少頃：「總統詳細聽了陳方主任的彙報。」

曾可達大驚：「陳主任怎麼彙報？」

王蒲忱：「到現在你也不問一聲我為什麼來見你？」

曾可達懵在那裡。

王蒲忱：「根據保密局保密條例，或者是國防部預備幹部局的紀律，我都不應該也不可能到這裡來跟你說這些。」

曾可達：「建豐同志……」

王蒲忱打斷了他：「陳主任是不是跟你說了，一切都向建豐同志彙報，聽建豐同志指示？」

曾可達：「是……」

「我現在向你傳達總統的原話。」王蒲忱有意停頓了片刻，「『國防部預備幹部局的事不要跟我說，跟經國說。』」

曾可達慢慢望向天上的月，取下了頭上的大檐帽：「我跟你走吧。」

一個人，他便向營門走去。

「到哪裡去？」王蒲忱的聲音叫住了他，接著走到他身後，「作為同志，我先給你提幾個意見，可不可以？」

曾可達慢慢轉過身：「請說。」

王蒲忱：「你剛才給飛行大隊下命令，問他們是月亮近還是南京近，現在月亮就在我們頭上，我也想問你這個問題，到底是月亮近還是南京近？」

曾可達突然感覺到一股羞辱：「如果是這樣的問題我就不回答了。組織到底決定怎麼處理我，我服從就是。」

王蒲忱：「我不是組織，組織也沒有說處理你。你如果覺得我問這樣的問題對你不敬，那我談談個人看法，可不可以？」

曾可達只望著他。

王蒲忱：「這個答案從古就有，很多人都認同，月亮近我們走不到，長安遠我們能走到，以此拿遠近做文章，我認為這個答案是錯的。如果說我們能走到的地方就近，八年抗戰，南京被日本人占了，我們就去不了。那個時候我們心裡都只有一個重慶。抗戰勝利了，現在還有幾個人去重慶？月亮就不同，天涯海角，無論你走到哪裡，她都照著你。今天你我都在北平，建豐同志在上海，到底是南京在照著我們還是上海在照著我們？我的理解，還是月亮離我們近，建豐同志離我們近。」

曾可達：「我同意你的看法。」

王蒲忱：「我現在可不可以傳達建豐同志的指示了？」

曾可達：「請蒲忱同志傳達。」

王蒲忱：「『孔雀東南飛』行動旨在保障華北剿總五十萬大軍能夠有充足的後勤軍需出關呼應東北，南下呼應中原和山東，行動的關鍵是美國的援助和央行的配合，重用方孟敖和梁經綸的目的就在這裡。這麼重的任務交給了你，幣制改革第一天，你卻向總統府建議處置方孟敖，還要求審查梁經綸同志，建豐同志認為很不妥當，要我問你的真實想法。」

曾可達：「蒲忱同志應該比我更清楚，謝培東如果真是共產黨怎麼辦？方孟敖如果真是共產黨怎麼辦？這就是我的真實想法……」

王蒲忱：「謝培東真是共產黨交給我來辦。方孟敖真是共產黨自有建豐同志負責。我重申一下建豐同志給你我的共同指示，用人要疑，疑人也要用，關鍵是用好。希望我們真正領會。」

曾可達從不久前知道王蒲忱也是鐵血救國會就一直將他視為特工而已，此時方才知道，他才是建豐同志的心腹，感慨只能埋在心底：「我現在無法聯繫建豐同志，我的想法請蒲忱兄轉告。」

王蒲忱點了下頭。

曾可達：「王文成公說過，滅山中賊易，滅心中賊難。我眼下第一任務是要滅掉心中的賊，認真檢討，徹底反省……」

王蒲忱：「很好，我一定轉告。」

曾可達：「可是有一件急務必須馬上處理。」說著，拿出了張厲生的電報遞了過去。

王蒲忱接過電報，沒有看，依然望著曾可達。

曾可達：「行政院張副院長電令，今晚三點飛行大隊必須赴天津運送第一批物資，現在快兩點了，這二十個人拒不執行，我該怎麼辦？」

王蒲忱將電報遞還給他，笑了一下：「你覺得行政院真會給國防部預備幹部局直接下命令嗎？」

曾可達眼中依然疑惑。

王蒲忱：「這個電令是建豐同志請張副院長發的。一面要對付共產黨，一面還要對付我們自己的中央黨部，建豐同志正在採取措施，並叫我告訴你，不要回警察局了，天一亮就去天津經濟區北平辦事處專抓幣制改革。」

曾可達：「明白了。」

＊　＊　＊

方邸一樓客廳。座鐘敲了兩下，今夜無人入眠。

這一家，這三個人，從來沒有像今晚這樣，方步亭靜坐無語，謝培東靜坐無語，程小雲給他們的茶壺裡續了水，也坐在一旁，沒有說話。

「小雲哪。」方步亭終於開口了，「我有個安排，想聽聽你的看法。」

程小雲望著方步亭。

方步亭：「我想把他們姑爹調到中國銀行，然後安排到紐約辦事處，你看怎樣？」

應該徵求謝培東的意見，卻對程小雲說，多少難言之隱！

程小雲轉望向謝培東。

「不要替我操心了。」謝培東也不看方步亭，「先安排孟敖出國吧。如果你們真擔心我是共產黨，把我調到哪裡都會牽連你們。」

「到現在你還說這樣的話！」方步亭拍了桌子，「我們怕受牽連？怕受牽連我現在還坐在這裡跟你說話！謝培東，二十年前你來見我說我妹妹病死了，八月十二號你回到家裡說木蘭去了解放區……被你牽連的是誰？是你老婆，是你女兒，你知不知道！」

方步亭已經渾身顫抖。

「怎麼了！」程小雲連忙過去攙著他，「事情未必像你想像的那樣，你怎麼可以這樣跟姑爹說話？」

「你要我怎樣說話？」方步亭甩開了程小雲，「總不成我等著國民黨到家裡來把他抓走吧！」

「內兄。」謝培東慢慢站起了，「能不能聽我說幾句？」

方步亭盯向了謝培東。

程小雲：「聽姑爹說吧。」

謝培東：「二十年了，你從來沒有懷疑我是共產黨，徐鐵英動用了國民黨黨通局和保密局的力量也不能證實我是共產黨。我只能這樣跟你說，我如果真是共產黨，我死的那一天，墓碑上也不會刻上共產黨三個字……我們倆年紀都大了，誰送誰還不知道。小雲比你我年紀都小，有件事只能拜託她……」

「不要這樣說，姑爹……」程小雲流淚了。

謝培東：「人都是要死的。真到了那一天請你將我跟木蘭的媽合葬，還有，木蘭如果真被他們害了，就把我們三個人遷到一起……明天，我就離開北平分行，回無錫老家去，看有沒有人抓我。」

「不要說了……」程小雲坐下，失聲哭了起來。

方步亭也止不住流淚了。

謝培東眼深，淚水只在眼眶裡轉。

整座大樓，整個大院，只有竹林的風聲。

＊　＊　＊

燕京大學鏡春園。

石徑，細長的鳳尾竹，月明風清，一人在前，一人在後，到了內院門前。

一個青年輕輕拉開了門，輕輕敬了個禮：「張部長好！」

「你好！」張月印飛快地跟青年握了一下手，跟著前面那個人進了院門。

「把門鎖了。」前面那個人叮囑道。

「是。」青年從外面將院門關了，接著是鎖門聲。

院內對面是北屋，左面是西廂房，張月印跟著前面的人向西廂房走去。

上了石階，前面的人在門前停住了。

他的臉轉過來，竟是燕大總務處那個范主任！

范主任的手輕輕抓住門環，望著張月印，這時才輕聲對他說道：「劉雲同志來了。」

張月印一驚。

門環輕輕叩了兩下。

門從裡面開了。

鏡春園小院西廂房。

「介紹一下。」劉雲同志沒有任何寒暄，直接介紹房內另一個三十出頭的陌生面孔，「齊慕棠同志，接任劉初五同志的工作。」

「慕棠同志好！」

「月印同志好！」

燈光下，那個齊慕棠比劉初五的眼睛還亮。

——是跟梁經綸接頭的那個電話工「小劉」。

「坐吧。」劉雲同志先坐下了。

都坐下了。

「張月印同志！」劉雲的眼神比聲調還要嚴厲。

張月印剛坐下，立刻慢慢站起了。

劉雲：「中央已經有指示，城工部不許再跟謝培東同志聯繫，不許干涉謝培東同志的工作，今晚你為什麼跟他接頭？」

張月印：「劉雲同志……」

「不要解釋。」劉雲立刻打斷了他，「國民黨保密局北平站已經對謝培東同志二十四小時監視你知不知道？謝培東同志和方孟敖同志現在的處境比任何時候都危險你知不知道？」

張月印只好答道：「知道……」

劉雲：「知道還在謝培東同志去警察局的途中見他？小李同志是組織派去保護謝培東同志的，誰給你們的權力改變他的工作性質，給何孝鈺同志遞紙條，還監視謝培東同志的行動。給你們說的很清楚了，謝培東同志的工作直接向周副主席負責，周副主席信任他，中央信任他，你們這樣做是想幹什麼？」

張月印沉默了少頃，必須解釋了：「徐鐵英對謝培東同志突然採取行動，方孟敖同志突然擅自駕機起飛。根據組織的地下工作條例，這種突發情況，地方黨組織有採取緊急措施的義務。」

劉雲望著他，森嚴地笑了一下：「很好。那就說說你們採取的緊急措施，坐下說。」

張月印站在那裡，已經坐不下去了。

坐在張月印身旁的齊慕棠望向了劉雲：「劉雲同志，我建議您直接傳達中央的指示吧。」

劉雲接過了他的眼神，又望向張月印：「你同意這個建議嗎？」

張月印：「請劉雲同志傳達指示。」

劉雲：「那就坐下吧。」

張月印慢慢坐下了。

劉雲：「先提個問題。我們已經知道，國民黨在北平有個祕密行動叫做『孔雀東南飛』，為什麼叫『孔雀東南飛』？張月印同志學問大，記得當時就是你提議嚴春明同志破譯了這個密碼，焦仲卿是方孟敖同志，劉蘭芝是梁經綸。現在方孟敖同志突然被國民黨關了，梁經綸也因為國民黨內部的矛盾鬥爭受到了猜忌。你來分析一下，這隻孔雀還能不能飛。」

依然是批評帶著諷刺，氣氛尷尬沉悶。

張月印畢竟黨性很強，還是認真答道：「上次會議中央已經指示，『孔雀東南飛』行動是蔣介石保證傅作義華北戰區後勤軍需的重要方案，方孟敖同志和梁經綸是蔣經國安排執行這個方案的重要人選。如果方孟敖同志離開北平，梁經綸受到猜忌，國民黨很可能安排其他人執行這個方案。」

「分析得很好嘛。」劉雲的態度明顯緩和了，「接著分析一下中央是同意方孟敖同志離開北平出國還是希望他留在北平？」

張月印沉思了，答道：「謝培東同志希望方孟敖同志出國。」

劉雲：「那你認為中央是同意謝培東同志的意見，還是不同意謝培東同志的意見？」

張月印的覺悟在關鍵時刻顯現了出來：「我認為中央會同意謝培東同志的意見。」

劉雲：「為什麼？」

張月印：「周副主席信任謝培東同志，中央信任謝培東同志，謝培東同志既然這樣做，一定有他的道理。」

劉雲笑了：「講道理就好。我現在正式傳達中央指示，宣布一條紀律，僅限於向你們三個人傳達。」

三個人同時答道：「是。」

劉雲：「什麼叫『孔雀東南飛』？這隻『孔雀』是誰？向東飛到哪裡去？向南又飛到哪裡去？」

三個人屏息望著他。

劉雲：「『孔雀』就是傅作義，就是傅作義在華北的五十多萬大軍。這支大軍，向東可以飛到東北，和衛立煌的部隊夾擊我東北野戰軍；向南可以飛到中原、山東甚至徐州和國民黨中央軍匯合跟我中原野戰軍和華東野戰軍作戰。可是，這隻『孔雀』不是蔣介石家養的，是從山西飛過來的，想讓牠向東飛，向南飛，就得好好養著牠。說穿了，就得充分滿足傅作義的後勤軍需，砸鍋賣鐵也得保證傅作義的要求。後勤從哪裡來，軍需從哪裡來，國民黨也只能靠美國的援助了。這就是他們為什麼要讓方孟敖同志和梁經綸來執行這個行動的原因。何其滄能夠向司徒雷登爭取援助，方步亭能夠要央行多給北平撥款，蔣家父子的算盤都打到最後一顆珠子了……張月印同志剛才說，謝培東同志主張讓方孟敖同志出國自有他的道理。現在明白謝培東同志的道理了嗎？」

張月印：「不讓傅作義的部隊獲得後勤軍需，阻止國民黨的『孔雀東南飛』計畫。」

「是這個道理嗎？」劉雲望向了齊慕棠，「慕棠同志，你剛從西柏坡調來，談談你對中央指示精神的理解。」

「好。」齊慕棠站了起來。

劉雲：「坐下，坐下說。」

「是。」齊慕棠又坐下了，「中央的精神是希望國民黨充分保證傅作義的後勤軍需補給。」

劉雲：「傳達主席的原話。」

齊慕棠：「主席的原話是，鳥為什麼要飛呢？肚子餓了才飛，牠要找東西吃。有什麼辦法讓鳥不飛呢？很簡單，把牠餵飽就懶得飛了；最好是把牠餵撐，想飛也飛不動了。」

劉雲：「不兜圈子了，傳達周副主席的指示吧。一共四條：第一條，同意方家的意見，讓方孟敖同志出國。第二條，如果蔣經國不同意方孟敖同志出國而是繼續要他和梁經綸執行『孔雀東南飛』，我們不干預，不阻止。第三條，通知謝培東同志，從今天起停止一切黨內活動，務必保證安全。第四條，同意何孝鈺同志跟方孟敖同志結婚，嗣後，黨的指示由何孝鈺同志向方孟敖同志傳達。范亦農同志。」

「在。」

劉雲：「今天發生了新的情況變化，是不是印證了周副主席的指示？」

「是……」

劉雲望著他：「把新的情況通報一下，簡潔一點。」

范亦農，那個范主任：「是。何副校長今晚跟司徒雷登通了電話，司徒雷登出面找了蔣介石，蔣介石又找了傅作義，傅作義擔了擔子，出面說了假話，說方大隊今天起飛是他的指令，不屬擅自起飛，沒有觸犯國民黨《陸海空軍服役條例》，天一亮就會解除方孟敖同志的禁閉，讓他繼續擔任國民黨駐北平特別飛行大隊的飛行任務……」

這個老范同志十分嚴謹，果然囉嗦。

劉雲笑乜了他一眼：「再簡潔一點。」

「是。」老范同志接著說道，「中央的分析十分英明，『孔雀東南飛』的孔雀指的就是傅作義，既不是方孟敖同志，也不是梁經綸。何副校長請司徒雷登出面釋放方孟敖同志，南京國民黨政府趁機又開出了一個交換條件，何副校長開始還不同意，後來為了保方孟敖，也為了保他的學生梁經綸……」

「我來說吧。」劉雲再也忍受不了老范同志的囉嗦，「國民黨要組織一個以王雲五為首的代表團赴美爭取援助，邀請何其滄先去美國遊說，何其滄同意了，同時要求梁經綸做他的助手，南京也同意了。飛鳥盡，良弓藏，這說明梁經綸對蔣經國已經失去了作用，我們估計梁經綸去了美國不會再回來。」

說到這裡，劉雲望向老范：「是不是這樣？」

老范同志永遠是笑臉：「還是劉雲同志概括總結得簡潔。」

劉雲：「以後何孝鈺同志一個人住在燕南苑，就由你單線聯繫並負責她的安全，將中央的四條指示向她傳達，並叫她傳達給方孟敖同志。著重指出，國民黨要他運輸什麼就運輸什麼，把『孔雀』餵得越飽越好。」

劉雲轉望向張月印了，張月印立刻站了起來。

劉雲：「謝培東同志還是你負責聯繫。」

張月印：「是。」

老范：「是。」

劉雲從口袋裡掏出了一盒菸：「這是周副主席送給謝老的。中間一排第三支就是周副主席寫給謝老的信，叫小李轉交謝老。」將菸遞向張月印。

張月印雙手接過了那盒菸，望著劉雲：「我可不可以也寫個字條，叫小李同志一起送去，向謝老道歉。」

劉雲手一揮：「好好保護謝老，就是最好的道歉。」

「是！」

第四十六章

此去美國，萬里迢遙，美援能否討來姑且不說，這把老骨頭還能不能回到住了多年的燕南園也是難說。

何其滄愣愣地坐在電話前，慢慢望向床前的女兒。

那口當年在美國留學買的大紋皮箱被擦得閃出歲月的光，擺開在床上。

何孝鈺將疊在床上的父親的衣服一件一件擺進皮箱裡，一滴眼淚滴落在父親那件白淨的舊襯衣上！

何孝鈺立刻轉開了頭，悄悄拿手絹去揩淚。

何其滄已經站在女兒身後：「快則一個月，最多兩個月就回來了……」

「嗯。」何孝鈺收拾好狀態，繼續給父親裝衣服，「國民政府那麼多官員去要援助還不夠，還拉上您，您有這個義務嗎？」

何其滄：「那就看是什麼義務了……我幫助寫了論證幣制改革的報告，也算是推波助瀾，現在南京拿這個事跟你司徒叔叔做交易，其實也是他們同意不追究孟敖的條件……反正我也早就想回美國看看老朋友老同學了，就當做旅遊吧。」

何孝鈺望向了父親：「爸，您跟我說實話，要求梁經綸一起去只是因為要帶個助手嗎？」

何其滄深深望著女兒：「為什麼要這樣問？」

何孝鈺：「我覺得你們師生有什麼事瞞著別人……您是不是在保護他？」

何其滄望著女兒的眼睛：「我保護了孟敖，如果經綸也需要保護，你說爸應不應該保護他？」

何孝鈺只好低頭又去擺衣服了：「我沒有說不應該。」

何其滄：「天一亮你就要去接孟敖，我們也是隨後的火車去南京。這裡收拾得差不多了，到底下去幫幫你師兄吧，他可是個從來就沒有人疼的人啊。」

何孝鈺把最後一件衣服放進皮箱：「好。」

何孝鈺走進梁經綸房間便幫他去收拾衣物。

「都收拾好了……」梁經綸叫住何孝鈺。

何孝鈺站在桌前，停了手，沒有開皮箱，望向梁經綸：「有什麼不方便我看的東西嗎？」

梁經綸被問住了，苦笑了一下：「那你就幫我再檢查一遍吧。」

何孝鈺：「我可不願意看別人的隱私。」

梁經綸：「有隱私也不會裝在皮箱裡……你幫我看看吧。」

何孝鈺打開了箱蓋，目光立刻定在那裡！

——衣服上面就是一個相框，照片上中間是父親，左邊是自己，右邊是梁經綸！

何孝鈺喉頭立刻一酸，悄悄噙了回去，眼中還是有了淚水，鎮定了好一會兒，輕輕問道：「去美國不回來了？」

梁經綸：「先生回來我當然回來。」

「我爸要是也不回來呢？」

梁經綸：「你知道，先生要人照顧……」

「那新中國呢？」何孝鈺直望著他的眼睛，「你不會忘記在外文書店跟我說的話吧？」

梁經綸沉默了好一陣：「在外文書店我跟你說了很多話……」

何孝鈺：「描述新中國的那段話。現在我還能想起你當時背誦那段話的樣子，那個時候的你和現在的你是一個人嗎？」

梁經綸：「我從來就是一個人，一個沒有選擇的人。」

何孝鈺：「人都有選擇。」

梁經綸：「我選擇了不選擇。」

「這個時候了，我不想聽你談哲學。」何孝鈺緊緊地望著梁經綸，「天一亮你們就要走了，我想聽你再把外文書店那段話念給我聽一遍。行嗎？」

梁經綸從心底裡嘆出一口氣來：「你真想聽，我念。」

何孝鈺慢慢閉上了眼。

「新中國是個什麼樣子呢？」梁經綸輕輕問了一句，望向窗外。

接著，聲音漸漸大了起來：

「『它是站在海岸遙望海中已經看得見桅杆尖頭了的一隻航船……』」

——聲調裡的激情竟然彷彿隨著那並看不見的桅杆尖頭出現了！

「『它是立於高山之巔遠看東方已見光芒四射噴薄欲出的一輪朝日……』」

「『它是躁動於母腹中的快要成熟了的一個嬰兒』……」

激昂過後。

何孝鈺聽到了深藏的喑咽……

她睜開了眼，那襲長衫背影依然故舊！

何孝鈺走到他背後輕輕撫了一下衣背上那道並不明顯的皺紋：「好好陪我爸去，好好陪我爸回來。」

梁經綸慢慢轉過了身，絲毫沒掩飾眼中的淚星，同時露出一絲笑容：「對了，我還沒有祝福你和孟敖呢，可以嗎？」

何孝鈺深深望著他。

梁經綸用英文說道：「God bless you and yours, and surround you ever with his blessing.（願上帝祝福你和你的愛人，永遠賜福於你們。）」

「You too.（願上帝也賜福於你。）」何孝鈺眼中也又閃著了淚星。

* * *

南苑機場。

太陽欲出未出，兩架C-46的背脊上都抹上了紅色的光。

第二架C-46下，十個飛行員同時敬禮！

第一架C-46下，十個飛行員同時敬禮！

跑道旁，何孝鈺捧著一束野花，不敢看身旁的方孟敖。

方孟敖啪地敬了一個接受檢閱般的禮！

跑道外，王克俊陪著方步亭、程小雲和謝培東站在那裡。

望著敬禮的方孟敖，捧花的何孝鈺，方步亭滄桑地笑了。

程小雲小心地在笑，她身邊站著謝培東。

方孟敖挽起了何孝鈺，走向第一架C-46，登上了機艙門。
第一架C-46的飛行員一起轉身，小跑著登上了飛機。
第二架C-46的飛行員一起轉身，也小跑著登上了飛機。
機艙門慢慢關上了。
螺旋槳慢慢轉動了。
第一架飛機開始滑動。
第二架飛機開始滑動。
飛機先後起飛。
太陽出來了，機場上滿是陽光。
方步亭、程小雲和謝培東都迎著陽光望向天空。
兩架飛機從遠處彎了回來，在他們頭上擺了擺翅膀，這才飛向遠處，隱沒在陽光裡。

* * *

在遼闊的中國地圖上，中國的東北，炮火在北寧線之昌黎、北戴河、興城、義縣，在錦州四周連續爆發，炮聲震天！

一九四八年九月十二日，解放軍東北野戰軍集七十萬人發動了遼瀋戰役，九月十六日至二十四日，錦州被圍，拉開了共產黨和國民黨三大戰場決戰的序幕……

緊接著，綏遠省東部，察哈爾省南部。炮火在集寧、涼城、豐鎮、和林格爾、歸綏連續爆發，炮聲震天！

炮火隨即迅速轉至平北（北平以北），在密雲、懷柔、三河連續響起，

一九四八年九月二十三日至二十七日，為配合遼瀋戰役，解放軍華北野戰軍發起綏察戰役，包圍歸綏，切斷了平承鐵路線，牽制傅作義華北國民黨軍，不使援助東北……

一九四八年十月八日方孟敖特別飛行大隊全天候從天津向北平空運物資，特命補給傅作義大軍軍需……

北平南苑機場上空，飛機頻繁地次第起飛降落，方孟敖飛行大隊的C-46運輸機也在其中。

物資下了飛機，又都運上了帆布蓬頂的十輪大卡車隊。

第一輛卡車裡，方孟敖親自駕車，郭晉陽坐在身旁。

第二輛卡車裡，陳長武駕車，邵元剛坐在身旁。

第三輛卡車、第四輛卡車……

哨卡欄杆急速升起，車隊呼嘯而過。

車隊駛入西邊街口，前面便是北平市民調會總儲倉庫大門。

方孟敖猛地一腳，急踩剎車，第一輛卡車停住了！

後面的卡車緊跟著都停了。

——總儲倉庫大門外靜靜地坐滿了人群！

男人，女人，老人，孩子。

大門口，曾經的一幕出現了，鐵網柵欄，憲兵，員警，青年軍！

沒有人鬧事，也沒有人說話。

突然，方孟敖眼中閃出驚悸——人群中坐著葉碧玉，左邊是伯禽，右邊是平陽！

方孟敖關閉車鑰匙時，手都抖了一下。

他下了車。

陳長武從第二輛卡車的駕駛室跟著下來了。

方孟敖站在那裡，陳長武走到他身後：「隊長，車怎麼進去？」

方孟敖：「告訴大家，都待在車裡。」

「是。」陳長武轉身走向車隊。

方孟敖走進人群，踩在地面像踩在人的身上。

迎來的都是冷漠的目光，無助的手裡都舉著金圓券！

大門口，投來了李營長的目光，李營長的手慢慢抬起了，準備向他敬禮。

方孟敖遠遠地止住，李營長的手又輕輕放下了。

又穿過了幾個人，身下是葉碧玉望他的眼睛。

平陽靠在媽媽懷裡，伯禽站了起來，輕聲叫道：「方叔叔……」

方孟敖立刻蹲下了，摟住了伯禽，望著葉碧玉：「崔嬸，怎麼回事？」

葉碧玉悄悄望了一眼周圍，低聲答道：「今天一早，各家商鋪就都沒有糧食賣了……」

方孟敖：「到這裡來幹什麼？」

葉碧玉：「有人說糧食都運到這裡來了，我們跟著別人來的，沒想到有這麼多人。你說，在這裡能買到糧嗎？」

方孟敖眼中一下子湧出了淚星：「怎麼不去找方行長或者謝襄理……」

葉碧玉：「看到報紙了，方行長、謝襄理的細軟也都換了鈔票了，除了金圓券，金子銀子買東西也犯法，勿好意思去打攪了。」

方孟敖摟緊了伯禽，望向倉庫大門。

日光照目，恍惚間看見馬漢山在大門內憂急彷徨！

方孟敖閉上了眼，馬漢山的聲音在他身後，在他耳邊輕輕響起了：「從崔副主任的墓往上走五十步，有一座無主的老墳，只有半截碑，上面刻著『康熙三十七年立』，下面埋了幾十根金條，是我全部的家底……請方大隊長轉告崔夫人，到時候取出來，養兩個孩子應該夠了……」

「方大隊長。」葉碧玉的聲音叫回了他，「你去忙公事吧，買不到糧，我們等一下就走。」

方孟敖背過臉抹了淚，笑對伯禽和平陽：「跟媽媽回去吧，叔叔給你們買糧來。」

伯禽：「叔叔，我們已經搬家了……」

「勿亂講！」葉碧玉瞪了伯禽一眼。

伯禽不敢再說了。

方孟敖倏地望向葉碧玉：「什麼時候搬的？」

人群突然騷動！

大坪兩邊的街口突然出現了學生人群！

方孟敖倏地站起！

東邊，學生們排著隊走來了。

西邊，學生們排著隊走來了。

原來坐著的人群都紛紛站起了。

方孟敖敏銳地聽見，地面上同時傳來了整齊的跑步聲！

「快回去！」方孟敖扶起了葉碧玉，倏地望去。

大門口的憲兵和員警端著槍向東西兩邊街口的學生隊伍跑去！
只有青年軍站在原地，沒有一個人舉槍。
曾可達出現在倉庫大鐵門內，望向方孟敖。
方孟敖望了一眼自己的車隊，向倉庫大門走去。
大鐵門左邊立柱上「天津經濟區北平辦事處」幾個大字撲面而來！
「北平市民食調配委員會」那塊招牌已經不見蹤影。

曾可達和方孟敖一前一後，走進了北平市民調會總儲倉庫辦公室。
這就是當初馬漢山在民調會的辦公室，現在成了天津經濟區北平辦事處曾可達的臨時辦公室。
兩人進來後，倉庫大門外已遠遠傳來口號聲：
學生的帶頭呼喊：「平民要吃飯！」
眾人齊聲呼喊：「平民要吃飯……」
曾可達輕輕關上了門。
「我們要買糧！」
「我們要買糧……」
曾可達又去關上了窗。
「反對豪門囤積！」
「反對豪門囤積……」
關了窗，曾可達在窗前站了少頃，轉過了身。

方孟敖的目光就在他背後：「想讓外面開槍嗎？」
曾可達：「在這裡，我不下令，沒人敢開槍。」
方孟敖直逼的目光收了回去，扯開椅子撐著椅背卻沒坐下：「發了金圓券，為什麼買不到糧？」
曾可達：「哄搶了幾天，北平的糧店已經沒有糧了。」
方孟敖：「沒有糧了還是有糧不賣？」
曾可達：「有些是真沒糧了，有些是把糧食囤積了。」
方孟敖：「為什麼不管？」
曾可達搖了搖頭：「有囤積也在天津，你管不了，我也管不了。」
方孟敖：「張厲生就在天津，他也不管？」
曾可達：「你們今天飛行三次運來的六十七噸糧食全是張督導員昨天在天津查抄的。」
方孟敖緊盯著曾可達：「你是不是想告訴我，我的飛行大隊就是天天給北平運糧，北平的一百多萬市民還是買不到糧食？」
曾可達：「是。」
方孟敖望了一眼窗外儲糧的高塔，又轉望向曾可達：「你的意思是把這裡儲存的幾萬噸糧食賣給市民？」
曾可達苦笑了一下：「你知道，這裡的糧食運出去一斤都必須有華北剿總的軍令。」
方孟敖：「老百姓和學生在門外圍了我的運糧車隊，你把我叫進來到底想幹什麼？」
曾可達眼中閃出了光：「把你車隊運來的糧食賣給門外的市民！」
這倒大大出乎方孟敖的意料，他上下打量著曾可達。

曾可達：「我知道你想問什麼。第一，這十車糧食以天津經濟區北平辦事處的名義賣給市民，與你無關，我負責任。第二，賣了這十車糧食也絲毫解決不了北平一百七十萬市民接下來無糧可買的困局，我為什麼這樣做，過後告訴你。我們出去吧。」

「我現在就想知道。」方孟敖擋住了出門的路，第一次用這樣的眼光望著曾可達，「告訴我，配合你。」

曾可達大步走到窗前，推開窗戶，口號聲立刻大了！

曾可達大聲喊道：「王副官！」

王副官快步跑了過來，站在窗外。

曾可達：「以天津經濟區北平辦事處的名義，通告門外的市民，遵守秩序，排隊買糧！」

「長官……」王副官有點發懵。

曾可達喝道：「去！」

「是！」

曾可達關了窗，轉過身來，望著方孟敖：「我們什麼時候到的北平？」

方孟敖：「七月六號。」

曾可達：「今天是幾月幾號？」

方孟敖望了一眼窗邊的日曆。

日曆上赫然印著十月八號。

方孟敖轉望向曾可達，沒有回答。

曾可達：「今天是十月八號，我們到北平三個月零二天了。從五人小組到國防部調查組，查民調會，查北平分行，殺了幾個一分錢也沒貪的共產黨，還殺了不是共產黨的無辜學生。五人小組解散了，徐鐵英殺完人也走了，什麼貪腐也沒有查出來，就抓了一個馬漢山，十天前在南京槍斃了，我們幹了什麼？」

曾可達眼中一片蒼茫，接著說道：「我們就幹了一件事，推動了幣制改革。什麼幣制改革，不到兩個月，在北平，在天津，在重慶，在廣州，最不應該的是在上海，糧店紛紛關門，百貨店副食店貨架上空空蕩蕩，市民把自己留著買棺材的銀元換了金圓券，已經買不到糧食，買不到煤，連一塊肥皂也買不到了。不許國民用黃金白銀外匯，卻有人公然用外匯套購美貨在上海囤積，再以黑市美鈔價拋售，轉手便獲利數十倍上百倍！還公然開著六千噸的貨輪，來往上海武漢之間，搶購本應是政府收購的糧食大量囤積，如入無人之境！方大隊長，我抓過你，審過你，又和你在北平一起共事，我幹的一切你都看到了，就是想追隨經國局長跟共產黨爭民心。今天，能不能夠最後挽回民心也就是今天。我把一切都賭出去了，就賭經國局長在上海敢不敢抓那個人！」

方孟敖：「哪個人？」

曾可達：「孔令侃！」

方孟敖：「怎麼賭？」

曾可達：「五天前經國局長封了揚子公司，那麼大的上海卻沒有一個部門敢動揚子公司一件貨物，就是因為孔令侃還在上海開著他的高級跑車向黨國示威。走出這個大門，我就以天津經濟區北平辦事處的名義把十車軍糧賣給市民……你剛才不是問我為什麼要這樣做嗎？現在我就告訴你。」

曾可達眼中閃著光。

方孟敖眼中也閃著光。

曾可達：「總統今天到北平了，就在華北剿總開會。我在這裡賣軍糧就是向他死諫！要麼派人來抓我，要麼同意經國局長在上海抓孔令侃！」

方孟敖：「需要我幹什麼？」

曾可達：「我剛才說了，今天的事與你無關。我叫你進來就是想告訴你，將來你無論是什麼身分，都請出來說句公道話，國民黨也有真心為老百姓辦事的人，也有敢打老虎的人。」

曾可達去開門了，方孟敖讓在了一邊。

門拉開了，曾可達突然又站住了，回頭望著方孟敖：「問一句不相干的話，你願意就回答我。」

方孟敖：「請說。」

曾可達：「是月亮近，還是南京近？」

方孟敖：「現在是我離你最近。」

曾可達笑了，大踏步走了出去。

方孟敖大步跟了出去。

＊　＊　＊

方邸大門外街口。

一輛警備司令部的吉普剎地停住了！

兩輛警備司令部的憲兵卡車剎地停住了！

吉普車的門推開了，跳下的竟是孫朝忠，兩槓兩星，已是警備司令部偵緝處副處長！

孫朝忠：「戒嚴！」

鋼盔，鋼槍，第一輛卡車的憲兵跳下了車，向大門胡同跑去。

鋼盔，鋼槍，第二輛卡車的憲兵跳下了車，在街口佈控。

胡同裡立刻站滿了憲兵。

街口也布滿了憲兵。

方邸被戒嚴了！

緊接著一輛吉普擦著孫朝忠的吉普停下了，方孟韋跳下了車，向孫朝忠走去。

孫朝忠迎了過去：「方副局長……」

方孟韋：「叫我方副處長。」

孫朝忠愣了一下，立刻又叫道：「方副處長。」

方孟韋：「偵緝處是到我家抓人嗎？」

孫朝忠：「不知道。」

方孟韋：「抄家嗎？」

孫朝忠：「不知道。」

「不知道你帶兵來幹什麼！」方孟韋吼道。

孫朝忠：「警備司令部的命令，奉命戒嚴。」

方孟韋的臉慢慢白了，從街口向自家那條胡同望去，一個一個憲兵分列在胡同兩邊的牆下。

「我的偵緝處副處長撤了嗎？」方孟韋又望向孫朝忠。

孫朝忠：「沒有接到命令。」

「沒有就好。」方孟韋向自家大門走去。

胡同裡的憲兵碰腿致敬。

方邸一樓客廳。

方孟韋進了客廳便心裡一顫，愣在門口。

姑爹換了那身輕易不穿的中山裝，提著一口箱子正從二樓下來。

父親也換上了西裝，坐在沙發上，看著自己。

謝培東下了樓，走到客廳中間，將箱子放下了。

方孟韋慢慢走了過來，望著姑爹。

謝培東也望著他，淺笑了一下：「沒有事。」

沒有事是什麼意思！

方孟韋又轉望向父親。

方步亭沒有回頭看那架座鐘，而是望了一眼手錶，對謝培東：「收官了，下完吧。」

「恐怕下不完了。」謝培東向方步亭面前的茶几望去。

方孟韋這才發現，茶几上擺著圍棋。

方步亭：「那就下幾步算幾步。」

謝培東走了過去，在棋盤前坐下了。

方孟韋懵在客廳中，程小雲從餐廳那邊的樓梯口走過來了。

方孟韋直勾勾地望著她。

程小雲也一臉茫然，只搖了搖頭。

「到底怎麼回事？」方孟韋望著父親，聲音都發顫了。

方步亭剛夾起一枚棋子，瞥了一眼兒子：「外面的人沒有告訴你？」

方孟韋直望著父親。
方步亭：「沒有告訴你就不要再問。」
方孟韋疾步走了過去，站在茶几前：「大哥賣軍糧，這邊抓姑爹，是不是？」
程小雲顫了一下，也急忙走了過來，望著謝培東，又望向方步亭。
謝培東也望向了方步亭。
方步亭將指尖的棋子往棋盒裡一扔：「不到兩個月，我給他傅作義籌了五萬噸軍糧，夠他北平二十萬軍隊吃半年了，賣十車糧食給市民他們就抓人！」
謝培東：「國民黨已經沒有什麼祕密可言了，在這個家裡我們也犯不著替他們保守什麼祕密，告訴他們吧。」
「下不完了，不下了。」方步亭站了起來，「蔣介石來了，正在華北剿總開會，通知我們要去看金庫。」
方孟韋眼睛睜得好大：「姑爹也去？」
方步亭：「北平分行的帳都是你姑爹在經手，金庫有多少錢你姑爹也比我清楚。他們不是懷疑你姑爹是共產黨嗎？那就讓這個共產黨親自告訴蔣介石，不到兩個月，北平分行替他籌了多少黃金白銀外匯。」
方孟韋一顆心放下來，望向程小雲，見她也緩過了氣，不禁又望向了客廳中間的那口大箱子。
門鈴響了！
「王克俊來了。」方步亭向客廳門走去。
謝培東跟了過去，剛要提擺在客廳中間那口箱子。
方孟韋連忙過去提起了箱子。

「給你姑爹。」方步亭盯著方孟韋將箱子遞給了謝培東，「為了北平這些爛帳，他的兒子叫我的兒子查了我幾個月，折騰了我們幾個月，今天就交給他老子，該他們父子過坎了。」

＊　＊　＊

北平分行金庫外大街早就戒嚴了。

兩旁全是警備司令部的憲兵，鋼盔、鋼槍、皮靴！

小吉普車內，王克俊坐在副駕駛座上，低聲命令：「減速！」

後排座上，方步亭的眼中，車窗外，一把閃著藍光的鋼槍，又一把閃著藍光的鋼槍，還是閃著藍光的鋼槍！

方步亭轉望向坐在身旁的謝培東。

謝培東將那口箱子平放在膝上，也向他看來，兩人目光一碰。

車驟然停了，兩人都是微微一晃。

已是金庫大院門外，車前一隻手掌直著擋來，站著華北剿總警衛團團長！

王克俊下車了，警衛團長向他敬了個禮：「報告王祕書長，車停在外面，請步行進去！」

「知道了。」王克俊招了一下手。

兩個憲兵同時拉開了吉普車的後座車門。

方步亭從左邊下來了。

謝培東提著皮箱從右邊下來了。

王克俊的車不許進來，北平分行金庫大院內卻停著兩輛別克，一輛中吉普。

從大閘門一直到三面高牆下，站著的都不是憲兵，而是穿著粗布軍服挎著駁殼槍的軍人，這是傅作義的貼身衛隊！

金庫鐵門前，金警班不見了，站著八個穿中山裝的精壯漢子，每人左邊上衣口袋上方都戴著一枚黨徽。

王克俊領著方步亭、謝培東走向那八個中山裝。

王克俊主動掏出了手槍交給領頭的那個中山裝，向他笑道：「央行北平分行的方經理，謝襄理。」

領頭的中山裝回笑了一下，望向方步亭、謝培東：「幸會。侍從室的，需要例行檢查，請你們理解。」

方步亭亮開了兩手。

謝培東放下箱子，也亮開了兩手。

過來兩個侍從，非常專業而禮貌，從上到下很快便搜完了身。

領頭的中山裝目光又盯向了那口箱子。

謝培東掏出鑰匙開了鎖，掀開了箱蓋。

領頭的中山裝蹲下了，飛快地翻著一本本帳冊，又沿著皮箱內沿摸了一圈，蓋了箱子：「方經理、謝襄理可以進去了。」

方步亭：「有句話想問一下。」

領頭的中山裝：「請問。」

方步亭：「金庫是怎麼打開的？」

領頭的中山裝笑了一下：「你們央行的俞總裁也來了，他也有鑰匙。」

方步亭：「知道了，謝謝！」

領頭的中山裝手一伸：「請進。」

方步亭在前，謝培東提著皮箱在後，王克俊在最後陪著，走進了第一道金庫鐵門！

阜平縣華北城工部，一片嘀嘀答答的收發報聲。

沒有人說話，沒有人走動。

所有的報務員都面牆而坐，收報，發報，不知有漢，無論魏晉。

只有劉雲站在一號電臺前。

一號電臺報務員將一份剛剛譯完的電報遞給了他：「部長，北平城工部急電！」

劉雲接過電報，目光一驚！

電文紙上的內容：「曾可達、方孟敖將六十七噸軍糧賣給市民。蔣介石、傅作義、俞鴻鈞祕密查看北平分行金庫，方步亭、謝培東陪同。北平城工部。」

劉雲立即將電文紙遞給一號報務員：「全文報發中央！」

「是！」

北平分行金庫內，曾經空空蕩蕩的金庫，現在卻黃白閃爍！

澆鑄成二十五公斤一塊堆積的黃金！

謝培東的聲音：「截至昨晚入庫，黃金共十九萬八千七百六十五兩……」

浙江奉化口音的聲音：「好，很好……」

一排排央行特製的木箱整齊地打開了箱蓋，箱子裡全是整齊碼放的銀元！

謝培東的聲音：「截至昨晚入庫，銀元共四百八十萬三千五百塊……」

浙江奉化口音的聲音：「很好……」

一只只央行特製的綠色鐵皮箱都打開了箱蓋，箱子裡全是澆鑄好的銀錠！

謝培東的聲音：「截至昨晚入庫，白銀共八十萬兩……」

浙江奉化口音的聲音：「很好……很好……」

——金庫通道，這時已空空蕩蕩，沒有蔣介石，沒有傅作義，也沒有了俞鴻鈞！

金庫鐵門外，燈光下只站著謝培東和方步亭！

浙江奉化口音的聲音卻還在金庫內回響：「國家已到了生死存亡的關頭，穩定華北，穩定北平就拜託你們了……傅總司令五十多萬官兵的後勤補給也拜託你們了……中央再拮据，政府再困難，這些錢也會留在北平……留給北平人民，留給傅總司令……」

聲音漸漸遠去，金庫裡一片死寂。

方步亭望向空蕩蕩的通道：「培東，剛才那個電話你怎麼看？」

謝培東：「哪個電話？」

方步亭轉望向謝培東：「蔣宋夫人上海來的那個電話。」

謝培東：「牽涉到孔家、宋家……應該中了你說的那句話，輪到他們蔣家父子過坎了。」

方步亭：「你說，蔣先生去了上海，會站在兒子一邊，還是站在夫人一邊？」

謝培東：「傅總司令剛才說了一句話，你沒有聽到？」
方步亭：「什麼話，怎麼說的？」
謝培東望向了通道邊值班室門外：「蔣先生出去時，傅總司令沒有跟上，下意識發了一句感嘆……」
方步亭：「什麼感嘆？」
謝培東猶豫了片刻，說道：「不愛江山愛美人……」
「他說了這樣的話！」方步亭懵在那裡。
謝培東：「我們就當沒有聽到吧。」

阜平縣華北城工部，還是嘀嘀答答，此起彼伏，一片收發報聲。
劉雲站在一號電臺旁，看著剛剛收到的一份電文，眼中閃出了光！
電文內容：「蔣介石接宋美齡電話，午後從北平急飛上海，據悉為處理蔣經國與孔令侃揚子公司案。傅作義感嘆，蔣介石不愛江山愛美人。北平城工部。」
劉雲將電文啪地擱到一號電臺桌上：「急報中央！」
一號報務員：「是！」
一號電臺發報機鍵敲擊出的嘀答聲飛出了阜平上空，在天空回響！

＊　＊　＊

北平市民調會總儲倉庫大門外，已是晚上八點。

東邊街口併排幾輛大軍車的燈直射倉庫大門外！

——警備司令部的憲兵來了，組成了兵陣，隔絕了路口！

西邊街口併排幾輛大軍車的燈直射倉庫大門外！

——第四兵團特務營也來了，組成了兵陣，隔絕了路口！

方大隊的卡車橫著停在大門口，貨箱的擋板全都打開了，糧食賣完了。

買到糧的市民走了。

聞風而來有幸能擠到倉庫大門外的還有千餘人，被車燈照著，排著無數的佇列，高舉著金圓券！

更多的市民，還有聲援的學生被警備司令部的憲兵和第四兵團特務營擋在東西街口以外。

沉默，等待。

面對數不清執著舉在那裡的手臂，望著數不清的手裡高舉的金圓券，陳長武、邵元剛、郭晉陽，所有方大隊的飛行員都靜靜地站在自己的卡車旁。

東邊車燈後，憲兵隊伍前，一雙陰沉的眼在靜靜地望著，是孫朝忠。

西邊車燈後，特務營佇列前，另一雙兇狠的眼也在靜靜地望著，是第四兵團那個特務營長。

「怎麼回事？」一個聲音在特務營長身後響起。

特務營長倏地回頭。

是王蒲忱！

特務營長：「共產黨煽動市民暴亂，曾可達和方孟敖擅自賣了軍糧，王站長沒有接到抓人的命令？」

王蒲忱：「你們接到命令了？」

特務營長：「是。九點戒嚴抓人。」

王蒲忱：「誰的命令？」

特務營長：「李副總司令。」

「現在八點二十了。」王蒲忱看了一眼手錶，「報告李副總司令，我先進去見曾督察和方大隊長，弄清楚賣軍糧是不是南京的意思。真要抓人，也等我出來。」

特務營長：「好！」

王蒲忱望向東邊街口的孫朝忠：「到那邊去，把我的意思告訴孫副處長。」

特務營長：「是。」向對面的車燈走去。

王蒲忱避開了車燈，從人群邊悄悄走向大門。

北平市民調會總儲倉庫辦公室裡，電話靜靜地擺在長會議桌的正中。

曾可達坐在桌子那邊靜靜地望著電話。

方孟敖坐在桌子這邊靜靜地望著曾可達。

王蒲忱悄悄進來了，悄悄在門口會議桌的頂端坐了下來：「等上海的電話嗎？」

曾可達沒有接言，也沒有看他。

方孟敖沒有接言，也沒有看他。

「不能再等了。」王蒲忱接著說道，「九點就要戒嚴，那麼多人在門外，我們是抓，還是不抓？」

「有本事到城外抓解放軍去！」曾可達一掌拍在桌上，「再有本事到上海抓杜維屏、孔令侃去！」

王蒲忱被他拍了桌子，也倏地站起了！

方孟敖的目光緊接著向他射來！

王蒲忱鎮靜了：「可達兄，這裡只有我們三個人，你剛才說的話，我不傳，方大隊長也不會傳，今後不要再說。」

方孟敖的目光緊盯著他：「什麼意思？」

王蒲忱：「上海那邊有消息了，經調查，揚子公司屬於合法經營，經國局長沒有理由抓孔令侃。」

方孟敖倏地望向了曾可達！

曾可達沒有想像中的震驚，只是慢慢站起了，望著王蒲忱，問道：「去哪裡？是西山監獄，還是押解南京？」

王蒲忱也望著他：「誰去西山監獄，誰押解南京？」

曾可達兀自望著王蒲忱，只覺得支撐自己生命的力量在一點點流失。

王蒲忱：「你們賣了十車軍糧，還不及揚子公司一條船一次走私糧食的百分之一。在上海沒有誰能抓孔令侃，在北平也沒有誰要抓你曾督察。不要再提什麼反腐了，服從總統，堅決反共吧……」

第四十七章

遼闊的中國地圖上，東北營口，城方如匣，人湧如蟻，喊聲遙遠！

黑白的城樓上倏地閃出一飄紅色，小如葉片，越飄越大，覆蓋了營口，覆蓋了遼西，覆蓋了整個東北！

一九四八年十一月二日，東北野戰軍解放東北全境，遼瀋戰役結束。

紅旗倏地飄去，顯出了昔日燈光閃爍的上海外灘，中央銀行大樓！

同日，國民黨宣告幣制改革失敗，蔣經國在上海發布《告上海人民書》。

蒼涼的聲音在外灘上空飄蕩：「在七十天的工作中，我深深感覺沒有盡到自己所應盡到的責任，不但沒有完成計畫和任務，而在若干地方，反加重了上海市民在工作過程中所感覺的痛苦……除了向政府自請處分以明責任外，並向上海市民表示最大的歉意……」

歷史的畫面倏地甩掉中央銀行大樓，穿過雲層，撲向夜幕下的淮海！

一連串炮火依次在新安鎮、邳縣、萬年閘、臺兒莊、韓莊、碭山此伏彼起，最終響徹在徐州上空。

蔣經國蒼涼的聲音換成了一個歷史階段的告別。

國民黨幣制改革宣告失敗四天後，一九四八年十一月六日夜，解放軍華東野戰軍、中原野戰軍發起了解放戰爭規模最大的淮海戰役……

隨著蔣經國的聲音消去，炮火在徐州、歸綏（今呼和浩特）、太原四周次第隱滅。

一九四八年十一月十五日、十六日，為穩住傅作義華北軍隊，不使南撤與徐州國民黨中央軍匯合，中共中央命令放棄進攻太原、歸綏，部署包圍北平……

＊　＊　＊

北平市民調會總儲倉庫大門外，東邊街口已經設了哨卡，禁止通行；西邊街口也已設了哨卡，禁止通行！

一輛吉普孤零零地停在門外的街心，王副官靜靜地坐在駕駛座上。

鐵門向兩邊全部打開了，李營長在前，青年軍整齊地排成兩行站在大門外，鴉雀無聲。

李營長的目光倏地望向門內。

所有的青年軍整齊一致地望向門內。

門內，空空蕩蕩的倉庫大坪，曾可達一個人慢慢走出來了。

李營長和青年軍的目光迎著曾可達走出了大門外。

曾可達走到隊伍前方站住了。

佇列肅立！

曾可達倏地向佇列敬了個禮！

李營長和青年軍一起回禮！

放下了手，曾可達向青年軍們一一望去，說道：「七月六號到今天，快五個月了，感謝你們對國防部調查組辛勞工作，感謝你們對天津經濟區北平辦事處辛勞工作……今後，這裡的幾萬噸軍糧和軍需物資就拜託你們了……」

曾可達向李營長伸出了手。

李營長被他握住了手，不禁熱淚盈眶。

曾可達緊握了一下，向吉普走去，走了幾步，突然又停住了。

他望向了大門立柱上那塊牌子。

——「天津經濟區北平辦事處」！

曾可達走了過去，雙手取下了牌子，抹了抹牌子上的灰塵，覆過來將牌子輕輕地放在地上，再不回頭走上吉普。

吉普車立刻向東邊哨卡開去。

李營長率青年軍同時敬禮！

哨卡翹起，吉普開了過去。

＊　＊　＊

曾可達的吉普在方邸大院門前停住了。

小李開了院門上的小門，恭敬地讓在一邊。

曾可達跨進小門，目光愣了一下，快步走了過去。

方步亭長衫潔淨，拄杖站在院中。

曾可達走近了他，方步亭伸出了右手。

曾可達雙手握住方步亭。

兩人對望了少頃。

方步亭望向了院門。

小李悄悄出了小門，從外面將門關了。

「請進。」方步亭平行讓著曾可達。

兩人向一樓客廳走去。

方邸一樓客廳。

方步亭：「請坐。」

曾可達剛坐下，立刻又站起了。

——謝培東托著茶盤從廚房過來了。

曾可達轉望向方步亭：「經國先生囑咐，他的信只能單獨面交方行長。」

「我跟他。」方步亭指了一下走過來的謝培東，「禍福與共，就是一個人。請坐吧。」

曾可達只得又坐了下來。

謝培東在茶几上放好了茶盤。

曾可達看見了那把茶壺和那三個茶杯！

方步亭提起了茶壺先倒了一杯，雙手遞給曾可達。

曾可達雙手接了。

方步亭又給另外一個杯子倒了茶，對謝培東：「你敬曾督察一杯吧。」

謝培東端起了茶杯。

曾可達茫然地端著杯子。

謝培東：「八月十二，曾督察在大雨中陪我去找女兒，雖然沒有找到，我還是感謝你。」一口將茶喝了。

曾可達五味雜陳，慢慢也將茶喝了。

方步亭望向謝培東：「木蘭的事跟曾督察無關，我們今天不提了，你也坐吧。」

一把單人椅子早就擺在茶几這邊，謝培東坐下了。

方步亭轉對曾可達：「經國先生的信呢？」

曾可達從口袋裡掏出了信封，雙手遞給了方步亭。

方步亭從封口裡抽出了一紙信箋，看著看著，眼睛濕潤了。

沉默。

「你也看看吧。」方步亭將那紙信箋遞給了謝培東。

謝培東接過了信箋。

信箋上書：

呈外交部

王部長世傑臺鑑：

謹舉薦國防部預備幹部局上校方孟敖出任中華民國政府駐美利堅合眾國大使館武官。倘蒙特簡，報總統委任，則不勝感激！

蔣經國敬拜

民國三十七年十一月十八日

「培東。」方步亭端著茶杯站起來了。

謝培東也端著茶杯站起來了。

方步亭：「經國先生言而有信，孟敖能夠去美國了……我們請曾督察代致謝忱！」

曾可達立刻端著茶杯站起來了。

方步亭：「謝謝經國先生，也謝謝曾督察。」將茶喝了，接著望向了謝培東。

曾可達端著茶杯也在等著謝培東。

謝培東：「謝謝！」一口將茶也喝了。

曾可達也一口將茶喝了，把杯子放回茶几：「我在北平沒有任何職務了。幾個月來一事無成，反倒給方行長、謝襄理帶來很多麻煩，給北平人民帶來不必要的痛苦……最後一件事就是陪方大隊長回南京，幫助他盡快到美國任職。我住在華北剿總招待所，請你們將經國先生的舉薦信盡快交給方大隊長，我在那裡等他，最好明天就走。」

說到這裡，曾可達一步跨離沙發，取下大檐帽，向方步亭、謝培東深深鞠了一躬，轉身走了出去。

曾可達走得很快，方步亭、謝培東來不及送他，也沒有送他，兩個人都默站在那裡。

兩個人的目光都慢慢望向了擺在茶几上的那封舉薦信。

方步亭：「你打電話，還是我打電話？」

「我叫孟敖來吧。」謝培東走到電話前，拿起了話筒。

方邸二樓行長辦公室，門是開著的，燈也開了。

方孟敖走進門內，脫了大衣，掛上衣架：「我爸呢？」

謝培東坐在陽臺的椅子上，站起了：「在竹林裡。」

方孟敖走向陽臺，透過落地窗望向竹林。

十天前就立冬了，離小雪還有五天，薄暮時分，站在這裡都能感覺到竹林裡起了寒氣，卻不見父親的蹤影。

「信呢？」方孟敖轉過頭來。

謝培東將信遞給了他。

方孟敖一眼就掃完了，將信擺到桌上：「你同意我去嗎？」

謝培東：「我同意。」

「周副主席同意嗎？」方孟敖緊盯著謝培東。

謝培東深深地回望著他：「同意。」

「你們問過我同意了嗎！」方孟敖近乎吼問！

謝培東的臉色十分凝重了：「你這是質問我，還是質問周副主席？」

「我誰也不質問，我只問我自己！」

謝培東默在那裡，少頃：「有什麼話都說出來，坐下說，好嗎？」

方孟敖立刻坐下了。

謝培東也坐下了：「說吧。」

方孟敖：「一九四六年九月十日，農曆是八月中秋，崔中石在國軍筧橋航校發展方孟敖加入中國共產黨，到今天已經是兩年兩個月零八天了。這兩年兩個月零八天，共產黨沒有交給我一個任務，我也沒有為共產黨幹過一件事，唯一幹過的事就是將我的入黨介紹人害了……還有，就是今年八月十二日，朱自清先生是那天去世的，北平城工部的劉初五同志是挨著我的身子中槍倒下的，嚴春明同志，那麼多學生，還有木蘭都是在我眼前被抓走的。接著是下大雨，你去找木蘭……都知道他們回不來了，你忍著，我也忍著。我們為什麼要忍……現在，你們卻和國民黨一起安排我去當什麼駐美大使館武官！在你們眼裡我就是喜歡喝洋酒抽雪茄，是不是？可這一向我喝了酒閉上眼，看到的不是崔叔就是木蘭，你們知不知道！」

方孟敖已經淚光閃爍。

謝培東淚水也湧出來了。

方孟敖：「蔣經國利用我爭民心，現在民心已經喪盡，又利用我跟周恩來爭人心，比誰更講道德，更講人情，你們跟他比這個有意義嗎？」

「住口！住口！住口！」謝培東老淚迸湧，連續拍著桌子。

方孟敖沉默了。

謝培東：「你如果是這樣認識中國共產黨，認識周副主席，你現在就可以退黨。反正你也從來沒有為共產黨幹過一件事，就當崔中石沒有發展過你，想幹什麼你就去幹什麼……」

「那你給我把崔叔找來！」方孟敖也拍了桌子，「要退黨我也應該跟他說。你們能夠把他再叫回來嗎！」

謝培東崩潰了，坐了下去，望向窗外，望向已經黑沉沉的天空，再說話時，嗓音已經低啞：「崔中石同志永遠叫不回來了……你想幹什麼我決定不了，同意你退黨也不是我說了算。蔣經國寫了推薦信，我們沒有理由不同意。你自己不願意去，也很難有理由再在國民黨空軍待下去。這些你考慮過沒有？」

方孟敖：「我沒有那麼多考慮。我來本就是想告訴你，我能夠繼續留在北平，繼續在國民黨空軍待下去。」

謝培東又慢慢望向了他。

方孟敖：「美國已經通過了新的援華方案你們應該知道。」

謝培東還是望著他。

方孟敖：「新的方案由美國人監督執行，第一批軍備給的就是華北戰區，後天就會運到塘沽港。」

謝培東：「你怎麼知道的？」

方孟敖：「負責空運的人就是陳納德。原來行總的空運隊已經解散，陳納德要組建新的空運隊，人手不夠，知道我的飛行大隊在北平，他給我打了電話，希望我負責華北戰區的飛行任務。」

謝培東：「什麼時候？你答應了？」

方孟敖：「今天上午，我說願意考慮。」

謝培東倏地站了起來，下意識望向了辦公桌後的壁櫃，急劇思索。

方孟敖緊緊地望著他：「姑爹。」

「嗯……」謝培東轉望向方孟敖。

方孟敖：「八月十二日發糧的前一天晚上我問過你，如果決戰一起，周副主席和毛主席會不會同意我幫傅作義運送軍用物資，把他的五十萬大軍穩在平津，不讓他們出關，不讓他們南下，你回答我會同意。現在東北打勝了，淮海正在激戰，毛主席、周副主席就算已經有把握穩住傅作義華北的軍隊，也讓我參加一下好不好？」

謝培東望著方孟敖發亮的眼睛，又望向了窗外的竹林。

竹林已經黑魆魆一片。

謝培東轉過身來：「你爸那裡怎麼交代？」

方孟敖：「十年了，我應該留下來，陪陪他，陪陪這個家。」

謝培東點了下頭，望向了門邊的衣架，走過去，取下了方步亭的大衣，遞給方孟敖：「到竹林去，跟你爸慢慢談。」

「知道了。」方孟敖接過大衣，走出了辦公室門。

謝培東站在門內，看著方孟敖下了樓，關上了辦公室門。

轉身走到辦公桌後壁櫥前，按了壁櫥的開關。

壁櫥打開了，謝培東拉出了電臺，拖過椅子，坐下來，戴上了耳機！

* * *

華北剿總會議室外大坪。

一九四八年北平的冬天冷得更早些，彤雲密布，寒風只要停下來，恐怕就會下雪了。

會議室臺階下的警衛已經身著冬裝。

臺階上大門口幾個警衛一律穿著西北軍的棉服，一看便知道傅作義在裡面開會。

軍車，軍隊，不時從會議室側面的路上開過，進出南面的大門，看似整齊，已經露出亂象！

可憐曾可達，盛夏來的北平，雖也備了長袖軍服，卻抵不過北平的早寒，借了一件長棉大衣，坐在大樹下面，等著散會。

方孟敖拒絕了駐美使館武官的職務，卻被陳納德直接任命擔任了援華空軍華北戰區的空運隊長。曾可達多方聯繫建豐同志未果，向預備幹部局報告，得到的指示是，請見傅作義，密陳隱衷，將方大隊帶回南京。

會議室大門口的棉服警衛同時肅立，緊接著大門開了。

曾可達一振，站了起來。

王克俊出來了。

緊接著，兩個中將出來了，一個是中央軍第四兵團司令李文，一個是中央軍第九兵團司令石覺。

王克俊與他們握手送別。

曾可達快步向會議室大門臺階走去。

立刻，臺階下的警衛攔住了他。

幾輛吉普魚貫開到了臺階下。

李文上了第一輛小吉普，帶著一輛衛隊中吉普開走了。

石覺上了第二輛小吉普，帶著一輛衛隊中吉普開走了。

曾可達緊盯著會議室大門，等著傅總司令出現。

門口那幾個棉服警衛卻走進了大門。

曾可達大聲喊道：「王祕書長！」

王克俊並沒有進門，其實早已看到了曾可達，這時走下了臺階。

警衛不再阻攔，曾可達迎了過去，敬了個禮：「傅總司令呢？」

王克俊：「傅總司令從後門走了。」

曾可達急了：「國防部預備幹部局……」

「不用說了。」王克俊打斷了他，「你提的要求傅總司令命我向南京諮詢了，方大隊是陳納德將軍組建的空運隊，專責給華北戰區運輸美援物資，建制和任命都不在華北剿總。預備幹部局如果要調回這個大隊須經美國合作總署同意。」

曾可達：「通過哪個部門能夠去找美國合作總署？」

王克俊閃過一絲可憐的眼神：「蔣宋夫人。」

曾可達的眼中浮出了絕望。

王克俊看手錶了。

曾可達慢慢敬了個禮：「謝謝王祕書長，我走了。」

「什麼時候離開北平，我安排飛機。」王克俊剛伸出手。

「不麻煩了。」曾可達已經轉身走下臺階。

南苑機場外，專供汽車進出的大鐵門，崗亭，堡壘，戒備森嚴。

鐵門兩邊是隔離機場的鐵網，五步一人，拱衛機場。

曾可達的吉普在鐵門外約十米處靠左停在路邊。

吉普內，駕駛座上是王副官，曾可達坐在右邊，後視鏡能看見車後的路。

後視鏡裡，小吉普、中吉普駛來了。

曾可達推開車門，站在車旁。

駛來的小吉普，開車的方孟敖目光一閃，減速，將車停在右邊路旁。

中吉普跟著剎車了。

方孟敖跳下了車，對中吉普駕駛座上的陳長武：「你們先進去，做飛行準備。」

「是。」中吉普向大鐵門開去，車上的飛行員都看到了另一輛小吉普旁的曾可達。

方孟敖的小吉普裡還坐著郭晉陽和另外三個飛行員，看著隊長向曾可達走去。

握手，對視。

曾可達：「耽誤你們十分鐘。」

方孟敖：「好。」

曾可達沒有鬆手，拉著方孟敖下了路，走到荒地中。

「半年了，我向你辭個行。」曾可達望著方孟敖。

「回南京？」方孟敖也望著他的眼。

曾可達：「『孔雀東南飛，五里一徘徊』……去哪裡都不重要了。」

方孟敖：「還有什麼重要？」

曾可達：「沒有什麼重要，就想問你幾句話，這裡也沒有第三個人，你願意就告訴我。」

方孟敖：「請問吧。」

曾可達：「一開始我抓你，審問你，後來我們一起到了北平，一起共事。對我這個人你怎麼看？」

方孟敖：「我的看法這麼重要？」

曾可達：「對我很重要。」

方孟敖：「你是個專跟有錢人過不去的人。」

曾可達欣慰地笑了一下，沉默少頃，接著問道：「對經國先生你怎麼看？」

方孟敖：「他只是個孝子。」

曾可達臉色黯然了，透過大門，望向機場。

——機場跑道上停著好幾架C-47運輸機。

曾可達收回了目光：「最後一個問題，你可以回答，也可以不回答。」

方孟敖：「可以回答。」

曾可達：「七月六號，在南京特種刑事法庭，我逼問你是不是共產黨，你當時回答我就是共產黨。現在，你還會這樣回答我嗎？」

方孟敖笑了一下：「你只要這樣問，我還會這樣答。」

曾可達：「你是不是共產黨？」

方孟敖：「我就是共產黨。」

曾可達笑了。

方孟敖也笑了。

兩個人的笑聲引來了鐵門外警衛的目光，也引來了吉普車內那幾個人的目光。

曾可達收了笑聲，嘴角還留著笑容：「你真是共產黨，猜我會不會再抓你一次？」

方孟敖：「我猜不到。」

「再見了。」曾可達伸出了手。

方孟敖也伸出了手：「再見。」

兩隻手緊緊地一握！

曾可達的吉普又停在了西山監獄大院內。

曾可達在車旁舉目遠望，監獄還是那個監獄，西山已經不是那個西山，樹木凋零，落葉都沒有了。

「曾督察請稍等一下。」

風很大，執行組長站在小吉普旁，對坐在裡面的曾可達大聲說道：「剛抓了幾十個人，我們站長馬上出來。」

曾可達望向院內。

一輛囚車後門洞開，保密局北平站那些人長髮短髮在風裡忙亂。

曾可達：「你去忙吧。」

「是。」執行組長也忙亂去了。

曾可達望向了王副官。

王副官：「督察。」

曾可達望了他好一陣子：「你的履歷裡記錄，你原來教過半年小學？」

王副官：「那是高中剛畢業的時候。」

曾可達：「預備幹部局也解散了，你還是回去教書吧。」說著，抽出了上衣口袋的鋼筆：「跟了我這麼久，送給你留個紀念。」

「督察……」王副官伸出了手，心裡卻一陣慌亂，「我們不是還要回南京嗎……」

曾可達將鋼筆放到他的手中：「是。回南京後還要把所有的檔案送到國防部。」

囚牢那邊，王蒲忱出現了，頂著風，向這邊走來。

曾可達又看了一眼王副官，見他還半緊半鬆地拿著那支鋼筆，便幫他將鋼筆插到了他的上衣口袋，又替他整了整衣領：「在車裡等。」

曾可達下了車，王蒲忱迎了上來。

走進西山監獄站長密室，王蒲忱開了燈。

曾可達掃視著長桌上的電臺，電話。

他的目光定住了。

電話機上依然貼著「二號專線」！

曾可達走了過去：「平時跟建豐同志聯繫，是這部電話嗎？」

王蒲忱：「是。」

曾可達的手慢慢摸向了話筒。

王蒲忱：「已經停機了……」

「我知道。」曾可達的手依然按著話筒，目光卻望向了牆壁高處的窗口。

那個曾經十分熟悉卻又如此陌生的奉化口音像是從話筒裡，又像是從窗口外傳了過來：

「現在，我們失敗了……」

「我不曉得我們應該做什麼……」

「我不確定我們是否會再一起工作……」

「我們以後可能就知道，將來各位應維持紀律，照顧好自己……」

曾可達眼睛裡盈出了漠漠的淚光。

王蒲忱在他身後默默地掏出了菸。

「給我撥個專線。」曾可達依然背影對著王蒲忱。

王蒲忱將菸又慢慢放回了口袋：「哪個專線？」

曾可達：「總統府四組陳方主任。」

王蒲忱：「我們這裡……」

「保密局各地一等站都能打總統專線。」曾可達倏地轉過了身，「我以國防部預備幹部局和鐵血救國會的名義，蒲忱同志，請你配合。」

王蒲忱：「可達同志，還是回到南京……」

「不要再給我說什麼南京近還是月亮近了！」曾可達緊盯著他，「事關我們預備幹部局和鐵血救國會，事關經國先生，我要說的話將來會寫進歷史！希望你配合。」

王蒲忱又想了片刻：「好，我給你撥。」

拿起話筒，那邊立刻通了。

王蒲忱：「我是保密局北平站，有緊要情況報告，請給我接總統府四組陳方主任。」

等了片刻，王蒲忱：「通了。」將電話一遞。

曾可達接過電話。

那邊傳來了陳方的聲音：「王站長嗎？什麼事情不打二組，打到四組來了……」

曾可達：「是我，芷公，我是曾可達。」

那邊沉默了片刻：「是可達呀，怎麼還在北平，有事不能回南京說嗎？」

曾可達：「不能，芷公。」

那邊，陳方也嚴肅了：「很重要嗎？」

曾可達：「很重要。芷公，我們國民黨和國民政府很快就會寫進歷史。您負責總統府的文稿文案，我今天說的話能夠見證經國局長，也能夠見證我們黨國失敗的根源。同是江西人，文文山公說過『在齊太史簡，在晉董狐筆』，請您記下我的話……」

「曾可達！」話筒裡立刻傳來陳方冷峻的聲音，「我只是總統府一個小小的祕書，寫不了什麼歷史，也沒有義務為你們整理什麼講話稿。還有，今後不要再以什麼同鄉的名義往這裡打電話，請自重。」

那邊擱話筒的聲音很大，坐在門邊的王蒲忱都能聽到。

王蒲忱關注地望著曾可達的背影。

曾可達輕輕地擱了電話，慢慢轉了身。

王蒲忱站起了，這一刻他覺得眼前這個江西人比話筒那邊那個江西人要了不起。

王蒲忱：「還要不要打別的電話？」

「不要了。沒有誰再值得我打電話。」曾可達走到了門邊，走到王蒲忱面前站住了，「我寫了一封信，見到建豐同志，請你轉交。」

曾可達掏出了一個信封，遞給王蒲忱。

王蒲忱機敏地察覺到了曾可達的異樣，沒有接信：「回南京吧，到國防部交了差去杭州，建豐同志聽說在那裡。」

曾可達手中的信依然停在王蒲忱面前：「不見面了，見了面徒增悲傷。這封信我是仿五言詩體寫的……」

說到這裡，曾可達竟露出一絲羞澀：「詩以言志，可惜平時沒有好好學習，寫得不成樣子。給了建豐同志跟他說一聲，請懂詩的先生幫我改改。」

王蒲忱愣愣地接過了信封。

曾可達：「我知道怎麼走，不要送了。」

很快，曾可達便出了門。

王蒲忱看見門外的曾可達倏地拔出了槍！

王蒲忱站在屋裡，閉上了眼。

「砰」的一聲，震耳欲聾！

——門外，走廊裡，槍聲迴盪，曾可達的身軀重重地倒在水泥地上！

* * *

一九四八年十二月十三日，東北野戰軍占領了北平城外的宛平、豐臺，十二月十四日進至北平香山，直逼南苑機場，傅作義北平守軍南撤之路被徹底阻斷……

南苑機場，炮聲在西南方數公里處怒吼，機場彷彿都在顫動！

一架飛機在南方高空盤旋，不敢降落，轉而向東！

機場大坪，小吉普，中吉普，警衛大卡車，北平警備司令部憲兵，中央軍第四兵團警衛營，第九兵團警衛營，數百人在跑道週邊警戒。

王蒲忱站在警衛旁，孫朝忠站在警衛旁，聽著炮聲，望著天空。

跑道旁，王克俊、李文、石覺，還有隨侍副官，貼身警衛，一個個都在望著天空。

飛機從東方天際出現了，帶著顫抖，開始降落。

飛機顫顫悠悠，在跑道著陸，向王克俊、李文、石覺一行人滑來。

炮聲中，飛機停住了，一架懸梯倉皇地推向飛機。

王克俊、李文、石覺向飛機迎去。

機艙門開了，一個四星上將走出了艙門。

一九四八年十二月十五日，蔣介石派徐永昌飛赴北平與傅作義緊急密商……

三輛小吉普開過去了。

徐永昌由王克俊陪同上了第一輛小吉普。

李文上了第二輛小吉普。

石覺上了第三輛小吉普。

小吉普駛離跑道，開向機場大門，兩輛中吉普搶先開了過去，為小吉普前驅。

三輛滿載憲兵警衛的十輪軍卡立刻跟了過去，為小吉普殿後。

飛機艙門依然洞開。

機坪上只剩下了一輛保密局北平站的小吉普和北平警備司令部的中吉普，王蒲忱在前，孫朝忠在後，這時才向飛機快步走去。

艙門口一個熟悉的身影出現了！

徐鐵英穿著黨通局的中山裝，手臂上挽著一件呢子外套，提著他那只永遠的公事包，站在懸梯口望向炮聲中的西南方向，轉過臉露出笑，望著下面的王蒲忱和孫朝忠，走下了懸梯。

方邸一樓客廳，大門洞開。

謝培東站在門內。

徐鐵英站在門外。

寒風掃著竹林貫向開著的大門。

徐鐵英被風吹著，謝培東也被風吹著。

謝培東一動不動，也沒有任何表情，只望著徐鐵英的眼睛。

徐鐵英被擋在門外，沒有絲毫慍色，反而帶著歉笑望著謝培東。

遠處，其實也並不遠，炮聲像不斷的雷在寒風中傳來。

徐鐵英：「這裡都能聽到炮聲了……」

謝培東：「我們行長在二樓等。」接著，讓開了半個身子。

徐鐵英沒有立刻進去：「我想跟謝襄理先在一樓單談。」

謝培東轉身走了進去。

徐鐵英這才跟了進去。

「我們行長在二樓等。」謝培東不再看徐鐵英，「你自己上去吧。」

徐鐵英站在客廳中望了一眼二樓那道熟悉的門，轉望向謝培東：「有一樣東西，要請謝襄理先看看。」從公事包裡掏出一份卷宗遞了過去。

「給我們行長看。」謝培東向門外走去。

徐鐵英：「特種刑事法庭的訊問記錄。起訴人是你，被傳問人是我。」

謝培東站住了，背影對著徐鐵英：「特種刑事法庭的訊問記錄在你手裡？」

徐鐵英：「司法部借調出來的，事關令嬡，應該給謝襄理一個說法。謝襄理如果不看，我給你念一段……」

謝培東準備出門了。

「聽他念念。」方步亭出現在二樓欄杆邊，叫住了謝培東。

徐鐵英：「方行長……」
方步亭：「我能不能聽？」
徐鐵英：「當然能。」
方步亭：「請念吧。」
徐鐵英打開了卷宗：「『民國三十七年九月十六日。南京特種刑事法庭第二訊問室。訊問法官錢世明，被訊問人徐鐵英……』」
謝培東拿起了門邊櫃上一塊抹布，在門櫃上擦拭起來。
徐鐵英接著念道：「『問：央行北平分行襄理謝培東之女，燕大學生謝木蘭你關押在哪裡？』『答：我沒有關押謝木蘭。』」
方步亭望向謝培東。
謝培東拿著抹布走向了擺著相框的壁櫃。
徐鐵英：「『問：你在北平分行金庫對謝培東說，謝木蘭就在你手裡，作何解釋？』」
謝培東開始擦拭相框。
徐鐵英：「『答：我當時懷疑謝培東是共產黨，以此試探，說了假話。』『問：謝培東是不是共產黨？』『答：經過核查，沒有證據。』『問：謝木蘭是不是共產黨？』『答：不是。』『問：為什麼抓她？』『答：因為學潮，場面混亂，當時抓了幾百人。』『問：謝木蘭現在哪裡？』『答：當日遣散學生，據說去了解放區……』」
「行長。」謝培東望向二樓的方步亭，「還要我聽嗎？」
方步亭：「問題是他不念這個上不了樓呀。」
「那我就不念了。」徐鐵英合上了卷宗，走向謝培東，「後面有更詳細的記錄，還有後續調查。南京有明確態度，牽涉到任何人都會追究到底。」將案卷又遞了過去。

謝培東依然不看案卷，望向徐鐵英：「可你還是好好的站在這裡。」

「真是我，我接受審判。」徐鐵英轉望向方步亭，「方行長。」

方步亭也望著他。

徐鐵英：「北平戰況危急，徐永昌部長正在跟傅總司令緊急商談，這個時候南京可以派任何人來，為什麼派了我？您和謝襄理可以不相信我，請相信南京政府的誠意。」

方步亭望向了謝培東：「『苟全性命於亂世』，你也上來，聽聽南京政府的誠意吧。」轉身走進了辦公室門。

徐鐵英知道能夠上樓了，又遞去那份卷宗，望等著謝培東。

謝培東接過那份卷宗，輕輕擺到壁櫃上一個相框前，撩袍上了二樓。

徐鐵英去瞥那份卷宗時，猛地看到了相框中的照片！

——左邊是謝培東，右邊是方步亭，中間是謝木蘭！

——謝木蘭在笑望著徐鐵英！

徐鐵英倏地移開了目光，再看上樓的謝培東。

他的腳步聲竟暗合著窗外遠處傳來的炮聲！

必須上樓了，徐鐵英提著包跟了上去。

方邸二樓行長辦公室，還是陽臺，還是那幾把椅子，窗外已是冬天。

「『中央銀行臺北分行經理。』」方步亭幾乎是一字一頓地念了這個職務，接著將那紙任命書，連同取下的眼鏡遞給謝培東，「『日據五十年，百廢待舉』。俞鴻鈞總裁的任命書，寫得倒像《陳情表》，你也看看。」

謝培東接過了任命書和眼鏡放在了茶几上：「我就不看了。」

方步亭：「你是不看了，還是不願再當什麼分行的襄理了？」

謝培東：「你說呢？」

方步亭：「我也不會去當什麼臺北分行的經理。倒是有個問題好奇，想請教一下徐主任。」

徐鐵英：「方行長請問。」

方步亭：「我們之間的糾葛就不說了。戰事危急，兵臨城下，中央銀行就是要撤離北平分行，也不應該讓一個黨通局的聯絡處主任來辦這個事吧？」

徐鐵英：「這個應該回答方行長。正因為北平戰事危急，南京專門成立了北平重要人物和重要機關撤離委員會。我在黨通局負責的就是全國的聯絡工作，又在北平工作了一段時間，熟悉情況，因此安排任委員，主要任務之一就是幫助北平分行撤離。」

方步亭：「怎麼撤離？就是我們這幾個人，還是連房子一起搬走？」

徐鐵英：「安排方行長任臺北分行經理，北平分行的家底就是臺北分行的基礎。」

方步亭：「我們這幾個人可弄不起什麼臺北分行。」

徐鐵英：「當然包括北平分行儲備的國帑。」

「這就是了。」方步亭望向了謝培東，「天天打仗，南京居然還沒有忘記北平分行這點錢。錢就在金庫裡，徐主任打算怎麼運走？」

徐鐵英：「北平分行整體撤離概由方行長主理，人還有帳目連同金庫的國帑爭取一次飛運臺北，我只是負責協助。」

「我剛才說了，我不會去當什麼臺北分行的經理。」方步亭站了起來，「只能麻煩徐主任再回一趟南京，叫中央銀行先派一個北平分行的經理來，我跟他打移交。移交完了，新任經理想怎麼撤離就怎麼撤離。」

「這我就辦不到了……」徐鐵英也站了起來，「徐部長正在跟傅總司令商談北平的戰事還有撤離計畫。北平分行的撤離是重要內容，必須立刻執行。附帶轉告方行長，還有方大隊長的飛行大隊也要撤離。如果順利，北平分行和方大隊長的飛行大隊併在一起撤離，包括孟韋，方行長一家一起去臺北。這就是南京政府的誠意。」

＊　＊　＊

南苑機場外，西南方向的炮聲不知何時停了。

這裡的警衛卻更森嚴。

方孟韋的車也進不去了，站在崗亭外，等警衛打完了電話。

很快，機場內一輛小吉普開了過來。

方孟韋看見了開車的大哥。

方孟敖也看見了站在門外的弟弟。

方孟敖的小吉普在門內停了，他下了車，向門外走來。

「敬禮！」警衛向方孟敖敬禮，欄杆升起了。

方孟敖還了個禮，從欄杆下走了出來。

方孟韋望著大哥。

方孟敖望向了路旁那片荒地。

——他曾經跟曾可達告別的那片荒地。

方孟敖：「去那邊說吧。」

兄弟倆走向了那片荒地。

方孟韋：「徐鐵英來了。」

方孟敖：「知道。」

方孟韋：「他們要爹去當臺北分行的經理。」

方孟敖：「知道。」

方孟韋默默地望著大哥：「你怎麼想？」

「你願意去嗎？」方孟敖望向弟弟。

方孟韋：「不去。」

方孟敖：「那就不去。」

方孟韋：「徐永昌帶著蔣介石的手令，現在家裡銀行還有金庫都派了兵，徐鐵英還有王蒲忱盯在那裡。」

方孟敖笑了一下：「那就讓他們把北平分行搬到臺北去。」

方孟韋眼睛一亮：「你是不是有安排了？」

方孟敖：「我有什麼安排？」

方孟韋：「把飛機開到解放區去！」

方孟敖把弟弟好一陣打量，嚴肅地笑了一下：「你是共產黨，策反來了？」

方孟韋沒有笑：「大哥，我們倆誰是共產黨，你心裡明白，我心裡也明白。」

方孟敖：「你明白什麼？」

方孟韋：「崔叔是共產黨，姑爹是共產黨，你也是共產黨。不明白的是他們為什麼還讓你開飛機，還讓姑爹留在北平分行。大哥，共產黨有辦法，姑爹和你也有辦法。如果你們同意，徐鐵英、王蒲忱還有那個孫朝忠就交給我，這幾個人不能讓他們活著離開北平。」

「聽著。」方孟敖一隻手搭到了弟弟的肩上，「這個家一切聽爸的，爸聽姑爹的。你願不願意聽我的？」

「好……」

方孟韋：「我聽大哥的。」

方孟敖：「剛才說的話不要再跟第二個人說，接下來該怎麼做，我會找你。」

大門的警衛排長突然向這邊跑了過來。

方孟敖望向了警衛排長。

警衛排長敬了個禮：「報告方大隊長，華北剿總電話，南京長官的車隊就要來了，立刻要起飛。請方大隊長回營房。」

方孟敖：「知道是哪個長官嗎？」

警衛排長：「一級警衛，估計是徐永昌部長。」

方孟敖：「知道了。」

警衛排長又敬了個禮，跑了回去。

方孟敖深望著方孟韋：「接下來我們的對手不只徐鐵英，還有傅作義。聽我的，不要回家，也不要回警察局，去警備司令部當班，多長個心眼。」

「好！」

「快去吧！」

方邸外胡同街口，方步亭的奧斯汀也被攔住了，不許開進胡同！

街口是憲兵，胡同裡也是憲兵，還有保密局北平站的便衣！

面熟的都躲了，一個面生的警備司令部憲兵連長擋在車前：「奉命保護方行長的家，車輛一律不許入內！」

車內，小李回頭望向後排的程小雲。

程小雲跟身旁的何孝鈺對望了一眼。

何孝鈺：「我們下車吧。」

程小雲對小李：「去後備箱把何小姐的行李拿下來。」

「是。」小李推門下車。

「城外進來的吧？」憲兵連長擋到小李身前。

小李：「是。」

憲兵連長：「沒有遇到共軍？」

小李：「沒有。」

憲兵連長：「抬起手，接受檢查。」

小李盯向他的目光：「裡面的女眷也要搜身嗎？」

憲兵連長：「抬起手，少囉嗦！」

「狗的！」小李是北平人，噴出這句京罵，「回自己的家，車不讓進，人還要搜身。老子就不信了！」回到車內，把門一關：「氣不過了，夫人，讓我做一回主！」

點火，掛檔，開始踩油門。

程小雲：「你要幹什麼？」

「夫人小姐坐穩了！」一腳油門下去！

奧斯汀擦著那些憲兵，衝進了胡同！

憲兵還好，挨牆站著，幾個北平站的軍統差點被車撞了，閃得好生狼狽！

車在胡同大門口停了。

憲兵連長緩過了神，拔出槍，帶著兩個憲兵追過來了！

小李推開車門，挺身站在那裡！

程小雲從左邊推開車門下來了。

何孝鈺從右邊推開車門下來了。

追來的憲兵和門口的憲兵圍了過來！

小李迎著憲兵向大門走去，被兩個憲兵兩把槍擋著了。

憲兵連長氣咻咻走到小李面前：「身分？」

小李：「家裡的！」

憲兵連長：「家裡什麼人？」

小李：「司機。」

「抓了！」憲兵連長撂下這句話，剛轉身，立刻挨了一記耳光！

程小雲擋在他面前：「我抓不抓？」

憲兵連長懵在那裡，局面立刻僵了！

面熟的人終於出現了，北平站那個執行組長跑了過來！

執行組長：「誤會！都讓開，這是方行長夫人，還有方大隊長的未婚妻。讓開吧！」

程小雲對小李：「你去開門，我們拿行李。」

程小雲領著何孝鈺、小李走進一樓客廳時，方步亭和謝培東已經站在那裡等候。

「中央銀行臺北分行夫人的駕也敢擋。」方步亭笑看著程小雲，又轉望向謝培東笑道，「這麼多年，我們還真沒想到小雲也會打人……」

「好笑嗎？」程小雲打斷了他的笑，「十年前就有家難歸，現在到了家門口都進不來，你覺得自己挺有能耐嗎？孝鈺，我們上去。」

程小雲提起了一口小皮箱，向樓梯走去。

何孝鈺提起了一口小藤箱，向方步亭、謝培東望了望。

方步亭、謝培東都點了下頭。

何孝鈺這才向樓梯走去。

還有兩口大皮箱，小李站在那裡，望著方步亭。

方步亭：「送上去吧。」

「是。」小李一手一只大皮箱，拎著向樓梯走了過去。

方步亭望向二樓，謝培東也望向二樓。

程小雲在二樓欄杆邊停下了，望著一樓的方步亭：「告訴你，我可不是什麼中央銀行臺北分行的夫人！要夫人，到臺北找去！」走進了原來謝木蘭住的那個房間。

何孝鈺跟著進了房間。

小李將皮箱送進了房間。

方步亭、謝培東再對望時臉色都肅穆了。

方步亭：「上樓，繼續談。」

兩人從這邊樓梯復向二樓辦公室走了上去。

「假如，我說的是假如。」方步亭深深地望著謝培東，「你是共產黨，而且是能給周恩來出主意的共產黨。你知道了國民黨給我安了個臺北分行經理的職務，要我把北平分行金庫那麼多錢還有他們那麼多爛帳帶走，你會給貴黨周副主席提什麼建議？」

謝培東：「我不會提任何建議。」

方步亭眼神變了：「黃鶴樓上看翻船？」

謝培東搖了搖頭：「真是共產黨，我謝培東黃鶴樓上看翻船，周恩來也不會黃鶴樓上看翻船，因為翻的船是共產黨的船。戰局已經十分分明，共產黨遲早要進北平，第一件事就是要面對北平兩百萬民眾的饑寒。當家方知柴米貴，周恩來不需聽任何人的建議，也知道北平分行金庫那些錢對他何等重要。」

方步亭眼睛一亮：「要怎麼做才能不把錢運走？」

謝培東望了他好一陣子：「內兄，我瞞了你二十年你怪不怪我？」

方步亭：「你也幫了我二十年，尤其幫了孟敖。」

謝培東站起了，去開了門：「小李！」

方邸二樓走廊，小李剛提了一桶水上樓，走到謝木蘭原來那個房間門口，回頭應道：「在。」
謝培東在對面辦公室門口：「你過來一下。」
小李放下水桶，望向房間內。
房間內程小雲的聲音：「你去吧。」
「是。」小李向辦公室門走來。
「行長，謝襄理。」小李一如平時恭謹，站在門口，兩手在褲腿上輕輕地擦乾水。
方步亭望了他好一陣，又轉望向謝培東：「他也是？」
他省掉了「共產黨」三個字。
心照不宣，謝培東點了點頭。
方步亭望了一眼門外：「我們家還有誰是……」
謝培東：「沒有了。」
方步亭：「你們說吧。」
謝培東：「什麼也不要瞞行長了。你去接何小姐時接頭的人怎麼說？」
小李猶自警惕：「什麼都能說嗎？」
謝培東：「說吧。」
小李：「是。張部長有一個電話打來，讓謝老證實一下他的身分。」
謝培東：「向誰證實身分？」
小李：「沒有告訴我。」
謝培東：「去吧，不要向夫人和何小姐暴露自己的身分。」
「是。」小李去開門前還不忘望向方步亭，「行長，我去了。」

門又從外面關了。

方步亭再望謝培東時已經滿眼求問！

謝培東：「等那個電話吧。」

＊　＊　＊

南苑機場，日薄黃昏，天氣在下午放晴了，西南方向炮聲也停了，機場只有微風。

跑道旁，王克俊、李文、石覺，還有徐鐵英都抬著頭，目送徐永昌的飛機。

飛機已向東邊飛去，漸成黑點，消失在天際！

王克俊、李文、石覺的小吉普和警衛的中吉普都開過來了。

王克俊對徐鐵英：「徐主任跟李司令、石司令先走吧，方大隊我來傳達命令。」

徐鐵英：「拜託王祕書長了。」握了手，走向李文的車。

李文、石覺已然上車，徐鐵英上了李文的車，兩個兵團司令的車隊急速駛離了機場。

王克俊轉對隨侍的副官和警衛：「你們在這裡等。」

「是。」隨侍副官和王克俊的警衛留在了小吉普、中吉普旁。

王克俊帶著一個上校向機庫方向走去。

方孟敖的值機室便設在機庫內。

見王克俊帶著那個上校進來，方孟敖無聲地敬了個禮。

王克俊沒有還禮，只笑了一下：「坐吧，坐下談。」

方孟敖等著王克俊坐下，看著那個上校關了門過來坐下，才在他們對面坐下了。

王克俊從身旁的上校手裡接過了軍令夾，打開：「剿總軍令。」

方孟敖又站起了。

王克俊依然坐著，看著軍令：「方孟敖特別空運隊接此命令，即飛赴塘沽港裝運物資，十六日、十七日滿架次為新保安國軍第三十五軍、懷來國軍第一零四軍空投軍需。完成空投後，十八日返回北平，另有任務。此令！」

念完，王克俊隔桌將那紙軍令遞了過去。

方孟敖雙手接過了軍令。

王克俊沒讓方孟敖坐下，笑望了一眼身旁的那個上校，又笑望向方孟敖：「具體任務細節，由剿總作戰處詳細傳達。你們見過嗎？」

方孟敖：「沒有。」

王克俊對那個上校：「自己介紹一下吧。」

那個上校慢慢站起了。

——竟是張月印！

張月印微笑道：「我是謝培東謝襄理的朋友。」說著伸過手去。

方孟敖審慎地看著他，慢慢地伸過了手。

握了一下手，張月印望了一眼桌上的電話，對方孟敖：「謝襄理在那邊等我們的電話。方大隊長撥還是我撥？」

方孟敖：「你撥吧。」

「好。」張月印拿起了話筒，撥號。

謝培東和方步亭一直在等這個電話。

方步亭第一次覺得這部電話鈴聲如此巨響，緊緊地望著謝培東。

等電話響了三聲，謝培東才拿起了話筒：「北平分行，請問哪位……」

南苑機場機庫方孟敖值機室裡，王克俊不知何時已走到了門邊，點燃了菸。

張月印拿著話筒：「謝襄理嗎？我是剿總作戰處張參謀呀，前不久見面我們聊過的那個話題還記得嗎？朱熹那個話題……」

說到這裡，張月印望向方孟敖。

方孟敖依然坐著，並不看他，只望著桌面。

而方邸二樓這邊，方步亭卻一直望著謝培東。

謝培東想了想，笑了一下：「月映萬川……是嗎？」

值機室內方孟敖依然望著桌面，聽張月印回話。

張月印笑道：「謝襄理好記性。是這樣，我現在跟王克俊祕書長在南苑機場……」

張月印竟跟王克俊在一起！

謝培東也不禁一愣：「請說……」

張月印接著說道：「方大隊長也在這裡。剿總有個任務，方大隊長要離開北平幾天，王祕書長特地關照要跟方行長說一聲。方行長在嗎？」

謝培東望向了方步亭。

方步亭在一直望著他。
謝培東：「我們行長在樓下，要叫他接電話嗎？」
「不用叫我爸了。」方孟敖倏地站了起來，「我來說吧。」
——方孟敖竟然能聽見話筒裡的聲音！
張月印眼中閃過一絲驚詫，對話筒說道：「不用了，方大隊長要跟您說話。」將話筒遞給了方孟敖。
方孟敖：「姑爹，這兩天有飛行任務，不能回家了，您告訴家裡一聲就是。」
謝培東：「知道了，你執行剿總的任務吧。代家裡謝謝王長官，謝謝張參謀。」
見謝培東放了話筒，方步亭從一旁的椅子上站起了：「孟敖跟那邊的人在一起？」
謝培東：「還有剿總的王克俊祕書長。放心吧。」

這邊，張月印也已掛了電話，坐了下來，望向方孟敖。
方孟敖卻依然站著，望向門口王克俊的背影。
張月印：「說好了，我們談就是。」
方孟敖慢慢坐下了：「跟誰說好了？是他，還是傅總司令？」
「有紀律。」張月印收了笑容，「這個問題我不能回答，請你理解。」
方孟敖直望著張月印。
張月印：「北平二十五萬守軍，其中一半是中央軍的第四兵團和第九兵團，他們名義上歸傅作義指揮，實際上只聽蔣介石的命令。我這樣解釋你能不能理解？」

方孟敖這才答道：「我理解。」

「理解就好。」張月印壓低了聲音，「徐鐵英來北平，一是以撤離北平分行的名義把錢運走，還有就是策動第四兵團、第九兵團負隅頑抗。今天安排你去執行空投任務，就是為了打亂南京的計畫。後天，我軍就會完成對北平的包圍，同時會占領南苑機場，你們再返回時飛機就不能在這裡降落了。」

方孟敖眼睛亮了：「飛到哪裡去？」

張月印：「這就是我今天見你的主要原因。方孟敖同志，這是組織第一次給你下達命令，請記住，十八日你們的飛機務必返回北平，在城內東單臨時機場著陸。」

方孟敖：「東北已經解放了，為什麼還要在北平降落？」

這突然一問，把張月印也問住了。

他望著方孟敖，只好答道：「答案在上級，我只負責傳達。」

方孟敖：「哪個上級？」

面對這個特別黨員，張月印這才有些理解謝培東和崔中石工作的難度了，想了想，站了起來：

「中央。」

第四十八章

時過兩天，一九四八年十二月十七日清晨，解放軍的炮火果然覆蓋了整個南苑機場！

當天，東北野戰軍程黃兵團進占門頭溝、石景山、萬壽寺，逼近北平西直門、德勝門，從北面、西面包圍了北平。蕭勁光兵團進占廊坊、武清，並奪取了南苑機場，從東面、南面包圍北平。

傅作義二十五萬大軍已全部退守北平，誓言據城死守。

黃昏時分，炮火突然停了。

方孟敖特別空運大隊的飛機返回北平，已經不能在南苑機場降落了。

第一架C-47的駕駛艙內，方孟敖俯瞰飛機下的北平，像航拍的黑白照片，又像沉睡的史書！

「特飛大隊呼叫！特飛大隊呼叫！聽到請回答！聽到請回答！」方孟敖在耳機話筒邊呼叫。

「收到！收到！報告你們的方位！報告你們的方位！」

方孟敖：「我們已到北平上空！請指示降落地點！」

「特飛大隊！特飛大隊！同意你們降落！請注意降落方位！」

方孟敖：「收到！請指示降落方位！」

「特飛大隊注意！特飛大隊注意！降落點為東單臨時機場！跑道長為六百米，寬為三十米！由南向北，參照物為東南三層樓群！請你們自己掌握降落高度和坡度！請你們自己掌握降落高度和坡度！注意共軍炮火！注意……」

「明白！」方孟敖將對講轉為了高頻，「一號呼叫二號、三號！聽到請回答！」

第二架C-47駕駛艙內，陳長武：「二號收到！一號請指示！」

第三架C-47駕駛艙內，邵元剛：「三號收到！一號請指示！」

方孟敖：「降落點跑道長為六百米，寬為三十米，降落難度很大！我率先降落，你們注意觀察我的降落高度和坡度！注意間距離降落！注意間距離降落！」

陳長武：「二號明白！」

邵元剛：「三號明白！」

方孟敖的C-47突然升高，側轉，向南方上空飛去。

第二架C-47，第三架C-47跟著升高，側轉，也向南方上空飛去。

方孟敖的C-47調整好了高度和角度呈坡度向北平城降去。

底下便是東單臨時機場。

方孟敖的C-47已經停在跑道旁的臨時停機坪。

陳長武的C-47也已經停在方孟敖的飛機旁邊。

駕駛艙內，方孟敖抬頭望著天空。

邵元剛的飛機也俯降了。

方孟敖對著耳機話筒：「下機！」

飛行大隊在臨時機場跑道列隊了。

幾十米外，前來接機的竟是徐鐵英！

但見他帶著笑容，幾個中山裝跟著，還有就是第四兵團特務營的一個班，向他們走來。

突然，另一個方向也傳來急促的跑步聲！

一隊身著西北軍棉冬裝挎著盒子槍的軍人急速跑過來了。

——是傅作義警衛團的人！

行進途中，傅作義警衛團這一隊人馬分成了三隊。

一隊跑向飛機，在三架飛機週邊站住了。

一隊跑到方孟敖飛行大隊前列隊站住了。

一隊迎向了走過來的徐鐵英諸人，一個領隊的伸出手掌止住了徐鐵英。

徐鐵英這時離方孟敖大隊也就不到十米，突生變故，愣在那裡。

棉冬裝都沒有軍銜，但見一個三十開外的人走到方孟敖面前，敬了個禮。

方孟敖還了軍禮。

那個三十開外的人個頭很大嗓門也大，帶著山西腔：「傅總司令軍令：北平所有軍政人員一律不許撤離，違者處嚴刑！方大隊長，飛機我們接管了，你們回去待命。」

方孟敖笑了一下，轉對飛行員佇列：「回去洗澡，休息！」

飛行員們集體沉默了少頃：「是！」卻一個人都沒有動，依舊望著方孟敖。

方孟敖招了一下手，陳長武過來了。

方孟敖：「我回家一趟，你帶大家去澡堂子洗澡，吃飯，有事到家裡找我。」

陳長武：「是。」走向佇列。

方孟敖取下飛行帽向徐鐵英方向走去。

徐鐵英望著走過來的方孟敖。

「飛不了了。」方孟敖跟他擦身而過，輕輕撂下這句話，走了過去。

接著，陳長武領著飛行隊從徐鐵英他們另一邊跑了過去。
身後的人都望著徐鐵英。
「去華北剿總。」徐鐵英轉身向新華門方向走去。

＊　＊　＊

方邸一樓客廳。
浴室裡傳來一大桶水從頭傾下的聲音。
方步亭坐在沙發上望著謝培東。
謝培東坐在沙發上望著方步亭。
方孟敖只穿了一件白色的軍襯衣，黃色軍長褲，乾毛巾擦著頭出來了。
接著樓梯也響了，程小雲、何孝鈺捧著衣服下來了。
方孟敖操起餐廳椅子上的皮夾克走了過來：「程姨。」
程小雲：「試試衣服。」
方孟敖望了一眼她們手裡捧著的衣服，開始穿皮夾克：「家裡的衣服我都不合身。」
方步亭：「叫你試試有那麼難？」
何孝鈺：「外衣是程姨照你的尺寸在外面定做的，毛衣是程姨自己織的。」
方孟敖才套了一個衣袖，停在那裡。
何孝鈺將毛衣遞了過去，接過了方孟敖手裡的夾克。
接過毛衣，方孟敖立刻穿袖套頭，套住了剎那冒出的心酸，穿好後笑道：「正合身。」

目光都望向他。

低領，墨綠色，露出襯衣白領，十分搭配。

程小雲：「試試這個。」遞過來一件細呢黑色外套。

方孟敖的眼神變了，望著程小雲手中展開的外套，沒有去接。

氣氛一下僵住了。

方步亭：「是我跟你程姨說的。孟敖小時候吵了好幾次，要他媽照著小說裡堂吉訶德的樣子做一件細呢黑色披風，被我罵了。你們程姨費了心思，做了這件外套……小雲，他不願穿就收起吧。」

方孟敖接過來一甩，穿上了：「謝謝程姨。穿了十年的軍裝，今後可以不穿了。」

方步亭難得如此欣慰，站了起來：「老話說得好，前人強不如後人強呀。孟韋的衣服也做好了吧？」

程小雲：「做好了。」

方孟敖望了父親一眼，倏地望向謝培東。

謝培東：「上樓吧，行長有話跟你說。」

二樓辦公室，陽臺茶几旁，不知話題如何不對，三人這時都沉默著。

方步亭望著家裡這一老一小兩個共產黨：「『人情似紙張張薄，世事如棋局局新』。孟敖剛才問我有錢做衣服怎麼就沒錢去管一下崔中石的家小。培東，今天當著孟敖我們正好把話說清楚。人情再薄，我也不會薄到不管我銀行職員的孤兒寡母，問題是崔中石的家小有共產黨在管了，我方步亭的後路還得自己安排。」

方孟敖望了一眼姑爹，又望向父親。

方步亭：「現在，就是個拉洋車賣香菸的都知道國民黨敗了，共產黨要得天下。可有幾個人真知道國民黨為什麼會敗，共產黨為什麼會勝？我為他們搞了二十多年銀行，我知道。在中國幾千年貧富不均的病根不除，西方那套金融經濟只能是火上澆油。我不會再為國民黨去臺灣搞什麼銀行，學的這一套共產黨也用不上。我還能幹什麼？好在無錫老家那幾十畝田去年就讓族人賣了，攢的一些錢也都買了金圓券，在鄉下，在城裡我都不算剝削階級了。北平這個仗一打完我就和你程姨回老家去，我們倆教個中學小學總還可以。這個家唯一放心不下就剩下一個小兒子了。孟韋從小聽話，被我安排在三青團國民黨中央黨部都幹過，想為共產黨做事也已經晚了。培東，把你們的安排說說？」

什麼安排？方孟敖倏地望向了謝培東。

謝培東沉默了少頃，說道：「上面已經同意，這幾天就安排孟韋帶著崔中石的老婆孩子一起去香港。」

方孟敖：「崔嬸和兩個孩子在哪裡不可以安排，為什麼要安排去香港？」

謝培東的目光越來越深了：「我在中央銀行幹了二十年，瞞了你爸二十年，也瞞了國民黨二十年，能夠瞞這麼久，是因為我們做好了瞞一輩子的準備。歷史是人寫的，可很多人都寫不進歷史。就像我和你崔叔，北平解放了，全中國都解放了，我們在黨內的身分可能還要瞞下去。你崔叔的身分不能公開，你們崔嬸還有伯禽、平陽在北平或是上海生活就很難安排。去了香港，可以給他們開個小店面，一家人生活，兩個孩子上學就能解決。你爸幫了我二十年，也等於幫了共產黨二十年，現在他提出讓孟韋去香港上大學，於公於私我都沒有理由不答應。跟上級請示了，已經同意，讓孟韋和你們崔嬸一家一起去香港。」

方孟敖好一陣心潮翻湧：「孟韋自己願意嗎？」

謝培東：「還沒跟他說，讓你跟他說。」

方孟敖：「怎麼說？」

謝培東：「孟韋是個重感情的人，跟你崔叔感情最深。就說是為了護送崔叔一家，他會願意。」

方孟敖慢慢站起了：「崔叔的事也不能再瞞崔嬸了。走之前，應該帶他們去看看崔叔。」

謝培東沉默了少頃也站起了：「去吧。西山已經駐了解放軍，我們自己的人會安排。關鍵是出城，要請王克俊祕書長開特別通行證，還要注意避開徐鐵英和王蒲忱。」

* * *

燕京大學的校車開到西山那條路的盡頭停下了。

前面車門開了，燕大總務處那個范主任跳了下來，拉開了後面的車門：「下車吧，小心點。」

第一個下車的是何孝鈺，伸出手接下了葉碧玉。

方孟敖穿著便服，一手提鍬，一手抱著伯禽下了車。

接著是方孟韋抱著平陽下了車。

回頭望去，路的遠處能看見持槍的解放軍。

向上望去，隱約可見那座西山監獄。

范主任確實殷勤，從車裡又提下了籃子遞給何孝鈺：「你們去吧，山上路滑，小心點，我在這裡等。」

何孝鈺：「謝謝范主任。」

范主任：「應該的，放心吧。」

西山監獄後的西山，方孟敖站住了，放下了伯禽。

方孟韋也站住了，放下了平陽。

兩個人都向上面不遠處望去，又同時回頭望向後面的葉碧玉和何孝鈺。

葉碧玉被何孝鈺攙著，停在那裡，已經流淚了。

何孝鈺輕聲說道：「崔嬸，現在還不能讓孩子知道……」

「曉得……」葉碧玉揩了眼淚，也不再讓何孝鈺攙扶，自己向上面走去。

何孝鈺提著籃子竟跟著走去。

方孟敖和方孟韋這才各自牽著伯禽、平陽向上面走去。

好些墳，相隔都不遠，有些有碑，有些沒有了碑。

方孟敖和方孟韋在一座無碑的墳前站住了，望著走過來的葉碧玉。

葉碧玉看了看方孟敖，又看了看方孟韋，接著望向那座墳。

夏天的墳，居然長出了草，雖已枯黃，滿坯都是。

方孟敖一鍬鏟進了墳前的土。

一鍬，兩鍬，鏟了幾鍬，方孟敖從土裡拿出了一個瓶子。

何孝鈺一眼便認出了，是陳納德送給方孟敖的那瓶紅酒！

伯禽、平陽都睜大了好奇的眼。
方孟敖：「是這裡。」
何孝鈺從籃子裡拿出了蠟燭，方孟敖用打火機點燃了。
葉碧玉蹲下了，拿出了紙錢在蠟燭上點燃。
伯禽似乎感覺到什麼，沒有敢問。
平陽走過去幫媽媽拿紙錢，悄悄問道：「這是誰……」
葉碧玉已經滿臉淚水：「我們家的親戚……叫哥哥也來燒吧。」
伯禽也已走了過來，點燃紙錢。
方孟敖望著何孝鈺：「你在這裡陪著。」
何孝鈺噙淚點了點頭。
方孟敖轉對方孟韋：「跟我來。」
兄弟倆穿過松樹林，向左邊更上方走去。
一座老墳，半截斷碑！
「康熙三十七年立」幾個字撲向方孟敖的眼簾！
方孟敖望著那半截殘碑沉默了好一陣：「知道這裡埋著什麼嗎？」
方孟韋：「埋著誰？」
方孟敖：「馬漢山。」
方孟韋睜大了眼又看了看這座老墳：「不會是馬漢山。」
方孟敖望了一眼遠處，回頭將鍬遞給方孟韋：「馬漢山在碑前埋了東西，挖出來，崔嬸一家在香港足夠生活了。」

方孟韋明白之後，心裡還是一震。
鍬進鍬出，土飛土落！
「錚」的一聲，鏟著了硬物！
扒開了土，一個裝子彈的鐵盒！
鐵盒捧出來了，好沉。
方孟韋：「是什麼？」
方孟敖：「打開，打開看看。」
方孟韋打開了盒蓋，一片黃光晃到臉上！
——滿滿的一盒，全是金條。
方孟敖在盒子邊坐下了：「坐。」
方孟韋也在盒子邊坐下了。
方孟敖：「知道這個馬漢山為什麼要把這些東西都給崔嬸嗎？」
方孟韋：「因為你放了他一馬。」
方孟敖嘆了口氣：「也不全是。孟韋，假如我們不是生在這樣一個家裡，當年就在上海灘混，你說你哥會不會變成馬漢山這樣的人？」
方孟韋：「不會。」
方孟敖：「你怎麼知道不會？」
方孟韋：「你要變也會變成王亞樵那樣的人。」
方孟敖在弟弟肩上打了一拳：「還是我弟知道我的為人。」
方孟韋：「哥，你說，我們這些人都在幹些什麼？我們幹的這些事都是什麼事？」

方孟敖蓋上了盒蓋，站了起來：「有些事現在想不明白，今後能想明白。有些事現在想不明白，今後也想不明白。還有個地方，也去看看。」

方孟韋慢慢望向大哥：「能不能不看了？」

「那就不看了。」方孟敖扛起了那一子彈盒黃金。

方孟韋站起了：「去看看吧。」

穿過幾棵老樹，方孟韋猛地站住，懵在那裡！

一塊碑還很新，一行字撲面而來！

——「江西曾可達之墓」！

方孟韋慢慢轉頭望向了大哥。

方孟敖將鐵盒放在墓碑邊，掏出了一支菸，點燃了，插在碑前。

方孟敖：「這個人抓過我，審過我，來北平跟崔叔過不去，跟我們一家過不去。記得在五人小組你還跟他吵過。」

方孟韋沒有接言。

方孟敖：「他為國民黨也算得上忠心耿耿，臨走前卻連個說話的人都沒有，專門到機場跟我告了別……」

方孟韋：「說了什麼……」

方孟敖：「他問我對他怎麼評價，我說他是個專跟有錢人過不去的人。接著他又問我到底是不是共產黨，我說是。他讓我猜，回到南京會不會再抓我一次，我說猜不到……當時還真沒想到他會這樣，要知道是蓋棺定論，我應該對他評價更高一點。」

方孟韋：「評價再高有用嗎？」

方孟敖深深地望著弟弟：「去了香港買一本《吉訶德先生傳》看看。好些問題在那本書裡有答案。」

＊　＊　＊

送走了方孟韋和崔中石一家，方孟敖帶著何孝鈺來到了燕大東門外文書店。

那個索菲亞女士陪著他們上了二樓，開了門鎖，永遠是教堂裡那種笑容：「（英語）梁先生說過，你們會來。」

何孝鈺、方孟敖對望了一眼。

何孝鈺轉對索菲亞女士笑道：「（英語）是的，謝謝索菲亞女士。」

索菲亞女士：「（英語）一會兒見。」下了樓。

何孝鈺和方孟敖進了房門。

桌子和椅子，滿牆的書架和書。

何孝鈺站住了。

方孟敖站住了。

冬日的光在窗外流動起來，越流越快，流進了房間！

整個房間被流光影現出了一幕幕：

梁經綸和何孝鈺……

梁經綸和方孟敖……

梁經綸和謝木蘭……

書桌上方的燈啪的亮了，流光瞬間退出了窗口！
方孟敖開了燈，走到書桌前坐下了：「左邊第二個書架第二排的第一本。」
何孝鈺慢慢走到書架前，目光望向第二排第一本書。
──《吉訶德先生傳》！
「是《吉訶德先生傳》嗎？」何孝鈺回頭望向方孟敖。
方孟敖沒有回頭：「是，第三章，有一段用圓圈做的標注。」
何孝鈺心中一悸，慢慢抽出了那本書，慢慢翻到了第三章。
──幾行小圓圈，畫得很圓，標記在幾行字下！
「找到了？」方孟敖沒有回頭。
何孝鈺：「找到了……」
方孟敖：「我來背背，你看對不對。」
何孝鈺望著書中標注的那幾行字！
方孟敖的聲音彷彿要把書中的字喚了出來：
我底豐功偉績值得澆築於青銅器上，銘刻於大理石上，
鐫於木板上，永世長存；等我底這些事蹟在世上流傳之時，
幸福之年代和幸福之世紀亦即到來……
方孟敖的聲音在小屋環繞！
「過來吧。」方孟敖在輕輕召喚何孝鈺。

何孝鈺捧著那本書，抑制住心中的翻騰，把書插回書架，走到書桌，在方孟敖對面慢慢坐下了。

方孟敖：「知道梁經綸為什麼要標注這段話嗎？」

何孝鈺無法回答。

方孟敖：「那天我翻到這一段也想了很久，現在才有些理解他了。他想能搞成幣制改革，又知道幣制改革永遠搞不成，就想起了堂吉訶德。一個人最難是面對現實又要拒絕現實，拒絕輕而易舉的成功……當然這個成功本來與他無關，失敗也就與他無關了。」

何孝鈺：「你把我帶到這裡來就為了談他？」

方孟敖：「是談我自己。」

何孝鈺：「這段話與你有關嗎？」

方孟敖：「你不覺得我們都是堂吉訶德嗎？」

何孝鈺：「跟風車作戰？」

方孟敖眼睛一亮，站起了：「知道我為什麼喜歡你嗎？」

何孝鈺依然坐著：「你喜歡過我嗎？」

「我喜歡風車！」方孟敖提起了一條腿解開了鞋帶。

「幹什麼？可不許亂來……」

方孟敖又提起另一條腿，解了鞋帶，按著面前的書桌：「這桌子是用來幹什麼的？」

何孝鈺已經不知道心裡是慌亂還是激動：「當然是用來看書的……」

方孟敖：「能不能坐人？」

何孝鈺：「不能……」

方孟敖噌地一下躍上了桌子，屈腿坐在上面，伸過手：「現在能了，上來吧。」
「你幹什麼？」何孝鈺竟不自覺地伸過去一隻手。
方孟敖：「兩隻手。」
兩隻手伸過來了，方孟敖挽住何孝鈺的手臂往上一提，把她也提到了桌面，輕輕放下。
何孝鈺：「我沒有脫鞋……」
方孟敖已經在替她脫鞋了，脫了鞋擺在一邊。
面對面，膝對膝，眼睛就在眼睛面前！
「書桌上能夠坐人嗎？」
「能……」
「能說我愛你嗎？」
何孝鈺閉上了眼，身子有些微微發顫。
方孟敖身上那件外套倏地脫下，倏地飛起，披在了何孝鈺身上，把她包了起來！
何孝鈺坐著被提起了，提到了方孟敖的腿上！
黑色的外套下襬鋪在桌上，何孝鈺在外套裡被抱住了！
坐在腿上，卻如此舒適，方孟敖的腿盤得這樣到位。
抱在身前，無任何壓迫，方孟敖的手在托著她的腰。
何孝鈺在等著，沒有睜眼。
方孟敖只這樣看著她。
何孝鈺慢慢睜開眼了。
——一雙孤獨的眼睛，一個孤獨的男人！

何孝鈺倏地抱緊了他！

方孟敖閉上眼了，嘴的氣息，唇與唇的電流！

書桌上面那只燈泡突然明滅忽閃起來。

書架上的書一本一本，自己掉了下來！

窗外的流光全都不見了，窗外的世界全都消失了。

何孝鈺的臉枕在方孟敖的肩上，微微喘出來的氣都呵進了方孟敖的耳裡。

方孟敖的嘴邊就是何孝鈺的腮：「現在知道我為什麼叫你來看那一段話了嗎？」

何孝鈺：「不知道……」

方孟敖：「想不想知道？」

何孝鈺：「不想……」

方孟敖倏地沉默了。

何孝鈺感覺到了沉默後面的沉重，抬起了頭：「想知道，告訴我。」

方孟敖：「『等我底這些事蹟在世上流傳之時，幸福之年代和幸福之世紀亦即到來……』北平就要解放了，中國也很快就會解放。我的事蹟連同我這個人都會被遺忘，你怎麼辦？」

何孝鈺伸手堵住了方孟敖的嘴，又望了他好一陣子，倏地站了起來，在桌面上高高地看著方孟敖：「新中國不會遺忘任何人，更不會遺忘你！想不想知道新中國是什麼樣子？」

方孟敖依然坐著，抬頭望著何孝鈺：「想。」

何孝鈺輕聲地背誦起來：「『它是站在海岸遙望海中已經看得見桅杆尖頭了的一隻航船；它是立於高山之巔遠看東方已見光芒四射噴薄欲出的一輪朝日；它是躁動於母腹中的快要成熟了的一個嬰兒……』」

方孟敖笑了：「真好……」

何孝鈺蹲下了，又坐在方孟敖身邊：「我們一起站在航船上，一起看日出，一起……」

「生一個嬰兒！」方孟敖笑接道。

何孝鈺窘了：「瞎比喻！」

方孟敖的笑容慢慢收了：「我知道這是毛主席在井岡山一篇文章裡的話，是對歷史的預見。歷史是人寫的，可很多人都寫不進歷史。如果我不能跟你一起看到新中國，你會不會等我？」

何孝鈺：「出什麼事了？組織上怎麼說的？你不許嚇我……」

方孟敖：「今天我們為什麼要送崔嬸一家去香港，你一點都沒有想過？」

何孝鈺搖著頭。

方孟敖：「這說明解放了崔叔的身分也不能暴露，還有姑爹的身分要繼續隱瞞。為什麼，只有一個答案，北平分行要遷到臺灣去，北平分行的錢還有一些人都要用飛機送去。」

何孝鈺懵了：「組織上的安排嗎？」

方孟敖：「現在還沒有，不過也會很快了。」

「為什麼會這樣？」

方孟敖：「北平會和平解放。」

何孝鈺捏緊了他的手：「和平解放也不應該讓你們走呀！」

方孟敖：「和平解放是有條件的。傅作義早就在跟我們祕密和談，最大的顧及是蔣介石和他的第四兵團、第九兵團，最大的可能就是答應蔣介石把他的人和錢運走。現在國民黨的飛機都不能在北平降落了，我們這個飛行大隊就成了兩邊和談的一張牌。」

何孝鈺激動了：「中央會答應嗎？」

方孟敖：「北平和平解放，就是一件豐功偉績，值得澆築於青銅器上，銘刻於大理石上，鐫於木板上，永世長存……」

何孝鈺把他抱緊了：「真是這樣，我跟你一起走……」

方孟敖：「如果想我回來，你就在北平等我。」

＊　＊　＊

方邸外，胡同，大門，到處回響著《夜深沉》的唱片聲！

深沉的堂鼓，從方邸樓內傳來，敲碎了沉沉夜空，敲擊著胡同裡一個個鋼盔鋼槍的臉！

接著是劃破夜空的京胡！

——《霸王別姬》的唱片，《風吹荷葉煞》的曲牌！

大門院內，京胡聲在劃著徐鐵英的臉！

他望向了腳邊不遠的掃帚。

謝培東在京胡聲中默默地掃著院子！

他又望向了一樓客廳的門。

洞開的大門燈光撲射出來，方孟敖飛行服抱臂靜立的剪影！

京胡聲激烈起來，徐鐵英看錶了！

東單機場，這裡似乎也能聽到激烈的京胡聲，王蒲忱在看錶了！

接著，他望向了一動不動的二十個飛行員！

三架C-46靜靜地在寒風中！

C-46旁裝滿了箱子的軍卡靜靜地在寒風中！

西北軍棉冬帽下的眼睛在寒風中！

激烈的京胡聲、堂鼓聲也在敲打著華北剿總！

華北剿總會議室外，佇立著西北軍棉冬裝的傅作義警衛團！

大坪左邊，佇立著中央軍李文第四兵團警衛團！

大坪右邊，佇立著中央軍石覺第九兵團警衛團！

傅作義警衛團每一雙眼睛都在盯著兩個方陣的中央軍！

兩個方陣的中央軍每一雙眼睛都在盯著會議室的大門！

一九四九年一月十日淮海戰役以解放軍全面勝利結束，國民黨和共產黨全面戰爭的三大戰場就剩下了華北。一月十四日解放軍攻克天津，一月二十一日，共產黨和談代表進入北平。傅作義連夜召開華北戰區高級將領會議，通告《關於和平解決北平問題的協議》，重點解決中央軍第四兵團、第九兵團接受改編事宜，通知中央軍師以上將領飛離北平，會議在緊張中相持……

方邸外，胡同，街口，京胡，堂鼓進入高潮！

一輛吉普在街口倏地剎車。

胡同鋼盔鋼槍一齊碰腿立正！

王克俊引著一個便服中年男人踏著堂鼓聲快步走進了胡同！

方邸大院。

「立——正！」

大院門口的口令聲中京胡和堂鼓的聲音結束了。

王克俊陪著便服中年站在院門內。

謝培東手中的掃帚也停了。

徐鐵英也就沉默了幾秒鐘，迎了過去。

王克俊：「介紹一下，解放軍的劉部長。」

——共產黨華北城工部部長劉雲來了！

徐鐵英愣了一下，雙手伸了過去：「幸會！」

劉雲也伸出了一隻手。

徐鐵英握住劉雲：「宣導和平，全國同聲回應。冀弭戰銷兵，解人民倒懸於萬一。願同心一德，一致協力促成永久之和平……」

劉雲笑了一下：「蔣總統的下野文告徐主任這麼快就能背了？」

徐鐵英：「慚愧。」

「謝襄理。」王克俊領著劉雲、徐鐵英走到了謝培東面前，「解放軍的首長到了。」

謝培東慢慢望向了劉雲：「長官好。」

劉雲又微笑了一下：「解放軍裡沒有長官。」

王克俊：「帶我們去見你們行長吧。」

謝培東：「我們行長不願走，我去了也沒用，你們去吧。」

王克俊望向劉雲：「劉部長，我們，還有徐主任一起去見？」

劉雲：「好呀。」

王克俊、劉雲、徐鐵英走向一樓客廳大門。

方孟敖向王克俊敬禮，同時也是向劉雲敬了禮！

王克俊向劉雲又介紹道：「國軍王牌飛行員，特運大隊方大隊長，方行長的兒子。」

「我知道，抗戰英雄。」劉雲向方孟敖伸過了手。

方孟敖握手時雙腳一碰，讓到了大門邊。

方邸二樓的行長辦公室內。

沒有坐陽臺，也沒有茶水，劉雲、王克俊在辦公桌邊的長沙發上坐下了，徐鐵英在側邊的單人沙發上坐下了。

方步亭關了唱機的蓋子，搬了一把椅子在他們對面坐下。

方步亭：「不可言而與之言，謂之失言；可與言而不與之言，謂之失人。請問解放軍這位首長的具體職位。」

王克俊望向了劉雲。

徐鐵英也望向了劉雲。

劉雲：「我在華北城工部和敵工部負責。」

方步亭：「失敬。有幾個問題想請教。」

劉雲：「請說。」

方步亭：「我是中央銀行北平分行的經理，我也是個自由的人。想當什麼由不得我，不想當什麼卻是我的自由。現在看來我想自由竟不可能。國民黨逼我去臺北，我本可以留在北平；傅作義不讓我留在北平，我可以去別的地方；可共產黨也要勸我去臺北，中國再大便無我的容身之處了……大道理王祕書長都跟我說了，你們明天要宣布《關於和平解決北平問題的協議》，北平能夠不死傷一人，不毀壞一磚一瓦，誰妄圖阻攔誰就是罪人。可我想不明白，我不願意去臺北，怎麼也成了罪人……」

劉雲：「沒有誰認為方行長是罪人。」

「是不是罪人我自己知道。」方步亭接道，「八月十九日之前，金融崩潰，北平分行金庫已無任何儲備黃金和白銀。八月二十日推行幣制改革，強令民眾用自己的黃金白銀兌換金圓券。北平分行金庫現存的黃金白銀就是通過我的手從北平民眾那裡掠奪來的。現在我要是再把這些錢帶去臺北，是不是罪人？」

王克俊無法回答。

徐鐵英更是不會接言。

方步亭直望著劉雲。

劉雲：「我掉一句書袋，方行長願不願意聽？」

方步亭：「願聽高見。」

劉雲：「昔者夏鯀作三仞之城，諸侯背之，海外有狡心。禹知天下之叛也，乃壞城平池，散財物，焚甲兵，施之以德，海外賓服……孰云其罪？」

方步亭眼中先是露出驚詫，接著慢慢舒緩了。

王克俊則露出佩服的神色，並望了一眼徐鐵英。

徐鐵英願不願意也露出了深以為然的神態。

「共產黨內有高人哪！」方步亭深望著劉雲，「出自《淮南子．原道訓》，是不是？」

劉雲笑了：「方行長好學問。」

方步亭：「如果可以，劉部長能不能把這一段古訓變成你們的話直接告訴我？」

劉雲：「這我就不能掉書袋了。傳達一句原話吧，『讓國民黨把錢運走，把民心給我們留下！』」

方步亭：「誰說的？」

劉雲：「我黨毛澤東主席。」

＊　＊　＊

華北剿總會議室外。

李文出來了，站在會議室門外的臺階上。

石覺出來了，站在會議室門外的臺階上。

整齊的方陣轉步！

第四兵團警衛團的隊伍整齊地跑出了大坪門外！

第九兵團警衛團的隊伍整齊地跑出了大坪門外！

根據《關於和平解放北平問題的協議》，中共中央同意，傅作義華北剿總二十五萬大軍全部接受改編為解放軍，國民黨駐北平軍政人員去留自由，中央軍第四兵團、第九兵團師以上將官可以飛離北平，絕不阻攔……

東單機場，方大隊飛行員快步登上了飛機。

三架飛機的機尾艙口都打開了，卡車上的箱子在緊急搬運進艙！

飛機側面艙口，西北軍棉冬服軍人在查看傅作義親自簽名的特別通行證！

幾個副官提著皮箱，護著幾撥家眷登上了中間陳長武那架飛機！

方邸大院內。

劉雲走了。

王克俊走了。

最後一口箱子也被小李扛出了院門。

謝培東站在院中。

方步亭、程小雲站在他面前。

方孟敖、何孝鈺站在他們旁邊。

方步亭：「這個院子就剩下你一個人了……好好看著，說不準哪一天我們就回來了。小雲。」

程小雲過來緊緊握著姑爹的手，未語已淚。

方步亭：「把你想好的話跟姑爹說吧。」
程小雲趴到了姑爹肩上，停了淚，在他耳邊輕聲說道：「找個老伴吧，年輕一點的也行。」
謝培東笑了：「誰願意跟我呀。」
程小雲：「已經替你說好了，分行營業部的魏玉英，人家願意。」
謝培東收了笑：「人不錯，看緣分吧。」
門外汽車的喇叭響了起來，先是一部汽車，接著是所有汽車的喇叭響了起來！
方步亭：「讓孟敖他們說幾句吧。」
程小雲站開了。
方步亭深深地望著謝培東。
謝培東深深地望著方步亭。
「走了。」方步亭眼中有了淚。
「走吧。」謝培東眼中也有了淚。
方步亭猛一轉身，牽著程小雲走出了院門。
站在面前的是何孝鈺和方孟敖了。
兩個人都在望著謝培東。
謝培東向何孝鈺伸出了手。
何孝鈺立刻握住姑爹。
謝培東：「讓我抱一抱。」
何孝鈺靠緊了過去。
謝培東撫著何孝鈺的後背，在她耳邊：「你爸回了電報，他希望你跟孟敖走……」

何孝鈺已經淚流滿面！

謝培東望向了方孟敖：「過來。」

方孟敖跨前一步。

謝培東把何孝鈺的手遞給了方孟敖：「好好待她，不許耍混。聽見沒有？」

方孟敖倏地一把將姑爹抱住了：「姑爹，我會替你、替崔叔還有木蘭把一個人留下來……」

謝培東立刻明白了，低聲嚴厲：「組織沒有這個決定，不許胡來！」

方孟敖鬆開了謝培東，退後一步，倏地敬了一個禮，一把牽過何孝鈺，向院門走去，再不回頭！

＊　＊　＊

一九四九年一月二十一日，民國三十八年農曆十二月二十三，正是小年。這夜北平無雲，大半個月亮升起了，紫禁城城樓在望。

東單機場，邵元剛的那架飛機已經起飛，在月亮下盤旋。

陳長武那架飛機的螺旋槳越轉越快，飛機滑動了，倏地昂首升空！

月亮下，兩架飛機在前後盤旋。

第三架飛機懸梯邊，方孟敖扶送程小雲登了上去，郭晉陽在機艙裡接住了她。

方孟敖又將父親扶送了上去，郭晉陽、程小雲兩隻手同時來接他。

方步亭一腳還踏在懸梯上，回轉身伸下了手。

何孝鈺登上了懸梯，將手遞給了方步亭。

方孟敖送了一把，何孝鈺跟著方步亭進了機艙。

懸梯邊就是永遠提著那只公事包的徐鐵英了。

王蒲忱、孫朝忠在望著他。

徐鐵英向王蒲忱伸出了手，一握，同時將一冊卷宗遞給了他：「特種刑事法庭的傳票，我走後給孫朝忠。」

王蒲忱一愣。

孫朝忠更是一震。

徐鐵英：「是中央黨部更忠誠，還是預備幹部局更忠誠，就看我這個孫祕書接不接受審判了。」

徐鐵英走向懸梯，方孟敖居然在懸梯下等他。

徐鐵英笑道：「謝謝。」

剛要上懸梯，懸梯突然滑動了，被推向了一邊！

徐鐵英驚望向方孟敖！

方孟敖又是一腳，懸梯被踢出了跑道！

幾步，一躍，方孟敖竟然攀住艙門，躍上了飛機！

徐鐵英懵在那裡，機艙門已經關上了。

螺旋槳轉動了，徐鐵英愣愣地望著。

飛機開始滑動，很快便昂首飛離了地面！

徐鐵英突然發現手裡的那只公事包空了，回頭望去。

公事包在孫朝忠手中：「主任，一起忠誠吧。」

北平上空，三架C-46前後在北平上空盤旋。
方孟敖的C-46，方孟敖在俯瞰北平！
月色朦朧下的北平，像航拍的照片，像沉睡的史書！
方孟敖倏地舉手向沉睡的北平敬了一個禮，一拉操縱杆，飛機向著月亮飛去！

＊　＊　＊

北平德勝門內，人聲鼎沸，歌聲如潮！
解放區的天是明朗的天，
解放區的人民好喜歡……
軍車，坦克，從人潮中開了進來！
第一輛軍車上，毛澤東的畫像，朱德的畫像！
人潮還在向入城的解放軍隊伍湧來！
許多人被擋在了人潮的後面。
人潮中的謝培東任由人潮擠動！
第一輛坦克駛過來了！
人潮又洶湧起來，謝培東像洶湧大海中的一撮浪沫！
大道那邊傳來一陣激昂的歡呼。

謝培東看見歡迎的學生隊伍高舉橫幅呼喊著跑過來了。

學生隊伍跑過了謝培東的人群前。

謝培東突然眼睛一花！

——牽手歡呼奔跑的學生隊伍中出現了梁經綸的側影！

——梁經綸的側影變成了背影！

謝培東的眼睛直了！

——梁經綸左手拉著一個學生，右手拉著一個學生！

——右邊歡呼奔躍的學生儼然謝木蘭！

震天的歌聲，歡呼聲，鑼鼓聲，鞭炮聲霎時歸於寂滅！

謝培東什麼也聽不到了，直直地望著那個女生的背影！

突然，終於，那個女生驀地回頭，向謝培東燦爛一笑！

就是謝木蘭！

二〇一四年六月三十日於北京

（全文完）

新人間㉔④

北平無戰事（第四卷：月印萬川）

作　　者—劉和平
主　　編—李筱婷
執行編輯—劉綺文（特約）、張啟淵
美術設計—賴佳韋
行銷企劃—劉凱瑛
董 事 長
總 經 理—趙政岷
總 編 輯—余宜芳
出 版 者—時報文化出版企業股份有限公司
10803台北市和平西路三段二四〇號四樓
發行專線—（〇二）二三〇六六八四二
讀者服務專線—〇八〇〇二三一七〇五
（〇二）二三〇四七一〇三
讀者服務傳真—（〇二）二三〇四六八五八
郵撥—一九三四四七二四時報文化出版公司
信箱—臺北郵政七九～九九信箱
時報悅讀網—http://www.readingtimes.com.tw
電子郵箱—history@readingtimes.com.tw
法律顧問—理律法律事務所　陳長文律師、李念祖律師
印　　刷—勁達印刷有限公司
初版一刷—二〇一四年十二月十二日
定價—新台幣三六〇元

國家圖書館出版品預行編目資料

北平無戰事（第四卷：月印萬川）/ 劉和平著. -- 初版.
-- 臺北市：時報文化, 2014.12
冊；　公分

ISBN 978-957-13-6136-9（平裝）

857.7　　103023311

ISBN 978-957-13-6136-9
Printed in Taiwan